KB078924

태양의 천사

2

나남
nanam

태양의 천사 2

허영숙·이광수 실록소설

2016년 8월 15일 발행
2016년 8월 15일 1쇄

지은이_ 金光輝
발행자_ 趙相浩
발행처_ (주) 나남
주소_ 경기도 파주시 회동길 193
전화_ (031) 955-4601 (代)
FAX_ (031) 955-4555
등록_ 제 1-71호 (1979. 5. 12)
홈페이지_ http://www.nanam.net
전자우편_ post@nanam.net

ISBN_ 978-89-300-0635-4
ISBN_ 978-89-300-0572-2 (세트)

책값은 뒤표지에 있습니다.

김광휘 장편소설

태양의 천사

허영숙·이광수 실록소설

2

태양의 천사 2

차례

사랑의 첫 열매

1927년 새해를 맞으며 이광수 내외는 단정히 한복을 차려입고 병풍 앞에 방석을 깔고 앉아 있는 송 부인을 향해 세배를 올렸다. 송 부인은 세배를 마치고 일어서는 허영숙을 향해 걱정부터 했다.

"애야, 지금부터 조심해야 한다. 갑자기 생각나는 음식이 있더라도 마구 먹지 말고 천천히 먹거라. 앉았다 일어날 때도 조심하고."

사위 춘원을 향해서는 이렇게 말했다.

"금년에는 영숙이를 좀 쉬게 해줘야 할 걸세. 병원 일도 줄이고 신문 사 일도 멈췄으면 해. 그리고 아이를 낳으면 병원하고 떨어진 아늑한 내 집에서 키워야지. 산모들이 들락거리는 병원에서 키울 수야 있겠나. 또 영숙이가 산후조리도 하고 아이를 제대로 키우려면 따로 살림집이 있어야지."

"그럼 어떻게 했으면 좋겠습니까, 장모님?"

"이사하게. 내가 이미 집은 봐뒀네. 전차가 닿는 숭삼동(지금의 명륜 동)이야. 일본 사람이 지은 집인데 탄탄하고 아늑해."

그날 밤 허영숙은 이광수의 품에 안겨 만감이 어린 어투로 속삭였다.

"선생님, 결혼식을 치르고 6년이 지나도록 소식이 없어서 정말 걱정했어요."

이광수는 허영숙을 꼭 껴안아주며 부드럽게 말했다.

"다 허약한 내 탓이오. 내가 당신을 처음 만났을 때가 《무정》을 쓸 때였으니까 자그마치 10년 세월이 됐는데 이제야 우리의 아기를 갖게 됐구려. 매사 조심해주시오."

그해 봄, 이광수 내외는 서둘러 숭삼동으로 이사했다. 잠자리에 들 때쯤이면 언제나 멀리서 땡땡땡 차고로 들어가는 전차 소리가 들렸다. 그 전차 소리가 아늑한 자장가처럼 들렸다. 허영숙은 숙면했다. 이광수는 기침이 나올 때는 아내의 잠을 깨우지 않으려 복도 끝으로 나와 소매로 입을 가리고 애써 참았다. 송 부인은 태몽으로 큰 봉황이 치마에 내려앉았다고 하면서 아이 이름을 미리부터 지어 놓았다. 봉황새 봉 자를 넣어 봉근(鳳根)이라고.

3월 말 월남 이상재 선생이 세상을 떠났다는 안타까운 소식이 전해졌다. 지난해 춘원이 잡지 〈동광〉에 실었던 '현대의 가인 이상재 옹'이 선생을 배웅해드린 추도사가 된 셈이었다. '영원한 청춘'으로 추앙받던 이상재 선생의 사회장인 4월 7일에는 추모 인파가 10만 명이 넘었다. 평생 저명인사로 현직에도 있었지만 말년에 그는 전세방을 전전하였고 세상을 뜰 즈음에는 쌀 27가마의 빚을 남겼다. 그 소식을 들은 윤치호, 이승만, 김성수, 안창호, 송진우 등이 모금운동을 하여 그의 빚을 갚아주었다.

허영숙은 결혼 후 만 6년 만에 얻은 첫아기의 출산을 위하여 자신의 병원 입원실을 치웠다. 늘 남의 아이만 받던 조선 최고의 산부인과 의사가 바로 자신의 아기를 낳기 위해 자리에 눕게 된 것이다. 출산이 오늘내일 하던 5월 말경에 만주 안동현에 있던 나혜석이 불쑥 찾아왔다. 그리고 배가 남산만 하여 누워 있는 허영숙의 모습을 보았다.

　"하이고, 그동안 그대 손으로 받아낸 아이만도 수백 명이 됐을 텐데 이제야 자신의 아이를 낳겠다고 누워 있는 거야?"

　나혜석은 꽃집에서 사온 알록달록한 꽃을 침대 머리에 꽂아놓으며 함박꽃처럼 웃었다.

　"애 낳는 거 별 거 아냐. 나는 벌써 딸 하나에 아들 둘을 낳았잖아. 이번에 우리 그이가 오랫동안 벽지에서 고생했다고 외무성에서 세계일주를 시켜준대. 나도 따라가기로 했어."

　허영숙은 누운 채 물었다.

　"아이들은 어떻게 하고?"

　나혜석은 심드렁하게 대답했다.

　"응, 동래에 있는 시가에 맡겼어. 시어머니하고 소박맞고 돌아온 시누이가 있으니까 잘 봐줄 거야. 나도 이번에 미술의 본고장인 프랑스 파리에 가서 원 없이 그림 구경하고 공부도 좀 하고 올 거야. 정열의 나라 스페인에 가서 투우도 보고, 플라멩코 춤도 보고, 로마의 태양과 유적도 좀 보고, 아 ― 내 나이 서른둘에 유럽 여행이라니! 꿈만 같아."

　나혜석은 벌써 유럽에 가 있는 것처럼 몽롱한 눈빛을 하고 허영숙을 바라보았다. 허영숙은 부러운 듯 말했다.

　"나도 언니처럼 그렇게 훨훨 세계여행을 할 날이 올까?"

나혜석이 핸드백에서 부스럭부스럭 원고지 몇 장을 꺼냈다.

"그동안 만주의 국경도시 안동에서 봤던 이국 풍물과 외국인들의 삶, 그리고 다시 경성으로 돌아온 감회를 정리해봤어. 신문에 좀 내줘."

허영숙은 나혜석으로부터 원고를 받고 '경성에 온 감상의 일편'이라는 제목을 달아 주요한에게 전달했다. 그 글은 그해 5월 27일 자로 〈동아일보〉에 났고, 허영숙은 그달 말 5월 30일에 첫아들 봉근을 낳았다. 허영숙이 출산했을 때 같은 병원에 있던 말 없는 의사 김기영이 제일 먼저 꽃을 사왔고, 땀을 흘리며 애를 받아주었던 산파 고 씨와 언니 은숙도 꽃을 사왔다. 춘원은 열이 많이 오르고 각혈을 했기 때문에 병원에는 얼씬도 못하고 사람을 시켜 꽃을 보냈다. 친정어머니 송 부인이 인력거를 타고 한달음에 달려와 큰 소리로 치하했다.

"영숙아, 애썼다! 귀한 손자를 안겨주다니. 아이고 이런 경사가 있나!"

송 부인은 셋째 딸 은숙이와 함께 미역국을 끓이고 눈도 제대로 못 뜨는 봉근이를 쓸어주면서 마치 양 옆구리에 날개라도 달린 것처럼 부산하게 병원 안팎을 누볐다. 하지만 이런 경사를 뒤로한 채 숭삼동에서는 또 다른 전쟁이 치러지고 있었다. 춘원의 각혈이 멈추지 않자 백인제 박사는 만사를 제쳐두고 춘원의 집에 상주하며 치료에 전념했다. 링거에 영양제를 듬뿍 넣어 계속 공급했다. 동시에 춘원이 안정을 취할 수 있도록 수면제를 처방했다.

본격적인 더위가 시작되는 8월이 오자 백인제 박사는 뜻이 통하는 의사 유상규에게 간청했다.

"닥터 유가 지난해 여름에도 춘원하고 석왕사를 다녀왔다고 했죠? 이

번 여름에도 한 번 더 고생해야겠소. 이번에는 각혈이 심하니까 산이 높지 않은 곳이면 좋겠소. 춘원 말로는 황해도 안악군에 있는 연등사(燃燈寺)가 좋겠다고 하니까 한 번 더 따라가 봐요."

8월 중순, 춘원과 의사 유상규는 신천 온천을 거쳐 황해도 연등사로 떠났다. 현지에서는 안악 출신으로 수양동우회 회원이었던 김선량이 길 안내를 맡았다. 현지 사정에 밝은 김선량은 춘원 일행을 연등사에 딸린 조용한 암자 학소암(鶴巢庵)에 머물도록 했다. 사람 좋은 김선량은 발 빠른 땅꾼을 시켜 여름 내내 독을 키운 살모사를 잡고 그것을 정성스럽게 달여 춘원에게 닭곰탕이라면서 먹게 했다. 그 닭곰탕 덕분이었을까, 춘원은 여름을 지내고 나자 각혈을 멈추었다.

10월이 되자 단풍이 온 산을 물들이고 산국화가 들길을 덮었다. 산 밑에 검은 하이야(택시) 한 대가 멈추고 노신사 하나가 내렸다. 그는 힘들지 않게 산길을 오르더니 연등사 일주문을 지나고 대웅전을 비켜 산비탈을 한참이나 올라 학소암에 이르렀다. 그 노신사는 일본에서 오랜만에 찾아온 아베 미츠이에였다. 춘원이 황급히 나와 허리를 구부렸다.

"어르신께서 어떻게 이 먼 곳까지 왕림하셨습니까."

환갑을 훨씬 넘긴 아베 옹은 노인 티를 내지 않고 활기찼다. 암자의 툇마루에 앉아 계곡을 바라보며 말했다.

"조선은 내 제2의 고향이야. 사실 내 고향은 구마모토(熊本)의 시골인데 어려서 시골에서 자라서 그런지 조선의 낮은 초가와 아기자기한 산천이 좋아. 도쿄는 너무 시끄럽고 서양 냄새가 많이 나. 아직은 도심에 초가도 있고 시냇물도 흐르고 매미소리가 들리는 경성이 좋아. 자네들이 지어준 내 별장이 있지 않은가. 동소문 무불암(無佛庵)에 있다가 자네 집이 숭삼동으로 이사했다고 해서 들러봤더니 부인은 병원에서 득남하셨고, 자네는 이 황해도의 연등사로 피신했다고 하더구만. 에라, 내친김에 춘원을 쫓아가보자, 그래서 단숨에 여기까지 왔지.

나도 절이라면 어지간히 구경 다녔는데 이 연등사는 배산임수에 거찰은 아니라도 무언가 묘한 매력을 주는 절이구만. 자네가 좋아하는 석왕사 같은 절은 깊은 산골에서 만나는 미인처럼 가슴을 철렁 내려앉게 하는 그런 매력이 있는데, 이 연등사는 들판에 엎드려 김을 매는 촌부의 허리처럼 소탈한 미를 보여주는 그런 절이야. 마음 놓고 쉴 수가 있겠어. 빨리 쾌차하게, 득남도 했는데. 아이고, 그러고 보니 득남 인사가 늦었군. 내가 앞뒤 형편을 보니 아직 아들 얼굴도 못 봤지?"

이광수는 얼굴을 붉히며 뒷머리를 긁었다.

"제가 열이 높고 기침을 해대는 바람에 차마 산실을 들를 수 없었습니다. 아직 그 녀석하고 면대도 못했습니다."

그날 저녁 황해도식 산채나물비빔밥을 모두 맛있게 들고 김선량은 일찌감치 뒷방에서 나가떨어졌다. 달빛이 요란하게 물든 단풍잎 위에서 너울너울 춤을 추고 있었다. 무불옹은 방문을 활짝 열어 놓고 쏟아지는 달빛을 온몸으로 받으며 가부좌를 틀고 염주를 헤고 있었다. 딱히 주문은 따로 외지 않았지만 그는 이미 구름을 잡아타고 반공으로 치솟는 듯 무아경에 들어 있었다.

춘원은 무불옹의 그런 모습을 바라보며 범접할 수 없는 위엄을 느꼈다. 그는 검도의 최고 경지에 이른 무술인이었고, 한학으로는 노장(老莊) 서적을 통달하였으며, 주역(周易)의 심오한 경지까지도 터득한 학자였다. 그러면서도 경성에 온 이후에는 일본인 가운데서도 선학(禪

12

學) 에 조예가 깊은 이들만을 모아 서울 변두리에 묘심사라는 암자를 만들고 주기적으로 모여 도를 닦는 선인이었다.

참으로 알 듯 모를 듯한 금욕주의자이며 조선의 지식인들을 아끼는 특이한 인물이었다. 한참 만에 눈을 뜬 무불옹이 춘원에게 말했다.

"이거 내가 와서 편히 쉬어야 할 자네를 불편하게 하는 건 아닌가?"

"아닙니다, 어르신. 어르신은 제게 아버지 같은 분이십니다."

"하기야 그건 그렇네. 내가 꼭 자네보다 한 세대 30살을 더 먹었고 내게는 혈육이 없으니 자네는 내 아들 같은 존재일세. 자네는 조선의 내 아들일세. 사실상 나는 조선 사람으로는 김옥균(金玉均) 을 1891년에 처음 만났지. 아마 그때가 자네가 태어나기 한 해 전이었을 거야."

"그렇습니다."

"김옥균과는 말이 잘 통해서 도쿄에서 내내 조선 공부를 했는데 안타깝게도 그 양반이 3년 뒤인 1894년 3월에 상하이에서 변을 당하셨지. 참으로 이상이 높은 분이었는데 … . 그러고 나서 나는 조선 사람을 가까이 사귀지 않았는데 〈경성일보〉와 〈매일신보〉를 맡으면서 자네를 발굴해냈지. 그리고 3·1만세사건을 전후해서 육당 최남선을 사귀었고, 최린, 진학문(秦學文), 방태영(方台榮) 도 만났지.

지금은 박석윤(朴錫胤) 을 주의해서 보고 있어. 박석윤은 우선 유식하네. 최남선의 매제니까 최설경의 남편이지. 제대를 나오고 영국으로 건너가 케임브리지까지 다녔으니 조선이 낳은 인재라고 할 수 있지. 앞으로 자네도 내가 사귀는 사람들과 자연스럽게 가까워져 보게.

급한 일이 있으면 노다 우타로(野田又太郎) 를 찾아가 보게. 그 사람은 겉으로는 동양척식회사 부총재로 있으니까 조선 사람들이 기피하는 인물이지만 아주 깊이가 있는 사람이야. 선(禪)의 대가이고 불교문화에 일가견이 있는 사람일세. 나하고 무문회(無門會)라는 수양단체를 만들어 함께 참선도 하고 평화운동에 진력하고 있네.”

춘원이 불쑥 무불옹에게 물었다.

“어르신, 전부터 여쭙고 싶었습니다만 어르신의 무불(無佛)이라는 아호는 어느 분으로부터 받으셨습니까?”

아버지가 아들을 바라보듯 무불옹은 춘원을 그윽한 눈으로 바라보았다.

“내게도 스승이 있었네. 임제종(臨濟宗)이라는 불교 종파가 있는데 그 본산이 원각사지. 그 7대 관장 샤쿠 소엔(釋宗演)이 내 스승일세. 그분이 내려주신 호일세. 부처님의 본체는 어림도 없고 그림자도 닮아보라는 뜻이야.”

이야기를 거기쯤 했을 때 무불옹은 춘원에게 밖으로 나가자고 손짓했다. 춘원과 무불옹은 바람막이 옷을 걸치고 개울가로 갔다. 펑퍼짐한 바위 위에도 달빛은 넘치게 쏟아졌고 바위 사이로 물소리가 요란했다. 주위를 신경 쓰지 않아도 무슨 말이라도 할 수 있는 분위기였다. 무불옹은 소리를 낮추며 말했다.

“내가 여기까지 온 것은 물론 그리운 얼굴 자네를 보기 위한 것일세. 그러나 수양동우회를 이끌고 있는 자네에게 긴히 해줄 말이 있어 찾아왔네.”

“말씀하십시오.”

“도쿄 정가의 소식으로는 총독치고 가장 문화적인 인물이며 해군대장 출신인 현 총독 사이토 마코토가 머지않아 바뀔 거야. 조선에 부임한 지도 만 8년이 되지 않았는가. 총독 재임치고는 지나치게 긴 시간이었지. 잘 해야 금년 말까지 견딜 거야. 그 뒤에 오는 총독은 틀림없이 육군대장 출신이거나 무식한 강경파일 거야. 아무쪼록 조심하게. 자네는 글을 쓰는 조선의 나쓰메 소세키가 아닌가. 붓을 뺏기면 안 되네. 나는 자네의 이국 아버지로서 자네를 꼭 지켜주고 싶네."

밤이슬이 이슬비처럼 내려오자 두 사람은 방으로 돌아왔다. 무불옹은 다음 날 아침 대웅전에 예를 올리고 연등사를 떠났다.

무불옹은 경성에 도착하여 허영숙을 찾았다. 생후 6개월 된 봉근이를 안아주고 허영숙에게 말했다.

"각혈은 그쳤소. 아기도 6개월이 되었으니 면역력은 생겼을 것이오. 의사인 그대가 더 잘 알 거 아니오. 자랑스러운 첫아들을 보여주고 오시오."

허영숙은 병원 일과 신문사 일을 서둘러 손보았다. 병원 일은 김기영 의사에게 전적으로 맡겨 놓고 신문사 일은 주요한에게 부탁했다. 주요한도 선선히 말했다.

"아이고 형수님, 어서 다녀오세요. 날씨가 추워지기 전에."

그러나 할 일이 산더미처럼 쌓여 허영숙은 11월 말이 되어서야 북행 열차에 오를 수 있었다. 감기가 들지 않도록 봉근이를 싸고 또 쌌다. 자신도 털 코트를 챙겨 입었다. 연등사로 들어가는 산길은 꼬불탕꼬불탕 험하기도 했다. 안악역에서 대절한 택시는 겨우 연등사가 보이는 사하촌에서 멈췄다. 이미 첫눈이 날리고 있었다. 그러나 춘원이 기뻐할 일을 생각하면서 허영숙은 눈발을 개의치 않고 발길을 재촉했다.

허영숙이 봉근이를 들쳐 업고 학소암에 다다랐을 때 춘원은 흰 고무신을 신고 마주 달려왔다.

"여보, 참으로 애썼소. 이 먼 길을 어찌 왔단 말이오."

"선생님께 우리 봉근이를 자랑하러 왔어요. 한 번 안아봐 주세요."

춘원은 아기 머리를 싼 털모자 위에 수북이 쌓인 눈을 조심스럽게 털어냈다. 그리고 아기를 꺼내 안으면서 이렇게 말했다.

"내가 너의 엄마를 10년 전 도쿄에서 처음 만났을 때 네 엄마는 동방의 빛처럼 빛났다. 깜깜한 밤하늘의 별빛보다 찬란했지. 그때 이후로 나는 빌고 빌었지. 우리 영이를 닮은 아기를 달라고. 그랬는데 만 10년 만에 네가 왔구나."

그날 밤 학소암 두 칸짜리 요사채의 안방에서 허영숙은 춘원을 향해 선언했다.

"선생님, 이제는 저도 첫아들을 낳았으니 그동안 한결같이 선생님이라고 부르던 호칭을 청산하겠어요."

"아무렴, 그래야지. 자 나를 제대로 불러보시오."

허영숙은 이광수의 품에 안기며 외치듯 불렀다.

"여보, 여보!"

이광수도 감격스럽게 끌어안으며 답했다.

"고맙소, 당신!"

그해 말 이광수는 경성으로 돌아와 경성의전 병원에 입원했다. 경성의 분위기는 술렁술렁했다. 3·1만세사건 이후 조선에 부임하여 조선 사람들을 그래도 문화적으로 대하였던 해군대장이며 수상 출신이었던 사이토 마코토 총독이 이임했다. 그리고 육군대장 출신 야마나시 한조(山梨半造)가 후임으로 왔다. 경성 사람들의 얼굴이 어둡게 변했다. 이

해에 춘원은 병 때문에 〈동아일보〉 편집국장직을 사임하고 편집 고문
으로 물러앉았다. 허영숙도 춘원과의 사랑의 첫 열매 봉근이를 얻으면
서 힘에 벅찼던 〈동아일보〉 학예부장직에서 물러났다. 그 후임을 시인
주요한이 맡았다.

봉근이의 돌날

봉근이가 온 집안을 환하게 만들었다.

가만히 누워 천장을 바라보며 방긋방긋 웃던 녀석은 느닷없이 한 팔을 들어 몸을 뒤집었다. 어머니 송 부인과 병원 근처에 사는 은숙 언니가 그 모습을 보고 손뼉을 치며 좋아했다. 허영숙은 그동안 자신이 받았던 수백 명의 아기들을 보면서 그 생명이 주는 기쁨과 보람을 사실상 깊이 느끼지는 못했다. 어쩌면 전문가로서, 의사로서 담담히 관찰해 왔다고 봐야 옳을 것이다. 그러나 막상 자신의 아들이 눈앞에서 스스로 몸을 뒤집으며 생명의 열기를 뿜어내는 것을 보며 '아, 생명은 이토록 신비로운 것이구나'라는 새삼스러운 각성을 했다. 그리고 한 여자가 어머니로 변하는 과정이 어떤 것이라는 것도 알게 되었다.

그녀는 연전에 〈동아일보〉에 열정을 담아 글을 쓴 일이 있었다.

조선의 딸아! 너희는 새 조선의 어머니이다/ 너의 젖은 힘 있을지어다/ 새 이천만의 튼튼한 자녀들을 먹이라!/ 참되고 굳센 자녀를 먹이라….

18

그러나 어머니가 된 지금이 되어서야 그 글은 온전히 자신의 글이 될 수 있었다. 허영숙이야말로 새 조선의 어머니가 된 것이다. 춘원도 1928년 1월 말, 경성의전 병원에서 퇴원했다. 춘원은 벙긋벙긋 웃는 봉근이를 바라보며 어쩔 줄을 몰라 하다가 얼른 안아주고, 그러고는 화들짝 놀라면서 얼른 영숙에게 건네주었다. 그러면서 힘없이 말했다.

"아이고, 내가 건강해서 저놈 볼에다가 마음대로 뽀뽀도 하고 저놈을 하루 종일 안고 있으면 얼마나 좋을꼬."

봄이 되자 느닷없이 화장을 짙게 한 김명순이 찾아왔다. 화려한 화장에 눈썹까지 그리고 입술에는 진한 루주를 칠한 채였다. 김명순은 예쁜 짓을 하는 봉근이를 잠시 안아주다가 먼 곳을 바라보며 힘없이 말했다.

"그래, 여자는 뭐니 뭐니 해도 가정이 제일이야. 그리고 이렇게 예쁜 아이도 있어야지."

허영숙이 물었다.

"그동안 어디 있었어? 〈매일신보〉는 그만뒀다는 얘기를 풍편에 들었는데. 나는 이 아이를 낳느라고 바깥소식을 통 못 들었어."

"언니는 너무해. 내 기사가 〈동아일보〉에도 나고 거리에 포스터도 붙었는데."

김명순은 아기에서 떨어져 담배를 피워 물었다.

"신문기자를 그만두고 나니까 영화쟁이들이 달려와서 영화배우를 해보지 않겠냐고 하더라고."

"어머머! 그래서 영화배우까지 했단 말이야?"

김명순은 영화배우다운 표정으로 대사를 외듯 말했다.

"처음에는 이경손(李慶孫) 감독이 그 유명한 〈아리랑〉의 나운규와

함께 〈광랑〉(狂浪)이라는 작품을 하자고 해서 한 1년 고생했는데 제작
비를 모으지 못해서 결국 실패했어. 지난해에는 대륙키네마에서 나를
내세워 〈나의 친구여〉라는 작품을 개봉했지. 나는 독부(毒婦)에 춤추
는 댄서 역을 맡았는데…. 그 영화를 찍고 거리를 나가니까 사람들이
'저기 독한 년 간다, 에이 천하의 몹쓸 년아' 이러면서 욕들을 하더라고.
그 영화 뒤에 〈숙영낭자전〉이라는 영화에서 순정의 숙영낭자를 연기했
더니 이번에는 수없는 팬레터가 오고 찬사가 쏟아지더라고."

"아, 이거 영광이군. 당대의 주연배우와 마주앉아 있으려니 이거 황
송해서 되겠나."

그날 김명순은 허영숙의 집에서 저녁까지 먹고 편히 쉬다 떠났다. 떠
날 때 허영숙이 물었다.

"그래, 돈은 모아 놓았어? 앞으로는 뭘 할 건데?"

"딴따라가 예술 해서 돈 버는 거 봤어? 화장품값하고 옷값도 못 벌어.
내 소원은 다시 동경에 건너가 프랑스어를 배워가지고 저 먼 프랑스로
날아가는 것이야."

김명순이 프랑스 얘기를 하자 허영숙은 이미 남편과 함께 프랑스로
건너가 있는 나혜석을 생각해냈다. 그래서 김명순에게 덕담을 했다.

"아무쪼록 빨리 프랑스말 공부해서 나혜석이 가 있는 파리로 가. 가
서 문학을 하든지, 그림 공부를 해보든지, 일본에서 하다 만 성악 공부
를 끝내든지 해."

김명순은 허영숙이 건네주는 봉투를 쑥스럽게 받았다.

"작은 전별금이야."

허영숙은 끝없이 방황하는 가여운 여인 김명순의 어깨를 다독였다.

20

김명순이 떠나고 나서 허영숙은 책상서랍에 쌓아놓기만 했던 나혜석의 편지를 참으로 오랜만에 뜯어보았다. 끝이 알록달록하고 에펠탑이 그려진 우표가 붙어 있는 국제우편이었다.

오늘은 참 즐거운 날이었어. 몽마르트 언덕 아래에 있는 이종우의 집에서 우리 조선 유학생 십여 명이 모여 파티를 즐겼지. 이종우는 황해도 봉산 대지주의 아들인데 평양고보를 나오고 지난 1923년에 도쿄 미술대학을 졸업한 대단히 장래가 촉망되는 청년 화가야. 파리 생활이 벌써 3년째라고 하면서 나를 환대해주었어. 나는 나박김치를 만들고, 오이소박이도 만들고, 그 집 부엌을 뒤져 숨겨두었던 된장을 찾아냈지. 그래서 된장찌개까지 끓여냈더니 모두 다 환호성이었어. 참, 그 자리에 누가 참석했는지 알아? 천도교 교령(敎領)이시고 33인 중에 으뜸이신 최린 선생이 세계일주차 유럽에 들렀다가 파리 이종우의 집까지 오셨던 거야, 최린 선생이!

허영숙은 나혜석의 편지에서 '최린'이라는 이름을 들으며 이상하게도 가슴이 철렁했다. 최린은 저명인사였고 남자다웠으며 저돌적인 인물로 알려졌다. 남에게 베풀기도 잘하고 여성에게는 깍듯한 면모를 보여 여성들을 단숨에 휘어잡는다는 소문이 파다했다. 나혜석은 어떤가. 조선에서 제일가는 여류명사이며 무엇도 두려워하지 않는 모험주의자이다. 그리고 연애지상주의자이다. 허영숙은 불길한 느낌을 누르며 편지를 계속 읽었다.

사실 최린 선생을 만난 것은 이번이 처음이야. 그러나 우리는 금세 통하였고 십년지기처럼 가까워졌어. 애 아빠는 여기 와서도 바쁘기 때문에 함께 있지 못하고 아예 베를린으로 가서 법률 공부에 빠져 있어. 할 수 없이 나와 최린 선생은 통변(통역)을 사서 날마다 파리 유람을 하고 있지. 센 강으로 나가 유람선을 타고 노트르담 성당까지 갔는데 거기에 꼽추는 없었어, 호호. 대신 그 성당에서는 기념품을 팔았는데 선생은 나에게 상아에 성모상이 새겨진 브로치 하나를 사주시더군. 내가 천하의 허영숙에게 진짜로 자랑할 곳은 루브르 박물관이야. 나폴레옹 군대의 덕이겠지만 전 세계에서 수집한 문화적 보물들을 엄청난 규모로 전시하고 있었어. 하루 종일 봐도 끝을 낼 수가 없어서 최 선생과 나는 사흘 동안 그곳을 찾았지. 개선문이 보이는 드넓은 샹젤리제 거리의 노천에 앉아 세계에서 모여든 관광객들을 바라보며 마시는 프랑스산 포도주와 샴페인의 맛은 정말 진미였어. …

허영숙은 너무 어지러워 편지를 접었다. 그러면서 속으로 빌었다.
'그래, 마음껏 보아라. 그리고 즐겨라. 그러나 사고는 치지 말아라. 폭탄을 안고 다니는 것 같은 나혜석 …. 아무도 알아볼 리 없는 그 넓은 파리에서 최린이라는 천하의 명사를 만나 가슴 속에 안고 있는 폭탄에 뇌관만은 건드리지 말기를 …. 아, 아, 나는 천하와도 바꿀 수 없는 우리 아들과 놀련다. 난 파리도 천국도 지금은 필요가 없다.'
그런데 얼마 후, 봉근이가 설사를 시작했다. 처음에는 신생아들의 흔한 배탈 정도로 알았는데, 설사가 멎지 않았다. 정신없이 정밀 검사를 해보았더니 유아 이질이었다. 허영숙은 큰 병원으로 데리고 가 이질

치료에 들어갔다. 봉근이는 한 달을 앓고서야 제 모습을 찾았다.

며칠 후, 그동안 소식이 없던 일엽 김원주가 찾아왔다. 그녀는 허영숙이 안고 있는 봉근이를 형식적으로 안아주고 나서는 울음보를 터트렸다. 허영숙은 언니 은숙에게 황황히 봉근이를 건네주고 일엽을 데리고 춘원의 서재로 들어갔다. 그날은 춘원이 정기검진을 받으러 가는 날이어서 서재가 비어 있었다. 언제나 씩씩하고 남에게 풀 죽은 모습을 보이는 일이 없던 김일엽이 어깨를 들썩이며 흐느꼈다.

"아니 천하의 김일엽이 연약한 여인처럼 흐느끼다니."

일엽은 영숙의 손을 잡고 펑펑 울었다. 그러면서 띄엄띄엄 말을 이었다.

"그이가 떠나갔어…. 내 곁을…. 뭐 이승에서 인연이 다한 것 같으니 저승에서나 만나자고 하면서…."

"일엽, 미안하지만 알아듣게 얘기해. 누가 떠났다는 거야? 당신 옆에는 항상 남자가 붙어 있었는데 도대체 어떤 남자를 말하는 거야?"

일엽은 영숙을 향해 눈을 흘기며 원망스럽게 말했다.

"그렇게 말하는 게 아니야, 당신이 행복하다고. 주변 친구도 좀 살펴가면서 살아. 내가 그동안 스승으로 모시며 내 온 몸과 혼을 다하여 섬겼던 백성욱(白性郁) 선생이 떠났어."

"응─, 그 불교학교 교수로 있다가 불교신문사 사장을 했다는 백성욱 박사 말야?"

"그래. 그 백 박사가 나를 박차고 금강산으로 입산했대. 내가 머리털 나고 남자한테 차인 것은 이번이 처음이야."

"남자한테 차였다는 것에 마음이 상한 거야, 떠나가 버린 사랑이 안타깝다는 거야."

일엽은 꺽꺽 울음을 참으며 말했다.

"둘 다야. 나도 이제는 끝인가 봐."

허영숙은 부엌아주머니에게 술과 안주를 내오도록 했다. 김일엽은 마다하지 않고 일본 정종을 컵으로 마셨다. 안주에는 손도 대지 않았다. 허영숙은 그런 김일엽을 바라보며 다소 냉정하게 말했다.

"그만큼 남자라는 밀림 속을 쉬지 않고 달려왔으면 이제 쉴 때가 온 거 아니야? 김일엽 하면 장안의 남자들이 뭐라고 했어? 당신도 알잖아. '연애대장' 아니면 좋게 말해 '사랑의 화신(化身)'…. 내가 알고 있는 사람만 해도 다섯 손가락이 모자라."

김일엽은 얼핏 봐서는 결코 미인이 아니었다. 허우대가 크고 이목구비와 전체적인 몸의 선이 굵기만 한 여인이었다. 그러나 남자들 사이에서는 이상하게도 관능의 여인, 열정의 여인, 그리고 한번 빠지면 헤어나오지 못하는 늪과 같은 여인으로 통했다.

이화학교 대학부에 다닐 때 이미 정혼했다 파혼했고, 일본에서 잠시 공부하다 돌아온 후에 40대의 성실한 연희전문 교수와 결혼했다가 헤어졌다. 남편이 착하고 성실하지만 다리 하나가 없는 불구자였기 때문에 사람들은 김일엽을 의리 없는 여인이라고 비난했다. 장애를 알고 결혼했으면 남편의 장애까지도 사랑했어야지 단물만 빨아먹고 불쌍한 남편을 차버렸다고 천하의 이기적 여인으로 비난받았다.

남편과 헤어지기도 전에 만난 일본 남자와도 깊은 사랑에 빠졌다. 그 일본 남자는 화족(華族: 일본 귀족) 가문의 자손이었다. 가문에서 결혼을 허락하지 않자 일엽은 미련 없이 그 일본 남자와의 사이에서 낳은 아들을 팽개치고 돌아섰다. 그리고 경성에 돌아와서는 김명순과 동거하던 시인 임장화와 사랑에 빠졌다. 애꿎게 김명순만 외톨이가 되었고 김일엽은 임장화와 깨소금 냄새를 피웠다. 진남포 출신인 임장화는 지주의 아들이었다. 유미적인 시를 쓰던 임장화는 김일엽에게 지나치게 집착하였고 독점욕이 강하여 함께 자살하자고 자주 노래를 불렀다. 김일엽은 병적으로 따라붙는 그가 싫어서 훌쩍 떠났다.

그리고 경성으로 올라와 아현보통학교의 교사가 되었다. 아이들을 가르치는 훈도가 되었어도 그녀는 신문과 잡지에 자주 글을 올려 '정신적 정조론'을 설파했다. 정조는 몸에 있는 것이 아니고 정신에 있다는 파격적인 논리를 편 것이다. 남성들은 그런 김일엽의 주장에 환호를 보내면서 또 한편으로 비웃음을 보냈다. 그 무렵 그녀는 또다시 〈동아일보〉의 중견기자 국기열(鞠琦烈)과 동거했다. 그러나 그 동거도 오래가지 못하고 김일엽은 길 잃은 짐승처럼 욕망의 밀림을 헤맸다.

그렇게 마음의 갈피를 잡지 못하고 있을 때 그녀 앞에 나타난 사람이 바로 백성욱이었다. 월간 〈불교〉의 문예란을 담당하면서 불교일보사 사장으로 취임한 백성욱을 취재했다. 김일엽이 그 후로도 몇 번 만나면서 알게 된 백성욱이라는 인물은 사실상 그동안 그녀가 만났던 모든 남자들과는 차원이 다른 남자였다. 불교에 심취하여 14세에 출가해서 이른 나이에 불교의 경전들을 대부분 깨치고 20대에 독일 뷔르츠부르크 대학에 유학하여 불교 순전철학(純全哲學)으로 학위를 받았다. 말하자면 불교의 핵심이론을 관통한 최고 수준의 학승(學僧)이었다.

김일엽은 그가 전해주는 불교이론에 심취하면서 그 높고 끝이 없는 학문의 경지에 감탄했다. 그녀는 자신이 가지고 있는 것을 모두 바쳐 공양하고 보시(布施)하면서 부처님처럼 그를 모셨다. 그런데 그 백성욱이란 남자는 그녀와의 육체적 늪에 빠졌다 나올 때마다 후회하는 듯한 모습을 보였다. 그동안 명징하게 쌓아올린 정신의 세계에 진흙탕 같은 육체의 누추함과 번뇌로 때를 묻혀가는 자신을 발견하며 자책하는 듯했다.

어느 날 그는 안방에 있는 책상 위에 '그대와의 인연은 이쯤에서 끝난 듯하니' 하는 짧은 글을 남겨놓고 홀연히 사라졌다. 그의 행적은 얼마 후 금강산을 다녀온 불자들의 입에서 이따금 전해졌다.

1928년 봄, 모란꽃이 만개할 준비를 하고 있을 5월에 허영숙의 집에서는 웃음꽃이 만발하고 있었다. 허은숙이 부엌사람들을 지휘하며 갖은 음식을 준비했다. 벙긋벙긋 웃는 봉근이는 예쁜 아기 한복을 입었고, 춘원과 허영숙도 한껏 돋보이는 한복을 차려입고 손님들을 맞았다. 시인 주요한이 동아일보사 직원들의 축의금을 모아왔고, 사장 송진우는 금방울이 딸랑거리는 아기 팔찌를 보내주었다. 그리고 춘원과 〈조선문단〉을 만든 춘해 방인근은 아내 춘강과 함께 아기 금수저 한 벌을 맞춰 왔다. 역시 충청도 천석꾼다웠다. 일본과 경성을 오가는 춘원의 스승 아베 미츠이에는 아기가 조금 크면 두드리며 놀 수 있는 아기 목탁을 보냈다.

그렇게 신명 나는 봉근이의 돌잔치를 끝내고 춘원은 마침내 건강을 회복했다. 그가 바라던 대로 뒤뚱뒤뚱 걷는 봉근이를 안고 동네 산책을 나가기도 했다. 그해 9월에는 〈동아일보〉에 '병창어'(病窓語)라는 글을 싣고 그가 좋아하는 석왕사를 훌쩍 다녀왔다. 그는 석왕사에 다녀온 후 조선왕조 초기의 기록을 꼼꼼히 챙기기 시작했다. 허영숙은 봉근이가 마루와 안방을 오가며 예쁜 짓을 하는 것을 보고 마냥 행복하였고 춘원이 서재에 앉아 무언가 장편 원고를 준비하는 모습을 바라보며 그지없이 든든했다.

그때 경성 사람들은 최승희(崔承喜)라는 열일곱 살짜리 춤추는 처녀에 대해 많은 말을 하고 있었다. 이 골목에서도 최승희, 저 마당에서도 최승희, 심지어 저잣거리에서도 최승희에 대한 소문들을 수군거렸다. 허영숙은 집으로 찾아온 주요한에게 물었다.

"열일곱 살짜리 최승희라는 무희(舞姬)가 왜 그렇게 유명해졌어요?"

주요한은 침착하게 설명했다.

"숙명여학교를 졸업한 처녀입니다. 어릴 때는 부유한 집에서 자랐던 모양인데 지금은 집안이 기울었답니다. 니혼 대학 문과를 졸업한 최승일이라는 오빠가 있는데 대단한 멋쟁이지요. 인물도 좋고요. 재작년에 일본의 현대무용을 개척했다고 하는 이시이 바쿠(石井漠)가 경성에 와서 공연했는데 그 멋쟁이 오빠 최승일이 여동생 최승희를 데리고 구경 간 모양입니다. 그 공연을 보고 무용에 깜빡 넘어간 최승희가 오빠를 졸라 이시이 바쿠를 만났습니다. 이시이 바쿠는 하체가 탄탄해보이고 용모가 출중한 열다섯 살짜리 소녀를 동경에 있는 자신의 무용연구소로 데려갔고 작년에 다시 경성에 와서 공연할 때 최승희를 선보였지요. 우리 〈동아일보〉에서도 소개했죠. 단발머리에 어깨를 다 내놓고 맨발로 '세레나데'라는 춤을 췄는데 그게 아주 선풍적이었어요."

춘원이 끼어들었다.

"요즘 동경에서도 맨발로 춤추는 것이 유행이라더군. 다 이사도라 덩

컨(미국 현대무용의 개척자)의 아류들이지. 그 여자가 토슈즈도 벗고 타이즈도 입지 않은 채 반나체로 춤을 춰서 유럽을 흔들었잖아. 참 그 무용가가 작년에 타계했는데 죽는 것도 멋지게 죽었지 아마? 오픈카를 타고 니스의 외곽도로를 전속력으로 달리다가 목에 걸친 스카프가 자동차 뒷바퀴에 걸려서 하늘나라로 갔다니까. 예술가가 죽으려면 그 정도로 화려하게 가야 하는데 …."

주요한도 동의했다.

"그렇습니다. 이시이 바쿠도 다분히 이사도라 덩컨에게서 영향을 받았을 것입니다. 작년, 재작년 공연하는 모습을 제가 다 봤습니다만 발은 물론 맨발이고, 옷은 걸치나 마나였고, 춤의 형식은 발레나 어떤 형태의 무용도 거부하는 듯한 반(反)무용적 형태였습니다. 작년에 최승희가 선보인 '세레나데'도 완전히 파격적인 창작무용이었죠."

허영숙이 말했다.

"오는 11월에 이시이 바쿠 무용단이 또 경성에 온다는데 그 공연을 좀 봐야겠네요."

"아, 형수님께서 가신다면 제가 모시고 가겠습니다."

그러나 그해 초겨울 허영숙은 이시이 바쿠의 공연도, 최승희의 무용도 보지 못했다. 봉근이가 크느라고 정신없이 나부댔고, 춘원은 〈동아일보〉에 《단종애사》를 싣기 시작했다. 비슷한 시기 홍명희는 〈조선일보〉에 《임꺽정》을 연재하기 시작했다. 조선의 식자들이 촉각을 곤두세우는 가운데, 바야흐로 두 신문사가 연재소설을 가지고 회심(會心)의 대결을 벌이려 하고 있었다.

긴 인연

1920년대를 마감하는 그해 겨울은 유난히 추웠다.

서재에 앉아 밤낮없이 《단종애사》의 집필에 매달렸던 춘원이 아랫배가 아프다고 했다. 허영숙은 자신도 불러오는 배를 확인해야 했기 때문에 택시를 불러서 경성의전 병원으로 향했다. 먼저 산부인과에 들러 허영숙의 상태를 살폈다. 의사가 빙긋 웃으며 말했다.

"조선 제일의 산부인과 의사께서 저한테 진찰을 받아주셔서 영광입니다."

"아무리 의사라도 자기 몸은 어쩌지 못하잖아요. 아이는 잘 놀고 이상이 없는 듯합니다만⋯."

나이 든 의사가 환하게 웃었다.

"암요, 아기가 튼실하게 자라고 있습니다. 아무 걱정 마시고 순산 준비나 하십시오."

춘원도 신이 나서 싱글벙글했다.

"산모가 튼튼하니까 아이야 문제가 있겠습니까만 아기의 아버지가 시원찮아 늘 속으로 걱정입니다. 아가야, 뱃속의 아가야, 잘 크거라."

두 사람은 유상규 박사의 진찰실로 향했다. 한집안 사람처럼 흉허물이 없는 유상규 박사는 춘원을 찬찬히 살펴보고 나서 근심어린 표정으로 말했다.

"부인께서는 튼튼한 둘째아기를 가지셨는데 정작 춘원 선생이 문제요. 아 참….."

이상하게 유상규 박사는 말끝을 흐렸다. 춘원이 흔들리는 목소리로 되물었다.

"뭐가 또 잘못된 거요?"

"그 결핵이라는 균은 참으로 집요합니다. 그놈이 이번에는 신장으로 내려갔네요. 신장에 내려가서 터파기 공사를 하고 있으니 아랫배가 땅기고 아프지요. 정 견디기 어려우시면 날짜를 잡아서 수술해야지요. 날씨가 풀리면 좀 나을지도 모르니까 기다려보십시다."

그해 3월, 춘원은 야간 북행열차를 타고 정주로 향했다. 기억 저편으로 사라져버린 듯한 고향, 그러나 끈질긴 그루터기 같은 고향 정주가 늘 마음에 걸렸기 때문에 춘원은 아예 그 그루터기를 뽑아 옮겨야겠다는 생각으로 정주를 찾았다.

첫 부인 백혜순은 착한 시골 부인으로 재가하지 않은 채 순박하게 세월을 보내고 있었다. 정주중학교 모자를 쓴 첫아들 진근이가 꾸벅 인사했다. 키가 훌쩍 큰 그 아이가 덤덤하게 서서 끝내 눈을 맞춰주지 않았다. 아이의 머리를 한 번 쓰다듬어주고 면사무소로 가서 본적지 서류를 찬찬히 살펴보고 난 춘원은 전적(轉籍) 준비를 했다. 젊은 면사무소 직원이 혼잣말처럼 말했다.

"경성에서 사신다면 그리로 옮기셔야죠. 서류 한 번 떼려 해도 좀 멀어요? 암—, 옮기셔야죠."

그 젊은 직원이 잉크 물을 찍어 뾰족한 펜촉으로 '경성부 서대문정 1정목 9번지'라는 새 본적지를 적을 때 춘원은 슬그머니 죄책감을 느꼈다. 그러나 춘원은 고향 정주를 가능하면 멀리 밀어내고 싶었다. 그래서 다시 야간 남행열차를 잡아타고 경성으로 돌아와 아내 허영숙 곁으로 갔다. 세 살배기 봉근이가 벙글벙글 웃으며 "아빠, 아빠" 하며 품에 안겼다. 춘원은 다시 아파오는 아랫배를 만지며 제발 큰 병이 아니기를 마음속으로 빌었다.

입덧이 한창인 허영숙이 춘원이 떼어 온 전적서류를 들고 서대문정 사무소로 달려가 본적 옮기는 일을 마쳤다. 허영숙은 사무소 직원에 떼어준 새 서류에 어머니 송인향, 남편 이광수, 큰아들 봉근이의 이름이 올라 있는 것을 보며 묘한 뿌듯함을 느꼈다.

그 무렵 동아일보사 학예부는 부산하게 움직였다. 동양 사람으로서는 최초로 노벨문학상을 받은 인도 시인 라빈드라나트 타고르(1861~1941)가 동경에 왔다는 소식이 떠들썩했기 때문이었다. 춘원과 허영숙이 현직에서 물러나고 학예부장 자리를 맡은 주요한이 기자들을 불러 모았다.

"그 유명한 시성 타고르가 도쿄에 나타났다고 하는데, 이참에 우리 동아일보사가 불러다가 은자의 나라 코리아도 보여주고, 경성에서 강연하게 하면 어떨까?"

편집국 전체가 들썩하며 좋은 아이디어라고 찬성했다. 〈동아일보〉

도쿄지국에 전보를 보내서 이런 본사의 뜻을 전했다. 본사의 연락을 받은 지국장 이태로가 타고르의 수행원들에게 그런 뜻을 전했다. 당시 세계적 명사로 떠올랐던 타고르는 자신을 초청한 일본 측 인사들에게 조선 방문이 어떻겠냐고 물었다. 타고르는 도쿄 방문을 끝내고 미국 쪽으로 갈 일정을 조금 늦추더라도 경성에 들르고 싶었다. 그러나 일본 측 인사들이 타고르를 말렸다. '지금 조선 측 정세가 썩 좋지 못하다, 노동자들이 파업하고 분위기가 좋지 않으니 안 가시는 게 좋겠다'라고 하면서 예정대로 방미 일정을 진행하도록 종용했다. 타고르의 비서는 동아일보사 측에 미안함을 전했다.

타고르는 요코하마에서 배를 타기 직전에 미국인 비서를 통해 시 한 수를 전했다. 동아일보사 측으로 보자면 강연회에 진배없는 횡재를 한 셈이었다. 단 여섯 줄의 짧은 시였다. 영문에 밝은 주요한이 번역을 했다. 아주 멋지게!

일찍이 아세아의 황금 시기에/ 빛나던 등촉의 하나인 조선/ 그 등불 한 번 다시 켜지는 날에/ 너는 동방의 밝은 빛이 되리라.

조선의 젊은이들은 타고르의 시를 보며 환호했다. 〈동아일보〉는 빛나는 특종을 한 셈이었다. 타고르의 시는 고무적이었지만 경성에 있는 춘원은 자신의 몸 때문에 안절부절못하고 있었다. 언제나 병마가 문제였다. 그것은 가만히 있는 나무를 흔들어대는 바람과 같았다. 춘원이 〈동아일보〉에 연재하는 《단종애사》를 서둘러 써두고 병원으로 들어가자고 말했다. 허영숙이 물었다.

"못 참겠어요?"

"도저히 못 참겠어. 배변할 때는 더욱 괴로워."

결국 그해 5월, 춘원은 경성의전 병원에 입원했다. 허영숙이 떼를 쓰듯 수술해줄 의사를 지목했다.

"꼭 백인제 외과과장님과 유상규 선생님께서 집도해주세요."

두 사람은 자신들이 가진 모든 의술을 기울여 춘원의 아랫배를 가르고 좌측 신장 하나를 떼어냈다. 수술을 끝낸 후 백인제 박사가 말했다.

"다행히 우측 신장이 튼튼하니까 앞으로는 별일이 없을 겁니다."

춘원의 수술이 끝나고 나자 당시 신문들은 그 수술 내용을 크게 보도했다.

조선 최고의 외과의 팀 탄생. 지난 5월 24일, 경성의전 병원 외과에서는 조선 최초로 신장을 떼어내는 신장절제 수술에 성공했다. 조선의 문호 춘원 이광수는 지난 5월 14일에 신장결핵으로 경성의전 병원에 입원하였던바, 외과과장 백인제 박사와 경성의전 강사이며 외과의인 유상규 선생의 집도로 좌측 신장절제 수술을 했다. 완벽한 마취와 함께 수술은 성공적으로 진행되었고 좌측 신장 하나만을 적출하고 나머지 우측 신장을 살려내는 쾌거를 이루었다. 조선에서 이루어진 최초의 신장수술 성공사례이다.

그러나 수술 후에도 춘원은 계속 기침을 했다. 그리고 높은 열에 시달렸다. 백인제 박사가 폐렴까지도 말끔히 다스려주었다.

경성의전 병원 정원에 모란이 뚝뚝 떨어지던 6월에야 춘원은 퇴원했다. 그는 순교자 같은 자세로 《단종애사》에 다시 매달렸다. 자신이 아프고 괴로웠기 때문에 수백 년 전 숙부에게 왕위를 빼앗기고 영월로 울며 울며 떠났던 단종의 그 슬픔과 괴로움을 절절히 그려낼 수 있었을 것이다. 〈동아일보〉 애독자들도 신문지 위에 하염없이 눈물을 쏟았다.

춘원이 순조롭게 집필을 계속하던 7월 말, 춘원의 집에서는 작은 잔치가 벌어졌다. 배가 많이 부른 허영숙은 언니 은숙을 다시 부르고 음식 장만을 했다. 춘원을 위해 고생하였던 두 의사에게 감사를 표시하기 위한 잔치였다. 사실 유상규 의사와 백인제 박사는 춘원과 특별한 인연을 가진 사람들이었다.

백인제 박사는 춘원이 교사로 있었던 오산학교를 나왔다. 그는 정주지역에서 '승지댁'으로 불렸을 만큼 가세가 번창했던 집안의 아들이었다. 그의 집안은 일찍이 신문물을 받아들이기도 했다. 당숙 백이행(白彝行)은 남강(南岡) 이승훈(李昇薰) 선생과 함께 오산학교를 세운 사람이었다. 백인제는 그런 집안에서 태어난 수재였다. 오산학교도 수석으로 졸업하였고 당시로서는 가장 들어가기가 어렵다는 경성의전에 수석으로 입학했다.

그런데 의전에 다니면서 3·1만세운동이 일어나자 의전에 다니던 조선 학생들과 함께 만세운동의 선봉에 섰다. 같은 의전에 다니던 유상규도 함께 만세운동에 앞장섰고 두 사람은 똑같이 퇴학을 당했다. 유상규역시 평안북도 강계군 태생으로 서북지역 출신이었다. 백인제보다 한학년 아래였지만 수석을 놓치지 않는 수재였다.

두 사람은 퇴학 통보를 받고 나서 여러 번 만났다. 유상규는 상해로 향하는 밀항선을 탔다. 백인제도 몇 번인가 항구로 나갔다가 되돌아왔다. 그리고 새로 온 총독 사이토 마코토가 유화정책을 펴자 의전에서는 퇴학당한 조선 학생들에게 반성문을 쓰면 복학시켜 준다고 통보했다. 백인제는 숙고 끝에 간단한 반성문을 쓰고 4학년에 복학했다. 그리고 수석으로 졸업했다. 그러나 학교 측에서는 시위 전력이 있다는 꼬투리를 잡고 의사면허증을 내주지 않았다. 그리고 단서를 달았다. '총독부 의원에서 2년 동안 의사를 돕는 부수(副手: 지금의 인턴이나 레지던트) 노릇을 하면 정식 의사면허를 내주겠다'는 것이었다.

백인제는 2년 동안 수술하는 외과의들 옆에서 마취하는 일을 담당했다. 그리고 2년 뒤 정식 의사면허를 받았다. 1923년 5월, 그는 의사면허증을 받은 후 총독부 의원의 의사와 경성의전 강사직을 맡았다. 그는 탁월한 마취 솜씨와 각종 질환의 감별진단에 조선 제일이라는 칭호를 받았다. 그는 위장, 특히 위궤양, 위암, 간담관, 유암, 갑상선암 등의 수술에도 능했다. 조선 사람들은 백인제라는 외과의사에게 수술 받기 원했다. 그는 조선인으로서는 최초로 경성의전의 외과 주임교수가 되었다. '신의 손'이라는 명예로운 칭호도 얻게 되었다. 그는 꾸준히 논문 발표를 해서 1928년 4월에는 구루병에 관한 논문으로 도쿄 제국대학 의학부에서 의학박사 학위를 받았다. 하늘의 별과 같은 의학박사 학위를 손에 넣은 것이다.

유상규는 상해임시정부에서 내무총장을 맡은 안창호 선생의 비서관이 되었다. 흥사단에도 가입했다. 그는 그 시기에 운명적으로 도쿄에서 2·8독립선언서를 쓰고 상해로 갔던 춘원 이광수와 만나게 된다. 춘원이 〈독립신문〉을 만들 때 도산 안창호 선생의 원고를 춘원에게 건네기도 하고, 함께 교열 보는 일을 하기도 했다. 그리고 쓸쓸한 상해의 뒷골목에서 함께 술잔을 기울이고 황푸 강가와 짙푸른 상해 앞바다를 헤매었다.

1921년, 춘원과 함께 배고픔을 달래며 상해의 만두집과 요릿집에서 견딜 수 없는 음식 냄새가 풍겨 올 때 '차라리 걸인이었으면 저 음식을 좀 달라고 떼를 쓸 수도 있을 텐데…'라고 생각하고 있을 때 천사 같은 모습의 허영숙이 나타났다. 그녀가 주고 간 돈으로 이광수와 유상규는 사흘 동안 돼지고기를 정신없이 먹고 나흘 동안 설사했다. 이광수마저 허영숙의 발자취를 따라 훌쩍 상해를 떠나고 났을 때 유상규는 혼자 울었다. 그때 안창호 선생은 이렇게 말했다.

"상규 동지, 고국으로 돌아가게. 가서 하던 의학공부를 마치도록 해. 이렇게 이국의 거리를 헤매며 청춘을 허비하지 말고 의사 공부를 하게. 그래서 아픈 우리 민족들을 치료해주게. 그게 애국일세."

유상규는 일단 일본 오사카로 들어갔다. 건설현장의 막노동자로 일하기도 하고 비누공장에서 비누 만드는 일도 했다. 관동대지진이 일어나 하마터면 참변을 당할 뻔했다. 일본 경찰에 잡혀 유치장 속에 있었기 때문에 오히려 목숨을 부지할 수 있었다. 그는 황황히 경성으로 돌아와 긴 반성문과 자술서를 쓰고 경성의전에 복학했다. 1927년, 그는 동기생들보다 무려 7년이나 늦게 의사면허를 받았다.

그는 경성의전에 다니면서도 이광수가 조직한 '수양동우회'에 입회하고 춘원과 함께 독립운동을 계속했다. 이렇게 깊고 끈질긴 인연 때문에 춘원은 자신이 아플 때마다 의사 유상규를 먼저 찾았다. 춘원이 황해도 연등사로 치료여행을 떠날 때도 유상규가 그의 곁을 지켰다.

그날따라 말끔한 한복으로 갈아입은 춘원 내외가 백인제, 유상규 두 의사를 아랫목에 앉히고 자신들은 윗목에 앉았다. 그리고 내외는 두 집 도의에게 예를 올렸다. 춘원은 이마를 바닥에 대고 절을 올렸고, 허영숙도 두 팔을 짚고 고개를 숙였다. 아랫목에 앉은 두 사람은 황황히 일어서며 손을 내저었다.

"아니, 왜 이러십니까. 사람을 청해놓고 욕보일 일이라도 있으십니까?"

그러면서 두 사람은 맞절을 했다. 춘원이 조용히 말했다.

"우리 내외가 두 분에게 가없는 은혜를 입었습니다. 특히 병약한 이 몸은 수년래 두 분께 지극한 보살핌을 받았습니다."

백인제 박사가 말했다.

"스승님, 왜 이러십니까. 스승님께서는 오산에서 저를 가르쳐주신 분입니다. 또 사모님이신 허 여사님은 저희 의학계의 대선배님이십니다. 저희들은 겨우 경성에서 의전을 나왔습니다만 사모님께서는 현해탄을 건너 도쿄에서 공부하셨습니다. 저희들이 경성의전을 오갈 때 조선 최초의 개업의가 되셨습니다."

"일찍 학교만 나오면 뭘 해요, 개업한다고 부산만 떨고…. 의사로서 제대로 진료도 못하면서 신문사까지 기웃거렸습니다. 참으로 부끄럽습니다. 그래서 도쿄제대에 건너가 연구라도 해볼까 했는데 반도 출신 여자에다가 시원찮은 사립전문대학을 나왔다고 퇴짜 맞았습니다. 하늘 같은 도쿄제대에서 박사학위를 받으신 백 박사님을 존경합니다."

이번에는 춘원이 유상규 의사를 향하여 말했다.

"이 사람은 상해 시절부터 유상규 선생에게 신세를 졌습니다. 거기서도 내가 열이 오르고 폐병 증세를 보이면 유 선생께서 이 사람을 돌봐주셨습니다. 그리고 시원찮은 이 사람이 고국에 돌아와서도 폐병 증세를 보이자 궁벽한 연등사까지 따라오셔서 돌봐주셨습니다. 우리 앞으로는 나이를 떠나서 서로 벗을 하며 지냅시다."

두 의사는 손을 내저으며 황송해 했다. 그때 할머니 방에 있던 봉근이가 들어오면서 "아빠 엄마, 아찌 아찌"를 불러 분위기는 밝게 바뀌었다.

음식을 다 먹고 난 후 이광수는 방 한켠에 있는 오르간을 열고 음악을 연주했다. 허영숙이 이광수의 반주에 맞춰 바이올린을 켰다. 백인제 박사가 놀라며 말했다.

"춘원 선생께서는 언제 오르간 연주를 배우셨습니까?"

"뭐 따로 배운 건 아니고, 오산학교 강당에 오르간이 있었잖소. 숙직할 때나 밤늦게 책을 볼 때 심심해서 내 나름대로 익힌 솜씨요."

유상규가 물었다.

"사모님께서는 언제 바이올린을 하셨습니까?"

"연주라고 할 것까지는 없고요, 일본 유학할 때부터 조금씩 흉내를 냈어요."

결국 그날 밤 소연(小宴)은 그 전해 백인제 박사가 학위를 취득한 그 일을 축하하면서, 수술을 잘 해준 명의들에게 바치는 연주회가 되었다.

무불옹의 깊은 속내

1929년 8월 17일 사이토 마코토가 다시 경성에 돌아왔다. 제5대 총독으로 다시 한 번 조선 땅을 밟게 된 것이다.

조선의 식자들은 사이토 마코토의 재부임을 환영하는 편이었다. 왜 사이토 마코토 총독이 두 번씩이나 조선의 총독으로 재부임하게 되었을까. 육군대장 출신인 전임 야마나시 한조 총독은 부패한 인물이었다. 그는 이미 뇌물사건에 연루되어 본국에 송환된 상태였다. 게다가 1929년 초부터 원산의 부두 노동자들이 들고 일어난 파업이 전국으로 퍼져 시국이 시끄러웠다. 일본 정부는 그래도 조선에서 선정을 베풀었다고 인심을 얻었던 그를 부랴부랴 경성에 다시 보낸 것이었다.

사람들이 수군거렸다.

"그래, 구관이 명관이지. 사이토는 그래도 나았으니까….."

사이토 총독이 돌아와 시국이 웬만해졌을 즈음, 이광수는 수양동우회 이사회를 부랴부랴 열고 회의 명칭을 그냥 '동우회'로 고쳤다. 그러나 사람들은 수양동우회라는 이름을 깊이 기억하고 있었고 내내 수양동우회로 불렀다. 춘원의 집에 다시 한 번 손님들이 북적거렸다. 허영숙의 언니 은숙이 음식 만드는 사람들과 함께 땀을 흘렸다. 그때쯤 허영숙은 만삭의 배를 안고 한성의원에서 몸 풀 준비를 했다. 김기영은 정신없이 바쁘고 연달아 아기를 가진 허영숙을 위해 충실하게 병원을 지켜주었다.

병원 정원에 서 있는 넓은 오동나무 잎새가 마지막 더위에 늘어져 있던 9월 26일, 병원 특실에서 우렁찬 사내아이의 울음소리가 울려 퍼졌다. 춘원과 허영숙의 둘째아들 영근(榮根)이 태어났다. 《단종애사》를 쓰느라 수도승처럼 서재에만 박혀 있던 춘원이 뛰쳐나오고 산파 아주머니와 의사 김기영이 싱글벙글했다.

김기영이 춘원에게 축하의 말을 건넸다.

"이번에도 아드님입니다. 겹경사가 터졌군요. 한턱내십시오."

춘원은 입이 귀에 걸려 큰 소리로 말했다.

"암요, 암요. 한 턱 아니라 두 턱이라도 내야죠."

송 부인은 팔순을 바라보는 몸으로 숭삼동에서 달려와 춤이라도 출 것처럼 기뻐했다. 춘원은 사람들이 없을 때 허영숙의 이마를 물수건으로 닦아주며 허리를 구부려 그 이마에 입을 맞추고 치하했다.

"참으로 애 많이 썼소. 사랑하오, 여보."

허영숙은 실눈을 뜨며 행복하게 말했다.

"저도 당신을 사랑해요. 그렇게 갈비뼈를 들어내고 신장을 떼어 내면서도 이렇게 튼실한 아이를 낳게 해주셨네요. 당신이야말로 수고하셨어요."

두 사람은 손을 꼭 잡고 차오르는 행복을 실감했다. 그때 전화벨이 울렸다. 유럽을 휩쓸고 먼 미국까지 건너갔다가 하와이를 거쳐 요란하게 귀국했던 나혜석으로부터 온 전화였다.

"영숙이, 축하해. 나도 돌아오자마자 몸을 풀고 셋째아들 건이를 낳았지. 아기 이름을 뭐라고 지었나?"

"춘원 선생이 영근이라고 이미 지어놓으셨어."

나혜석은 깔깔거리며 말했다.

"아직도 춘원 선생이야? 아이를 둘씩이나 낳고도?"

춘원이 전화기를 빼앗아서 대답했다.

"정월, 걱정 마. 이제는 우리 집사람도 나보고 여보라고도 하고 당신이라고도 불러. 아무튼 귀국을 축하해. 수원에서 귀국 전시회를 열었다는 소식은 들었어."

"오빠, 경성 올라가면 찾아갈게요. 우리 밀린 얘기 좀 해요."

다시 전화벨이 울렸다. 이번에는 〈동아일보〉 사장 송진우였다.

"득남을 축하하오. 연재해주시는 《단종애사》 때문에 낙양의 지가가 사정없이 오르고 있어요. 득남도 하시고 신문도 잘 팔리고 있으니 이제는 본업으로 돌아와 편집국장을 맡아주셔야죠."

춘원은 기분이 좋아서 주저하지 않고 승낙했다. 춘원이 다시 〈동아일보〉에 나가 업무를 보기 시작할 때 마치 기다렸다는 듯이 세계적인 빅뉴스가 터져 나왔다. 그해 10월 24일 뉴욕 월가의 주가가 폭락하면서 금보다 더 비싸던 주식들이 휴지 조각이 되어 빌딩 사이로 쏟아져 내렸다. 미국 언론들은 그날을 '암흑의 목요일'이라고 불렀고 전 세계는 미국 경제의 영향을 받아 경제대공황 터널로 빨려 들어가기 시작했다. 도쿄의 증시도 폭락하며 아시아의 경제를 어둠 속으로 끌고 갔다.

당장 경성의 경기도 얼어붙었다. 술집들이 문을 닫고 종로 거리를 걷는 사람들이 고개를 숙이고 다녔다. 동아일보사의 경제부 기자들이 분주하게 사무실과 종로통과 본정통을 오가며 경제 상황을 점검하고 시장을 누비면서 물가를 조사했다. 한마디로 물가는 폭등하면서 지폐가치는 폭락하고 실업자들이 쏟아졌다. 이광수는 자신의 전공도 아닌 경제 뉴스와 하루 종일 싸우면서 골치 아픈 나날을 보내게 되었다. 그래도 틈이 나는 대로 소설 《단종애사》에 매달렸다.

화불단행(禍不單行)이라고, 불행은 겹쳐서 밀어닥쳤다. 세계적 대공황이 지구촌을 강타하고 있을 때 조선반도의 남쪽 광주에서는 뜻하지 않은 사건이 터졌다. 광주로 통학하던 광주여고보 학생들을 일본인 통학생들이 희롱하는 일이 벌어졌다. 흰 저고리에 검은 통치마를 입고 머리를 땋아 내린 광주여고보 학생 3명이 나주역 근처에 내렸을 때 일본인 남자 통학생들이 그 여학생들의 땋은 머리를 잡아당기며 놀렸다.

"에이, 조센징 주제에 무슨 공부야? 조센징 여자는 밭에 가서 일이나 하든지 식모살이나 하든지 하지, 뭘 주제넘게 책가방을 들고 통학을 해? 건방지게!"

그 모습을 보던 광주고보의 조선인 남학생들이 분노했다.

"야 이 쪽발이들아! 왜 우리 누이들을 건드려? 이 새끼들 뜨거운 맛을 봐야 알겠어?"

조선인 남학생들은 30명쯤 되었고, 일본인 학생들은 50명이 넘었다. 유도나 검도를 배운 일본 남학생들은 제법 폼을 잡으면서 싸울 준비를 했다. 그러나 악에 받친 조선 학생들이 돌을 들고 무작정 덤벼들자 일본 학생들은 하릴없이 무너졌다. 이 모습을 본 일본인 역무원들과 경찰들이 달려와 일본 학생들을 일방적으로 편들면서 조선 학생들을 잡아들이기 시작했다. 이 일이 발단이 되어 광주 전역의 조선인 학생들이 들고 일어났고 동맹운동과 투쟁운동이 전개되면서 서울과 평양으로까지 들불처럼 퍼져 나갔다.

학생운동이 제2의 3·1만세운동의 모습으로 커지면서 전국적으로 번지게 되자 당시 조선인들을 하나로 묶고 있던 민족운동단체 신간회(新幹會)에서는 즉시 사건의 진상을 알아보기 위해 변호사 김병로(金炳魯)와 허헌(許憲)을 광주 현지에 내려보냈다.

이광수도 기자들을 파견하여 현지의 사정을 소상하게 파악하고 신속하게 보도했다. 그는 또 신간회에서 내려보낸 김병로나 허헌 같은 변호사들에게 일본인들이 위해를 가하지 못하도록 밀착취재를 지시했다. 민족신문 기자들이 현장에 있음으로 해서 일본인들이 조선 변호사들의 진상 파악을 방해하지 못하도록 했다. 무엇보다도 일본 보도진들의 허위보도를 막고 진실을 규명하는 데 우리 기자들이 앞장서도록 했다.

이런 상황에서 한때 〈동아일보〉 여기자를 하였으며 변호사 허헌의 딸로 사회주의 사상에 투철한 허정숙(許貞淑)이 서울에 있는 이화여학교나 평양에까지 달려가 여학생들을 각성시키며 시위를 암암리에 주도하는 것에 대해서는 비밀에 부쳤다.

그해 겨울 눈발이 내릴 때 털모자를 쓰고 두터운 코트를 걸친 무불옹이 예고도 없이 숭삼동 춘원의 집을 방문했다. 서재에서 《단종애사》를 마무리 짓던 춘원과 생후 10개월이 된 영근이를 안고 잠자리에 들려던 허영숙은 너무나 놀라 옷깃을 여미고 무불옹을 서재로 모셨다. 허영숙이 부엌에 들어가 쌍화차를 끓이고 그 위에 잣을 띄워 들고 왔을 때 무불옹은 힘없이 말했다.

"아기는 잘 크지요?"

허영숙이 "그렇습니다"라고 고개를 숙이며 답하자 70이 다 된 무불옹은 쌍화차를 후후 불며 조심스럽게 마시면서 허영숙도 함께 자리에 앉게 했다. 참으로 오랜만에 단란한 분위기 속에서 세 사람은 마주앉은 셈이었다. 그 모습은 시아버지를 모신 내외의 아늑함과 닮아 있었다.

"그때가 언제였던가 …? 내가 연등사로 춘원을 찾아가고 거기서 달빛을 만끽하고 돌아왔을 때 닥터 허가 큰아들을 업고 왔는데 나하고는 길이 엇갈렸지. 나는 떠나고 닥터 허는 오고 …."

"재작년 일이었으니까 벌써 2년이 되었네요. 그때 제가 업고 갔던 큰아이가 벌써 세 살이 되었습니다."

무불옹은 고개를 끄덕이었다. 춘원이 물었다.

"어르신께서 묵고 계시는 무불암은 말이 암자지 초가에 방 두 칸짜리 누옥인데, 지내시기가 괜찮으십니까?"

"아 천만에. 아주 좋아요. 온돌방이 따뜻해서 허리 지지기에 좋고 밥을 해주는 아주머니는 전라도 분이라 손끝이 좋아 음식이 부드러워. 내가 먹기에 딱 좋아. 나는 조선에 나오면 동소문 벽에 기대어 석양을 바라보고 경성의 정겨움을 느끼는 것이 그렇게 좋아."

"이번에 어르신께서 나오신 것은 옛날처럼 사이토 총독께서 어르신의 자문을 구하셨기 때문이 아니겠습니까?"

무불옹은 턱수염을 만지면서 고개를 끄덕이었다.

"그런 셈이지. 나는 이제 혈압도 높고 관절염이 생겨 걷기도 어려운

데 그 양반이 한번 나오라고 하시더군. 조선의 분위기가 3·1만세운동 때와 비슷하게 돌아간다고 하시면서 민심을 눅일 수 있는 방법이 무엇이냐고 하문하시더군. 내 대답은 간단했어. 절대로 조선 학생들을 자극하지 말라. 동맹휴학이나 시위를 주동했다고 해서 잡아들여 심하게 다루면 타오르는 불길에 기름을 붓는 격이니 무조건 다독이고 내 자식이 무엇인가 틀어져서 잠시 대드는 것이려니 하고 관대하게 처분해달라고 건의 드렸어. 안 그래, 춘원?"

"그렇습니다. 조선인들의 마음을 얻으려면 진심으로 대해야 합니다. 그런데 어르신께서는 왜 도쿄 〈국민신문〉 부사장직을 내놓으셨습니까? 항간에 들리는 얘기로는 평생의 지기이신 도쿠토미 소호 사장님과도 멀어지셨다고도 하는데 …."

"사실 그 말은 맞는 말이야. 나는 지난 1923년 관동대지진 때 잘렸는데 그 원인이 좀 미묘했어. 지진 때 도쿄에도 여기저기에서 화재가 일어나고 조선인들이 우물에 독을 풀고 폭동을 일으킨다고 마구 잡아들였잖아. 때로는 길에서 맞아죽기도 하고. 아무튼 그때 우리 국민신문사에도 화재가 났는데 현장을 지키지 못하고 화재진압에 앞장서지 않았다는 거야. 사실 그때 나에게는 신문사에 불이 붙은 것보다 더 긴급한 일이 있었어. 조선인들이 일본인들에 의해 마구 끌려가고 학살당하고 심지어는 조선 유학생들까지 화를 입게 되자 내 마음은 급하게 됐지. 경시청으로 쫓아다니면서 조선인 학살을 금하라고 계속 청원하였고, 조선인들을 안전한 학교나 기독교 교회로 피난시키는 일을 자청해서 했지. 그 일에 몰두하고 있을 때 신문사에 불이 붙은 거야. 사주인 도쿠토미 소호 사장의 입장에서 볼 때는 내가 괘씸했겠지. 불붙은 신문사는 내팽개쳐 두고 조선인들을 살린다고 이리 뛰고 저리 뛰는 내 모습이 영 못마땅했을 거야. 사태가 끝나고 나자 사표를 내라고 하더군. 그래서 사표를 냈지. 하지만 지금까지 부사장 월급은 꼬박꼬박 전해주고 있어. 도쿠토미 사장에게 미안하게 생각하고 있어."

허영숙이 물었다.

"어르신, 어르신께서는 유별나게 우리 조선인들을 챙겨주시고, 제 아이 아버지 춘원까지도 발굴했지요. 그리고 3·1만세운동 때 옥에 갇힌 육당 선생을 석방하셨습니다. 또 관동대지진 때에는 우리 조선인들을 그렇게까지 보호하셨는데요, 그처럼 조선인들을 사랑하시고 깊은 연민으로 대해주시는 까닭은 무엇인지요?"

"나는 일찍이 김옥균 선생을 만나 조선에 관한 공부를 했지. 그때부터 조선을 사랑하기 시작했는데 지난 을미년에는 명성황후를 우리 일본인들이 시해한 참담한 사건이 있었지 않은가. 그때 궁중을 범하고 명성황후를 시해했던 낭인들 30여 명 중 20여 명이 구마모토 출신들이야. 내 고향 사람들이었고 대개는 내가 알 만한 인물들이었지. 그중에서도 내가 깊이 알고 지내던 언론인 기쿠치 겐조(菊池謙讓)가 있었단 말이야. 나중에 재판을 거쳐 증거 불충분으로 석방은 되었지만 그 사람이 깊이 개입된 것은 사실이지. 사실 나는 늘 그 점이 안타깝고 괴로웠지. 마치 내 원죄(原罪) 같았어. 그래서 나만이라도 여생을 조선인들을 위하는 데 써야겠다고 생각했지. 사이토 마코토 총독을 보좌하면서 조선인들 편을 많이 들었지. 그런데 이번에 와서 보니 총독부 고관들 중에 강경파가 많고 내가 총독실에 드나드는 것을 못마땅하게 보는 눈길들이 많아. 그놈들이 나를 아예 '운동권'이라고 부르더군. 조선 사람들과 한

패가 되어 시위라도 할 듯한 인물이라는 것이지. 허허 참."

"어르신, 밖에 눈발이 날리는데 오늘 저녁은 저희 집에서 주무시지요. 제가 자리를 봐 놓겠습니다."

무불옹은 어찌할까 잠시 망설이는 눈치더니 부드럽게 말했다.

"며느리 같은 닥터 허가 그렇게 말하니 내가 아들 며느리 집에서 하룻밤 신세를 져 볼까?"

춘원도 반색했다.

"그럼요, 길도 미끄럽고 무릎도 아프신데 동소문까지 어찌 가시겠습니까."

그렇게 아베 미츠이에는 춘원의 집에서 하룻밤을 묵었다.

그해 말, 춘원은 《단종애사》를 217회로 마감하고 연재를 끝냈다. 그리고 이어서 주요한 시인, 파인 김동환 시인과 함께 《3인 시가집》을 펴냈다. 영근이는 무럭무럭 자랐다.

나혜석의 이혼

1930년 새해 첫날부터 춘원은 〈동아일보〉에 《혁명가의 아내》를 연재하기 시작했다. 하루의 절반은 신문사에서 보내고 일찍 퇴근하여 나머지 시간은 서재에서 집필에 전념했다. 허영숙도 오전에만 진료하고 오후에는 일찍 들어와 벙글벙글 웃는 영근이와 세 살이 넘어 씽씽 내달리는 봉근이를 보는 재미로 시간을 보냈다. 형제간에 사이도 좋아 봉근이는 누워서 손짓하는 동생 영근이를 신기한 듯 바라보고 그 손목도 만져보며 발도 잡아주고 제법 형 노릇을 했다. 춘원도 건너와 형제를 바라보며 만감이 어린 표정으로 말했다.

"여보, 당신이 3년 전에 봉근이를 들쳐 업고 연등사로 찾아왔을 때 나는 참으로 비감한 생각이 듭디다."

"비감한 생각이라니요?"

"사실 그때 암자에서 밤마다 쏟아지는 별빛을 바라보며 내가 무슨 생각을 했는지 아오? 과연 내가 이 암자에서 살아남아 내 발로 저 산길을 걸어 내려갈 수 있을까? 나는 밤마다 내가 죽어서 관 속에 누워 있는 악

몽을 꾸었다오. 그때 당신이 생후 6개월밖에 되지 않은 봉근이를 눈발 속에서 들쳐 업고 왔을 때 내게 무슨 생각이 들었겠소. '아하, 저 사람이 내 죽기 전에 봉근이를 보여주려고 이 추위에 찾아왔구나.' 바로 그런 생각이 듭디다."

"참 당신도⋯. 별스러운 생각을 하셨네요. 저는 당신이 첫아들 얼굴도 못 보고 산속에 계시기 때문에 우리 봉근이 얼굴을 자랑하러 서둘러 간 것뿐이었어요. 더 추워지기 전에."

그날은 참으로 단란한 가족끼리의 정을 나누는 시간을 보냈다.

달이 바뀌어 춘원이 신문사로 나가고 허영숙이 집에 있을 때였다. 봉근이는 애 보는 아이가 데리고 나가고 영근이는 쌔근쌔근 잠이 들어 있었다. 허영숙은 방바닥에 펼쳐져 있는 〈동아일보〉를 집어 들었다. 2월 6일 자 신문이었다. 평양 주재기자가 쓴 것인데 그녀의 머리를 망치로 내려치는 듯한 기사였다.

조선 최초 여자박사 탄생! 지금까지 조선에는 여성으로서 학사학위(MA)를 가진 이들이 다였다. 그런데 이번에 조선 여자계에서는 최초로 박사학위를 취득한 이가 미국에서 나타나 금의환향했다. 평양부 차관리 송상점 씨의 장녀 송복신(宋福信, 27세) 양이 조선에서는 처음으로 여자 박사학위를 받아가지고 지난 1일 금의환향하였는데, 양은 1923년 평양 숭의여학교를 졸업하고 동경의학전문학교를 마친 후 미국 미시간 주로 건너갔다. 그곳에서 주립대학을 졸업한 후 작년 6월에 '인종에 따른 성장 차이'라는 논문을 제출한 결과 우수한 성적으로 통과되어 위생학박사(衛生學博士)를 취득하고 고향에 왔는바, 양의 포부는 금년 봄에 다시 미국 미시간 주로 건너가 주정부의 공중위생국에서 근무할 예정이라고 한다. 참으로 경하할 소식이다.

"송복신이라…. 송복신이라…."

허영숙은 신문을 들고 부들부들 떨었다. 키가 크고 피부색도 희고 유난히 총명했던 평양 출신의 그녀…. 그녀는 허영숙이 졸업하던 1918년에 우시고메에 있는 도쿄 여자의학전문학교에 풋내기로 입학했던 소녀였다. 동경여의전을 최초로 졸업하는 허영숙을 위하여 그때 도쿄에 있던 조선 여자 유학생들이 고지마치구(麴町區) 항잔초(飯山町)에 있는 교회당에서 송별행사를 열어주었다. 그때 3월에 먼저 사립여자미술학교를 졸업한 나혜석도 참석했다. 나혜석과 허영숙이 고맙다는 답사를 하였고 현덕심, 송복신, 정자영 같은 후배들이 꽃다발을 주었다. 그날 모두를 행복하게 해준 여의전 신입생은 평양 출신의 송복신이었다. 그녀는 피아노 연주를 하면서 노래를 불렀는데 노래 솜씨도 일품이었다. 피아노 연주도 놀라울 정도였다.

그 아득한 후배 송복신이 미국에까지 유학하여 조선 최초의 여자박사가 됐다는 사실은 허영숙의 마음을 이상하게 흔들었다. 허영숙 자신은 몇 년 전에 제국대학에 들어가려고 하였으나 좌절되었다. 그 좌절감을 춘원이라는 위대한 작가의 그림자로 지워왔고 귀엽고 사랑스러운 두 아들로 거뜬히 이길 수 있었다. 그런데 그날 아침 송복신의 금의환향 소식이 실린 〈동아일보〉 기사는 날카로운 송곳이 되어 그녀의 자존심을 사정없이 공격했다.

그 무렵 허영숙을 압박했던 또 하나의 사실이 있었다. 그녀의 3년 후배로 1920년에 동경여의전을 졸업했던 정자영의 근황이었다. 그녀는 동경여의전이 승격된 덕분에 의사시험 없이 졸업과 동시에 일본 의사 면허를 땄다. 동대문 보구여관의 전문의로 근무하다가 의사 문목규를 남편으로 맞아 경성부 수은동 92번지에서 '진성당 의원'을 개원했다. 그리고 산부인과는 물론이고 남편과 함께 내과, 소아과를 함께 진료하면서 경성부에서 명성을 떨치기 시작했다.

정자영보다 1년 늦게 동경여의전을 나온 현덕신은 이화학당 출신인데 졸업 후 역시 보구여관에서 전문의로 봉직했다. 〈동아일보〉 기자 최원승과 결혼하고 1928년에는 전남 광주로 내려가 광주지방 첫 여의사로 명성을 날리며 지역의 여성계몽운동에도 앞장서고 있었다.

후배들의 눈부신 활약이 허영숙을 여러 면에서 자극했다.

'내가 이렇게 현실에 안주해 있으면 안 되지. 그리고 의사면 의사, 기자면 기자, 그 정체성이 분명해야 해. 의사 하다가 기자 노릇 하다가 병원에 갔다가 집에 와서 춘원의 원고 구경하다가 재롱 피우는 아이들 속에 빠져 엄마 노릇만 하다가….'

그녀는 자책하며 초조해 했다.

그해에는 연초부터 경성 시내의 문화인들이 모이는 곳마다 나혜석에 대한 소문이 무성했다.

"아, 그 여자가, 그 마음씨 착한 남편 김우영과 함께 파리에 가서 아 글쎄 바람을 피웠다지 뭐요? 조선 천지에서 제일 팔자 좋은 부인이 되어 남편과 함께 세계일주를 떠났으면 감사하며 여행이나 잘 하고 돌아와야지 아 남편을 속이고 바람을 피워?"

"그 상대가 누구랍디까?"

"여태 그걸 몰랐어요? 만세운동 33인 대표에다가 지금은 천도교 우두머리로 있는 최린이라고 합디다. 하기야 최린 정도 되니까 그렇게 콧대 높은 여자를 후릴 수가 있겠지. 유식하겠다, 이름 높겠다. 막대한 천도교의 돈을 주무르는 사람이겠다."

"아니 남편은 뭐 했기에 두 연놈이 눈이 맞아 바람을 피웠대요?"

"아 글쎄, 그 착한 남편은 그 여행 중에도 베를린에 가서 법률 공부를 더 하겠다며 부인을 파리 최고급 호텔에 머물게 했다지 않아요. 마침 그곳에 와 있던 최린에게 부인을 맡기고 말이오."

"하이고, 고양이에게 생선을 맡기고 갔구먼. 그 여자는 요즘 쓰는 글에도 '정조는 취미다'라고 대놓고 말하는 여자인데, 최린 같은 명사와 파리에서 만났으니 일을 내지 가만히 있겠어요?"

"아 손바닥도 마주쳐야 소리가 난다고, 두 연놈이 똑같지. 유부남 유부녀가 만나서 탈이 안 나면 그게 비정상이지. 아 참 나도 한 번 그런 세상을 살아 봤으면."

이런 소문 속에서도 나혜석은 신문이나 잡지에 여봐란듯이 날이면 날마다 '파리를 다녀온 감상', '유럽의 풍경', '서구여성들의 진보적 삶', '미주 여성들의 자녀 육아법' 등 끝도 없는 논설을 펴고 경성과 조선 안에 있는 여성들의 머리와 가슴을 흔들어대는 글을 발표했다.

그러던 어느 날, 나혜석은 눈이 퉁퉁 부어서 숭삼동 허영숙의 집을 찾아왔다.

"웬일이우?"

허영숙이 묻자 나혜석은 신발을 벗으면서 춘원부터 찾았다.

"오빠 계신가?"

"서재에 계세요."

서재에 들어선 나혜석은 어깨를 들썩이며 흐느끼기 시작했다.

"오빠 글쎄, 그이가 이혼하재요."

춘원은 담배를 피워 물었다. 허영숙이 눈을 흘겼다.

"여보, 그 담배 해롭다는 거 모르세요?"

하지만 춘원은 계속 담배를 피우며 그녀의 장광설에 귀를 기울였다. 그리고 물었다.

"지금 아이가 몇이야?"

"딸아이 하나에 아들만 셋이죠."

"그렇게 많은 자식들을 남겨두고 어찌 이혼하겠노."

"글쎄 말예요. 저도 애정이 식었다면 이혼하는 것이 정상이라고 생각하지만 당장 아이들이 밟혀서 말이에요."

"천하의 나혜석, 정월도 어쩔 수 없는 여자군. 아니, 어머니군. 그렇게 자식들이 밟히는데 왜 스캔들은 일으켰나? 좀 조신하게 견문이나 넓히면서 착한 낭군 곁에 붙어 있어야지."

"아 글쎄, 그이가 곁에 있으면야 무슨 사고가 났겠어요? 그 아득한 파리에 나만 팽개쳐두고 자신은 베를린 가서 법학공부를 몇 개월이고 하겠다고 하니, 낸들 어쩌겠어요. 프랑스 말도 할 수 없는데. 그런데 마침 최린 선생이 왔으니까 최린 선생이 통변을 사서 파리 구경도 하고 베르사유나 파리 근교까지 여행하게 됐죠. 이국이겠다, 서로 말이 통하는 남녀가 만났겠다, 일이 생기는 것은 당연한 일이 아니겠어요?"

허영숙이 끼어들었다.

"아유 아유, 그렇게 자유스러운 삶을 사니까 말이 생기지. 왜 언니는 언니 중심으로만 생각해? 그 착한 김우영 영사는 생각도 없는 사람인가? 결혼하자마자 신혼여행 길에 옛날 애인 무덤으로 끌고 가지 않나, 미술 스케치 여행을 떠난다며 일본에서 건너온 일본 화가와 국내에서도 떠돌아다니지 않나, 참 그동안 김우영 영사가 많이 봐준 게 아니오?"

나혜석은 그래도 할 말이 있는 모양이었다.

"아니, 서로 자유롭게 살자고 서약하고 결혼했으면 그대로 이행해야지, 왜 이제 와서 서로 속박하고 최린 선생과 잠시 잠깐 한눈판 일을 가지고 야단이냐 이거야."

허영숙은 어이없는 표정으로 말했다.

"언니는 정말 배짱이 좋은 거요, 염치가 없는 거요. 아니면 정조관념이 아예 없는 거요. 그러고도 애엄마라고 할 수 있겠어요?"

"닥터 허는 춘원이라는 거목이 있으니까 그 그늘에서 쉬면 되지만 김우영은 노상 일에만 매달리지. 나를 돌봐주지도 않았어. 그리고 그이는 나의 예술세계에 대하여 몰라도 너무 몰라."

"아이고 그놈의 예술세계. 예술은 혼자 하고 있나? 예술도 예술 나름이지. 그렇게 자유분방하고 이기적인 예술이 어디 있어?"

담배를 다 피운 춘원이 재떨이에 담배를 비벼 끄며 말했다.

"자, 정월. 앞으로는 현모양처가 되겠는가?"

나혜석은 울음을 그치며 소녀처럼 고개를 끄덕였다. 춘원이 다시 말했다.

"하긴 뭐, 그 유명한 엘렌 케이(스웨덴의 여성문필가. 여성운동가)도 그런 말을 했다더군. '애정 없는 부모 사이에서 아이들을 키우기보다는 아예 이혼하여 아이들을 사랑하는 쪽에서 아이들을 키우는 게 정상이다'…. 어쨌든 일단 파국은 피해야지. 내가 김우영 영사를 만나보겠네. 오늘은 마음을 진정시키고 쉬었다 가게."

그해 5월, 춘원은 주섬주섬 가방을 챙겼다. 허영숙이 물었다.

"어디를 가시려고요?"

"오랫동안 생각했던 여행이오. 우리 민족의 영웅이신 충무공 이순신 장군의 생가부터 시작해서 그분이 싸우고 돌아가신 바다까지 모두 돌아보고 올 예정이오."

"아이고, 그 몸으로 어떻게 그렇게 긴 여행을 감당하시려고요?"

허영숙은 말로만 말리면서 비상약과 여행가방에 들어갈 내복과 양말 등을 챙겼다.

"제가 말린다고 당신이 안 가시겠어요? 제발 무리하시지나 마세요."

춘원은 바람 같은 사람이다. 원효대사 같은 사람이다. 자신이 가고 싶은 길을 바람처럼 구름처럼 다녀와야 직성이 풀리는 사람이었다. 그는 제일 먼저 온양에 있는 충무공의 생가 터를 둘러보고 목포로 내려가 배를 타고 충무공이 머물렀던 우수영 벽파진 여수를 거쳐 통영으로 건너가 한산도까지 모두 둘러본 후 돌아왔다.

춘원은 돌아와서 열흘쯤 앓았다. 허영숙이 영양제를 듬뿍 탄 링거를 놓아주자 겨우 일어났다. 그리고는 허영숙에게 한걱정을 늘어놓았다.

"충무공 생가가 있는 온양이 문제야. 아 글쎄, 문중 사람들이 땅 관리를 잘 못해서 일본 사람들에게 빚을 잔뜩 졌다는군. 그 빚을 갚지 못하면 그 땅이 일본 고리대금업자들 손에 넘어가고 말겠어."

얼마 후에는 이화여전 성악과 교수 안기영(安基永)이 찾아왔다. 그
는 방인근과 함께 충남 공주의 영명학교를 다녔고 연희전문에서 공부했
다. 3·1만세 때에는 만세운동에도 앞장섰다. 이광수가 상해에서 〈독
립신문〉을 경영할 때는 그곳에 찾아와 일을 봐주며 독립운동에 발을 담
그기도 했다.

그는 뛰어난 성악가였다. 세계적 성악가 카루소를 추앙하면서 스스
로 '조선의 카루소'라고 자처할 만큼 기량이 뛰어났다. 이화여전 음악과
의 후원으로 3년간 미국에 유학 가서 작곡과 성악을 제대로 공부했다.
유학 후에도 이화여전에서 활동하며 15인으로 구성된 이화 중창단을
이끌며 전국 순회공연을 하기도 했다.

그날 그는 이화여전 학생 하나를 데리고 왔는데, 은테안경을 낀 미인
이었다. 안기영이 말했다.

"선생님, 제가 아끼는 제자 김현순입니다."

미모의 여학생이 고개를 숙여 춘원 내외에게 인사했다. 허영숙이 받
았다.

"한눈에 봐도 뛰어난 미인이시네요. 그래, 무슨 파트세요?"

여학생은 얼굴을 붉히며 말했다.

"네, 소프라노입니다. 저도 교수님처럼 훌륭한 성악가가 되고 싶습
니다."

"그럼요. 지금 우리 조선에는 윤심덕이 안타깝게 현해탄에서 변을 당
한 뒤에는 조선의 무대를 빛내줄 여자 성악가를 모두 기다리잖아요."

안기영이 흐뭇한 미소를 띠며 말했다.

"사모님, 몇 년만 기다려주십시오. 제가 최선을 다해 이 소프라노를 조선 제일의 소프라노로 만들 작정입니다. 마침 제 집이 있는 아현정에 가까이 살기 때문에 제 집에 와서 레슨을 받기도 합니다."

안기영은 방문한 목적을 말했다.

"이번에 저희들이 평양에 있는 백선행 회관에서 발표회를 갖게 됐는데요, 춘원 선생님께서 가사를 주시면 저와 이 김현순이 한 곡씩 부르려고 합니다. 물론 작곡은 제가 할 거고요."

허영숙이 활짝 웃으며 춘원을 부추겼다.

"그동안 당신이 쓰신 시 중에서 멋진 것을 골라서 드리세요. 안기영 교수님은 작곡도 잘 하신다고 하잖아요. 이화여전 교가도 선생님께서 작곡하신 거라면서요?"

허영숙은 갑자기 응접실 구석에 있던 오르간의 뚜껑을 열고 반주하면서 노래를 부르기 시작했다.

"정이월 다 가고 삼월이라네/ 강남 갔던 제비가 돌아오면은/ 이 땅에도 또다시 봄이 온다네/ 아리랑 아리랑 아라이오/ 아리랑 강남을 어서 가세."

허영숙은 오르간 앞에 앉아 안기영을 바라보며 말했다.

"이 곡도 바로 안 교수님이 작곡하신 거죠? 제목이 '그리운 강남'이던가요?"

안기영 옆에 있던 김현순이 더 신이 나서 큰 소리로 말했다.

"그럼요. 우리 교수님이 작곡하신 거죠. 가사는 김석송 선생이 쓰신 건데요, 곡이 너무 좋아서 우리 조선 사람치고 이 노래를 모르는 사람이 없을걸요?"

안기영은 쑥스러운 듯 머리카락을 만졌다. 춘원은 서재로 건너가 원
고지를 들고 나왔다.

"자, 하나는 내가 오래전에 조선을 생각하면서 지어 놓은 '새 나라로'
라는 시이고, 또 하나는 이 사람이 우리 큰아이를 업고 황해도 연등사
까지 찾아왔다 돌아갈 때 이 사람의 등에 업힌 우리 큰아이를 생각하며
지은 '우리 애기 날'이라는 시예요."

먼저 '새 나라로'라는 시를 안기영이 테너의 음으로 낭송했다.

"어야 드야 어허여리/ 어기여차 닻 감아라/ 옛 나라야 잘 있거라/ 나
는 가네 새 나라로/ 어야 드랴 어허여리/ 어기여차 닻 감아라/ 만경창
파 만리 길에/ 나는 가네 새 나라로."

허영숙은 눈을 감고 듣다가 기쁜 목소리로 말했다.

"아유, 안 교수님의 그 테너 목소리가 너무 힘차서 그런지 그냥 낭송
만 하셔도 멋진 노래 같네요."

이번에는 김현순이 '우리 애기 날'을 소프라노로 낭송했다.

"어젯날 좋은 날 우리 애기 날/ 나무리 구십 리 일점풍(一點風) 없네/
오늘 밤 수리재 눈보라 치나/ 우리 애기 한양에 편안히 자네/ 우리 애기
가는데 봄바람 불고/ 우리 애기 잠들면 물결도 자네/ 복 많은 우리 애기
가는 곳마다/ 세상에 기쁨과 화평을 주네."

춘원과 허영숙이 함께 손뼉을 쳤다. 허영숙이 말했다.

"어쩌면 그렇게 목소리가 고와요? 꼭 청명한 가을 하늘에 맑은 바람
이 스쳐가는 듯하네요?"

김현순이 고개를 숙이자 안기영이 말했다.

"선생님, 그리고 사모님. 제가 멋지게 작곡해서 평양시민들이 브라보를 외칠 수 있도록 해보겠습니다."

그날 저녁 안기영과 김현순은 허영숙이 내주는 저녁밥을 춘원 내외와 함께 맛있게 먹고 돌아갔다. 그 두 사람이 숭삼동 전찻길로 향하고 있을 때 허영숙이 말했다.

"여보, 우리 여자들에게는 육감이라는 게 있는데요, 하— 참!"

허영숙은 두 사람이 사라진 골목길을 바라보며 안타깝게 말했다.

"저 안기영 교수는 두 딸이 있고 교사인 부인이 있다는데 …. 미국 유학 때에는 그 부인이 온 정성을 다해 혼자서 자식들을 키웠다고 하는데 …. 제발 아무 일이 없었으면 좋겠어요."

춘원은 알 듯 말 듯한 말을 허영숙에게 건넸다.

"내가 어디서 읽었는데 'Man loves who loves'라는 말이 있었소."

"그게 무슨 뜻이에요?"

"글쎄, 사랑은 사랑을 따라간다는, 뭐 그런 뜻이 아닐까? 내버려 둬. 사랑은 그 누구도 못 말리는 거니까. 뭐 우리는 안 그랬나?"

허영숙이 몽롱한 눈동자로 춘원을 처음 만났던 그때와 북경과 상해를 헤매던 시절을 회상했다. 그녀가 촉촉이 젖은 목소리로 말했다.

"아이구, 그놈의 사랑이 무엇인지. 난 당신을 처음 만날 때 밀랍 날개라도 달고 태양을 향해 달려가는 천사를 생각했어요. 비록 그 밀랍 날개가 녹아 떨어져 죽는 한이 있더라도 저 태양을 향해 나는 가야지. 전 그때 당신을 보고 전기에 감전된 것 같았어요."

춘원도 감회 어린 목소리로 말했다.

"나도 당신을 처음 봤을 때 저 까만 눈동자에 빠져 죽어도 좋겠다 생각했어. 정말로 번개를 맞은 것 같았어. 다시는 재기할 수 없는 권투선수처럼 당신의 눈동자 한 방에 완전히 쓰러졌지."

"그런데 당신은 요즘 저를 보면서는 아무 감동이 없어 보여요. 그냥 집에 돌아오자마자 아이들만 붙잡고 물고 빠니 … ."

"우리의 사랑이 저 사랑스러운 봉근이 영근이 때문에 한 단계 올라간 게 아니겠소."

허영숙이 샐쭉거렸다.

"그 말을 액면 그대로 믿어도 될까요?"

그해 말, 나혜석은 숭삼동 집에 찾아와 대성통곡을 했다.

"닥터 허, 난 어찌하면 좋아? 그이가 기어이 이혼서류를 접수시키고 말았어. 난 자존심 때문에 더 이상은 견딜 수 없어 도장을 찍어주고 말았어. 아ㅡ, 앞으로 나에게 남은 것은 무한대의 자유일까, 아니면 어둡고 캄캄한 나락(奈落)일까."

"조선 제일의 여류 명사이고 연애지상주의자인 사람이 왜 이렇게 허약해? 이제부터 홀로서기를 하라고. 이혼이 뭐 대수야?"

나혜석은 어깨를 들썩이며 계속 울었다.

"막상 이혼하고 나니 손에 가진 것은 없지, 아이들은 보고 싶지, 밤을 견디기가 제일 어려워. 술 마시고 쓰러져 자는 것도 하루 이틀이지."

때마침 춘원이 들어오자 그녀는 기다렸다는 듯 더 소리 높여 울었다. 춘원은 옷을 갈아입고 응접실로 나서며 차분하게 말했다.

"내가 최린 선생에게 말을 해볼게. 남자가 책임을 져야지, 책임을!"

조선을 떠난 무불옹

해가 바뀌어 1931년이 되었을 때 뜻밖에도 최남선의 막냇동생 최설경으로부터 전갈이 왔다. 자신의 남편 박석윤이 춘원을 만나고자 하니 조선호텔 옆에 있는 조용한 중국음식점 아서원에서 부부동반으로 만나자는 내용이었다. 허영숙도 오랫동안 최설경을 만나지 못했기 때문에 쾌히 응낙했다.

중국 전통악기 연주 소리가 은은히 들리는 그 음식점은 운치가 있었다. 조선 제일의 중국집이라는 소문에 걸맞게 규모도 컸다. 박석윤 최설경 부부가 먼저 와 기다렸다. 춘원 내외가 들어서며 인사를 건넸다.

"늦어서 죄송합니다. 택시가 잡히지가 않아서 ⋯."

춘원이 미안한 내색을 하자 박석윤은 서글서글하게 받았다.

"저희들도 방금 왔습니다. 자 이리 편히 앉으십시오."

박석윤 내외는 춘원 내외에게 상석을 내주었다. 박석윤은 겸손하게 운을 떼었다.

"저는 대학에서 독일 법학을 전공하다가 외국에 나가서는 국제법과 국제정치학을 연구했습니다. 이것저것 잡탕으로 공부한 셈이죠. 그런데 지난해에는 갑자기 〈매일신보〉에서 부사장을 맡아달라고 해서 전공도 아닌 신문 만드는 일에 손댔습니다. 지난 1년 동안 정신없이 신문 운영이라는 것을 배우면서 대선배님이신 춘원 선생님을 뵌다 뵌다 하는 것이 이렇게 늦어졌습니다."

"콧대 높은 총독부의 〈매일신보〉에서 우리 조선인을 부사장으로 모신 것은 박석윤 박사님이 처음이 아닌가 싶습니다. 조선인으로서는 드물게 도쿄제대 법학부를 우등으로 졸업하시고 명문 케임브리지까지 나오셨으니 부사장으로 모신 것은 너무나 당연한 일일 것입니다. 우리 조선인의 명예입니다."

"과찬이십니다. 특별히 할 일이 없으니까 계속 공부만 한 셈이죠. 제 생각에는 아무래도 조선 사정에 밝으신 아베 미츠이에 선생, 무불옹께서 저 몰래 천거하신 것이 아닌가 하는 생각도 해봅니다. 그 어른이 우리 조선 문화계에 대하여 눈이 좀 밝습니까? 지금으로부터 10년도 넘은 아득한 그 시절에 그 양반이 춘원이라는 조선의 나쓰메 소세키를 발견하시고 저희 〈매일신보〉 지면에 《무정》을 쓰게 하시지 않았습니까. 그리고 지난 3·1만세 후에는 옥중에 있는 제 손위 처남 육당을 가출옥하게 해주셨고요."

"그래서 이번에는 조선의 천재 박석윤 박사를 총독부가 발행하는 〈매일신보〉의 부사장으로 천거하셨고요. 아무튼 무불옹은 조선의 식자들을 찾아내시고 적재적소에 쓰일 수 있도록 소리 없이 애쓰시는 귀한 어른이십니다. 연전에 제가 병 치료하느라고 황해도 연등사에 있었습니다만, 초겨울의 추위를 무릅쓰시고 무불옹께서 저를 찾아주셨습니다. 그때 무불옹께서는 몇 사람의 조선 인재들을 소개하면서 꼭 좋은 교유를 이어가라고 하셨는데 그중에 가장 힘주어 말했던 분이 바로 박석윤 박사님이셨습니다."

이야기가 그쯤 이어졌을 때 거창한 중국요리가 들어오기 시작했다. 화제의 내용은 가볍게 변했다. 활달한 최설경이 분위기를 바꾸었다.

"이이는요, 요즘도 주말만 되면 등산 준비를 해서 북한산이다 관악산이다 안 가는 산이 없다고요."

허영숙이 부러운 말투로 말했다.

"어머 그렇게 주말을 이용해서 산행을 하신다면 설경이도 따라가면 되잖아. 나 같으면 백 번이라도 따라가겠다. 신선한 바람 쐬고, 호젓한 산길을 오르고, 새소리도 듣고, 물소리도 듣고 얼마나 오붓하고 행복하겠어?"

"하이고, 이이가 하는 산행은 그런 행복한 산행이 아니야. 백운대다, 인수봉이다 하는 절벽바위에다가 무슨 쇠못을 박고 자일을 걸고 아예 목숨을 걸고 올라가는 암벽타기야. 우리 같은 사람은 쳐다보기도 아찔한 곡예라고 …. 그런데 이 양반이 요즘 진짜로 괴로워하는 것은 야구를 못하는 것이야. 일본에 있을 때는 주말마다 대학 운동장에 가서 동호인끼리 모여 연습하고 일본인 학생들하고 시합하는 것이 가장 큰 낙이었는데 그걸 못하니까 아주 몸을 비비 틀고 있다고."

박석윤은 허허 웃으면서 맞장구를 쳐주었다.

"그건 당신 말이 맞아요. 주말이면 활활 벗어부치고 배재나 연희전문학교로 달려가서 그 젊은이들과 야구를 한바탕 하고 싶은데 우리나라 젊은이들이 야구를 할 줄 알아야지. YMCA 같은 데에서 이상재 선생이 앞장을 서시고 한동안 야구 보급 운동도 벌이신 걸로 아는데⋯. 우리나라 젊은이들에게는 야구가 너무 멀리 있어. 내게 신문사 일만 없다면 우리나라에 멋진 야구팀을 만들어서 일본 학생들하고 한판 붙을 건데⋯. 사실 지난 1925년 여름에는 제가 멋지게 한판 일본 대학팀과 붙은 일이 있습니다."

박석윤은 눈을 반짝이며 야구 이야기를 이어갔다.

"그때 제가 나서서 도쿄와 교토에서 우리 유학생들을 긁어모아서 야구팀을 급조했죠. 딱 일주일 연습했습니다. 교토 제국대학 운동장에서 일본 대학팀과 맞붙었는데 7 대 5로 거뜬히 이겼습니다. 그때 일본 대학생들이 자존심이 상해 어쩔 줄을 몰라 하던 모습이 눈에 선합니다. 아예 내친김에 조선학생대표팀 깃발 위에다가 태극 깃발을 달았더니 일본 경찰 놈들이 달려와서 기어이 태극 깃발을 빼앗고 우리를 연행하더라고요. 뭐, 젊은 학생들의 객기였으니까 경찰들도 길게 문제 삼지 않고 훈방으로 그쳤습니다만."

"네, 저도 그 기사를 본 듯합니다. 아무튼 박석윤 박사가 우리 조선에 야구를 공식적으로 도입시킨 제 1인자인 것은 확실합니다."

만찬의 분위기가 웬만큼 무르익고 정초의 고요한 경성 거리에 어둠이 내려앉기 시작하자 박석윤은 서서히 본론을 꺼내기 시작했다.

"춘원 선생님, 저는 신문사 일이 제 전공이나 적성과는 맞지 않는 것 같습니다. 머지않아 회사에 사표를 내고 새 일을 찾아볼까 합니다."

최설경이 이마를 찌푸리며 끼어들었다.

"아 신문사에 나가면 그 난다 긴다 하는 일본 기자들도 부사장님 부사장님 하고 고개를 숙이고, 총독부에 들어가도 총독부 신문 부사장이라고 어느 고관이든 정중하게 대해주고, 그 무시무시한 일본 경찰들도 언론사 고위급 간부라고 얼씬도 못하는데 왜 무슨 일을 하시려고요?"

박석윤은 눈빛으로 최설경을 말리면서 말을 이어갔다.

"춘원 선생님, 이것은 순전히 제 감입니다만, 일본의 궁극적 목표는 만주로 뻗어가는 일과 중국 대륙을 흔드는 일입니다. 지금 일본군들이 만주 철도를 따라 한없이 대륙으로 향하지 않습니까. 머지않아 만주에서 사건을 만들고 그것을 빌미로 대륙 진출을 시도할 겁니다. 저는 만주 쪽으로 나가 그곳에 나가 있는 2백만 조선인들을 보살피고 광활한 만주 평원에서 펼쳐질 또 하나의 드라마를 취재해보고 싶습니다. 그리고 중국어 공부도 하여 중국 근대사 공부를 해보고 싶습니다."

춘원도 박석윤의 넓은 시야에 놀라며 공감했다.

'일찍이 이토 히로부미가 만주와 러시아를 겨냥하여 하얼빈까지 달려갔다가 그곳에서 안중근 의사의 총에 쓰러지지 않았던가. 일본인들은 대륙진출을 포기하지 않을 것이다.'

그날은 그쯤에서 춘원 내외와 박석윤 내외가 신년인사를 끝냈다. 얼마 안 있어 박석윤이 매일신보사 부사장직을 내놓고 홀연히 만주 쪽으로 떠났다는 소문이 돌았다.

그해 정초부터 춘원은 독립운동가 이갑(李甲)을 모델로 하여 《무명씨전》을 동우회의 기관지 〈동광〉에 싣기 시작했다. 동우회는 겉으로는 청년운동을 하는 계몽단체처럼 보이게 했지만 사실 그 알맹이는 독립운동을 위한 민족단체였다. 춘원은 먼 이국땅에서 투병생활을 하다 숨진 이갑을 추모하며 그의 의기에 찬 삶을 표현하기로 했다.

일찍이 일본 육사를 다니면서 일본군의 새로운 군사지식을 습득한 이갑의 궁극적 목표는 조선 군대의 현대화였다. 그러나 조선왕조가 망하고 군대가 해산되자 북만주와 러시아 땅으로 망명했다. 그는 전 세계에 흩어진 독립투사들에게 애국정신을 전파하다 춥고 외로운 땅 연해주에서 쓸쓸히 숨을 거뒀다.

춘원이 오산학교 교사를 하다가 가슴이 답답하여 상해를 거치고 블라디보스토크를 거쳐 달려갔던 곳이 이갑 선생의 거처였다. 1914년, 춘원이 스물세 살 때였다. 몇 달 동안 그는 선생의 애국편지를 받아쓰고 정리해서 미주와 상해지역 그리고 유럽에까지 보내는 일을 했다. 이갑 선생의 딸 이정희는 공교롭게도 허영숙의 진명여학교 후배였다. 이정희의 남편은 이응준이었다. 그는 이갑이 나온 일본 육사를 나와 일본군의 장교로 경성과 만주를 넘나들며 근무하고 있었다.

그런 복잡한 내막을 소설이라는 형식으로 엮은 것이 《무명씨전》이었다. 그 알맹이는 조선의 독립을 희구하는 익명의 독립투사의 일대기였다. 총독부에서 그런 글을 가만히 놓아둘 리가 없었다. 그해 6월 초순 일제의 검열당국은 춘원의 《무명씨전》 연재를 중단시켰다. 춘원이 집에 들어와 담배를 피워 물고 술잔을 기울이자 허영숙이 말했다.

"뭘 그렇게 상심하세요? 총독부 사람들이 눈 뜬 청맹과니인 줄 아세요? 빨리 단념하시고요. 다른 일을 도모하세요."

허영숙은 언제나 대범했다. 아이를 낳기 전까지만 해도 춘원 앞에서 고개도 바로 들지 못하고 호칭조차 언제나 '선생님'으로 부르던 그가 이제는 친구처럼 다가와 술잔도 함께 기울이고 아예 어머니처럼 잔소리까지 늘어놓았다.

그 무렵, 팔순을 바라보는 춘원의 장모 송 부인은 노환과 오래된 천식을 이기지 못하고 뒷방에 누워 있기만 했다. 그러다가 햇살이 좋을 때에는 마루로 나와 기운을 추슬렀다. 기운이 웬만해지면 봉근이의 머리를 쓰다듬어주기도 하고 이제는 예쁜 짓을 골라가며 하는 영근이를 안아주기도 했다.

그해 봄, 평양에 살던 김동인이 춘원의 집을 찾았다. 김동인은 곁에 서 있는 젊은 여인을 가리키며 허영숙에게 말했다.

"형수님, 제 처입니다. 30을 넘긴 제가 평양 숭의여고를 갓 나온 이 처자를 아내로 삼았습니다. 저하고 무려 열한 살 차이입니다. 이름은 김경애라고 합니다. 잘 봐주십시오."

허영숙은 갓 피어난 박꽃처럼 조신하게 생긴 김동인의 처를 보며 조용히 말했다.

"아이고, 교복만 입히면 아직도 학생 같은 모습이네. 동인 작가님, 막내 여동생이라고 생각하고 아껴주세요. 업고 다녀도 황송할 꽃송이 같은 아가씨네요."

김경애는 허리를 깊이 굽혀 춘원 내외에게 인사를 올렸다. 춘원이 김동인에게 물었다.

"이제 서울에서 자리를 잡으려고?"

동인은 머리를 긁적이며 겸연쩍게 말했다.

"그래야지요. 평양에는 제 근거지가 없어졌습니다. 대동강과 보통강 언저리에 있던 그 넓은 땅을 제가 다 저당 잡혀 동인지 〈창조〉를 만든다, 〈영대〉를 만든다 하면서, 써버렸잖아요. 평양역 앞에 있던 금싸라기 땅은 제 전처 김혜인이 저 몰래 거간꾼과 짜고 하루아침에 팔아치워 도쿄로 도망갔습니다.”

김동인 내외는 그날 저녁 허영숙이 차려주는 밥상을 받고 긴 이야기에 들어갔다. 김동인은 풍운아였다. 춘원과 같이 글을 쓰는 사람의 입장에서 본다면 그는 분명히 조선 문단을 위해 그 막대한 유산을 다 써버린 헌신자라고 칭찬해도 좋을 법한 사람이었다. 조선 문단에 적(籍)을 올린 사람치고 김동인으로부터 밥 한 그릇, 술 한 사발 얻어 마시지 않은 사람이 없었을 터이니 말이다.

그러나 허영숙이 아는 김동인은 또 다른 사람이었다. 그의 이복형인 김동원은 같은 아버지 김대윤의 소생이었지만 평양 사람들이 알아주는 명망가였다. 그리고 애국운동가였다. 그래서 경성에 올라와 춘원과 함께 동우회 일을 도모하고 평양지부의 일을 맡았다. 성실하고 착한 사람이었다. 그런데 김동인은 문학을 합네 하고 툭하면 기생집에 들어가서 허구한 날 술타령을 했다. 한때는 경성 명월관의 김옥엽이라는 기생과 동거한다는 소문이 파다했고, 주변에는 일본 기생까지 들끓었다.

어디 그뿐이랴. 그의 문명을 높인 〈감자〉와 같은 작품이나 꾸준히 쓰면서 성실하게 살았으면 더 좋은 작품도 내놓을 수 있었을 터인데 그는 느닷없이 보통강 수리사업을 한다고 은행으로부터 엄청난 돈을 빌려 갚지 못해 방대한 땅을 빼앗겼다. 그 후에는 영화사업을 한다고 정주, 해주, 선천, 진남포 등지로 헤매었다. 그런 그의 방랑벽과 향락벽을 견디지 못한 부인 김혜인이 아예 현해탄을 건너 가출하고 말았다. 평양에서 둘째가라면 서러워 할 땅 부자가 그 넓은 문전옥답을 모두 날리고 불면증에 시달리고 있었다. 30대가 채 못 된 청년이 이빨이 빠져나가 할

68

아버지처럼 합죽하기까지 했다.

식사가 끝나갈 때쯤 춘원이 물었다.

"그래, 경성에서 거처할 곳은 정했나?"

"집값이 비교적 싼 서대문 행촌동을 다녀봤는데 9백 원은 있어야 언덕배기 집 한 채를 살 수 있을 것 같습니다. 형님께서 신문사에 잘 얘기해서 제가 원고료를 미리 받을 방법은 없겠습니까?"

춘원은 고개를 숙이고 한참 궁리하다가 대답했다.

"내가 신문사에 들어가 고하나 인촌에게까지 말을 해서라도 원고료를 선불로 달라고 해보겠소. 아우님도 이제는 새 부인을 얻었으니 마음을 잡고 문학에 전념하시오. 작가가 구원받는 길은 글을 쓰는 방법밖에 없을 테니 ….."

허영숙도 그 꽃 같은 신부의 손을 잡고 간곡하게 말했다.

"동인 작가님, 그 좋은 재주로 이제는 글 쓰는 일에만 매달리세요. 이렇게 착하고 아름다운 부인을 고생시키면 안 되잖아요."

그날 저녁 김동인 내외가 여관방으로 떠나고 나서 춘원 내외는 심각하게 토론했다.

"본부인은 도망가고 저렇게 어린 새 신부를 얻었으니 저 양반도 이제는 정신을 차리겠죠. 아예 원고를 언제까지 몇 매를 쓰겠다, 하는 각서라도 받으시고 고하 선생에게 말씀을 드려 저 내외가 살 수 있는 집 한 채는 마련해줘야 하지 않겠어요?"

"그러게 말이외다. 저 사람이 술 먹고 허랑방탕한 생활을 한 것은 분명하오만 저 사람이 우리 조선 문단에 공헌한 일 역시 사실이외다. 바로 이 점을 고하에게 말씀드려 내가 조치해 보겠소."

며칠 후 춘원은 신문사로 김동인을 부르고 각서를 쓰게 했다. 그가 구상을 끝낸 136회분의 장편 《아기네》와 단편 여섯 편, 그러니까 신문에는 204회분을 써줄 것을 각서하고 그 당시에는 거금이었던 6백 원을 한꺼번에 주었다. 그 돈으로 김동인네는 서대문 행촌동 210의 96호에 신혼의 보금자리를 틀 수 있었다. 집들이를 하는 날 춘원 내외는 화분을 사들고 찾아갔다.

집들이가 한창일 때 허영숙은 김동인에게 무언가를 남몰래 건네주었다. 며칠 전 김동인이 전화로 간곡하게 부탁한 수면제 '포수 클로랄'이었다. 손에 닿기만 해도 피부가 벗겨지는 아주 독한 약이었지만, 그 당시 김동인은 그 약이 없으면 잠을 못 잘 정도로 심각한 불면증에 시달렸다. 허영숙은 약을 건네주며 다시 한 번 당부했다.

"제발 복용량을 줄이세요. 약보다는 차라리 술을 드시고 주무시든가. 가장 좋은 방법은 꽃 같은 신부 가슴에 얼굴을 묻고 자는 거예요."

김동인의 신혼집에 다녀온 지 얼마 되지 않았을 때 봉근이가 느닷없이 고열에 시달리기 시작했다. 허영숙은 하루가 지나도 봉근이의 몸에서 열이 떨어지지 않자 유상규 의사에게 달려갔다. 봉근이를 찬찬히 챙겨보던 유상규 의사는 허영숙에게 뜻밖의 말을 했다.

"장티푸스입니다. 빨리 조치해야겠습니다."

그는 신속하게 주사를 놓고, 약물 처방을 했다. 병명을 모르고 헤맸더라면 큰일 날 뻔했다.

"잘 오셨습니다. 제시간에 조치를 안 했더라면 봉근이에게 큰일이 날 뻔했습니다."

그해 봄, 허영숙은 봉근이를 지키며 나들이를 삼갔다.

6월 중순이 되자 인왕산 밑 총독부가 술렁술렁했다. 여러 의미에서 조선인들과는 인연이 깊었던 사이토 마코토 총독이 이임하고 제 6대 총독으로 육군대장 출신 우가키 가즈시게(宇垣一成)가 새로 취임했다. 온건파였던 사이토 총독이 떠나고 문화와는 거리가 먼 듯한 무인(武人)형의 새 총독이 오자 조선 사람들의 마음은 불안할 수밖에 없었다. 어쨌든 춘원이 다니는 동아일보사에서는 새 총독의 통치행태를 주시하면서 할 일을 차분히 진행했다.

그동안 동경 유학생들이나 경성에서 공부하는 학생들은 제정러시아 말기에 러시아 지식인과 대학생들이 그랬던 것처럼 방학 때가 되면 언제나 시골로 달려가 농촌계몽운동을 펼쳤다. 비위생적인 우물이나 농촌 화장실을 깨끗하게 만들어주기, 야학을 열고 농촌의 청소년들에게 우리말 가르치기, 셈법이나 과학 상식을 보급하는 일들이 그것이다. 러시아에서는 그 운동을 '민중 속으로'라는 뜻의 '브나로드운동'이라고 불렀다.

동아일보사에서는 그동안 중구난방으로 벌여왔던 계몽운동에 일정한 방향성을 제시하면서 운동을 시작했는데 바로 '조선판 브나로드운동'이었다. 동아일보사에서는 학생들이 농촌으로 나갈 때 교재로 쓸 수 있는 한글독본을 보급하기도 하고 학습지침서를 전해주기도 했다.

만주에서는 뜬금없는 소식이 전해졌다. '만보산 사건'이 터진 것이다. 당시만 해도 수십만의 조선 농민들이 간도(間島)를 중심으로 넓은 만주 지역에 퍼져 있었는데 현지 농민과 갈등을 빚는 일이 왕왕 있었다. 만주 지린성에 있는 만보산 지역에서도 비슷한 일이 벌어졌다. 조선 이주농민들이 농토를 개간하기 위해 수로를 팠는데 현지 농민들이 자신들의 농토를 침범했다고 분쟁이 일어났고, 그 분쟁이 유혈사태로 번진 것이다.

사실 그 유혈사태라는 것이 큰 규모는 아니었다. 마치 우리 농촌에서 물꼬 싸움을 할 때 김 서방네 논에 물이 들어가느냐 이 서방네 논에 물이 들어가느냐 하는 식으로 싸우는 모양에 불과했다. 그런데 현지에 특파된 이 아무개 기자가 특종이라고 다소 과장되게 보도하는 바람에 일이 꼬였다.

만주에서 우리 동포들이 중국 농민들에게 핍박당한다는 소식이 전해지자 평양과 인천에서 음식점을 경영하고 포목 장사를 하던 중국인 상점들이 분노한 조선인들에 의해 파괴되고 약탈당하는 사태가 속출했다. 이 모든 일이 일본인들의 농간에 의한 사건이라는 것을 당시엔 아무도 몰랐다.

〈동아일보〉와 〈조선일보〉는 뒤늦게 사태를 진화시키려는 기사를 내보냈다. 특히 국내에서 아무 죄 없는 중국 상인들에게 피해를 주는 일이 없도록 계몽했다.

그 무렵 동아일보사에서는 거대한 사업을 기획하고 추진하기 시작했다. 그것은 은행 빚으로 넘어가게 된 아산 충무공의 묘소를 지키고 묘소 일대를 민족의 성지로 복원하자는 민족운동이었다.

고하 송진우 사장의 방에는 마침 언론인 이상협(李相協)과 춘원이 와 있었다. 이상협은 일찍이 일본 게이오의숙(義塾)에 유학하고 1917년부터 〈매일신보〉 기자로 있다가 1918년에는 편집장에까지 올랐던 언론계의 선구자였다. 3·1운동 후에는 최남선의 〈시대일보〉를 뒤이은 〈중

외일보〉를 창간하기도 했던 언론 사업가이기도 했다. 그는 언론인으로 있으면서도 일본어로 번역된 뒤마의 《몬테크리스토 백작》 같은 소설을 조선어로 《암굴왕》이라고 번안하여 널리 읽히고 연극이나 영화로 만들기도 했던 문화계의 마당발이었다.

이상협이 큰 소리로 말했다.

"이번에 춘원이 순례하고 현지답사를 끝낸 이충무공의 유적지에 그렇게 큰일이 벌어지고 있다니 그게 사실이오, 춘원?"

"네, 사실입니다. 문제가 심각합니다. 충무공 종손가의 궁핍으로 그동안 은행과 사채의 돈을 구분 없이 얻어다 썼는데 그 빚 규모가 1천 3백 원에 이르고 이자까지 합치면 총 2천 1백 원이 된답니다. 주채권자인 동일은행이 오는 5월 말까지 충무공 종중(宗中)에서 이 돈을 갚지 않으면 위토를 경매 처분하겠다고 합니다. 그렇게 되면 그 많은 돈을 내고 낙찰받을 사람은 일본인 경매자들뿐일 것입니다."

송진우가 탄식했다.

"참, 우리 5천 년 역사 속에서 우리가 진심으로 존경하고 모셔야 할 어른이 누구겠습니까. 내 생각으로는 국조 단군왕검과 조선의 문화를 일으킨 세종대왕과 조선을 끝내 지켜낸 이순신 장군입니다. 이렇게 위대한 우리의 이순신 장군이 살아생전에도 그렇게 백의종군(白衣從軍)을 하며 고난을 당하시더니 사후에는 못난 후손들 때문에 …. 이게 말이나 됩니까?"

이상협이 몸을 부르르 떨었다.

"춘원! 이번에 참으로 장한 일을 해냈소. 몸도 성치 않은데 실제로 성지를 다 둘러보고 그 참담한 상황을 우리에게 알려주셔서 정말 고맙소.

자 그렇다면 문제는 간단합니다. 〈동아일보〉의 명운을 걸고 충무공의 성지 회복을 이룩해냅시다. 이번 기회에 대대적인 모금운동을 벌여서 후손들이 진 빚을 말끔히 갚고 그 주변의 땅까지도 사서 아주 성역화 작업을 마무리 지읍시다."

송진우도 몇 번이고 고개를 끄덕이며 결의를 다졌다.

일은 아주 빨리 진행되었다. 15인으로 구성된 '충무공유적 보존회'가 결성되었다. 조선 개화의 1인자라고 할 수 있는 윤치호 대감이 위원장을 맡고 위원으로 송진우, 정인보, 김성수, 최남선 등이 나섰다. 〈동아일보〉에서는 사설과 기사로 위기에 처한 현충사의 현황을 알리고 대대적인 모금운동을 벌였다. 어린이들의 코 묻은 돈부터 주부들의 눈물어린 성금과 뜻있는 이들의 헌금들이 모여 일은 신속하게 마무리되고 있었다. 윤치호 대감은 그가 하루도 빠지지 않고 쓰는 일기에 이렇게 썼다.

이순신 장군의 묘가 있는 언덕, 그가 살던 옛집, 그의 제사 음식을 장만할 비용을 대주는 논, 그가 사용했던 대단히 귀중한 전쟁도구들, 이 모든 게 이 훌륭한 사람의 ─ 이조 역사상 가장 위대한 인물의 ─ 못난 후손이 진 빚을 갚기 위해 경매에 처해질 거라고, 꼭 한 달 전에 〈동아일보〉가 보도했다. 또 위에서 언급한 재산을 담보로 해서 돈을 대출했던 동일은행이, 이씨 문중 앞에서 당장 3천 원을 갚지 않으면 그 담보물에 대한 권리를 행사할 수밖에 없다고 공식 통보한 사실도, 이 신문 보도로 알려졌다. 기사가 나가자마자, 아이들과 아녀자들이 그 빚을 갚고자 기탁한 코 묻은 돈, 쌈짓돈들이 모여들기 시작했다. (윤치호 일기, 1931년 이렇게 충무공의 유적지를 보존하고자 하는 민족운동이 한창 벌어지고 있을 때 춘원은 1931년 6월 25일 자부터 소설 《이순신》을 연재하기 시작했다.

춘원이 《이순신》 집필에 열중하고 있을 때, 무불옹이 춘원의 집을 찾았다. 아주 먼 길을 가는 차림으로 머리에는 파나마모자를 쓰고 발에는 각반을 차고 등산화를 신고 있었다.

"어르신, 어디 먼 길을 가시는 모양이죠?"

무불옹은 마루에 걸터앉으며 말했다.

"그동안 나를 알아주던 사이토 총독께서 떠나셨으니 나도 이제는 조선에서 물러나야지. 금강산과 압록강을 한 번 둘러보고 떠났으면 해. 아마도 이번 여행이 나의 마지막 조선 여행이 될 거야."

무불옹의 이야기를 들은 허영숙이 서둘렀다.

"그러시다면 오늘 저녁은 저희 집에서 머물러주십시오. 어서 신발을 벗으시고 마루로 오르십시오."

"닥터 허는 진료 때문에 바쁠 텐데 이렇게 노인네 수발까지도 들어줄거요?"

"그럼요 어르신! 기꺼이 모시겠습니다."

그날 저녁 허영숙은 당주동에 사는 언니 허은숙을 불러 산해진미를 차리고 숨겨두었던 곡주를 꺼내서 무불옹을 대접했다. 춘원과 허영숙은 바이올린과 풍금을 켜면서 무불옹을 위한 작은 음악회도 열어주었다. 무불옹은 아주 편한 자세로 아랫목에 앉아 두 내외의 송별연을 흡

족하게 받아주었다.

춘원의 집에서 송별연을 받은 아베 미츠이에는 박희도를 앞세워 금강산으로 향했다. 그런데 일이 공교롭게 되느라고 그해 여름 나혜석이 금강산에서 혼자 그림을 그리고 있었다. 아베도 나혜석이 이혼한 것은 알고 있었고 그녀의 처지를 동정했는데 금강산에서 만나고 보니 반가웠다. 그는 나혜석의 그림을 봐주고 친구가 되어주었다. 그림에도 일가견이 있었던 아베는 나혜석의 그림을 오랫동안 들여다보다가 이런 말을 했다.

"파리에 갔을 때 마리 로랑생의 그림을 본 일이 있는가?"

"제가 유명한 화가들의 화랑만을 들러 그분의 그림은 놓쳤습니다."

"여류화가라면 당연히 마리 로랑생의 그림도 봤어야지. 그 여자 화가는 천재야. 일찍부터 피카소, 마티스, 모딜리아니, 루소 같은 화가들과 교유하였고 유명한 시인 기욤 아폴리네르와도 사랑을 나눴지. 그녀의 화풍은 입체파를 거쳐 지금쯤은 자신만의 환상적 세계로 갔을 거야. 때때로 잡지 같은 데에 드로잉을 내놓기도 하고 소녀들을 그렸는데 아주 환상적이야. 얼마 전에 도쿄 책방에도 나온 《이상한 나라의 앨리스》라는 루이스 캐럴의 동화책에 삽화를 그렸는데 사람들은 동화책도 좋았지만 그녀의 삽화가 더 좋다고 칭찬했어. 아주 재미있는 것은 지난 1923년 그 유명한 디자이너 샤넬의 초상화를 그려줬는데 샤넬은 화를 내면서 '이것은 내 초상화가 아니야'라고 그림을 되돌려줬대. 그런데 지금은 그 샤넬의 초상이 그녀의 대표작이 되어 있어. 정월도 앞으로 누구 초상을 그리더라도 극사실화로 사진처럼 똑같이 그릴 생각을 말고 그 사람의 영혼을 화폭에 옮겨 놓도록 해."

그날 나혜석은 금강산 암자에서 무불옹으로부터 뜻밖의 특강을 들었고 커다란 충격을 받았다. 그래서 그가 금강산을 구경하고 압록강으로 갈 때는 두말없이 따라갔다. 여관방에서 무불옹이 참선을 끝내고 자리에 누울 때는 딸이 아버지를 위해 봉사하듯 아주 정성스러운 마음으로 안마를 했다.

무불옹은 조선을 아주 떠날 생각을 하면서 남편으로부터 버림받은 조선의 천재 여화가 나혜석을 구제하기로 했다.

"정월, 아예 나하고 일본으로 가지 않겠나? 내가 도쿄 변두리에 조그만 아틀리에를 구해줄 테니 거기서 죽을 각오로 그림을 그려보게. 그리고 올가을 일본제국전시회(帝展)에 출품해 보게. 혹시 아나. 입선이라도 될지?"

나혜석은 무불옹을 따라나섰다. 그리고 일본에 가서 죽을 만큼 치열하게 그림을 그렸다. 그해 가을, 일본의 제12회 제전에 파리에서 스케치했던 '정원'을 출품하여 입선했다. 이 소식이 국내에도 크게 전해졌고 그녀는 도쿄에서 자신의 작품을 팔아 상당한 액수의 돈을 챙겨 돌아올 수 있었다.

허영숙의 큰절

1932년 1월 8일, 히로히토 일왕이 신년축하 관병식을 마치고 궁성으로 돌아가고 있었다. 일왕을 태운 사두마차가 사쿠라다몬(櫻田門) 근처에 이르렀을 때 쾅! 하는 폭음과 함께 말이 놀라 솟구쳤다. 노련한 마부가 침착하게 말을 달랬고 말은 피를 흘리면서 앞으로 나아갔다. 그때 한 청년이 돌진했지만 호위경찰에 의해 현장에서 체포되었다. 그는 상해에서 건너간 이봉창(李奉昌)이었다. 그해의 서막은 이렇게 한 조선 청년의 의거로 시작이 되었다. 경성의 모든 신문들은 호외를 뿌렸다.

불령선인 이봉창이 감히 천황을 시해하려 하였으나 하늘이 도와 천황은 무사하였고 불령선인은 현장에서 체포되었다.

사회부와 정치부 기자들이 호외를 찍어내며 이봉창의 의거 동기와 과정을 취재하기 위해 도쿄로 달려갔지만, 이광수는 편집국장 자리에 앉아 《이순신》을 쓰는 데 온 힘을 기울였다. 청전(靑田) 이상범(李象

範) 화백은 담배를 뻑뻑 피우며 춘원이 건네주는 원고를 찬찬히 읽었다. 그리고 삽화의 틀을 잡아나갔다.

조선의 뜻있는 모든 이들이 매일 아침 대문 앞에 떨어지는 〈동아일보〉를 기다렸다가 번개처럼 주워들고 충무공 이순신의 눈물겨운 사투를 지켜보았다. 권번에서 늦잠을 자고 화장을 고치러 일어나던 기생들까지도 다도해와 한산도에서 펼쳐지는 이순신의 격전을 숨죽이며 읽었다. 그리고 그때까지 계속되는 〈동아일보〉의 충무공유적 보존 모금운동을 위해 어떤 기생은 손에 낀 금반지를 팔기도 했고 어떤 기녀는 머리 얹을 때 받은 금비녀까지 내놓았다.

그런 기녀들 중에 김두옥(金斗玉)이라는 아가씨가 있었다. 명월관에서 일찍부터 이름을 날리다가 스무 살 고개를 넘으면서 기생 적을 버리고 광화문 근처에 거문고연구소를 차렸다. 사람들은 퇴기(退妓) 출신이라고 수군댔지만 그녀는 개의치 않았다. 거문고를 배우러 오는 젊은 아가씨들에게 엄한 선생님이 되어 정확하고 아름다운 조선의 전통음악을 가르치는 일에 의연히 열중할 뿐이었다.

허영숙도 우연히 그 거문고연구소에 들렀다가 김두옥이라는 당찬 아가씨에게 한눈에 반했다. 일찍이 바이올린도 해봤고 집에 있는 오르간으로 웬만한 악보는 칠 수 있었지만 정작 거문고 같은 전통음악은 대해 본 일이 없었다. 그래서 허영숙은 토요일 오후에 짬을 내서 김두옥에게 거문고를 배우기 시작했다.

얼마쯤 서로 정을 들였을 즈음에 허영숙은 김두옥의 살림집에 들렀다. 김두옥의 책꽂이에는 놀랍게도 춘원이 쓴 《무정》이 있었다. 그녀는 춘원이 그동안 신문에 발표한 글들도 아주 정성스럽게 모아 놓았다.

연재 중인 《이순신》 역시 한 회도 빠지지 않고 흰 종이 위에 오려 붙여 놓았다.

"우리 두옥 선생은 그냥 잘 가르치시는 음악 선생님인 줄로만 알았는데, 춘원을 읽고 있다니 ….."

김두옥이 무릎을 꿇고 말했다.

"사모님, 저는 진작부터 사모님께서 춘원 선생님의 부인이시고 조선 제일의 여의사라는 것도 알고 있었습니다."

"어떻게 그걸 …?"

"사모님께 제가 무엇을 숨기겠습니까. 저는 원래 기생이었습니다. 남정네들에게 웃음과 가무를 팔며 일찍부터 돈을 모았지요. 악착같이 모았습니다. 기적(妓籍)에서 빨리 몸을 빼고 뜻있는 일을 하기 위해 지금은 젊은이들에게 거문고를 가르치면서 숨을 고르고 있지만 언젠가는 저도 공부해서 사모님처럼 조선의 선구자가 되고 춘원 선생님과 같은 큰 어른을 만나는 것이 소원입니다."

허영숙은 김두옥의 손을 잡아주었다. 기생이라면 하루하루 주지육림(酒池肉林)에서 분칠하고 웃음 팔며 그저 그렇게 살아가려니 했다. 어쩌다가 운이 좋으면 잘생긴 도쿄 유학생과 정분이 나서 딴살림도 차려보지만, 대개는 그 얼간이 유학생들의 뒤치다꺼리만 하다가 벌어놓은 돈 다 버리고 폐인이 되거나 다시 몸을 파는 작부로 전락하려니 했다. 김두옥에게서는 그런 어두운 모습을 느낄 수 없었다. 오히려 당차고 옹골진 느낌만이 전해졌다.

얼마 후에는 김두옥이 허영숙의 병원에 조용히 찾아왔다. 허영숙은 김기영 의사와 존경하는 유상규 의사에게 진단을 의뢰했다. 김두옥이

오래전에 고향에서 나왔고 홀로 기녀생활을 하느라고 몸을 돌볼 기회가 없었을 테니 혹시라도 몹쓸 병이 있을까 해서 엑스레이도 찍고 정밀검진을 했다. 장차 긴 공부를 하는 데 장애요소는 없을까 걱정했는데 아무 이상이 없었다.

맨 나중에 허영숙이 산부인과 쪽을 정밀하게 조사했다.

"전에 산부인과 쪽으로 정밀검사를 받아본 일이 있는가?"

"선생님 저도 옛날에는 사랑하는 사람이 있어서 그 사람 아이를 갖고 싶었어요. 그래서 진고개에 있는 일본인 산부인과에 가서 정밀검사를 받아봤지요. 그런데 저는 자궁발육부전이 심하다고 하네요. 아마도 너무 이른 나이에 남자를 알았던 탓이기도 하겠죠 뭐. 그리고 자궁후굴이래요. 자궁 형태가 아이를 갖기에는 불리하대요. 그래서 전 오래전부터 결혼은 포기했고 혼자 살려고 마음먹고 있어요."

"내가 진찰한 바도 아주 비슷해. 자궁이 충분히 발육되기 전에 손상되어 염증 때문에 자궁이 협착되었어요. 문제는 후굴에 있는데…. 아마도 장기간 정성을 들여야 정상적 결혼생활을 할 수 있을 거야."

그 후부터 김두옥은 허영숙의 병원에 정기적으로 다니며, 어느새 허영숙을 큰언니라고 불렀다. 숭삼동의 집에도 자주 놀러왔다. 뒷방에 누워 있는 송 부인을 위해 잣죽을 자주 끓여 왔고 그녀의 손발을 주물러 드리며 정성껏 모셨다. 어느 날 송 부인이 말했다.

"이 항아 같은 처녀는 어디서 내려온 선녀냐? 목에 잘 넘어가는 보양식을 전해주고 손발을 따뜻하게 해주니 얼마나 고마운지 모르겠다."

얼마 후 김두옥은 거문고를 들고 와 누워 있는 송 부인을 위해 유연한 산조를 연주하기까지 했다. 김두옥은 허영숙의 집에 올 때는 빈손으로 올 때가 없었다. 봉근이와 영근이를 위해 장난감도 사오고 한참 뛰어놀기 좋아하는 봉근이를 위하여 찰고무로 만든 축구공을 사오기까지 했다. 아이들은 김두옥이 오기를 기다렸고 송 부인 역시 날이 궂은 때에는 밖을 보며 말했다.

"아이고 우리 두옥이가 안 오나? 두옥이가 와야 내 쑤시는 어깨를 주물러주지."

"할머니, 우리들도 두옥이 이모를 기다리고 있어. 이모가 와야 나마카시(생과자)도 사오고 오코시(밥풀과자)도 사오지."

허영숙은 김두옥이 언젠가는 일본 유학을 하고 싶다는 얘기를 들었기 때문에 쉬운 일본어 동화책을 사다가 그녀에게 읽어주기 시작했다. 그 옆에는 송 부인도, 봉근이와 영근이도 눈을 반짝이며 턱을 괴고 허영숙의 이야기를 기다렸다. 두옥이는 아이들의 입에 사탕을 물려주고 할머니에겐 부드러운 인절미를 잘게 잘라 주며 이야기에 귀를 기울였다. 허영숙은 신이 나서 이야기를 시작했다. 조선말과 일본말이 섞인 뒤죽박죽의 이야기였다.

춘원의 소설 《이순신》은 1931년 6월 25일 자에 시작되어 1932년 4월 3일 자에서 178회로 끝났다. 춘원이 원고를 마감하던 날, 그는 그 마지막 회 원고를 집으로 들고 왔다. 그날 진료를 끝내고 돌아온 허영숙에게 그 원고를 내밀며 그는 상을 기다리는 어린아이처럼 말했다.

"오늘로서 끝냈소. 나 장하지 않소?"

허영숙이 두옥이에게 전화를 했다.

"두옥아, 얼른 인력거를 타든 택시를 타든 거문고를 가지고 오너라.

오늘 저녁은 우리 집에서 먹자."

얼마 후 김두옥이 도착했고 두 사람은 정다운 자매처럼 부엌에서 성찬을 준비했다. 김두옥의 전 만드는 솜씨가 보통이 아니었다. 척척 부치고 나중에는 산적까지 예쁘게 빚었다. 허영숙이 춘원에게 말했다.

"여보, 오늘은 바지저고리를 입어보세요. 저도 오랜만에 조선옷을 입어보겠어요."

춘원은 허영숙이 시키는 대로 했다. 음식이 다 차려지고 바지저고리를 입은 춘원이 아랫목에 자리를 잡자 송 부인도 함께 자리했다. 아이들은 입에 손가락을 물고 영리하게 눈치를 보고 있었다.

"오늘은 제 소원이 이루어진 날이에요. 저는 일찍이 도쿄에서 목구멍으로 피를 넘기는 당신을 만났을 때 굳게 다짐했었죠. '나는 저이를 살려 내 조선의 나쓰메 소세키로 만들겠다.' 그런데 당신은 재작년에 아픈 몸을 이끌고 이충무공 유적 순례의 길을 끝내고 《이순신》을 쓰기 시작했습니다. 특히 온양의 이순신 묘소에서 그 묘소와 위토가 일본은행에 넘어가게 되었다는 것을 알아냈습니다. 그래서 모금운동을 시작했지요. 그 모금운동에는 여기 앉아있는 우리 두옥이의 금비녀와 저금통도 들어갔습니다. 그래서 지금 그 은행 빚을 다 갚고 지난해에는 충남 아산군 염치면 백암리 방화산 자락에 현충사(顯忠祠)까지 준공되었습니다. 내일 아침 〈동아일보〉에는 당신이 쓰신 《이순신》의 마지막 회가 나올 것입니다. 바로 이런 일을 위해 저는 세상 사람들의 손가락질을 받으면서 당신을 쟁취했고 드디어 그 소원을 이루었습니다."

허영숙이 엄숙한 목소리로 얘기를 끝내자 아랫목에 앉아있던 송 부인도 고개를 끄덕였다.

"이봐 광수, 우리 영숙이 말마따나 나는 애당초 자네가 마땅찮았지만 내 마음 어딘가에서 자네가 언젠가는 이 나라를 위해 큰일을 할 인물이라는 믿음이 있어 결혼을 허락했지. 내가 아무리 무식해도 이순신 장군은 알지. 그 장군님 묘소의 땅을 다시 찾게 되었다니 참으로 자네의 붓한 자루는 무서운 것일세. 암, 무섭고말고. 장하고말고."

허영숙은 김두옥에게 이광수의 마지막 원고를 넘겨주며 말했다.

"두옥아, 이 마지막 회의 끝부분을 거문고 가락에 얹어 읽어 보거라. 네 흥이 나는 대로 읽어 보거라."

김두옥은 원고 뭉치를 받아 들고 손끝을 떨었다. 그리고 호흡을 가다듬은 후 산전수전 다 겪은 풍상을 섞어 서서히 원고에 가락을 올렸다. 춘원은 눈을 감고 있었다.

순신(舜臣)의 유해는 고금도 본영으로 돌아갔다가 아산 선영에 안장했다. 순신의 상여가 지난 때에 백성들은 길을 막고 통곡했다. 왕도 어려운 한문으로 제문을 지어 조상하고 우의정, 선무공신 1등을 책했다. 원균은 3등이었고, 권율이 2등이었다. 그러나 그까짓 것이 무엇이 그리 긴한 것이랴. 오직 그가 사랑하던 동포의 자손들이 사당을 짓고 춘추 제향을 지내었다. 그때에 적을 보면 달아나거나 적에게 항복한 무리들이 정권을 잡아 3백년 호화로운 꿈을 꾸는 동안에 조선의 산에는 나무 한 포기조차 없어지고 강에는 물이 마르고 백성들은 어리석고 가난해졌다. 그가 돌아간 지 334년 4월 2일에 조선 5백년에 처음이요, 나중인 큰 사람, 이순신(충무공이란 말을 나는 싫어한다. 그것은 왕과 그 밑의 썩은 무리들이 준 것이기 때문에)의 슬픈 일생을 그리는 붓을 놓는다.

두옥이의 읊기가 끝나자 허영숙은 아랫목에 앉은 송 부인과 남편 이 광수를 향해 큰절을 올렸다. 송 부인이 옷고름 끝으로 눈물을 찍어내고 두옥이도 눈물을 보였다. 하지만 허영숙은 기쁘고 자랑스러운 목소리로 두옥을 향해 말했다.

"우리 기쁜 마음으로 거문고를 합주해보자. 그동안 너하고 맞춰봤던 소리로."

허영숙이 그동안 배운 거문고 솜씨로 두옥과 함께 소리 높여 병주(竝奏)할 때 봉근이 영근이도 무엇을 아는 듯 눈을 크게 뜨고 지켜보고 있었다. 참으로 기쁜 밤이었다.

렌의 출현

　1932년 4월 11일, 이화여전의 후원회장 윤치호 대감은 새 학기를 맞아 교수들의 사기를 올려주기 위해 동대문 근처 자신의 집에서 저녁 대접을 했다. 교수들은 윤치호 대감댁의 넓은 정원에 갓 피어난 봄꽃들의 향기에 흠뻑 취했고 윤 대감이 개성에서 가져왔다는 개성인삼주를 마음껏 마셨다. 윤 대감은 개성에도 저택을 가지고 있었다.

　그는 조선 개화기의 거두로서 일본과 미국에 자주 나갔고 미국 동부 명문 에모리 대학에서 정식으로 학사학위를 받기도 했다. 그는 매일의 일기를 영어로 쓸 만큼 영어에 능통했고 조선 왕실의 공인된 통역사이기도 했다. 1930년에는 모교 에모리 대학에서 명예박사학위를 받았기 때문에 그날 교수들은 '대감'보다는 '박사님'이라는 칭호를 많이 썼다.

　거실에 있는 그랜드피아노를 음악과 주임교수인 김메리가 통통 치자 기다렸다는 듯이 테너 안기영이 연주 자세를 취했다. 그날 저녁 그는 장 폴 마르티니의 〈사랑의 기쁨〉을 열정적으로 불렀다. 안기영 교수가 너무나 열정적으로 노래를 불렀기 때문에 윤치호 박사도 넋을 놓은 표

86

정이었다. 앙코르 요청이 쏟아졌다. 그런데 그는 이상하게도 앙코르를 받지 않고 황황히 미색 바바리코트를 집어 들고 쫓기듯 나갔다.

교수들은 모두 〈사랑의 기쁨〉에 취하여 4월의 늦은 밤거리로 나섰다. 안기영이 부르고 간 〈사랑의 기쁨〉은 이상하게도 사랑의 슬픔처럼 모두를 숙연하게 만들었다. 젊은 교수들은 진고개 쪽으로 가서 맥주를 더 마시고 커피까지 챙겨 마시면서 야릇한 애상(哀想)에 젖었다.

그날 이후 이상한 일이 벌어졌다. 보통학교 교사인 안기영의 부인 이성규는 화장대 속에서 남편이 남긴 쪽지 하나를 발견했다.

'여보 미안하오. 날 용서하시오. 내가 죄인이오. 나는 저 광막한 러시아로 갈 것이오. 아이들을 부탁하오. 피아노와 집을 팔고 살림도 줄이시오. 나를 죽은 놈으로 여겨주시오.'

안기영은 집에 들어오지 않았다. 부인 이성규는 퍼뜩 짚이는 데가 있어 가까운 아현정의 김현순의 집으로 달려갔다. 매일 저녁 성악 레슨을 받으러 오던 그녀가 며칠째 보이지 않았다. 그녀의 집에서도 큰일이 벌어졌다. 부잣집 금지옥엽 같은 딸이 행방불명되었고 그녀의 어머니도 비슷한 쪽지를 들고 있었다.

'어머니, 이 불효녀를 용서하여주소서. 아버님께는 아예 아무 말씀도 하지 마셔요. 제 피아노는 팔아버리고요. 제가 못 가지고 떠나는 옷은 멀리 버리세요. 이 소녀는 다시 집을 찾지 않을 것입니다. 어머니, 용서해주세요.'

김현순의 어머니는 되레 퉁퉁 부은 얼굴로 이성규를 붙잡고 통곡했다.

"사모님 용서하세요. 제가 딸을 잘못 키웠습니다. 이제부터 저와 저희 집은 어찌해야 합니까. 조선 천지에 어찌 얼굴을 들고 다닐 수 있겠습니까."

그날 이후 장안의 모든 신문과 잡지들은 안기영과 김현순을 다룬 기사로 넘쳐나기 시작했다.

안기영은 조선의 카루소로 불리던 제일의 테너였다. 이화여전의 자랑스러운 교수였으며 교회 성가대의 훌륭한 지휘자였다. 그가 인솔하고 팔도를 누비던 이화여전의 중창단 글리클럽은 조선의 자랑이었다. 그런데 그는 어찌하여 두 딸과 아내의 뱃속에 든 아이까지 버리고 조선을 떠났단 말인가. 그것도 자신이 그렇게 아끼던 제자 김현순과 함께 …. 목격자들에 의하면 그 둘은 지금 만주 하얼빈에 있다고 한다. 아 어찌 이런 일이!

허영숙은 신문기사를 보다가 춘원에게 말했다.

"여보, 내가 전에 말했지요? 그 두 사람이 처음 우리 집에 왔을 때 저녁을 먹이고 전찻길까지 바래다주고 오면서 제가 뭐라고 말했어요?"

춘원은 시치미를 떼며 싱겁게 받았다.

"그때 뭐라고 했더라?"

"저는 그때 두 사람이 일을 낼 줄 알았어요. 두 사람의 눈빛과 몸짓에서 불같은 열기를 느꼈어요."

춘원은 원고지 위에다가 펜을 던지며 말했다.

"불같은 열기라 …."

그는 담배를 피워 물며 아련한 말투로 말했다.

"당신이 도쿄에서 학업을 마치고 귀국한 후에 내가 결혼을 서두르니까 그때 당신이 뭐라고 했소. '우리 한 3년쯤 있다가 결혼하죠.' 참, 내가 그 얘기를 듣고 어땠는지 알아?"

"어땠는데요?"

"눈앞에 아무것도 안 보이더라고. 오직 당신의 그 까만 눈동자 그리고 당신의 그 불타는 입술 하나만 생각났소. 그래서 그날로 짐을 싸서 경성으로 돌아오지 않았소."

"저도 당신을 다시 보자마자 아무 생각도 나지 않았어요. 집에 있던 어머니 돈을 모두 챙겨서 정신없이 북경으로 떠났잖아요."

춘원은 담배를 재떨이에 비벼 끄며 결론처럼 말했다.

"사랑, 그것 참 위대한 거요."

춘원은 장편 《이순신》을 끝내고 단 며칠을 쉰 후 호흡을 가다듬어 계몽소설 《흙》을 연재하기 시작했다. 동아일보사가 시작한 브나로드운동에 불을 지피기 위해서였다. 그가 허숭과 유순이 살던 '살여울'의 풍경을 한참 그려나갈 때 신문사에서는 또 특종이 터졌다. 그것도 대형 특종이었다.

의사(義士) 윤봉길(尹奉吉)이 일왕 생일 축하식과 일본군 상하이 점령 전승기념행사가 열린 상해 홍커우 공원(虹口公園)에 '벤또' 모양과 물통 모양의 폭탄을 던진 어마어마한 사건이었다. 이 의거로 주중 일본군 사령관 시라카와 요시노리(白川義則) 대장 등 십여 명이 죽거나 다쳤다.

춘원은 한가하게 소설을 만지고 있을 때가 아니라는 생각이 들었다. 상해! 그곳은 일찍이 그가 두 번씩이나 들렀던 의미 깊은 곳이었다.

1913년 오산학교를 그만두고 찾아간 그곳에서 그는 굽이치는 황푸 강과 상해 앞바다를 바라보며 만감에 젖곤 했다. 그때 프랑스 조계의 허름한 2층 방에서 홍명희의 부서져가는 침대를 신세진 일도 있었다.

1919년에는 도쿄에서 황황히 2·8독립선언서를 써서 던져 놓고 전 세계에 조선의 독립을 알리겠다는 생각으로 상해로 몸을 피했다. 그곳 에서 도산 선생과 김구 선생을 만나고, 〈독립신문〉을 제작했다.

상해야말로 그가 긴 세월을 보낸 정주와 오산만큼이나 인연이 깊은 곳이었다. 윤봉길 의사가 폭탄을 던지고 잡혀간 홍커우 공원을 어찌 모 르랴. 영국과 프랑스 조계에 있는 공원 앞에는 '개와 중국인은 들어오지 마시오'라는 기이한 팻말이 붙어 있었다. 그러나 일본 조계에 있던 홍커 우 공원 앞에는 그런 팻말까지는 없었다. 어쨌든 그날 윤봉길 의사는 일본인 비슷한 복장을 하고 들어갔고, 일본인 고관과 장군들에게 본때 를 보여주었다. 통쾌한 일이 아닐 수 없었다. 중국인들은 조선인 독립 운동가들을 새롭게 보기 시작했다.

이광수는 중국인 복장에 색안경을 쓰고 이 일을 배후에서 지휘했을 백범 김구를 떠올렸다. 그 강골의 독립투사는 지금쯤 프랑스 조계의 어 느 아지트나 황푸 강의 중국인 배에 은신하고 있을 것이다.

그런데 정직하고 마음씨 약한 도산 선생은 어디 있단 말인가. 백범을 쫓던 일본인 첩자들이 엉뚱하게 도산 선생만을 찾아내는 것은 아닐까 하는 불길한 생각에 춘원은 잠을 못 이루었다. 그래서 〈동광〉지에 '안 도산 론'을 밤새워 써서 실었는데 총독부 검열관이 기사를 삭제하고 말 았다. 그리고 드디어 그의 예상은 적중했다.

그해 6월 7일, 안창호 선생이 인천을 거쳐 서울로 압송되었다는 기사가 났다. 그날 춘원은 허둥지둥 신문사 일을 접고 집으로 돌아와 아내를 찾았다. 그리고 조용히 귓속말로 말했다.

"여보, 어렵겠지만 미와 경부를 찾아가 보시오. 선생님의 안부를 묻고 뵐 수 있는지를 알아봐 주시오."

허영숙은 주저하지 않고 옷을 챙겨 입고 인력거를 불러 종로서로 향했다. 밤이 이슥해서야 그녀는 돌아와 몸을 떨며 말했다.

"당분간은 그 누구도 선생님을 만날 수 없답니다. 형무소로 넘어가신 후에야 만나 뵐 수 있을 것 같아요."

8월이 되어서야 미와 경부로부터 허영숙에게 연락이 왔다.

'서대문형무소로 가보시오. 응급약과 영양식은 차입이 가능합니다. 형무소는 여름에도 추우니까 두툼한 내복 한 벌쯤은 넣어드리시오.'

춘원과 허영숙은 허둥지둥 서대문형무소로 달려갔다. 도산 선생은 수염이 자란 채로 두 사람을 맞았다. 큰절을 올리는 두 사람을 바라보며 조용히 말했다.

"난 괜찮소. 곧 풀려나갈 것이오."

막상 선생을 만나고 나서야 내외는 가슴을 쓸어내렸다. 선생은 허영숙이 싸들고 간 잣죽을 훌훌 먹었다. 내외는 하늘에 감사했다. 죽 그릇을 물리면서 도산 선생이 말했다.

"다음에는 나 대신 장리욱(張利郁)도 찾아봐줘요. 미국 가서 공부만 한 사람인데 나하고 흥사단 운동을 함께 한 죄로 들어와 있으니까."

내외는 바로 그 다음 날로 장리욱을 면회했다. 껴입을 내복과 쇠고기 통조림을 차입했다. 춘원 내외를 맞은 장리욱 박사는 겸손하게 말했다.

"여기에 들어올 때는 누구나 옷을 벗기고 차디찬 소독물로 물폭탄을 줍니다. 유치장에서 피골이 상접한 사람들은 그 물폭탄을 견디기가 정말로 괴롭습니다. 저는 너무 추워서 울면서 뒤로 넘어졌고 대부분의 사람들도 추위 때문에 쓰러졌지요. 그런데 도산 선생님 한 분만 꼿꼿한 자세로 물폭탄을 견디셨습니다. 선생님께서도 감방에 들어오셔서는 혼절하셨지만 현장에서만은 일본 놈 간수들에게 초라한 모습을 보이시지 않으시려고 혼신의 힘을 다해 견디셨습니다."

장리욱에게 그런 얘기를 들으면서 춘원 내외는 눈물을 닦았다. 그날 이후의 면회는 허영숙이 도맡아 했다. 몸이 약한 춘원이 자주 나들이를 할 수 없었기 때문이었다.

그해 여름, 신문의 1단 기사에 춘원의 눈길을 끄는 내용이 실렸다.

잡지 〈동광〉에 시 〈검은 머리 풀어〉를 써서 주목을 받았던 시인 모윤숙은 최근 배화여고 교사로 봉직하던바, 한편으로는 극단 '극예술연구회'에 가입하여 안톤 체호프의 〈앵화원〉(櫻花園: 벚꽃동산)을 맹연습 중이라 한다. 시인의 연기가 주목된다.

편집국장실에 앉아 그 기사를 본 춘원은 주요한을 불렀다.
"주 시인의 부인은 〈신가정〉의 기자가 아니시던가? 발이 아주 넓은 것으로 아는데, 내가 연극판에서 여인을 한 명 찾고 싶은데 …."
"글쎄요, 그 사람은 저보다 훨씬 더 발이 넓으니 여성계의 사람들이라면 쉽게 찾을 수 있을 겁니다."

"그래서 말인데, 교사들이 요즘 안톤 체호프의 〈앵화원〉을 연습 중이라는데 그 극단 단원 중에 모윤숙이라는 시인이 있는지 알아봐 달라고 해. 내가 알 만한 처자라 한번 만나보고 싶군. 그 처녀의 시가 괜찮았어."

주요한의 부인 김자혜의 주선으로 모윤숙은 〈동아일보〉 앞에 있는 다방에서 춘원을 만나게 되었다. 춘원은 그날 노타이 차림에 미색 싱글을 입고 있었다. 다방 마담이 그를 위해 외진 자리를 내주었다. 잠시 후 단발머리에 둥근 점이 박힌 원피스를 입은 처녀가 하이힐을 신고 들어섰다. 꾸밈은 수수했지만 기품 있어 보였다. 그 옆에 김자혜가 함께 따라 들어왔다. 김자혜가 이광수를 알아보고 인사하며 다가왔다.

처녀는 머뭇거리다가 김자혜의 소개를 받고 춘원의 앞에 서서 공손히 고개 숙여 인사하고 자리에 앉았다. 두 여인은 사이다를 시켰고 춘원은 커피를 시켰다. 춘원이 먼저 입을 열었다.

"갑자기 보자고 해서 놀랐소?"

"아니 뭐 …. 바쁘신 선생님께서 …."

춘원은 미소를 띠며 말했다.

"지금 집이 함흥이던가?"

"그렇습니다."

춘원은 잠시 커피로 목을 축인 후 천천히 말했다.

"나는 춘부장하고 잘 아는 사이야. 내 고향은 정주인데 아버지도 그곳에서 사업을 하셨지. 광산에 무엇인가를 납품하는 것 같았는데 …. 아무튼 점잖고 문화에도 이해가 깊은 분이었지. 함자가 어떻게 되셨더라?"

"네, 학(鶴) 자, 수(壽) 자를 쓰십니다."

"학수, 그 양반은 워낙 성씨가 희성이라서 사람들이 쉽게 기억했지. 내가 알기로는 자네가 세 살 때 원산으로 이사했지. 거기서 배에 여러 가지 물건을 납품하는 사업으로 성공했다는 얘기는 들었는데 거기서 함흥으로 옮겼을 거야."

그쯤에서 이야기는 본격적으로 모윤숙 얘기로 옮겨갔다.

"이화여전에 다닐 때에도 교내에서 활동이 많았던 것으로 아는데…. 교지에도 시를 자주 발표하고 학생들이 부르는 교가던가 응원가도 외국곡이지만 모(毛) 양이 가사를 지었다고 들었어요. 영어도 잘하고. 아무튼 이화여전을 졸업하고 간도로 갔지?"

"아무것도 아닌 저에 대해 소상히 말씀해주셔서 몸 둘 바를 모르겠습니다. 저는 그곳 용정 명신여학교에서 영어교사를 했습니다. 그런데 만주의 겨울 추위가 너무 심해서 그랬는지 기관지염을 앓았습니다. 그 무렵 선생님께서 주관하시는 〈동광〉지에서 시를 내보라고 하더군요. 저는 그때 춘원 선생님께서 쓰시는 《무명씨전》을 열심히 읽었습니다."

"바로 그거야. 나도 그때 모 양이 발표한 시 〈검은 머리 풀어〉를 읽었지. 내가 오늘 그 잡지를 가지고 나왔어."

춘원은 들고 온 잡지를 펼쳐들었다. 그리고 김자혜를 향해 말했다.

"제수씨, 내가 오늘 장래가 촉망되는 조선의 시인 하나를 발굴하는 중이오."

김자혜는 모윤숙의 옆구리를 찌르며 말했다.

"모윤숙 선생, 축하해요. 춘원 선생님의 주목을 받다니!"

그때 춘원이 책을 펴서 김자혜에게 넘겨주며 말했다.

"제수씨가 연극을 하니까 대사 외는 솜씨가 있을 거요. 그리고 낭군은 조선 최고의 시인이니까 이 시를 읽기에 적당한 분이오. 한 번 읽어 주시오."

김자혜는 책을 넘겨받으며 말했다.

"글쎄요, 제가 시 낭송을 할 수 있을까요?"

그러면서도 그녀는 엽차로 목을 축이고 시를 낭송하기 시작했다.

"임 계신 곳을 향하여/ 이 몸이 갑니다// 검은 머리 풀어 허리에 매고/ 불 꺼진 조선의 제단에// 횃불 켜 놓으러 달려갑니다."

모윤숙은 거의 울 듯한 모습이었다. 그녀의 검은 핸드백은 손바닥에서 난 땀 때문에 요란하게 번들거렸다. 춘원이 입을 열었다.

"수사와 기교에 약간의 문제는 있지만…, 아무튼 혼이 살아 있는 글이라고 생각하오. 아직은 젊으니까 좀더 많이 읽고 생각하면서 남의 가슴과 머리를 흔들 수 있는 작품을 써보시오. 기대하겠소."

그날 모윤숙은 넋이 나간 표정으로 김자혜의 손을 끼고 다방을 빠져나갔다. 그녀는 그날 밤 일기장에 이렇게 써놓았다.

그의 눈은 진노랑 빛을 강하게 뿜고 있었다. 그런 눈빛을 나는 처음 보았다. 그 눈은 시새는 바람 사이에 조심스럽게 걸려 있는 등불 같았다. 나 혼자만 지껄이던 외롭던 글귀들이 모두 날개를 펴고 숨을 쉬는 듯했다. 그렇게 평범한 말인데 뼛속까지 스며드는 충고는 내 생전에 처음이었다.

주말에 모윤숙은 꽃을 사들고 춘원 선생 댁을 방문했다. 도저히 혼자서 갈 용기가 없어 이화여전 때부터 자매처럼 지내던 김수임(金壽任)과

극단의 주연배우인 박노경(朴魯慶)과 함께 갔다. 키가 크고 늘씬한 박노경은 아이들이 있는 집에 그냥 갈 수 없다고 하며 숭삼동 입구에서 센베(구운 납작 과자)를 한 봉지 사서 들고 갔다. 김수임은 할머니도 계시다는 것을 알고 '모찌'를 샀다.

거실에 앉아 있던 춘원과 허영숙은 불시에 찾아온 세 처녀를 친절하게 맞았다. 허영숙은 세 처녀를 찬찬히 살펴보았다. 그런데 이상한 일이었다. 키가 크고 훤칠하며 이마가 반듯한 박노경, 콧날이 오뚝하고 피부가 희고 입술에 루주를 엷게 바른 그 미인은 그냥 아름답기만 했다. 말수가 적은 김수임은 첫눈에도 이상하게 그늘이 있어 보이고 수심에 찬 듯한 모습이었다. 먼 곳을 헤매다 돌아온 고아처럼 느껴졌다.

그런데 야무진 입술에 눈망울이 깊은 모윤숙을 보면서 이상하게도 그녀는 아득한 느낌을 받았다. 안기영을 따라왔던 김현순처럼 무언가 말로는 표현하기 어려운 아슬아슬한 위험성을 그녀는 속에 숨기고 있었다. 허영숙은 그날 '이거 큰일 났구나' 하는 경계심을 본능적으로 품게 되었다.

여름이 끝나갈 때쯤 춘원은 여행 준비를 서두르고 있었다. 글쓰기 때문에 늘 어깨가 굳고 눈이 침침해지는 탓도 있지만 지병인 폐결핵 때문에 그는 휴식이 필요했다. 허영숙도 범상하게 물었다.

"이번에는 어디로 가시려고요?"

춘원은 잠시 멈칫하며 더듬더듬 말했다.

"부전고원으로 가려 하오. 거기가 함경남도던가? 아무튼 조선의 알프스라고 불리는 곳이오. 소나 양을 방목하는 고원이래요. 작년에 그곳에 발전소가 들어서서 산정에 호수까지 생겼대. 방학 때니까 경성의 전 유상규와 함께 갈까 하오."

허영숙은 유상규라는 말에 더 이상 묻지를 않았다. 주치의 같은 유상규 의사가 따라가니까 딴 걱정은 할 필요가 없을 것 같았다. 약이랑 군 것질할 것 이것저것을 챙기고 내복까지 한 벌 넣은 뒤에 무심코 물었다.

"그런데 부전고원은 어느 정거장에서 내려서 들어가야 되는데요?"

춘원이 다시 더듬거렸다.

"함흥역에서 내려 버스를 타야 할 거야."

허영숙은 함흥이라는 말에 가슴이 뛰었다. 그 아이, 예감이 좋지 않은 그 아이가 사는 곳이 바로 함흥 아닌가. 하지만 허영숙은 더 이상 묻지 않았다. 자존심이 허락하지 않았기 때문이었다. 춘원도 시선을 자꾸 피했다.

여름방학을 맞아 모윤숙은 연극공연을 끝내고 단짝 김수임과 함께 함흥 집에 와 있었다. 어려서 남의 집 민며느리로 들어가 천대만 받다가 쫓겨나오고 어찌어찌해서 선교사의 도움으로 이화학당에 들어왔던 김수임은 딱히 갈 곳이 없었기 때문에 여름이나 겨울 방학 때가 되면 꼭 함흥의 윤숙이네 집에서 한 철을 보내고 갔다. 윤숙이 아버지나 어머니도 김수임을 또 하나의 딸처럼 여기면서 살갑게 대했다. 그날 김수임은 함흥호텔에서 왔다는 어느 소년이 전해주는 쪽지를 받았다.

'부전고원이 좋다 하여 친구와 함께 찾아왔소. 부모님께서 허락하시면 내 안내를 좀 해주시오. 춘원.'

수임은 부모 몰래 쪽지를 윤숙에게 전했다. 하지만 좁은 함흥 바닥에서 소리가 안 날 수 없었다. 영리한 윤숙은 어머니를 찾았다.

"경성에서 조선의 명사 춘원 선생이 왔다고 하시는데 제가 가봐야 하겠어요. 선생님께서 부전고원을 안내해달라고 하시네요."

윤숙 어머니는 두말없이 허락했다. 김수임도 따라나섰다. 부전고원에 올라선 네 사람은 아주 자연스럽게 두 쌍을 이루었다. 춘원과 모윤숙은 앞서 걷고 김수임과 유상규는 천천히 뒤따랐다. 춘원보다 다섯 살이나 아래인 유상규 의사는 장난도 잘 쳤다.

"춘원, 난 이 묘령의 아가씨와 본격적인 데이트를 해보겠소. 앞서가시오."

"유 선생님, 우리 수임이를 부탁해요. 참하고 착한 아가씨예요."

유상규와 김수임은 양떼가 풀을 뜯고 있는 목장 쪽으로 향하였고, 춘원과 모윤숙은 부전호수 쪽으로 올라갔다. 모윤숙은 콧등의 땀방울을 닦으며 자주 쉬었다.

"선생님, 저도 선생님처럼 폐 쪽이 안 좋은가 봐요. 용정에 있을 때부터 기관지염으로 고생했어요."

"어히, 그런 소리를 하면 안 되지. 교원들은 분필가루 때문에 대부분 기관지가 약하지. 폐병 같은 것은 생각도 하지 마. 저 푸른 하늘처럼 푸르디푸른 청춘이 … ."

고원 한가운데 그림처럼 펼쳐진 호수 위로 흰 구름들이 고원의 영마루에 스칠 듯 말 듯 아슬하게 지나갔다. 춘원이 영탄조로 말했다.

"인간이 제아무리 재주가 좋아도 저 영마루에 걸린 구름만은 어쩌지 못하지."

춘원은 뜸을 들이다가 말했다.

"윤숙이, 내가 왜 저 영마루의 구름을 바라보며 갑자기 내 나이가 생각날까. 나는 올해로 불혹을 넘기고도 한 살을 더 먹었어. 그런데 윤숙이를 바라보니 마치 내 딸 같기만 하구먼. 그대는 방년 20세를 아슬아슬하게 넘겼지?"

"선생님, 저도 이제는 스물두 살로 여학교의 선생이랍니다. 갈 데 없는 성인이에요. 전 아이가 아니라고요."

"그래도 그대는 세속의 사람들이 손을 뻗어 닿을 수 없는 저 영마루의 구름 같은 젊은 천사야. 아무도 손댈 수 없는…."

"선생님도…. 손을 뻗쳐 닿을 수 없는 것이 어디 있겠어요. 마음으로부터 아득하게 느끼니까 애당초 잡을 수 없다고 생각하는 것이죠."

그쯤에서 둘은 호숫가에 있는 벤치에 앉았고 춘원이 주머니에서 만년필과 종이쪽지를 꺼냈다. 그는 고개를 숙이고 무엇인가를 적었다. 그리고 그것을 모윤숙에게 건넸다.

"내가 윤숙이를 위해 호를 하나 지어봤어. 앞으로 유명한 시인이 되면 아호 하나쯤은 가지고 있어야 하지 않겠어?"

"영운(嶺雲)이라고요? 저에게 너무 과분하지 않을까요?"

"고갯마루의 구름처럼 고고하게 살아. 시도 그렇게 높고 세속의 티끌을 묻히지 않도록 써보라고."

모윤숙은 일어나서 춘원을 향해 깊이 허리를 굽혔다.

"선생님, 고맙습니다. 평생토록 잊지 않겠습니다."

황성 옛터

    1930년대 초, 조선 사회는 지금까지 들어보지 못한 '유행가'라는 노래에 취하기 시작했다. 그때까지 사람들은 명창들이 부르는 창이나 민요를 즐겨 들었고, 교회에 나가면 서양 선교사들이 우리말로 번안하여 들려주는 찬송가를 들을 수 있었다. 그리고 도쿄에 건너가 서양 음악을 공부하고 돌아온 유학생들이 외국 곡을 공회당이나 교회에서 들려주었다.

    그 무렵 유랑극단의 전국 순회공연에서 이른바 '막간 가수'들이 등장하기 시작했다. 신파극이 올라가기 직전 막간을 이용해 노래를 부르는 가수를 사람들은 그렇게 불렀다. 한복을 곱게 차려입은 소녀들이 무대에 오르고 조명이 그들을 비춰주면, 그 이름 없는 소녀들은 대중의 정서에 직접 호소하는 이상야릇한 노래를 뽑아냈다. 그 대표적인 유행가가 바로 〈황성 옛터〉라는 노래였다.

    '태양극장'이라는 유랑극단의 연극이 전국을 순회하고 있을 때 키가 후리후리하고 버들가지처럼 가는 허리를 가진 젊은 무명가수 하나가 막간에 올라 비둘기 울음소리 같은 구슬픈 목소리로 노래를 전하기 시작했다. 왕평이라는 이름 없는 시인이 노랫말을 짓고 전수린이라는 대중 작곡가가 작곡을 한 노래인데 이음전(李音全)이라는 어린 무명가수가 불러 사람들의 심금을 울렸다. 연극을 보러 온 사람들이 연극은 뒷전으로 하고 이 젊은 여가수의 유행가에 열광하며 재창, 삼창을 외쳐대는 바람에 연극 공연은 덩달아 성황을 이루었다.

화려했던 고려왕조의 도읍 개성이 잡초에 묻혀 허무하다는 영탄조의 이 노래는 이상하게도 조선 사회를 뒤흔들었다. 무명치마에 고무신이나 나막신을 신고 온 서민 관객들은 이 노래를 들으며 눈시울을 적셨다.

황성 옛터에 밤이 되니 월색만 고요해/ 폐허에 서린 회포를 말하여 주노라// 아 — 아 — 가엾다 이 내 몸은 그 무엇 찾으려고/ 끝없는 꿈의 거리를 헤매어 있노라// 성은 허물어져 빈 터인데 방초만 푸르러/ 세상이 허무한 것을 말하여 주노라// 아 — 아 — 외로운 저 나그네 잠 못 이루어/ 구슬픈 노랫소리에 말없이 눈물져어.

조선 최초의 유행가로 알려진 이 〈황성 옛터〉는 1932년 조선 전역에 울려 퍼졌다. 사각모를 쓴 유학생들까지 기생집에서 술 한잔을 마시고 나면 이 무명의 딴따라가 부른 노래를 숙연하게 부르고 눈물까지 흘렸다. 나라가 망하고 식민지로 전락하여 희망을 찾을 수 없던 그 시절의 대중 정서가 〈황성 옛터〉라는 서글픈 유행가 가락과 맞아떨어지면서 폭발적인 서민의 노래로 승격된 것이다.

〈황성 옛터〉가 인기를 얻게 된 데에는 이음전의 외모와 성장 배경도 한몫했다. 그녀는 〈황성 옛터〉의 노랫말 배경이 된 개성 출신이었다.

양반집에서 태어나 개성의 명문 호수돈여학교를 졸업했다. 그러나 그녀는 시집가서 아이를 낳고 평범하게 사는 삶보다는 비록 '막간 가수'라는 천대를 받더라도 당당히 무대에서 조명을 받는 신여성의 길을 걷기로 했다. 그래서 극단 사람들이 붙여주는 '애리수'라는 예명을 받아 무대에 섰고 그 서글픈 노래를 타고난 음색대로 진솔하게 불렀다. 그런데 그 노래가 대중의 정서에 불을 질러 마침내 그녀는 시대의 스타가 되었다.

바로 그 무렵 극단 사람들은 〈황성 옛터〉의 후속 작품으로 당대의 문사였던 춘원 이광수의 시를 차용하기로 했다. 작곡가 전수린이 신문사로 찾아와 정중하게 청했다.

"선생님, 저도 그동안 선생님께서 쓰신 《무정》도 읽었고 최근에 쓰신 《흙》도 읽었습니다. 선생님께서는 우리 민족을 아끼시고 특히 이름 없는 백성들, 서민들의 서러움을 다독여주는 데 앞장서고 계시다는 것을 알고 있습니다. 그래서 이번에 저는 아예 '네가 아프대도'라는 악극을 만들기로 했습니다."

"내용이 어떤 것입니까?"

"전체적 내용은 다 완성되지 않았습니다만 대중들의 애환을 솔직하게 그려보는 악극으로 만들어볼 작정입니다. 여자 주인공을 〈황성 옛터〉를 부른 이애리수로 정했습니다. 자세한 내용은 선생님 댁으로 찾아뵙고 말씀드리겠습니다. 선생님 댁의 주소를 알려주십시오."

춘원은 전수린의 순수한 마음씨에 이끌려 원고지에 집 주소를 써주었다. '京城府 崇三洞 127番地'

그 주말에 전수린은 이애리수를 데리고 춘원의 집을 찾았다. 부엌일 하는 소녀가 찻잔을 놓고 나가자 이애리수는 집안을 휘 ― 휘 둘러보고 허영숙에게 말했다.

"사모님께서는 정말 행복하시겠어요. 여성으로서 동경 유학까지 하시고 지금은 의사 선생님이 되셔서 조선의 아픈 여성들을 돌보고 계시잖아요."

"나는 어렵게 공부하고 지금도 눈코 뜰 새 없이 바쁘기만 한데 누구하나 나한테 박수 치는 사람이 없어요. 하지만 이애리수 씨는 무대에 올라서서 노래만 부르면 사람들이 환호성을 올리며 우레와 같은 박수를 보내잖아요. 지금은 이애리수 씨가 이 사람보다 훨씬 유명하고 대단한 분이죠."

"사모님도, 젊은 저를 놀리시나요? 저도 다 알고 있어요. 사람들은 제가 무대에 서서 노래를 부를 때만 가수라고 부르고 칭찬하지만 돌아서면 저희들을 유행가쟁이니, 딴따라라고 업수이 여기잖아요. 저도 여건이 허락되면 공부하고 싶어요."

전수린이 거들고 나섰다.

"그래 그래, 지금은 신나게 노래하고 레코드판도 많이 찍어내고 돈도 많이 번 다음 이다음에 그 하고 싶은 공부를 해보자고."

이애리수는 춘원을 향해서도 공손하게 말했다.

"선생님, 이번에 저에게 좋은 노랫말을 주시면 전국 방방곡곡을 다니며 성심성의껏 불러보겠습니다. 저는 극단을 따라 전국을 돌아다니지만 틈이 나는 대로 책을 읽고 있습니다. 선생님께서 신문에 쓰신 《흙》도 빼놓지 않고 읽었습니다. 거기에 나오는 시골처녀 유순이가 너무 불쌍했습니다. 저도 유순이처럼 되지 않기 위해서라도 공부하겠습니다."

춘원은 서재에 들어가 원고지를 찾아들고 나왔다. 그것을 전수린에게 전해주자 전수린은 목마른 사람이 물을 마시듯 단숨에 읽어 내려갔다. 그러고는 그 노랫말을 이애리수에게 건네주며 말했다.

"자, 곡은 내가 최상의 것으로 붙여줄 테니까 우선 선생님의 시를 읽어봐. 어떤 감흥이 오는지. 가수는 그 노랫말을 수백 번 읽어서 그 뜻과 맥락을 완전히 통달해야 듣는 사람들을 감동시킬 수 있는 거야."

허영숙이 말했다.

"한번 낭송해보세요. 신문기사 같은 데에는 이애리수 씨의 목소리가 비둘기 울음소리 같다고 표현하던데 한번 들어봅시다."

이애리수는 남아 있는 차로 목을 충분히 적신 후에 서서히 시에 몰입하기 시작했다.

"그날이 덧없다 바람 같아라/ 젊은 꿈의 날이 피 끓던 날이/ 센 머리 세어 보면서/ 그리운 지난 길 더듬고 우네// 그날의 장한 뜻 어디로 가고/ 아름다운 청춘 다 지나갔네/ 한 일이 그 무엇이냐/ 남은 건 힘 빠진 병든 몸 하나// 가을의 긴 밤이 천년 같구나/ 지난 한세상일 되풀이할 제/ 찬바람 자리에 스며/ 싸늘히 식은 몸 만지고 우네."

허영숙이 먼저 입을 열었다.

"여보, 시가 너무 슬프지 않아요? 가수는 저렇게 젊고 아름다운데 시가 너무 영탄조이고 비관적인 느낌이 들어요."

그때 전수린이 말을 보탰다.

"사모님, 제 의견은 조금 다릅니다. 서시효빈(西施效顰)이라고, 미인은 찡그릴 때 더 예쁘고, 예쁜 가수가 구슬픈 노래를 부르면 더 효과가 나는 법입니다. 〈황성 옛터〉도 얼마나 구슬픈 내용입니까."

춘원이 빙긋 웃으며 말했다.

"작곡가 선생이 서시효빈을 알 만큼 유식하시니까 됐소. 이 시의 제목은 '스러진 젊은 꿈'입니다. 비록 영탄조의 시지만 우리 조국의 슬픔을 함께 담아서 뜻깊게 작곡하시고 불러보세요."

1933년, '스러진 젊은 꿈'은 〈황성 옛터〉에 이어 가수 이애리수의 성가를 한껏 높이는 히트곡이 되었다. 그녀는 조선천지의 인기를 한 몸에 받게 된 것이다.

그런데 일이 엉뚱하게 전개되었다. 이애리수를 줄기차게 쫓아다니던 인텔리 청년이 있었다. 경성 부호의 아들이자 연희전문 상과를 다니던 배동필(裵東必)이라는 청년이었다. 그는 이애리수가 무대에 설 때마다 꽃을 들고 나타나더니 끝내 두 사람은 사랑하는 관계가 되었다.

10대 후반에 무대에 서기 시작하여 20세를 갓 넘긴 이애리수는 양가 출신에 신식교육을 받아 상당히 콧대도 높았고 자신의 관리에도 엄격한 편이었다. 그런데 첫사랑에 빠져 불타오르는 사랑에 열중하게 되었다. 안타깝게도 배동필의 부모는 가수 직업을 가진 신여성을 끝까지 반대했다. 더욱이 그에게는 이미 결혼한 부인이 있었다. 이애리수는 가는 곳마다 '스러진 젊은 꿈'을 자신의 이야기처럼 열창했다. 그 비감도는 청중을 완전히 매료시켰다.

두 사람은 로미오와 줄리엣처럼 이룰 수 없는 사랑을 비관하며 이애리수의 집에서 '칼모친'이라는 수면제를 다량으로 먹었으나 실패했다. 그때 두 사람에게는 이미 아들이 있었다. 배동필의 부모는 이애리수가 다시는 무대에 서지 않는다는 조건을 달아 이애리수를 받아들였다. 본처에게는 위자료를 충분히 주었다. 하마터면 이애리수도 현해탄에 몸을 던진 윤심덕과 같은 신세가 될 뻔했다. 한때 세상을 떠들썩하게 했던 기생 강명화의 비극이 될 뻔도 했다.

이애리수의 자살소동이 신문지면을 장식할 때 허영숙이 춘원에게 말
했다.

"여보, 간청한다고 해서 함부로 시나 노랫말을 전해줄 수도 없을 것
같네요. 이애리수가 죽지 않고 살아났으니 망정이지, 만약 비극으로
끝났다면 당신의 '스러진 젊은 꿈'이 윤심덕의 '사의 찬미'가 될 뻔했잖
아요."

"글쎄 말이오. 그런데 용모도 훌륭하고 유행가 가수로서 호소력이 있
는 이애리수가 다시는 무대에 설 수 없다니까 그것이 좀 아쉽구려."

"왜 우리의 신여성들이 그처럼 좌절하고 걸핏하면 줄리엣의 흉내를
내려고 하는 걸까요? 그게 바로 조혼(早婚)의 악습에서 나오는 것이 아
닐까요? 한창 공부를 하고 미래를 위해 준비할 10대에 결혼한다는 것이
정말 문제인 것 같아요."

춘원도 담배를 꺼내 물며 동의했다.

"우리 조선에서 제일 먼저 시급하게 고쳐야 할 문제가 바로 그 조혼의
풍습일 거요. 아무것도 모르는 10대 청소년들이 결혼을 해서 아이들을
주렁주렁 낳고 보니 자신을 계발해 나갈 여력도 없어지고 공부를 하거
나 전공을 살려 나갈 수가 없는 것이 아니겠소. 그것을 깨닫고 신여성
을 만나 눈을 뜨게 되면 이미 고향에는 자식을 거느린 본처가 있으니 일
이 비극적으로 전개되지 않겠소?"

"지금 사돈 남 말 하고 계시는 건 아닌가요?"

"하기야 나도 유구무언(有口無言)이지. 오산에 가서 열정적으로 학

생들이나 가르치고 먼 미래에 착목해야 하는데 그때 무엇에 씌어서 그랬는지 고아를 동정한답시고 산골 처녀를 맞았으니 …. 나, 참."

"그때 당신이 몇 살이었죠?"

"열아홉이었지. 조금만 참았다가 와세다 대학에 가서 당신을 만났어야 제대로 된 순서였을 텐데."

춘원이 역공을 했다.

"나야 인텔리에다가 부잣집 딸인 당신이 좋아서 그렇다 치고, 처녀였던 당신은 기혼자인 줄 알면서도 왜 북경까지 도망가며 날 좋아했소?"

허영숙은 단호한 표정으로 결연히 말했다.

"당신이 가지고 있던 그 결점들, 그 약점들이 날 움직였어요. 저렇게 문재가 뛰어나고 조선의 나쓰메 소세키가 될 수 있는 사람이 피를 짜내듯이 원고를 써서 학비를 번다는 일 자체가 저를 아프게 했고요, 앞으로 조선의 명사가 되어 수많은 저명인사들을 만나고 상대해야 할 당신 곁에 보통학교도 나오지 못한 그분이 계셔야 한다는 것이 당신의 커다란 속박이라고 생각했어요. 저의 교만인지는 모르겠지만요 …. 그리고 저를 결정적으로 움직인 점은 당신이 위대한 문사(文士)가 되기도 전에 피를 쏟으며 쓰러질지도 모른다는 그 점, 당신이 구제받기 힘든 폐병쟁이라는 것이 저를 옭아맸어요. '저런 조선의 큰 재목을 건져내지도 못하면 내가 무슨 의사냐' 하는 자격지심이 제 오기를 발동시킨 셈이죠. '오냐, 저 무한한 잠재력을 가진 조선의 수재를 내 손으로 지켜내자' 바로 이것이 제 사랑의 시발점이었어요."

춘원은 허공을 바라보며 담배연기를 내뿜었다.

"고맙소. 당신의 그 깊은 뜻을 왜 내가 모르겠소. 여보, 당신은 혹시

지금 유럽에서 추상미술 선풍을 일으키고 있는 칸딘스키라는 러시아 출신 화가 이름을 들어본 일이 있소?"

"잘 모르겠어요. 나혜석도 그 사람 얘기는 하는 것 같지 않던데요."

해박한 춘원이 차분하게 말했다.

"도쿄에서는 요즘 그 사람 얘기가 한창이오. 지금까지 그림은 대상을 충실히 그려가는 구상미술이 주류를 이뤘는데 이 칸딘스키라는 화가가 파리에 나타나서 아주 선풍을 일으키고 있소. 그 사람은 모든 형식을 깨고 인간의 의식 속에 숨어 있는 생각까지도 화폭에 옮기면서 모든 경계를 뛰어넘는 추상미술을 시작한 사람이오. 세계의 모든 천재화가들이 다 모였다는 파리에서도 칸딘스키의 그림을 이해하는 사람이 없었다오. 그런데 그의 전시회를 찾은 모스크바 출신의 처녀 하나가 그의 천재성을 알아봤소. 그 처녀는 러시아 귀족 집안의 딸이었소. 그래서 그 천재를 전폭적으로 후원했고 러시아에 있는 그의 조강지처 아냐에게 막대한 위자료를 지불하고 한참 연상인 그와 결혼하였소. 지금 파리에서는 그의 그림이 앞으로 20세기를 열어 갈 미래의 그림으로 대대적으로 소개되고 있소."

"그 여자 이름이 뭐라고요?"

"니나 안드레예프스카야."

허영숙이 웃으며 말했다.

"그러니까 그 니나라는 여자가 나보다는 한 수 위네요."

"아니오. 그 여자는 칸딘스키의 천재성을 발견하고 자신의 모든 것을 다 바쳤지만 자신의 목숨만은 당신처럼 던지려고 하지 않았소."

"제가요? 목숨을요?"

춘원은 아련한 눈빛으로 말했다.

"그때 당신이 나를 찾아 상해까지 왔을 때 내가 돌아가지 않겠다고 하니까 황푸 강에 몸을 던지려고 하지 않았소?"

허영숙도 뜨거운 목소리로 말했다.

"그랬었죠. 하지만 막상 강을 내려다봤을 때 그 황푸 강물이 너무 더러웠어요. 그 더러운 물에 제 몸을 던질 수는 없었어요."

춘원이 허영숙을 안아주었다. 허영숙도 그 옛날이 생각난 듯 몸을 빼지 않았다. 잠시 두 사람은 뜨거웠던 그 시절로 돌아가 만감이 어린 상념에 함께 빠져들어 갔다. 얼마 후 허영숙은 이광수의 가슴을 빠져나오며 다소 생경한 목소리로 말했다. 춘원의 눈빛을 바라보면서.

"여보, 당신 저에게 한 가지만 약속해주실 수 있어요?"

허영숙은 뜸을 들이다가 말했다.

"그 젊은 여자 선생을 그냥 친구의 딸로 여겨주세요. 절대로 그 이상은 안 됩니다."

이광수도 허영숙의 눈을 바라보며 말했다.

"날 믿으시오. 난 그 젊은이의 시적 천재성과 왕성한 생명력을 바라보고 있을 뿐이오. 더 솔직히 말하면 병으로 골골하는 내 몸이 그 이상의 어떤 것도 수용할 수 없음을 나 자신이 알고 있소. 모윤숙은 내 친구의 딸이자 장래가 촉망되는 시인일 뿐이오."

첫 시집, 첫사랑

1933년 초여름, 허영숙은 불러오는 배를 안고 집으로 배달 온 수많은 독자편지를 읽고 있었다. 내용은 거의 비슷했다. '살여울'의 때 묻지 않은 유순이를 죽지 않게 해 달라, 유순이도 공부해서 얄미운 부잣집 딸 정선이를 이기게 해 달라, 편지를 보낸 독자들이 아예 작가가 되어서 춘원의 《흙》을 멋대로 끌고 가고 있었다. 허영숙은 때로는 동감하고 때로는 너무 어이가 없어서 허허 웃었다. 그리고 각양각색의 시각을 생각하며 소설은 참으로 위대한 것이구나 하는 것을 절감했다.

계몽주의 소설 《흙》이 거의 끝나갈 때쯤 이광수는 또 무슨 바람이 불었는지 행장을 챙겨 봉텐이니, 다롄이니 하는 남만주 일대를 휘휘 둘러보고 왔다. 그 무렵, 〈동아일보〉의 경쟁지인 〈조선일보〉에는 커다란 변화가 일고 있었다. 한때 〈동아일보〉의 정주지국장을 지낸 한미한 시골 출신 방응모(方應謨)가 경영난에 허덕이던 〈조선일보〉를 인수한 것이다.

어느 날 시인 주요한이 퇴근하는 춘원을 중국집 '아서원'의 특실로 이끌었다. 그 자리에 두루마기를 단정하게 입은 방응모가 있었다. 수인사를 마친 후 그는 주저하지 않고 본론을 말했다.

"춘원 선생, 우리 함께 일합시다. 우리는 같은 서북 사람이 아닙니까. 그것도 산과 들판이 같은 정주 골짜기의 동향이 아닙니까. 이 사람은 노다지만을 쫓아다닌 광산업자에 지나지 않았습니다. 이제 뜻을 세워 신문사를 시작했으니 도와주세요. 뒤에서 힘껏 밀어드리겠습니다."

춘원은 망설일 수밖에 없었다.

"제가 〈동아일보〉에 몸을 담은 것은 그냥 그랬던 것이 아닙니다. 인촌 김성수 선생 때문이지요. 그분은 제가 붓을 들기 시작할 때부터 제 학비를 대주고 뒤를 돌봐주셨던 은인입니다. 제가 자리를 옮긴다는 것은 그분에 대한 배신이 될 수도 있습니다."

주요한이 말했다.

"형님, 은혜는 갚을 만큼 갚았습니다. 〈동아일보〉가 민족 제일의 신문이 될 수 있도록 형님이 수많은 베스트셀러로 밀어드리지 않았습니까. 이제 〈동아일보〉는 탄탄히 자리를 잡았습니다. 우연의 일치인지는 모르지만 우리 서북지방의 방응모 선생께서 〈조선일보〉를 인수하시고 큰 뜻을 펼치시려 하니 저와 형님이 함께 도와드립시다."

춘원은 주요한에게 물었다.

"송아(頌兒: 주요한의 아호)도 옮기기로 이미 결정했는가?"

춘원보다 여덟 살 아래인 주요한은 큰형님에게 매달리듯이 말했다.

"제가 어찌 먼저 정할 수가 있겠습니까. 다만 바늘 가는 데 실이 가듯 저는 춘원 형님이 가시는 곳으로 따라갈 뿐이지요."

그러나 주요한의 뜻은 이미 정해져 있는 듯했다. 그날 춘원은 만취하였고 인력거를 타고 집에 돌아와 허영숙에게 물었다.

"어찌하면 좋겠소?"

허영숙은 솟아오른 배를 만지면서 애교 있게 말했다.

"우리 아가에게 물어볼까요? 아가야, 아빠가 신문사를 옮기신다고 하는구나. 네 생각은 어떠니?"

춘원이 담배를 피우며 말했다.

"정주 사람 방응모…. 노다지를 캐서 거금을 번 단순한 인물이 아닌 듯싶었소. 눈매가 그윽하고 꽉 다문 입이 큰 인물임을 말하고 있었소. 공부했다면 육당이나 정인보 정도의 수준에 올랐을 상이었소. 더구나 동향 사람이니 이제 다시 시작해 보는 것도 뜻이 있을 것 같소."

그해 8월 말, 춘원은 정들었던 〈동아일보〉를 떠나 〈조선일보〉로 옮겼다. 직함은 부사장이었고 모든 편집권과 실질적인 결정권을 행사하는 중책을 맡았다. 그는 사설도 썼고 '일사일언'이라는 고정 칼럼을 맡아 쓰기 시작했다. 말하기 좋아하는 사람들은 춘원을 가리켜 '조선 신문계의 무솔리니'라는 질시 어린 말까지 지어냈다. 그가 오랫동안 몸담았던 〈동아일보〉는 그를 전직 대기자로 우대하였고, 그를 새로 맞은 〈조선일보〉는 그의 말 한 마디로 모든 기사를 결정하는 형편이니 그런 말이 나올 법도 했다.

그러나 그는 소설 쓰는 일에 심혈을 기울였고 나머지 일들은 주요한이 알아서 해나갔다. 아버지의 영전을 축하하고 빛나는 새 소설을 재촉하는 듯 그해 9월 24일 울음소리가 유난히 낭랑한 첫 공주가 태어났다. 춘원 내외는 햇볕 잘 드는 궁정 뜰의 난초 같으라는 의미로 정란(廷蘭)

이라고 이름 지었다. 씩씩하게 뛰어놀다 들어온 봉근, 영근 두 오빠가 신기한 듯 꼼지락거리는 아가의 손을 잡아주었다.

인사정에 있는 중국음식점 '천향원' 앞에는 아침부터 화환이 답지하기 시작했다. 제일 먼저 도착한 화환은 조선일보사에서 보내준 것이고 그다음 것이 이화여전 동창회의 것이었다. 나머지는 출판사와 파인(巴人) 김동환(金東煥)이 보낸 꽃들이었다. 중국집 앞에는 정성을 들인 현수막도 걸렸다. 거기에 쓰인 글귀는 '천재시인 모윤숙의 첫 시집《빛나는 지역》출판기념회'였다.

위아래 분홍빛 한복에 머리를 곱게 단장한 모윤숙은 가슴에 꽃을 꽂고 문 앞에 서서 손님들을 맞았다. 멋쟁이로 소문난 김동환이 제일 먼저 택시를 타고 식장에 도착했고, 시인 김억과 입담이 좋은 양주동이 인력거를 타고 왔다. 양장 차림에 모자까지 쓴 이화여전 출신 신여성들이 구름처럼 모여들고 이하윤(異河潤) 같은 해외문학파들도 멋진 양복을 입고 나타났다. 그리고 맨 나중에 까만 독일제 세단을 타고 춘원이 도착했다. 회사에서 내준 세단을 타고 당당히 나타난 춘원 옆에는 유난히 키 작은 사람 하나가 촐랑촐랑 따라붙었다.

의식이 시작되면서 출판기념회를 마련한 이화여전의 동창회장 서은숙이 단 위에 섰다.

"바쁘신 중에 조선의 저명인사들이 이렇게 와주셔서 우리 이화여전 동창회가 그 빛을 발하게 됐습니다. 오늘의 주인공은 우리 이화여전이 배출한 천재시인 모윤숙입니다. 모윤숙은 먼 함경도의 바닷가 함흥이 낳은 천재로 이미 여전에 다닐 때부터 활발한 작품 활동을 하였습니다.

학교 내에서 부르는 각종 응원가나 음악회에서 쓰는 외국곡들을 조선말로 번안하여 그 천부적 시인의 소질을 보였던 재원이기도 합니다. 영어 실력이 뛰어나서 선교사님들이 일찍부터 칭찬하였습니다. 미모 또한 출중하여 장안의 내로라하는 젊은이들이 흠모했으나 우리의 모윤숙은 그런 유혹에는 미동도 하지 않고 오로지 시 쓰기에 정진하여 오늘 민족정기를 모은 시집 《빛나는 지역》을 출간하게 되었습니다."

서은숙의 인사말이 끝나자 이화여전이 자랑하는 글리클럽이 단 앞에 서서 화려한 화성으로 외국 가곡을 들려주었다. 중창단 글리클럽의 노래가 끝나고 나자 입담 좋은 양주동이 구석에서 큰 소리로 말했다.

"아 참, 지금쯤 그 조선의 카루소와 김현순 소프라노는 어디를 헤매고 있을까? 그 커플이 여기 있었으면 더욱 소리가 아름다웠을 텐데."

양주동의 취기 어린 소리에 글리클럽 중창단원들은 이내 고개를 숙였다. 사회자는 이광수에게 축사를 부탁했다. 춘원은 자신이 신문사 부사장이라는 것을 의식하는 듯 상당히 의례적으로 짧게 축사했다.

"글을 쓰는 일은 긴 마라톤 코스를 달리는 외로운 주자와 같으니까 너무 서두르지도 말고 지나치게 격정에 싸이지도 말고 침착하게 달리세요. 무엇보다도 글 쓰는 일은 외로운 작업이라는 것도 잊지 마시오."

그러나 양주동은 단에 올라 동서고금의 시인사(詩人史)를 장황하게 열거하였고 시인은 가난도 이겨야 한다고 엄한 충고를 하더니 당나라 시인 두보의 '곡강'(曲江)까지 거창하게 읊고 나서야 내려왔다.

사회자가 축사를 더해줄 분이 없느냐고 채근했다. 춘원이 의외로 구석에서 얌전히 앉아 있는 사람 하나를 추천했다.

"이분은 현재 조선에 나와 있는 내지의 지식인 중에서 가장 조선말을 잘하는 분입니다. 그리고 조선 문학에 대해서도 가장 해박한 분입니다. 일찍이 무명이었던 저를 발굴하여 〈매일신보〉에 《무정》을 쓰게 해주신 저의 은인이기도 합니다."

춘원이 그렇게 소개하자 사람들은 수군거리며 그 사람을 주목하기 시작했다. 그가 천천히 자리에서 일어나 조용히 단 위로 올라가는데 이화여전의 글리클럽 단원과 신여성들이 여기저기에서 킥킥거렸다. 그가 비교적 단구에 속하는 양주동 박사보다도 훨씬 키가 작았고 이마까지 벗겨졌기 때문이었다. 그는 조금도 개의치 않고 유창한 조선말로 인사했다.

"저는 일본 사람이지만 조선의 말과 글을 사랑합니다. 우리 일본말은 솔직히 말해서 다양한 소리를 담기에는 부족함이 있습니다. '김치'를 제대로 발음하지 못하고 '기무치'라고 표현합니다. 저는 일찍이 춘원 선생의 《무정》을 읽으면서 조선어의 다양함과 깊음에 대해 천착하게 되었습니다."

나카무라 겐타로라는 총독부 문화검열관의 완벽한 조선어 구사력에 좌중은 압도되었다. 모두 조용히 그의 이야기에 빠지기 시작했다.

"저는 내지 구마모토 출신입니다만 조선에서 고등보통학교를 나왔습니다. 〈매일신보〉와 〈경성일보〉에서 기자생활을 하며 춘원 선생을 만났고, 육당 선생, 벽초 선생과 같은 석학들과 교분을 쌓았습니다. 시인으로서는 주요한 선생, 김억 선생도 만났습니다. 모두 아름답고 다양한 조선어의 조탁자(彫琢者)들입니다. 오늘 첫 시집을 내시는 모윤숙 시인께서도 조선어의 아름다움과 깊은 함의(含意), 그리고 현란한 다양성을 마음껏 구사해주시기 바랍니다. 그렇게 충분한 기본기를 마련하신 후에 시 속에 혼과 사상과 철학을 심어가시면 될 것입니다. ”

겐타로가 여기까지 얘기했을 때 성질 급한 양주동이 말했다.

“옳소! 우리나라 작가들 말이야, 되지도 않은 작품 몇 개 내놓고 술이나 퍼마시고 계집질이나 하고 이른바 여류작가들은 돼먹지 않은 폼이나 잡으면서 명사연하는데 겐타로 씨만 한 조선어 구사력이 있는 사람, 손들고 나와 봐. ”

분위기가 어수선해지자 춘원은 자리를 떴다. 모윤숙이 중국집 문 앞까지 따라 나왔다. 춘원이 말했다.

“일 때문에 들어가게 되어 미안해. 이따가 오후 4시에 창경원 박물관으로 나와. 축하의 말은 그때 따로 해줄 테니까. ”

원남동으로 가는 전차를 타고 가며 모윤숙은 꿈을 꾸는 듯했다. 피로연에서 선배와 동창들이 전해주었던 말들이 생각났다.

‘얘! 조선 천지에 스물세 살짜리 처녀를 위해 이렇게 많은 문화계의 명사들이 모인 일이 있었니? 너는 오늘 죽어도 한이 없겠다 얘. ’

‘모윤숙은 오늘부터 조선 제일의 여류시인이야. 춘원 이광수 선생이 인정했고, 총독부 문화검열관이 축사까지 해줬으니 장래는 탄탄대로가 아니겠어?’

‘얘, 소문에 들으니 넌 교사 봉급의 일 년 치가 넘는 원고료도 받았다고 하는데 따로 한턱내라, 얘. ’

모윤숙은 원고료 봉투가 든 가방을 꼭 움켜쥐었다. 확인은 안 해봤지만 제법 두둑했다. 춘원에게 줄 선물도 다시 한 번 확인했다.

박물관 입구에서 10분쯤 기다렸을 때 춘원이 들어섰다. 그는 환하게 웃으면서 윤숙의 어깨를 가볍게 쳐주었다.

"이제부터 출발이야. 나는 소설가니까 스토리를 만리장성처럼 펼쳐 가기만 하면 되지만, 윤숙이는 시인이 아닌가. 시인은 태산 같은 사연과 느낌을 농축하고 농축하여 다이아몬드처럼 작고 빛나게 만드는 작업이야. 그러니 더 고생스럽지 않겠어? 마치 도를 닦는 것과 같을 거야."

그는 백제, 고구려의 유물들이 진열되어 있는 박물관 내부를 천천히 걸으면서 부연설명을 했다.

"보라고, 여기 장군상이나 그림이나 석물로 남아 있는 천 년 전의 유물들도 길게 보면 소설이고, 짧게 보면 시가 아니겠어? 저 투구 하나에서 함성이 들리고 저 석상 하나에서 농축된 시어(詩語)들이 튀어나오지 않나? 바로 그것들을 잡아야 해. 조선의 혼, 조선 민족의 정수(精髓)를 마음껏 캐내라고."

관람이 얼추 끝나갈 무렵 이광수는 주머니에서 무엇인가를 꺼냈다. 환약 냄새가 나는 알약 봉지였다.

"이건 내가 잘 아는 한의사에게 부탁한 약이야. 늘 목이 약해서 고생하는 모양인데 병은 초기부터 잡아야 해. 산삼에 계핏가루와 사향을 섞었다고 하는데 한 번에 다섯 알씩만 먹도록."

모윤숙은 목이 막혀오고 얼굴이 달아올랐다. 정신이 아득해지면서 눈물이 흘렀다. 자신을 낳아준 부모로부터도 받아보지 못했던 처방약, 아니 세상에 나와 최초로 받아본 자신만의 약이었던 것이다. 윤숙은 눈물을 훔치고 준비한 넥타이를 얼른 내밀었다.

"선생님 생각하며 백화점에서 사본 거예요. 사모님께서 웬 거냐고 물으시면 기자가 사온 거라고 말씀하세요. 저는 사모님이 두려워요."

춘원은 웃으며 받았다. 그리고 헤어지기 전에 흰 봉투를 전해주었다.

춘원은 타고 온 까만 색 세단을 타고 떠났고, 윤숙은 전차를 타고 집으로 돌아왔다. 그녀는 책상 앞에서 호흡을 가다듬고 춘원이 건네준 봉투를 뜯었다. 별지에는 이런 글이 씌어 있었다.

'이것은 내가 연전에 오사카를 지나가며 스케치했던 글이야. 그날 비가 왔는데 이상하게도 매리언이 생각났어.'

매리언은 이화학당 때에 선교사들이 지어준 모윤숙의 애칭이었다. 윤숙은 정신없이 본문을 읽어내려 갔다.

오사카의 밤비.

오사카에 밤비가 내리오/ 자동차는 은비늘 금비늘의/ 물방울을 뿌리며/ 어디론가 날아나오// 나도 하염없이/ 어디론가 날아나고 싶소/ 매리언! 나도, 나도 이 밤/ 어디론가 날아나고 싶소.

모윤숙은 책상에 머리를 묻었다. 이유를 알 수 없는 눈물이 마구 흘렀다. 행여 누가 문고리라도 잡아 흔들 듯싶어 문을 꼭 잠그고 마음껏 울었다. 그날은 모윤숙이 이 세상에 태어나 가장 행복한 날이었다.

신여성의 근황

막내딸 정란이가 천사처럼 자고 있었다. 아무리 내려다보고 또 쳐다보아도 질리지 않는 천사였다. 우당탕탕 뛰어다니는 오리버니들과는 달리 아기는 태어나면서부터 여자 티를 내고 있었다. 숨소리도 곱고 뒤척이는 모습도 예쁘기만 했다. 아기 보는 소녀가 문 밖에 나갔다가 급히 들어오면서 숨이 가쁘게 말했다.

"사모님, 누가 왔어요. 그냥 손님이 아니구요, 스님이에요 스님."

"쌀 한 되만 곱게 퍼서 정성스럽게 드려라."

"그냥 스님이 아니고요, 여자 스님인데요, 사모님을 꼭 뵙겠대요."

"뭐? 여자 스님? 나를 보겠다고?"

허영숙은 아기를 소녀에게 맡기고 옷매무새를 다듬은 뒤에 응접실로 나갔다. 여자 스님은 허리를 깊이 굽히며 인사했다.

"소승 문안드리오."

목소리가 귀에 익었다. 그렇지만 파르라니 깎은 머리가 생경해 쉽게 눈에 들어오지 않았다.

"뉘시온지 … ."

여승은 굵은 안경테를 추스르며 조용히 말했다.

"속명 김원주, 일엽이라 하옵니다."

허영숙이 놀라며 손을 내밀었다.

"김일엽이야? 당신이 김일엽이야?"

김일엽도 허영숙의 손을 마주잡아주었다. 허영숙은 난감했다. 승복을 입고 머리를 깎은 그녀에게 옛날처럼 쉽게 막말을 할 수 없었다. 엉거주춤하게 말했다.

"그럼, 속세를 떠나셨나?"

"우리 편하게 말합시다. 중 된 것이 무슨 벼슬이겠소. 나는 세상에서 밀려난 사람이오. 옛날처럼 편안히 대해줘."

"그래도 스님이신데. 그동안 어디 있었고, 언제 머리를 깎았소?"

김일엽은 등에 진 바랑을 풀어놓고 편안한 자세로 앉았다. 어느새 그녀는 옛날의 친구로 돌아갔다. 허영숙보다 한 살 위였지만 동경에서부터 서로 친구처럼 지냈기 때문에 언제나 말은 트고 지냈었다.

"전생에 나는 화류계 출신이었는지 어디에도 정착을 못하고 항상 부평초처럼 떠다녔지. 허 참, 남자도 좀 많았나? 이 남자 만나고 나면 저 남자가 그립고 저 남자를 떠나보내고 나면 또 다른 남자가 그리워지고 … . 그래도 내게는 백성욱 박사가 가장 큰 스승이었던가 봐. 그 사람이 나를 버리고 훌쩍 금강산으로 들어가고 나자 처음에는 자존심 때문에 괴로웠지. '세상에, 나를 싫다고 버리고 떠나는 놈도 있나?' 그러나 나중에 생각해보니 그 백 박사가 옳았어. 불교철학을 전공했고 금강경에 심취했던 그분이야말로 진짜 불자였던 것 같아. 내가 고아로 태어나 한 번 남자

120

를 사귀면 정신없이 소낙비처럼 쏟아주는 그 정을 감당하기가 정말 힘들었을 거야. 그 정 때문에 부처님도 안 보이고, 불경도 안 보이고, 도를 닦을 길조차 안 보이니 떠날 수밖에."

"아무튼 그동안 어디서 어떻게 지냈냐고."

"처음에는 백성욱 박사의 발자취를 따라 나도 금강산에 들어갔지. 서봉암이라는 암자에서 이성혜라는 학식 많은 비구니를 만나 불경 공부에 심취했어. 공부에 심취하면서 과거에 내가 육욕(肉慾)에만 매달렸던 것을 뉘우쳤지. 인간은 육체라는 껍데기만 가지고 태어난 단순한 동물이 아니라는 것을 처절히 뉘우치며 그 육체의 한계선 너머에 있는 이데아의 세계를 발견해나갔지. 백 박사가 왜 김일엽이라는 육욕의 늪에서 벗어나려고 애썼는가 하는 점도 서서히 심안(心眼)에 들어왔어. 그래서 다시 경성으로 올라와 선학원에 다니면서 큰 스승님을 만났지. 만공(滿空) 선사라고."

"만공 선사라면 나도 그이한테 들은 것 같은데. 조선 불교를 흡수하려고 하는 일본 승려들과 고관들을 여러 번 혼낸 기백 있는 스님이라고 들은 것 같아. 충청도 어느 산에 계시다고 했던가?"

"충청도 덕숭산의 수덕사(修德寺)라는 곳에 계셔. 그분은 덕이 높아 정혜사, 견성암 같은 이름 높은 도장을 많이 여시고 서산 안면도의 간월암을 중창하시기도 했지."

"그렇게 높은 덕을 쌓은 분이 일엽을 선뜻 받아주시던가?"

"물론 아니지. 나를 보시자마자 눈동자와 얼굴과 온몸에 덕지덕지 붙은 색기(色氣)부터 빼라고 혼을 내셨지. 그리고 내가 가지고 있는 그 세속적 욕망과 육체에 얽힌 번뇌 때문에 도저히 불문(佛門)에는 들어올 수 없을 거라고 말씀하셨지."

"그런데?"

"내가 죽자고 매달렸지 뭐. 받아주시지 않으면 아예 목숨을 끊겠다고 엄포를 놓았어. 김일엽의 집념이 어디로 가나 뭐?"

"그래서?"

"종내는 조건을 달아 허락하시더군. 향후 그 어쭙잖은 글쓰기를 그만두거라. 글을 쓴다고 원고지를 만지작거리는 순간에 상념이 피어오르고 그 세속적 상념이 도를 가로막으니 절대로 글쓰기를 하지 말아라. 세상 사람들과 서신 교제도 하지 말아라. 또 고승이라는 사람들을 쫓아다니며 화두(話頭)를 얻을 생각도 말아라. 그냥 아무것도 없는 상태에서 허허롭게 시작할 수 있으면 시작해 보거라."

"그래, 일엽 스님은 앞으로 글도 안 쓰고 세속과 정말 연을 끊을 자신이 있소?"

김일엽은 힘차게 고개를 끄덕였다. 그리고 잠시 후에 바랑에서 잡지 책 한 권을 꺼냈다. 잡지 〈별건곤〉 9월호였다. 잡지를 건네면서 일엽이 말했다.

"세상에, 사람이 아무리 망가져도 그렇지 우리 조선 신여성계에서 춘원에 의해 발탁되어 최초의 여류소설가로 필명을 높이던 김명순이 그처럼 망가지다니 …."

허영숙은 접혀 있는 페이지를 펼쳤다.

8일 오후 9시경 간다구 어떤 빠-에서 양복 신사가 양장한 젊은 여자를 억지로 잡아 끌어냈다. 여인이 울고 부르짖는데도 남자는 난폭하게 게

다짝으로 무수히 그녀를 난타하여 전치 일주일의 타박상을 입혔다. 응급처치를 해 그 여자는 자기 집으로 돌려보냈으며 그 남자는 경찰에 유치되었다. 취조한 결과 가해자는 우시고메구 모처에 사는 하세가와 다케오라는 자로 방호단 분단장 외에 그러그러한 직함을 두서너 개나 자랑으로 가지고 있는 자라고 한다. 피해 여성은 반도 출신 낙화생(땅콩) 행상 김명순으로 한때는 반도에서 여류작가와 영화배우로 이름을 날렸던 여인이라고 한다. 가해자 하세가와와 그의 친구 세 명은 자신들이 술을 마시던 중 피해여성 김명순이 낙화생을 팔러 들어와 너무 판매를 강권하여 욱하는 김에 하세가와가 돌발적으로 그런 불상사를 일으키게 되었다고 한다.

허영숙은 잡지책을 든 채 부르르 떨었다.

"나쁜 놈들. 땅콩 좀 팔아달라고 애원했는데 저희들 취흥을 깬다고 우리 명순이를 그렇게 때려? 그 명순이가 어떤 명순이인데. 우리 춘원 선생이 공모해서 작품을 찾아내고 조선 최초의 여류문사로 만들었는데, 그리고 한때는 신문사 여기자도 했고, 영화 스크린의 주인공이기도 했는데 그런 천대를 받다니. 아이고, 하늘도 무심하시지 ···."

허영숙은 끝내 손수건을 꺼내 눈물을 닦으며 김일엽에게 물었다.

"그 후 소식은 없나?"

"나도 모르지 뭐. 참 일본 놈들은 나빠. 강한 사람에게는 한없이 겸손하지만 약한 자에게는 한없이 표독하게 나오는 것들이 쪽발이들이야."

"타박상의 후유증이 없어야 할 텐데. 우리 명순이가 동경 하늘 밑에서 낙화생을 들고 야간업소를 찾아다니다니 ···."

두 사람은 차를 마시고 다음 화제로 넘어갔다.

"나는 그동안 애를 낳느라고 바깥출입도 못하고 병원에도 못 나갔는데, 요즘에는 나혜석이 통 소식이 없네? 뭐 들은 풍문도 없어? 스님이니까 여기저기 많이 다녔을 거 아냐."

김일엽이 묘한 표정을 지었다.

"맞아. 스님이 되니까 우선 탁발(托鉢)하는 법부터 배워야 되잖아. 김명순이가 낙화생을 팔러 다니는 것처럼 우리 스님들은 불법(佛法)을 팔러 다니는 행상이지. 가가호호 방문하며 걸승처럼 허리를 구부려야 해. 보리 한 됫박, 쌀 한 톨이라도 구걸하고, 동전 한 닢이라도 얻어오는 것이 탁발이야. 탁발 덕분에 혜석이 소식도 듣게 됐지. 아니, 얼마 전에 그녀의 집에도 내가 탁발을 갔어. 어디 보자⋯."

그녀는 바랑에서 수첩을 꺼내 탁발자 명부 같은 것을 뒤적였다.

"우리 조선 최초의 여류 양화가이며 한때는 안동현의 부영사 부인으로서 세계일주까지 했던 신여성 1호 나혜석은 지금 서울 종로구 수송정 146번지 15호에 살고 있어. 아니, '여자미술학사'라는 간판을 내걸고 초상화도 그리고 문하생들을 가르치고 있지."

허영숙이 또 탄식조로 받았다.

"어머, 초상화를 그리고 문하생들을 받아? 그 콧대 높던 나혜석이? 나 참, 한때는 고관대작들이 자신의 초상화 한 장만 그려 달라고 애원하면 '화가가 남의 초상화나 그리는 환쟁이인 줄 알아요? 저는 작품을 한단 말이에요, 작품을!' 이러고 면박을 주던 나혜석이었는데. 게다가 어린아이들을 불러다가 코 묻은 돈을 받고 레슨이라고 품을 팔고 있어? 아이고, 작품활동은 언제 하나⋯."

허영숙이 장탄식을 하자 김일엽이 한술을 더 떴다.

"놀라운 일은 거기서 그치는 게 아니야. 아 글쎄 내가 보니까 왼손을 떨고 있더라니까?"

"뭐? 손을 떤다고? 그렇다면 수전증인데. 그건 뇌혈관하고도 관계가 있는 거야. 방치하면 흔히 말하는 풍이 되고, 한쪽을 완전히 못 쓰게 될 수도 있는데. 아 참!"

허영숙은 다시 손수건을 꺼냈다.

"어쩌다가 우리 동경 유학생, 조선의 신여성들이 이렇게 되었누. 문학과 음악, 그리고 연기에까지 뛰어났던 김명순이 도쿄 하늘 아래에서 땅콩장사로 전락하고, 조선 최고의 여류명사였으며 글 잘 쓰고 말 잘하고 그림 잘 그리는 나혜석이 손을 떠는 환자 신세가 되었는가. 또 우리 중에서 가장 말발이 세고 남자들을 한순간에 뇌쇄시키는 남성킬러이며 문사이고 잡지〈신여자〉발행인이었던 김일엽은 지금 머리를 깎고 속세를 떠났으니 … . 나만 외톨로 경성 땅에 버려진 느낌이야."

일엽이 두 손을 모으고 눈을 내리깐 채 조용히 뇌었다.

"나무관세음보살 … . 영숙 자매, 이 모든 것이 부처님의 뜻이라오. 업보와 연이 돌고 돌아 만들어낸 결과인 셈이지. 그래도 당신은 일찍이 목구멍으로 피를 넘기는 조선의 나쓰메 소세키를 살려냈고, 독립운동 한답시고 상해로 튕겨져 나간 그를 잡아다가 조선말로 글을 쓰게 만들었지 않소. 그리고 당신은 지금도 고통 받는 조선 여인들을 진료하고 조선의 새 아기들을 받아내고 있지 않소. 그뿐이오? 당신의 이 안락한 보금자리에는 두 왕자와 공주가 주야로 아름다운 소리를 내고 있소. 부처님의 가피(加被)가 크고 또 크오. 앞으로 이 행복이 깨지지 않도록 부처님께 빌고 또 비시오."

일엽은 주섬주섬 바랑을 챙겨 얼러 맸다. 아기 보는 소녀가 잠자는 정란이를 업고 들어오자 아기에게 다가가 합장해주고 손에 든 염주를 대주며 축복했다.

"그대, 빛나는 조선의 새 아기, 정란 아씨여. 부디 큰 인물 되소서."

허영숙은 황황히 봉투를 준비하고 일엽 스님을 전찻길까지 배웅했다. 그리고 바랑 속에 봉투를 꽂아주며 합장했다.

"스님, 성불하세요. 그리고 경성으로 탁발 나오시면 꼭 들러주세요."

춘원은 그해 10월 1일부터 〈조선일보〉에 《유정》을 쓰기 시작했다. 옥고로 세상을 떠난 친구의 딸 남정임을 친딸처럼 아껴주는 교육자 최석은 한 치의 흐트러짐도 없는 도덕적이며 이상적인 아버지이자 남성상이었다. 비록 친아버지는 여의었지만 최석의 그늘과 따뜻한 가정 덕분에 티 없는 숙녀로 자라난 남정임은 자신도 모르게 아버지 같은 최석을 그리워한다. 그리고 그리움 이상의 무엇을 느끼기 시작한다.

소설이 전개되면서 〈조선일보〉 독자들은 계속 늘어났다. 여학교, 전문학생, 간호원, 사무원, 심지어는 저잣거리의 갑남을녀들도 숨을 죽이며 최석이라는 도덕군자와 그리움 이상의 수위를 넘지 않으려고 애쓰는 남정임의 뛰는 가슴을 따라갔다. 〈조선일보〉 편집국 기자들까지 춘원이 던져주고 가는 다음 호의 전개과정을 먼저 읽어보기 위해 퇴근을 늦추기까지 했다.

그러나 정작 집과 병원을 오가야 하는 허영숙은 그 《유정》이라는 소설의 내용을 챙길 수가 없었다. 그동안 미뤄 놓았던 병원 일이 쌓여 있었고, 사회활동이 기다리고 있었다.

　최석이 남정임에 대한 사랑을 숨길 수 없게 되고 남정임 역시 최석에 대한 사랑을 더 이상은 숨길 수 없게 되자 최석은 여학교 교장 자리를 던지고 시베리아로 향한다. 하지만 차가운 눈발과 바이칼 호수의 얼어붙은 빙판도 남정임에 대한 그리움은 삭혀낼 수가 없었다. 춘원은 《유정》에서 자신의 젊은 시절 경험을 웅장하게 펼쳐내고 있었다.

성녀 로제타 홀

　이때쯤 병원에는 '평양의 오마니'라고 불리는 미국 의료선교사 로제타 홀 여사가 자신의 고향 미국으로 영구 귀국한다는 소식이 전해졌다. 조선의 여명기인 1890년 10월 14일, 그녀는 처녀의 몸으로 조선에 와 동대문 옆의 보구여관에서 진료를 시작했다. 보구여관은 조선의 첫 여성병원으로 늘 조선 여성 환자로 북적댔다. 홀 여사의 전임인 여의사 하워드는 2년 넘게 일하다 끝내 병을 얻어 미국으로 돌아갔다.

　홀 여사 역시 해일처럼 밀려오는 환자들을 맞으며 내과, 외과, 산부인과, 소아과, 이비인후과, 피부과, 심지어는 치과, 정신과까지 돌봐야 했다. 스물다섯 살의 푸르디푸른 젊은 미국 여의사가 수술복을 벗을 사이도 없이 밤낮없이 자궁수술, 종양 제거, 백내장수술, 종기수술에 매달렸다. 그 시절에는 유난히도 많던 언청이 수술까지 해야 했다. 로제타 홀 여선교사는 조선이라는 은둔의 나라에 찾아온 지 첫 10개월 동안 2,359건의 진료를 했고, 82회의 왕진을 나가고, 병원에 입원한 35명의 환자들까지 돌봐야 했다.

그녀는 이화학당에 나가서도 가르쳤는데 조선 소녀 김점동과 일본 소녀 오가와를 눈여겨보았다. 둘은 나란히 앉은 단짝이었는데 둘 다 총명하고 영어를 따라 하는 솜씨가 놀라웠다. 그래서 낮에는 오가와를 통역으로 데리고 다녔고 밤에는 김점동을 통역으로 대동했다. 그때까지만 해도 조선 소녀가 서양인과 외출하는 것은 금지되었다. 어쨌든 로제타 홀은 자신의 모든 젊음과 지식을 기울여 조선의 아프고 가난한 여성들을 위해 헌신했다.

그녀는 조선에 건너온 지 2년이 되던 해에 중국 선교사로 가려던 약혼자 윌리엄 제임스 홀과 경성에서 결혼식을 올리고 함께 중국보다 더 낙후된 조선을 위해 일하기 시작했다. 신랑 윌리엄은 평양에서 환자들을 돌보기 시작하였고 신부 로제타는 경성에서 여성 환자들을 진료했다.

얼마 후 조선 땅에서 청일전쟁이 일어나고 격전지였던 평양에는 많은 전상자가 길거리를 메웠다. 전쟁 후엔 전염병이 창궐했다. 의사 윌리엄은 청교도적 사명감으로 신혼 초임에도 불구하고 정신없이 진료에만 매달렸다. 그 사이에 아들 셔우드가 태어났고 젊은 새댁 로제타의 몸속에는 둘째아기가 꿈틀거리고 있었다. 신혼의 단꿈까지도 반납하고 오로지 조선의 환자들만을 돌보던 젊은 신랑 윌리엄은 평양에서 쓰러지고 만다. 발진티푸스에 감염된 것이다. 그는 부인 로제타가 있는 경성으로 간신히 내려와 높은 열에 시달리다가 하늘나라로 갔다.

새댁 로제타는 울 겨를도 없이 짧지만 꿈결 같은 시절을 보냈던 낭군의 장례식을 치른 후 고향 뉴욕주로 떠났다. 너무나 피폐해진 심신을 추스르고 둘째를 출산하기 위해서였다. 그런 경황 중에도 선교사 로제타는 이화학당의 김점동을 착한 신랑 박유산과 결혼시켜 미국으로 데려갔다. 신랑의 성을 따라 박에스더로 이름을 고친 김점동을 조선 최초의 여의사로 만들기 위해서였다. 로제타의 소원은 이루어졌다. 그 후 박에스더는 조선 최초의 여의사, 그것도 미국 본토에서 정식으로 의학공부를 하여 닥터가 되었다. 그녀는 고국에 돌아와 스승 로제타의 모습 그대로 자기 자신을 모두 던져 동포 여성들을 돌보다가 10년 만에 세상을 떠난다. 홀 부부와 박에스더 부부의 생애는 태평양을 사이에 두고 20세기의 여명기에 벌어진 거룩한 순교이자 국경을 초월한 고결한 인간애의 승리였다. 열정의 시대가 남긴 신화(神話)라고 해야 할 것이다.

고향의 농장에서 친정 부모의 보살핌으로 딸 이디스를 얻은 로제타는 주저하지 않고 태평양을 건너는 범선(帆船)에 다시 몸을 실었다. 1897년 11월, 로제타는 아들 셔우드와 딸 이디스를 안고 제물포항에 다시 내렸다. 그녀는 세상을 떠난 남편 윌리엄이 죽음을 무릅쓰고 환자를 돌보던 평양으로 들어갔다. 그런데 태평양을 횡단하는 길고 긴 항해와 제물포에서 경성을 거쳐 서북길을 거슬러 올라간 평양까지의 여행 끝에 어머니와 두 남매는 이질에 걸리고 만다. 상수도시설과 화장실 문화가 제대로 갖춰지지 않은 평양 땅에서 로제타와 아들 셔우드는 이질균을 이겨냈지만 어린 이디스는 결국 이역 땅에서 숨을 거둔다. 선교사 로제타는 조선이라는 아득한 이역 땅에서 남편과 어린 딸을 연이어 잃었다.

그녀는 굴하지 않았다. 가슴 속에 숨겨진 신념에 회의라는 잡티를 심지 않았다. 인간적인 괴로움을 잊기 위해서 오로지 기도하며 일하고 또 일했다. 그녀의 일은 눈만 뜨면 밀려오는 조선의 아픈 여성들과 어린이들을 돌보는 것이었다. 그녀는 평양 땅에 남편을 기념하여 '기홀병원'이라는 병원을 세웠고, 여성들만을 진료하는 '광혜여원'이라는 병원을 함께 운영했다. 그뿐만 아니라 로제타는 조선 땅에서 숨진 딸 이디스를 기념하여 어린이병동까지 따로 마련했다.

평양 사람들은 말을 타고 때로는 달구지를 타고 다니며 진료에 매달리는 벽안의 로제타를 '평양의 오마니'라고 불렀다. 그런 어머니의 모습을 바라보며 자란 아들 셔우드도 훗날 조선에 최초의 결핵전문병원 '해주 구세병원'을 세웠고, 조선에서는 처음으로 크리스마스실을 발행하여 결핵 환자들을 헌신적으로 돌보았다.

1933년 늦은 가을, 경성 정동교회에서는 이 평양의 오마니를 위한 환송예배와 의식이 베풀어졌다. 평양과 경성지역에서 활동하는 조선의 여의사 수십 명이 모였고 검은 통치마에 검정구두를 신은 여전도사들과 이화학당 여학생들, 숙명고녀 학생들 그리고 진명고녀 학생들이 모였다. 이화의 글리클럽 중창단이 아름다운 선율로 축하 음악을 했고, 윤치호 박사가 진심 어린 고별사를 전했다. 그 점잖은 윤치호 박사가 고별사를 다 읽지 못하고 목이 메자 그곳에 모였던 모든 여성들이 통곡으로 화답했다. 고관대작으로 검은 예복을 입고 왔던 수염 난 남정네들도 체면 불고하고 눈물을 닦았다.

그날 로제타 선교사는 잔주름이 간 흰색 드레스를 입고 단 위에 올라 천천히 입을 열었다.

"이 사람, 주님의 부르심을 받고 이 땅에 온 지 어언 43년이 되었습니다. 스물다섯 살의 나이에 조선 땅을 밟았고 이제 칠순을 바라보는 68세의 나이가 되어 내 조국 아메리카로 돌아갑니다. 솔직히 말하면 나의 조국은 두 곳입니다. 내 남편과 내 딸이 묻혀 있는 조선 땅이 내 조국이며,

내 아들과 내가 가지고 있는 여권이 말하는 대로 아메리카가 또 하나의 조국이지요. 그러나 더 정확하게 말하자면 내 남편과 내 딸의 최후의 순간을 간직하고 있는 이 조선 땅, 아직도 내 아들이 진료하고 있는 이 조선 땅이 진짜 내 조국일 것입니다. 이다음 천국에 가서 하나님께서 저보고 '너는 어느 나라 사람이냐?'라고 물으신다면 저는 주저 없이 말할 것입니다. '저는 조선 사람입네다.'"

이 대목에서 정동교회 안은 온통 통곡으로 뒤덮였다. 파이프오르간의 연주자는 모든 사람의 슬픔을 덮어주려는 듯 바흐의 단조 '푸가'를 연주했다. 통곡소리와 오르간소리가 소용돌이치면서 교회 전체를 흔들어댔다. 흰머리의 로제타 선교사가 침착한 목소리로 달래주었다.

"여러분, 울지 마세요. 이 사람, 조금 더 할 말이 남아 있습니다."

40년도 넘게 조선 땅에서 선교와 의료활동을 했던 선교사치고는 그녀의 조선말은 어색하고 어눌했다. 여기에 대해 변명했다.

"저 로제타는 이 조선 땅에서 반세기에 가까운 세월을 보내면서도 우리 사랑하는 조선말을 다 익히지 못했습니다. 한때는 저도 조선말을 유창하게 하고 싶어 밤을 밝혀 노력했습니다만 의사로서 저는 하루에 4시간은 자야겠기에 번번이 조선말 배우는 기회를 놓쳤습니다. 그래서 속으로 생각했지요. 통역을 쓰더라도 진료를 더 하는 게 낫다고."

사람들은 뜨거운 박수를 보냈다. 박수가 끝나고 나자 로제타는 앞줄에 앉아 있는 여의사들을 바라보다가 이렇게 말했다.

"닥터 길, 길정희(吉貞熙) 선생. 앞으로 나오세요."

로제타는 길정희에게 단 위로 올라오라는 시늉을 했다. 길정희가 올라가 곁에 서자 로제타는 길정희의 손을 잡아주며 운을 떼었다.

"오늘 이 사람, 떠나면서 여기 서 있는 이 길정희 씨, 닥터 길에게 특별한 소명을 부탁하고 갑네다. 그 소명이 무엇이냐. 우리는 지난 1928년에 이 경성 땅에 여의사들을 키워내기 위해 '조선여자의학강습소'를 세운 일이 있습네다. 내가 소장을 맡고 닥터 길에게 부소장직을 맡겼습네다. 왜 그랬을까요? 거기에는 이 사람의 소견이 숨어 있습네다. 다른 사람들은 모두 큰 병원에 다니며 월급 받는 의사 노릇을 하는데 이 닥터 길은 부군 김탁원(金澤元) 선생과 함께 나란히 경성에서도 규모가 큰 부부병원 '한성병원'을 운영하고 있습네다. 내가 알기로 살림도 넉넉합네다. 그래서 장차 조선의 여의사들을 키워낼 여자의학강습소의 책임자가 될 수 있다고 보았습니다. 오늘 닥터 김탁원 선생이 나오셨나요? 오셨으면 나오세요."

김탁원이 씩씩하게 단 위로 올라갔다. 로제타는 두 내외의 손을 하나씩 잡고 한가운데 서서 웃으며 말했다.

"이 늙은 사람이 벗어놓고 가는 짐을 받아주실 수 있습네까?"

두 내외는 힘차게 '네!'라고 대답했다. 로제타는 김탁원과 길정희 내외를 내려보내고 이번에는 여의사 좌석에서 제일 앞자리에 앉아 있는 허영숙을 지목했다.

"허영숙 선생, 올라오시오."

허영숙은 얼굴을 붉히며 조심스럽게 올라갔다.

"허영숙 선생은 어찌하여 우리 조선 여의사들의 맨 앞자리에 앉아 있습네까?"

허영숙은 머뭇거리며 조심스럽게 말했다.

"아마도 제가 나이도 있고 도쿄 여자의학전문학교를 제일 먼저 나왔기 때문에 선배라고 앞자리에 앉혔을 것입니다."

로제타는 두 손으로 허영숙의 두 손을 움켜쥐며 큰 소리로 말했다.

"바로 그겁네다. 당신은 우리 조선 여의사의 우두머리입네다. 내 일찍이 박에스더를 미국에까지 데려가 의사로 만들었지만 안타깝게도 고국에 돌아와 딱 10년 일하고 과로로 쓰러져 하늘나라로 갔습네다. 그래서 늘 그 일이 이 사람 가슴에 맺혔는데, 허영숙! 당신은 조선에서 제일 먼저 혼자서 바다를 건너갔습네다. 그리고 도쿄 여자의학전문학교를 제일 먼저 나왔습네다. 사실 이 사람, 경성에 여자의학강습소를 세우면서 바로 당신을 부원장으로 모셨으면 했습네다. 그러나 그때 당신은 너무나 어려운 처지에 있었습네다. 어깨에 짊어진 짐이 너무나 무거웠습네다. 당신의 낭군 춘원 선생은 조선 제일의 문사입네다. 신문에, 잡지에, 날마다 글을 써야 하는 문사입네다. 그런데 당신은 홀로 병원을 개업하였고 글 쓰는 낭군을 돌보랴, 그때 갓 태어난 아들을 돌보랴, 몸이 셋이나 넷이라도 모자랄 형편이었습네다. 이 사람 차마 입이 떨어지지 않았습네다. 한 가지만 물어봅세다. 지금 조선 땅에 동경여의전을 졸업한 후배가 몇 명이나 됩네까?"

그때 단 밑에서 수첩을 들고 있던 길정희가 허영숙을 향해 살며시 알려주었다.

"선배님, 금년 졸업생까지 꼭 20명이에요."

허영숙이 돌아서며 로제타에게 말했다.

"선생님께서도 들으셨죠? 저를 포함해서 20명쯤 된다고 하네요."

로제타는 어깨를 한번 으쓱 하고 두 손을 활짝 펴 보였다가 엄지손가락을 들며 말했다.

"이 사람 아직 귀 먹지 않았습네다. 도쿄 여자의학전문학교 졸업생이 올해까지 자그마치 20명이나 됩네다. 조선 여의사의 대부분을 차지합네다. 가장 큰 동창을 거느리고 있습네다. 조선 사람들, 동창생을 끔찍이도 따지지요? 그 동창회의 제일 선봉에 선 사람이 누구입네까?"

허영숙이 그냥 얼굴을 붉히며 서 있자 로제타 선교사는 마주잡은 허영숙의 손을 한번 흔들어주면서 큰 소리로 말했다.

"당신은 뉴 우먼의 마일스톤입네다. 신여성의 표석입네다."

그때 앞좌석에서부터 박수가 터져 나오기 시작하더니 모두가 입을 모아 외치기 시작했다.

"허영숙! 허영숙! 신여성의 표석 허영숙!"

허영숙은 돌아서서 사람들을 향해 크게 절했다. 로제타 선교사는 다시 한 번 말했다.

"당신은 조선 신여성의 표석입네다. 부탁하고 떠납네다."

참척 (慘慽)

2월 말 날씨치고는 포근한 날이었다.

이제 곧 소학교에 들어가는 봉근이가 진감색 유치원복의 앞가슴에 이름을 새긴 흰 수건을 나풀나풀 달고 신나게 뛰었다. 허영숙은 거울 앞에 서서 나들이옷을 점검하고 있었다. 감색 점이 박힌 원피스 위에 털 코트를 걸쳤다.

유치원에서 봉근이와 가장 친하게 지내는 친구의 어머니 국(菊) 여사가 초청하였기 때문이었다. 새 학기가 되면 서로 다른 소학교로 들어가게 될지 아니면 한 학교로 가게 될지 정확하게 가늠할 수는 없지만 가능한 한 같은 소학교, 일테면 종현성당 근처의 계성소학교에 함께 들어가는 것을 상의하기 위해 그 집으로 향했다. 전찻길로 나가면서 꽃집에 들러 꽃 한 다발을 사고 그 옆에 있는 빵집에 들어가 와가시(和菓子) 한 상자도 사서 곱게 포장했다.

그 집은 진고개 건너 일본인들이 많이 사는 남산 기슭에 있는 2층집이었다. 부인이 반색하며 문을 열었다. 무슨 사업을 한다는 그 집은 꽤 형편이 넉넉한지 정원에는 잉어가 노니는 연못까지 있었다.

"날씨가 찹니다. 어서 들어오세요, 여사님."

부인은 털실로 튼실하게 짠 분홍색 스웨터에 꽃무늬 홈드레스를 입고 있었다.

"뭘 이런 것까지 사오셨어요."

부인은 허영숙이 가지고 간 꽃을 꽃병에 꽂고 대만에서 가져왔다는 남방 과일을 내놓았다. 허영숙이 놀랐다.

"아니 이 겨울에 남방 과일이라니요?"

치아가 고른 부인은 우아하게 웃으며 받았다.

"우리 그이가 남방에 다니며 무역을 한답니다. 싱가포르에서 말레이시아산 고무를 수입해요. 그래서 저희 집에는 남방에서 생산되는 진귀한 물품도 많답니다. 이따가 가실 때 제가 여사님께 올리겠습니다."

허영숙은 그 학부모에게 겸손하게 말했다.

"아유, 듣기 거북하게 여사 여사 하지 마세요. 그냥 봉근이 어머니라고 불러주세요."

"아유 어떻게 그렇게 부릅니까? 우리 조선의 명사 부인께. 더구나 사모님은 조선 최초의 개인병원을 내신 여의사님이 아니십니까. 영어로는 의사를 닥터라고 한다면서요? 우리 그이는 사모님을 '닥터 허'라고 부르시더라고요."

2층으로 올라간 아이들은 띵똥 띵똥 피아노 건반을 마구 두드리는지 시끄럽더니 쿵쾅 쿵쾅 뛰는 소리도 들렸다. 부인이 말했다.

"아이들은 한시도 가만히 있지를 못하나 봐요. 학교에서도 저렇게 뛰고 달리겠죠?"

"그럼요. 성장세포가 한참 활동할 때니까 잠시라도 가만히 있을 수가 없지요. 저렇게 뛰고 달릴 때 성장세포가 활동하는 거죠. 그러다가 저녁에 누워 푹 떨어져 잘 때 성장판이 열리면서 쑥쑥 자라는 것이죠."

"역시 닥터라 다르시군요. 아이들이 성장하는 이치까지도 정확하게 알고 계시고요. 저희들은 그냥 하늘의 이치대로 크고 자라는 줄로만 아는데요."

어느새 음식 챙기는 소리가 들리고 구수하고 향긋한 냄새도 건너왔다. 식모인 듯한 부인이 앞치마로 손을 닦으며 조심스럽게 다가와 식사 준비가 되었음을 알렸다. 모두는 식당으로 들어가 마음껏 먹고 봄이 오려고 들썩이는 정원의 나뭇가지들을 건너다보았다. 식후에 두 부인은 다시 응접실에 앉아 이번에는 다른 것으로 차려진 남방 과일을 먹으며 환담을 나누었고 아이들은 정원의 연못에 있는 얼음을 깨면서 그 밑에 노니는 잉어들을 놀래고 있었다. 부인이 내다보며 큰 소리로 말했다.

"환아, 손 씻고 올라가 봉근이하고 과자 먹어라."

두 녀석은 신나게 계단을 뛰어올라가고 환이라고 불린 주인집 아이가 피아노를 다시 쳤다. 이번에는 두 부인이 알아들을 수 있는 정돈된 가락이었다. 환이가 치는 연습곡인 듯싶었다. 부인이 물었다.

"사모님, 이건 저도 '반짝반짝 작은 별 아름답게 비치네' 뭐 이렇게 하면서 계명으로도 외고 있는데요, '도도솔솔 라라 솔 파파미미 레레도.'"

부인이 운을 떼자 허영숙도 금세 계명을 외워주었다.

"솔솔파파 미미레 …. 네 저도 피아노 배울 때 그냥 외워서 쳤죠. 우리 봉근이는 아직 피아노는 못 치고 집에 있는 오르간으로 친답니다."

"이 노래가 어느 나라 노래죠?"

순간 허영숙도 쉽게 입이 떨어지지 않았다.

"글쎄요, 많이들 부르면서도 잘 기억은 안 나네요. 프랑스 동요라고 도 하고, 모차르트의 어느 곡에도 나온다고 하고."

그때였다. 2층에서 쿵 하는 소리가 나더니 앙 — 하고 울음 터뜨리는 소리가 났다. 두 부인은 동시에 일어나 황황히 2층 방에 올라갔다. 봉 근이가 이마를 손으로 가리고 울고 있었다. 허영숙이 다가가 다친 곳을 살폈다. 책상 모서리에 찧은 듯 이마 구석이 푹 들어가고 피가 배어 있었다. 피는 많이 나오는 편이 아니었다. 허영숙이 물었다.

"아까징끼(머큐로크롬) 있나요?"

부인은 난처한 표정을 지었다. 심한 상처가 아니었기 때문에 허영숙은 봉근이를 달래면서 그 집을 나왔다. 약국이 흔치 않았기 때문에 서둘러 전차를 타고 집으로 가 일단 소독을 했다. 봉근이가 말했다.

"나 누울래."

"그래라. 자고 일어나면 나을 거야."

그날 저녁 영숙은 낮에 있었던 이야기를 춘원에게 들려주었다. 춘원이 봉근이의 이마를 짚다가 깜짝 놀라며 그녀에게 말했다.

"열이 심한데? 그냥 살짝 책상 모서리에 찧었다며."

허영숙이 봉근이의 이마를 짚어보았다. 얼굴이 하얗게 질렸다.

"어머 이게 웬일까? 여보, 택시를 불러요! 빨리요!"

봉근이의 상태를 살펴보던 경성의전 부속병원의 의사 유상규는 침통하게 말했다.

"무엇보다도 열이 나지 말아야 하는데 …. 말씀을 들어보니 그 찰과상 자리로 균이 들어간 것 같은데 …. 생명력이 강한 아이니까 잘 이겨

내 주면 좋겠는데."

춘원과 허영숙은 며칠 동안 잠도 자지 못하고 비몽사몽간을 헤매었다. 아이의 열은 떨어지지 않았다. 고열 때문에 헛소리까지 했다. '엄마엄마, 아빠아빠'가 전부였다. 결국 당대의 명의(名醫)라고 불리던 외과의 유상규도 절망적 진단을 하고 말았다.

"참으로 드문 케이스인데, 찰과상 부위에 파상풍균이 들어가 패혈증으로 진전되었어요. 셉시스(패혈증)가 되었습니다."

춘원과 허영숙의 첫아들 봉근이는 만 6년 8개월의 이승 나들이를 하고 춘원이 사다 준 가죽구두도 남겨 놓은 채 팔짝팔짝 저승으로 떠나고 말았다. 결혼한 지 6년 만에 얻은 사랑의 첫 열매였다. 그 아이는 흰 시트를 덮고 숨소리도 없이 홀연히 떠났다. 참척(慘慽)의 한(恨)만을 남긴 채.

이광수와 허영숙은 서로를 부둥켜안았다가 갑자기 돌아서서 벽면을 쳐다보다가 병원 밖으로 뛰쳐나가다가…. 어쩔 줄을 몰라 했다. 착한 의사 유상규가 상해의 부둣가에서 배가 고플 때 그랬듯 춘원의 손을 꼬옥 잡아주었다. 허영숙은 산발한 채 신발도 신지 않고 병원 뜰을 헤맸다. 주요한이 제일 먼저 달려와 춘원의 어깨를 쓸어주었다. 방인근 내외도 달려와 허영숙을 다독였다. 김두옥이 달려와 허영숙을 꼭 껴안아주며 함께 울었다.

"언니, 마음을 다잡으세요. 언니와 형부께는 귀여운 영근이와 정란이가 있잖아요. 그리고 무엇보다 언니의 복중에는 또 다른 생명이 자라고 있잖아요. 언니 제발…."

허영숙은 두옥이의 가슴에 얼굴을 묻고 한없이 울었다.

아이를 묻고 한 달쯤 뒤에 허영숙의 어머니 송인향 부인도 잠자듯이 세상을 떠났다. 팔순을 갓 넘긴 연치였다. 이광수는 얼마 뒤 사직동에 있는 주요한의 집에서 열린 '동우회' 이사회에서도 단 한 마디를 하지 못한 채 구석에 앉아 있었다. 임원들은 조심스럽게 숙의하여 새 이사장에 주요한을 선출했다.

봄꽃이 한창 피는 5월 22일 춘원은 〈조선일보〉 부사장실을 정리하고 방응모 사주에게 사표를 전했다. 차돌처럼 단단한 방응모 사장은 긴 말을 하지 않았다.

"산수 간에 훨훨 다니시다가 마음이 가라앉으시면 언제든 돌아오세요. 기다리겠습니다."

춘원은 집으로 돌아가 짐을 챙기기 시작했다. 허영숙은 짐을 챙기는 춘원에게 주목하지도 않았다. 머리를 흐트러뜨린 채 술을 마시고 있었다. 독주였다. 춘원은 그 모습을 바라보며 흠칫 놀랐다. 그런데 이번에는 허영숙이 담배를 피워 물었다. 신여성이면 대부분 멋으로 담배를 피워 물던 시절, 단호하게 금연운동까지 하던 의사 허영숙이었다. 춘원은 그 일 역시 이해할 수 있었다. 춘원은 그녀를 남겨둔 채 금강산행 기차에 올랐다.

춘원이 참척의 아픔을 안고 게다가 빙모 상까지 당하여 〈조선일보〉 부사장직을 그만두고 금강산으로 들어갔다는 내용이 도하 신문에 톱기사로 실렸다. 함흥에 있던 모윤숙의 어머니가 황황히 경성으로 올라와 윤숙의 손을 잡고 물었다.

"얘야, 춘원 선생께서 금강산으로 들어가셨다는 얘기가 사실이냐?"

"네 그렇게 들었습니다."

"그분은 정주 시절부터 너의 아버지하고 가깝게 지내시던 죽마고우가 아니냐. 그리고 너를 시인으로 만들어주신 은인이 아니냐. 이렇게 모른 척하고 있을 수는 없지. 마침 함흥 가는 기차가 금강산을 거쳐 가니 나하고 함께 그 어른을 찾아뵙자. 소문으로는 그분이 이참에 세상과의 연을 끊고 스님이 되실 수도 있다고 하더라. 그분 친척 되시는 어른한 분도 금강산에 스님이 되어 계시고, 고향의 고모뻘이 되는 어떤 분도 여승이 되어 있다는 소리를 들었다."

윤숙은 고개를 끄덕였다.

"그분 팔촌동생이 되시는 이학수라는 분이 운허라는 법명을 얻어 금강산에 계시다는 얘기를 전에도 들었어요. 그분은 금강산과 양주에 있는 봉선사를 오가며 도를 닦으시는 고승이라고 하셨어요. 스님이 되시기 전에는 만주에서 독립운동을 했고요. 그분 때문에라도 머리를 깎으실 가능성이 높죠."

"세상을 등진다는 일이 어디 쉬운 일이냐. 부인도 계시고, 아들 하나도 귀엽게 자라고 있고, 또 딸도 있지 않니."

"그뿐이겠어요? 사모님은 지금 태중에 또 아기를 가지고 계세요. 무엇보다도 춘원 선생님이 안 계시면 우리 조선의 애국청년을 길러내는 '동우회'는 누가 지도하며, 조선의 문단을 누가 이끌겠어요? 제가 생각하는 진짜 독립운동은 조선글로 조선의 이야기를 소설과 시로 풀어내는 것이라고 생각합니다. 그 독립운동을 송두리째 던져버린다면 우리 2천만 동포는 누구를 바라보며 살아가겠어요."

부인은 옷고름으로 눈물을 찍어내며 말했다.

142

"글쎄 말이다. 그런 나라의 인재 집안에 왜 그런 일이 생겼단 말이냐. 조선 제일의 여자 명의이신 사모님께서도 병원 일을 어떻게 보시겠니. 많이 배우지 못한 나야 어쩔 수 없다마는 배운 네가 나서야 하지 않겠니? 나와 고향 내려가는 길에 금강산에 한번 들어가 보자."

금강산 장안사(長安寺)에 들른 모윤숙 모녀는 요사채에 머물렀다.

날이 밝자 윤숙은 주지 스님에게 조용히 여쭈었다.

"큰스님, 춘원 선생님이 어디에 계신지요?"

주지 스님은 알이 굵은 염주를 굴리며 조용히 말했다.

"지금 그분이 중대한 결심을 앞에 두고 있는 것 같았소. 따라서 자신의 거처를 속인들에게 알리지 말라고 했는데 …. 하지만 처자는 배울 만큼 배운 사람 같으니 내 알려드리리다. 사실 이 노승의 판단으로는 현재 불혹을 넘긴 춘원이 사바(娑婆) 세계의 그 많은 번뇌를 접고, 일들을 접고, 법문에 들어서기는 어려운 일이라고 생각하오. 부처님을 섬기며 해탈에 이르는 길은 반드시 머리를 깎고 출가하는 데에만 있다고 보지 않아요. 재가승(在家僧)들이 자신의 집에서 처자식을 먹여 살리면서도 불도를 닦는 것처럼 큰 소설가는 큰 소설을 써서 사회에 공양을 하며 중생을 제도할 수 있어요. 또 돈 버는 재주가 있는 사람은 재력을 쌓아 시주함으로써 불도의 한 자락을 맡아 줄 수 있지 않겠소? 보아하니 춘원이 아끼는 제자 같은데 아무쪼록 그 양반의 마음을 다잡아주시오. 지금쯤 지장암 쪽으로 가 보면 아침 예불을 마치고 산에서 내려올 것이오."

윤숙은 아침도 거른 채 어머니에게 조용히 말했다.

"어머니는 안내인을 따라다니며 절 구경을 하세요. 저는 선생님을 찾아보겠어요."

"그래도 아침은 먹어야지. 산길이 가파른데."

하지만 윤숙은 잰걸음으로 산길을 재촉했다. 아침이슬이 아랫도리를 다 적시고 있었다. 한참 정신없이 산길을 더듬고 있을 때 저쪽에서 키 큰 스님 하나가 지팡이를 짚은 채 조용히 내려오고 있었다. 윤숙이 허리를 굽혀 합장하고 지나치려고 할 때 먹물로 채색한 옷을 입고 있던 그 남자가 말했다.

"윤숙이 아닌가? 영운(嶺雲)이 아닌가?"

모윤숙은 심장이 터지는 것만 같았다.

"선생님!"

울음을 터뜨렸다. 춘원은 벌써 머리를 깎은 채였고 먹물 옷을 입은 채였다.

"선생님, 벌써 스님이 되신 거예요?"

춘원은 빙긋 웃으며 말했다.

"스님 되는 것이 그렇게 쉬운가? 수행도 해야 하고 큰스님으로부터 계(戒)도 받아야 되고 산문(山門)의 허락을 받아야 되는 것인데 …. 아직 숙고 중에 있어."

윤숙은 큰숨을 내쉬었다. 그리고 다시 울음을 삼키며 말했다.

"선생님, 선생님께서 스님이 되신다면 산문에서는 큰스님 한 분을 얻는 것이 되겠지만, 지금 식민지의 어두운 하늘 밑에 있는 2천만 조선 동포들은 이 깜깜한 밤중에 칠흑 같은 바다에서 등대를 잃어버리는 것과 같습니다. 조선 문단은 대들보가 꺾이게 되고 우리 조선어와 조선의 문학은 대들보와 함께 주춧돌마저 잃게 됩니다. 선생님, 제발 출가하신다는 말씀은 거두어주십시오. 경성에 남아계신 사모님과 영근이, 그리고 정란이는 하루아침에 아버지를 잃고 남은 생을 어찌 견딜 수가 있겠습니까."

춘원은 아무 말 없이 윤숙의 얘기를 듣더니 휘이휘이 앞장을 서서 산길을 내려갔다. 윤숙도 아무 말 없이 춘원이 꾹꾹 찍으며 걸어가는 발자국을 헤며 종종걸음으로 따랐다. 한참 만에 두 사람은 계곡으로 내려가 큰물이 웅덩이를 만들며 휘돌아가는 큰 바위 곁에 섰다. 그 웅덩이 속에서는 빨갛고 은빛이 나는 산천어(山川魚)들이 수없이 모였다 흩어졌다를 반복하고 있었다. 춘원이 윤숙을 부르며 말했다.

"영운, 저 물고기 떼들이 노니는 모습을 살펴보라고. 저 웅덩이는 저 물고기 떼의 지구이기도 하고 우주이기도 하지. 저 물고기 떼들이 지금 자신들을 내려다보는 우리 두 사람을 의식하고 있을까?"

"바깥세상을 알겠어요? 오로지 자신들이 헤엄치는 웅덩이만을 헤아리고 있겠지요."

그때 춘원은 들고 있던 지팡이를 물속에 넣어 물고기 떼를 깜짝 놀라게 했다. 물고기 떼들은 삽시간에 흩어지고 그러다가 얼마 후에는 무슨 일이 있었는가 싶게 다시 모여 춤추며 꼬리쳤다.

"우리 중생이라는 것도 저 물고기들 세계와 크게 다를 바가 있겠어? 매일매일 에워싸는 일상에 휩싸여 늘 마주치는 사람들과 희로애락을 나누고 자신들이 만든 그 좁은 세계를 우주로 알고 울고 웃는 것이 아니겠어? 그 좁은 자아의 틀을 벗고 일상을 벗어나고 일가와 내가 속한 세계를 훌쩍 벗어날 때 또 다른 세계를 찾을 수 있지 않겠어?"

"선생님, 저는 좁은 물웅덩이를 온 우주로 알고 있는 저 어리석은 산천어가 되더라도 저렇게 알록달록한 몸체를 자랑하며 매일매일 꼬리치고 춤추며 어울려 살고 싶어요. 고기가 웅덩이를 벗어나면 죽듯이 우리 인간은 자신을 에워싸고 있는 세계를 벗어나면 활력을 잃고 죽는 게 아니겠어요?"

두 사람의 이야기는 거기쯤에서 끝났다. 춘원도 조반을 걸렀는지 허리를 펴며 말했다.

"영운, 아침밥도 못 먹었지? 시장기가 도는군. 우리 함께 산채나물밥을 먹으러 가세."

두 사람은 지장암에서 어느 보살이 챙겨주는 맛깔스러운 산채비빔밥을 아침 겸 점심으로 먹었다. 그리고 두 사람은 다시 이름 모를 산꽃들이 자욱한 앞산 중턱에 나란히 앉았다. 그때 춘원이 전혀 다른 이야기를 시작했다.

"사실 나는 재작년 9월에 부전고원에 가 윤숙을 만나고 거기서 영감을 얻어 지난해 10월부터 두 달여에 걸쳐 《유정》을 쓸 수 있었지. 76회로 끝난 그 소설은 아주 속필로 쓴 거야. 마치 하늘이 예비하였다 내 손에 쥐어주었듯이 그렇게 오롯하게 완성된 작품이었어. 이다음 누가 나보고 '당신의 대표작은 무엇이오'라고 묻는다면 주저 없이 말할 수 있어. 《유정》이라고⋯. 사람들은 그 소설이 나오자 최석이 바로 나라고 지목하였고, 남정임은 모윤숙 바로 영운이라고 단정하더군. 우리 집사람도 말은 하지 않지만 그 소설이 나오고부터는 자네를 극도로 경계하는 눈치야. 자네가 수임이라는 친구하고 주말마다 찾아와 우리 집 아이들하고 놀아주고 드나드는 일 자체를 괴롭게 생각하는 눈치야. 자존심이 강한 사람이기 때문에 딸 같은 영운이를 겨누어 차마 오지 말라고 말은 못하겠지만 아무튼 자네 얘기만 나오면 얼굴을 돌렸어. 아마 이번에 자네가 다녀갔다는 사실을 알게 된다면 또 다른 상처를 받게 될 거야. 아내인 자신이 오기도 전에 영운이가 이곳에 다녀간 사실이 또 그 사람을 괴롭힐 거야."

모윤숙은 잠자코 들으며 들꽃을 뜯고 있었다.

"사실 저도 부전고원에서 선생님을 뵙고 나서부터는 이상한 중압감에 시달려왔어요."

"중압감이라니?"

"누가 강요한 것도 아닌데 … . 평생을 독신으로 살아야겠다 하는 생각이 저를 짓눌렀어요. 선생님 곁에만 가면 무조건 마음이 편안해지고 또 행복해지는데 … . 그리고 집에 돌아와 원고지를 앞에 두고 시를 쓰기 시작하면 한없이 행복해지는데, 왜 내가 낯모르는 남자를 만나 시간을 허비하고 가정이라는 허울 좋은 틀을 만들어야 하느냐, 하는 생각에 사로잡혔어요."

두 사람의 대화는 거기쯤에서 멈췄다. 그때 카메라를 삼각대에 꽂고 팔에 완장을 찬 사진사 한 사람이 숲속에서 나타났다. 그리고 자기 혼자서 작업하는 것처럼 삼각다리를 세우고 카메라를 계곡을 향하는 것처럼 하더니 갑자기 방향을 틀어 두 사람의 모습을 찍었다. 그러고는 소리 높여 말했다.

"참 아름답습니다. 예술입니다. 장안사 전속 사진작가입니다. 사진의 제목은 '금강계곡에 취해 있는 스승과 제자'로 하겠습니다."

모윤숙이 벌떡 일어나 달려가며 말했다.

"안 됩니다. 그 필름 이리 주세요. 필름 값은 드릴게요."

그러나 그 사진사는 묘한 웃음을 남기고 돌아서서 쏜살같이 내달았다. 그는 계곡을 다 내려가 이렇게 외쳤다.

"특종이다, 특종!"

춘원이 윤숙을 말렸다.

"영운, 그만 둬. 이 사람이 산문에 들면 그게 뭐 큰 문제가 되겠어? 중이 되기 전에 제자와 남긴 기념사진 정도가 되겠지 뭐."

난데없는 사진사의 출현으로 흙탕물처럼 흐려진 분위기가 가라앉고 나자 춘원이 전혀 생경한 얘기를 시작했다.

"내가 얼마 전에 보성전문의 철학과 교수로 온 안호상 박사를 만난 일이 있어. 1902년생이니까 올해로 서른두 살이 되는 젊은 교수인데 아마도 우리 조선의 제1호 독일 유학 철학박사가 될 거야. 어려운 헤겔 철학의 대가인데 독일 예나 대학교에서 학위를 했고 그 뒤에는 영국 옥스퍼드 대학과 교토 제국대학, 그리고 베를린 훔볼트 대학에서 연구생으로 학문을 다진 사람이야. 아마도 학식 면에서는 우리 조선에서 제일이 아닌가 싶어. 나도 연전에 그 사람을 초빙하여 독일어도 배울 겸 《파우스트》 원전을 완독하는 모임을 가진 적이 있지. 아주 학문이 깊은 사람이야. 조강지처가 있었는데 정리했다고 들었어. 한번 사귀어 봐."

윤숙은 손에 들었던 조약돌을 계곡으로 던지며 짜증스럽게 말했다.

"알지도 못하는 남자를 어떻게 만나요? 선생님은 제가 그렇게도 부담이 되세요?"

"아니 그런 뜻이 아니라, 우리나라 제일의 시인과 철학자가 만나면 또 다른 상승효과를 낼 수 있다는 얘기지. 너무 앞서가는 얘기인지는 모르지만 영운과 같이 총명한 사람이 안호상 같은 높은 경지의 철학자를 만나면 몇 단계를 한꺼번에 뛰어넘는 차원 높은 시를 남길 수도 있지 않겠어? 정신세계와 예술세계의 고양을 위하여 교제를 시도해보라는 얘기지. 안호상 박사도 이미 영운을 알고 있어."

"저를 알고 있다니요?"

"내가 이미 영운의 시집 《빛나는 지역》을 안 박사에게 건넸는데 안 박사가 그 시를 보고 나더니 반쯤은 정신이 나가 있더군. 어머니 모시고 함흥 갔다가 경성에 올라가면 꼭 만나 봐."

어느새 비로봉 쪽으로 해가 지고 있었다. 춘원이 일어서며 말했다.

"오늘은 날이 저물었고 내일 아침 일찍 어머님 모시고 돌아가. 내 일은 내가 처리해 나갈 테니."

신문을 들고 있던 허영숙은 부들부들 떨었다.

'아니 세상에! 그이 소식을 이런 식으로 듣게 되다니. 이번에도 또 그 아이야!'

허영숙은 신문을 팽개치며 전화기를 돌렸다. 춘원의 지인 중에서 차를 가지고 있는 이종수(李鍾洙)를 황급히 찾았다. 숨을 몰아쉬며 가쁘게 말했다.

"선생님, 그이가 금강산 장안사에 있대요. 오늘 신문 보셨지요?"

"뭐 특종 좋아하는 신문에서 선동적으로 표현한 것이니까 너무 괘념치 마십시오. 제 차로 출발하시지요."

그날 아침 도하 신문들은 저마다 특종이라면서 금강산 장안사 근처의 산록에 앉아 있는 춘원과 모윤숙의 사진을 내보냈다. 춘원이 속한 〈조선일보〉와 춘원이 몸담았던 〈동아일보〉만 비교적 점잖게 표현했다.

'그동안 종적이 묘연했던 춘원이 머리 깎은 모습으로 금강산 장안사 인근에서 모습을 드러냈다. 그 옆에는 춘원이 등단시킨 신예시인 모윤숙이 있었다.'

그러나 대다수의 신문과 그 달 치 잡지들은 허영숙이 봐줄 수 없는 내용으로 분탕질이 되어 있었다.

참척의 아픔을 안고 속세를 떠난 줄 알았던 춘원 이광수가 묘령의 여인과 함께 금강산에서 포착되었다. 처자식을 버리고 신문사 고위직도 내팽개친 그의 뒤를 집요하게 밟은 여인은 누구인가. 일찍이 민족시를 발표하여 절찬을 받았던 신예 모윤숙이었다. 그녀는 함흥에 있는 어머니까지 불러들여 금강산을 뒤지고 마침내 춘원을 찾아내어 정답게 포즈를 취했다. 목하 춘원은 속세와 출가의 갈림길에서 고민을 하는 중! 여인의 향기로운 발자취를 따르자니 도(道)가 울고, 도를 따르자니 여인이 우는구나.

각 도에 쌀이나 곡물을 조달하는 일을 하던 이종수 씨는 엔진이 튼튼한 일제 트럭을 여러 대 가지고 있었다. 그중에서 제일 최근에 사들인 화물차 하나를 가지고 왔다. 운전사 옆에 다섯 살 먹은 영근이와 그 어머니 허영숙을 앉게 하고, 자신은 트럭 적재함에 자리를 깔고 앉아 먼 길을 재촉했다. 새벽 일찍 출발하여 중간쯤에서 점심 한 번을 먹고 저녁은 굶은 채로 계속 달렸다.

장안사에 도착하니 밤중이었다. 거기에서부터 지장암까지는 차가 들어가지 못하기 때문에 장안사 주지 스님의 상좌승이 등불을 들고 앞장섰다. 지장암에서는 춘원의 출가를 앞두고 그 밤중까지도 행사를 준비 중이었다. 그동안 초벌로 깎은 춘원의 머리를 완전히 삭발하기 위해 젊은 스님이 춘원의 머리를 열심히 밀고 있었다. 또 암자의 객사에서는 춘원이 계를 받을 때 입을 승복(僧服)을 중년의 보살이 정성껏 다리고 있었다.

객사 마루에 오른 허영숙은 보살이 만지던 승복을 빼앗아 멀찍이 던져버렸다. 춘원의 머리를 밀고 있는 젊은 스님의 삭도(削刀)도 빼앗아 숲속으로 던져버렸다. 그리고 소리쳤다.

"출가하신다고요? 그렇다면 하십시다. 당신 혼자만 가시면 안 되죠. 여기 어린 영근이도 왔어요. 스무 살을 갓 넘기고 당신을 만났던 허영숙도 여기 와 있습니다. 자 함께 가십시다. 도를 닦는 길이 어디로 나 있습니까? 굳이 먼 길을 돌아갈 필요가 있겠습니까? 우리가 함께 눈 감으면 바로 그곳이 극락이 됐든, 억겁(億劫) 지옥이 됐든, 바로 그곳이 아니겠어요? 자 우리 세 식구 함께 떠나봅시다."

허영숙은 가슴에서 약봉지를 꺼냈다. 영근이가 매달리며 울었다. 두 손을 모으고 멀찍이 서 있던 이종수 씨가 달려와 봉지를 낚아챘다.

"사모님, 왜 이러십니까. 여기는 산문(山門)입니다."

허영숙은 입에 거품을 물고 있었다.

"산문이오? 그럼 더 좋지요! 우리 세 사람 저 계곡에 묻히면 영광이지요."

그때 장안사에서 뒤따라온 주지 스님이 헛기침을 하며 들어섰다.

"어흠 어흠…. 춘원 선생, 들어오시오."

영근이도 울음을 그쳤다. 아랫목에 앉은 주지 스님이 눈을 감고 있다가 짧은 염불을 한 후 입을 열었다.

"속세의 연을 끊고 불문에 들어올 때 제일 큰 업장(業障)과 마귀는 바로 피를 나눈 혈육이며 속가의 인연이라고 하였소. 내 그대 춘원에게 계를 주려 하였으나 세속에 쌓아 놓은 업장이 너무 높고 인연의 끈이 너무 질기니 불가능한 것을 알게 되었소. 그대 앞을 가로막는 세속 마귀의 그늘이 너무나 깊소. 내일 날이 밝으면 솔가(率家)하여 돌아가시오. 그대와 우리 불문의 인연은 여기쯤인가 하오."

춘원 일가는 1934년 5월 31일, 경성으로 돌아왔다.

홍지동 산장

　1934년 여름이 시작되는 7월, 경성에 있는 독일영사관에서는 다소 기이한 결혼식이 진행되었다. 하객이라고 해야 독일영사 내외와 신부 측의 이화여전 출신들이 고작이었다. 아주 조촐한 예식이었지만 예식의 주인공은 당대를 주름잡는 두 남녀였다. 독일 유학생으로서 가장 높은 학명을 떨치던 안호상 철학박사가 신랑이었으며, 신부는 유명한 시인 모윤숙이었다. 사실상 하객보다는 보도진들이 더 많은 형편이었다. 모윤숙은 마치 수녀처럼 까만 드레스에 목 부분에만 하얀 레이스를 달고 있었고, 안호상 역시 검은 연미복 차림이었다. 얼핏 보면 무슨 종교 의식 같았다.

　그날의 축하 음악은 채동선(蔡東鮮)이 맡았다. 호남 벌교 출신으로 와세다 대학 영문과와 독일 베를린의 슈테른음악학교를 나온 바이올린 연주가였다. 이화여전 김메리 음악교수의 피아노 반주로 채동선이 베토벤의 '이히 리베 디히'와 '아델라이데'를 연주했다. 신부 모윤숙을 처음부터 따라다니며 돌본 사람은 언제나 모윤숙을 그림자처럼 따라다니

153

던 이화여전 1년 후배 김수임이었고, 식이 끝나면서 부케를 받은 사람도 그녀였다.

　김수임 곁에는 여류소설가 박화성(朴花城)이 조용히 앉아 있었다. 그녀는 일찍이 숙명여고보를 나오고 일본으로 건너가 니혼 여자대학 영문과를 다니다 귀국한 후 소설 쓰기에 전념했다. 그러다가 춘원에 의해 〈조선문단〉에 소설 〈추석 전야〉를 내고 바야흐로 문명을 떨치기 시작하던 신예 작가였다. 그런데 이상하게도 춘원은 모윤숙을 만날 때에는 언제나 박화성을 오게 했다. 아마도 단둘이 만나 이상한 소문이라도 날 것을 걱정해서 그랬던 것 같았다. 그래서 모윤숙을 만날 때에는 가능하면 〈동아일보〉 편집장실이나 자신의 집 서재에서 만나고 그런 자리에도 박화성을 곁에 앉게 했다.

　하객으로 앉아 있던 이화여전의 친구들은 수군거리기 시작했다.

　"어머, 윤숙이 쪽에서는 아버지도 어머니도 안 오셨잖아?"

　"집이 너무 멀잖아. 함흥에서 여기까지 얼마나 먼데 …."

　"아무리 멀어도 그렇지. 딸 결혼식에 안 오는 부모도 있나?"

　"다른 사람은 몰라도 춘원 선생은 왔어야 되는 거 아냐? 윤숙이와 안 박사를 연결시켜 준 사람이 바로 춘원 선생이잖아. 중매쟁이가 빠지는 이런 결혼식도 있나?"

　이때 박화성이 나섰다.

　"아 사랑하는 아들을 잃고 속세를 떠나려 했던 분이 이런 번잡한 결혼식장에 오실 수 있겠어요? 일의 앞뒤를 헤아린 뒤에 말씀들 하세요. 그리고 오늘 이렇게 조촐하게 영사관을 빌려 결혼식을 올리는 데에는 주인공 두 사람의 깊은 뜻이 있을 거 아니에요. 윤숙 씨는 지금 한참 문명

154

을 날리기 시작하는 여류시인이고 안호상 박사님은 조선 최고의 철학박사가 아닙니까. 우리가 말을 하는 데도 자중할 필요가 있습니다."

박화성의 일갈에 분위기는 숙연해졌다. 아무튼 그 시절 가장 유명했던 두 사람의 결혼식은 그렇게 끝났다. 신문이나 잡지에서는 근래에 보기 드문 격조 있는 결혼식이었으며 너절한 하객들을 고사한 품격 높은 결혼식이었다는 내용으로 보도했다.

금강산에서 돌아온 춘원은 전혀 다른 사람으로 변했다. 아내 허영숙의 애원과 어머니의 등에 업혀 그 깊은 산중까지 찾아온 아들 영근이의 눈물을 보며 일단 마음을 돌려 경성으로 돌아오기는 했지만 그는 산중 사람이나 다름이 없었다. 눈은 언제나 먼 하늘을 향하고 금강산에서 자른 머리는 다 자라지도 않았다. 그는 금강산에서 짚던 지팡이를 그대로 들고 날이 밝으면 자하문(紫霞門) 밖으로 나갔다.

맑은 물이 흐르는 세검정(洗劍亭) 근방을 헤매다가 뜻밖에도 아담한 절 소림사를 찾았다. 1930년 자신이 추천하여 조선일보사 최초의 여기자가 되었던 최은희가 경성 근교의 어느 암자에서 조촐하게 결혼식을 올려 화제가 된 때가 있었는데 그때는 춘원 자신이 이충무공 유적지 순례를 떠나 있어 결혼식에 참석할 수가 없었다. 그때 최은희가 결혼식을 했던 사찰이 바로 소림사였다.

춘원이 그 아담한 암자를 돌아보고 있을 때 안내를 맡았던 젊은 스님이 자랑삼아 그 얘기를 해주었다.

"우리 절이 규모는 작습니다만 자하문 밖 세검정 건너편에 있기 때문에 유명인사들이 자주 찾습니다. 그뿐만 아니라 경성 근교의 가장 아늑한 곳에 자리 잡은 우리 절의 위치와 분위기 때문에 불교 전문학교의 이름 높은 학승들과 고승들이 자주 들르기도 하지요. 최근에는 그 유명한 청담(靑潭) 스님도 여기에 자주 오십니다."

춘원은 청담 스님이 그곳에 자주 온다는 말을 듣고 아예 자하문을 넘어 세검정에서 발을 담그고 기운을 차린 후에는 하루에 한 번씩 소림사에 들르기 시작했다. 그러던 어느 날 정말 그는 청담을 만날 수 있었다. 키가 춘원과 엇비슷하고 머리는 파랗게 깎았지만 이목구비가 선명한 미남자였다. 청담은 겸손하게 허리를 구부리며 춘원을 맞았다.

"이렇게 작은 암자에서 대문호를 만나게 되어 영광으로 생각합니다. 소승 올연(兀然)이라는 도호(道號)를 씁니다."

춘원도 깊숙이 허리를 구부리며 겸허하게 말했다.

"올연 스님에 대한 말씀은 많이 들었습니다. 만공선사께서 인정하신 학승이자 선승으로 알고 있습니다. 앞으로 의지하여 배우고자 합니다."

"천만의 말씀입니다. 천학비재한 소승에게서 무엇을 얻으실 수가 있겠습니까. 그냥 말동무나 해주십시오."

이렇게 해서 올연 스님, 즉 청담 스님과 연을 맺었을 때쯤 모윤숙의 청첩장을 받았다. 세상을 소란하게 만든 춘원으로서 사람들이 모이는 결혼식에 갈 수는 없었다. 머리도 다 자라지 않은 춘원이 나타나면 신문의 기삿거리만 요란하게 만들 것이다. 또 부인 허영숙이 얼굴을 찌푸릴 것이 너무나도 당연했다. 그래서 춘원은 봉함엽서에 이렇게 써서 축전을 대신했다.

'영운, 내일을 축하하오. 나는 부득이한 일로 내일 참석치 못하게 되었소. 남편 안 박사와 영원한 행복을 바라오. 춘원.'

얼마 후 춘원은 소림사 요사채에 방 하나를 얻어 아예 치약, 칫솔까지 챙겨들고 장기체류 준비를 하며 자리를 잡았다. 춘원이 소림사에 자리를 잡고 있다는 주지 스님의 얘기를 듣고 청담 스님도 하루에 한 번씩 일부러 시간을 내서 들러주었다. 청담 스님은 춘원이 불법이나 경전에 대해 어느 정도 이해를 하고 있는가 하는 점을 알아도 볼 겸 천천히 입을 열었다.

　"불경이 만들어진 순서로 보면 반야경(般若經), 유마경(維摩經), 법화경(法華經), 화엄경(華嚴經)일 것이고요, 시기는 아마도 기원전 2～3세기부터 쓰이기 시작해서 그 후 3세기까지 이루어졌을 것입니다. 그 경전의 난이도도 만들어진 순서와 비슷하지 않을까 싶습니다. 반야경은 일반 신도들이 기독교의 복음서와 같이 친근하게 접히는 일반 경전이라고 할 수가 있고, 유마경은 그것보다 정도가 조금 높은 것이라고 할 것입니다. 따라서 공부를 많이 한 식자들은 일반적으로 법화경을 좋아합니다. 왜냐하면 법화경은 구약의 잠언(箴言)이나 시편(詩篇)처럼 문학적이고 표현의 묘미에 있어 절승을 이루기 때문입니다. 아직 도를 다 터득하지 못한 소승과 같은 낮은 단계의 중으로서는 화엄경을 완벽하게 이해하기엔 벅찬 데가 많습니다."

　"스님의 말씀에 전적으로 동감합니다. 그런데 저는 이상하게도 개인적으로 법화경과 인연이 깊습니다. 동경에 있을 때 제 처와 처음 만나 동경 교외의 절에 갔을 때 처음 구입한 경전이었고, 금강산에 서너 번 들렀는데 그때마다 법화경을 읽게 되어 심취했습니다. 한문으로 된 법화경을 읽어도 이상하게 운율이 살아나는 것 같고 일본어로 된 그 경전을 읽어도 시냇물이 흐르는 듯한 운율을 느낍니다. 큰스님 말씀대로 법화경은 구약의 잠언이나 시편과 같다고 생각합니다. 제 느낌으로는 시편 쪽이 더 가깝습니다. 저는 일본에 있을 때 선교사들이 세운 기독교 학교를 다녔기 때문에 시편을 많이 암송했는데 일본어 법화경을 낭송하게 되면 자연스럽게 시편이 연상됩니다."

"역시 대문호시라 이해가 빠르십니다. 성경에도 저자를 모르는 것들이 많이 있지요? 마찬가지로 이 법화경은 B. C. 1세기경에 쓰였다는 것만 유추할 뿐 그 저자가 분명치 않습니다. 물론 그 원저자야 기원전 6세기에 사셨던 석가모니 자신이겠지만요."

"그래서 노자(老子)가 한 말이 있습니다. 무명(無名)이 유명(有名)보다 훨씬 더 높은 것이다."

"그렇습니다. 그러나 어쨌든 이 법화경을 최초로 중국에서 수습한 분은 구마라습이라는 분입니다. 그분이 범어로 쓰인 것을 중국어로 번역했지요. 그 후 천태산(天台山)에 살았던 지의(智顗) 스님이 법화경을 기본으로 해서 법화현의(法華玄義), 법화문구(法華文句), 마하지관(摩訶止觀)이라는 뛰어난 법화경의 해설서를 써서 불자들을 가르치기 시작했습니다. 지의 스님이라는 한자 풀이가 '지혜를 앎으로써 즐거워진다'는 심오한 뜻이지 않습니까. 따라서 법화경은 알면 알수록 즐거움이 더해지는 경전입니다."

"그렇지요. 그래서 중국에서는 지의 스님이 계시던 천태산을 중심으로 해서 아예 천태종(天台宗)이 생긴 것이 아닙니까. 석가가 세상을 떠나신 지 5백 년이 지난 그 시점에서 나온 이 법화경을 바탕으로 마치 괴테의 《파우스트》나 밀턴의 《실락원》, 단테의 《신곡》처럼 높은 경지의 해설서들이 나와 중국대륙의 천태종이라는 커다란 법문의 맥을 이룬 것이지요."

"저는 춘원 선생께서 문학에만 정통하신 줄 알았는데 우리 불문의 경전과 역사에 대해서도 해박하시군요. 그럼 일본에서는 이 법화경을 어떻게 받아들였는지도 잘 알고 계시겠군요."

"일본에서는 고승 니치렌(日蓮)이 법화경을 받아들여 14세기에 니치렌종(日蓮宗)을 이루었지요. 지금 일본 불교를 대표하는 종파입니다. 메이지시기에 유명했던 문사 다카야마 초규(高山樗牛)는 이 법화경을 국가 초월적 신앙으로 승화시켰습니다. 법화경을 모든 국가와 인종을 뛰어넘는 불교의 범(凡) 박애주의 사상으로 인식한 것이지요. 그런데 기타 잇키(北一輝)라는 문사는 법화경을 국가주의적 신앙의 뿌리로 삼았습니다. 그래서 그는 일본 국수주의를 탄생시킨 장본인이 된 것이죠."

이쯤에서 청담 스님이 말했다.

"됐습니다. 춘원 선생께서 법화경에 대해 그만큼 요해(了解)하고 계시다면 우선 중국어나 일본어로 쓰인 법화경을 조선말로 번역하십시오. 번역하실 때 시인이나 소설가적인 풍부한 어휘력과 운율을 살려 그 옛날 천태산에서 지의 스님이 법화경을 문학서로 만든 것처럼 아름답고 훌륭한 조선 경전을 만들어보십시오. 신도들이 우선 외우기 쉽고 그 뜻을 쉽게 깨달을 수 있도록 독송하기 좋은 운율을 까시고 표현도 쉽게 쉽게 해보십시오."

"제가 그동안 지은 죄를 씻기 위해서라도 그 일을 하겠습니다. 이 세상에 나와 6년 조금 넘게 이 아비 어미와 연을 맺고 천사처럼 살다 간 우리 봉근이의 넋을 위로하기 위해서라도 법화경 번역에 매달려보겠습니다."

춘원은 소림사에서 나와 세검정에서 발을 씻었다. 근처 양지바른 비탈에 커다란 감나무 하나가 서 있었다. 그 감나무를 바라보며 힘겹게 언덕을 올랐을 때 이상한 예감이 머리를 때렸다. 바로 그곳이 자신이 머물러야 할 집터라는 생각이 그를 옴짝달싹 못하게 했다.

앞으로는 세검정 골짜기가 보이고 북한산의 석가봉, 문수봉, 관음봉, 보현봉, 지장봉이 한눈에 들어왔다. 또 남쪽으로는 인왕산의 뒷면이 보이면서 창의문(彰義門: '자하문'으로도 불림)과 연결되는 아름다운 계곡이 전개되는 것이 아닌가.

사실 그해 여름에는 온 집안 식구가 앓았다. 춘원 자신은 속세를 버리고 금강산까지 달려갔다 온 후유증으로 세속과 불문을 오가는 재가승(在家僧)의 열병을 앓았고, 허영숙 역시 남편의 출가 소동으로 몸살과 정신적 충격의 후유증을 앓았다. 가슴에서 불이 난다면서 밖에 나가 한밤중에도 찬물을 한 바가지나 마시고도 속이 가라앉지 않는다고 독주(毒酒)를 마시고 밤새 담배를 피웠다. 여섯 살짜리 영근이는 늦은 홍역을 치르느라 온몸이 쩔쩔 끓고 가렵다고 밤낮으로 울어댔다. 동생 정란이도 홍역이 옮아 함께 앓았다.

춘원은 어수선한 집안 분위기를 가라앉히기 위해 영숙에게 말했다.

"우리 올여름에는 금강산 너머 원산으로 가서 해수욕이나 하며 시간을 보내봅시다. 저 어린 것들도 이 못난 아비 때문에 저렇게 열병들을 앓고 있잖소."

허영숙은 냉담했다. 마치 전혀 다른 사람이 된 것처럼 술담배를 입에 달고 지내면서 춘원을 똑바로 쳐다보지도 않았다. 부부가 한마음이 되어 서로 끌어안고 위로해주어도 시원찮을 판에 자기만 참척의 아픔을 도맡은 양 소란을 피운 춘원을 이해하기가 어려웠을 것이다.

그 황황한 상황 속에서도 뜬금없이 모윤숙이라는 딸 같은 처녀를 산속에서 만나 사진사에게 사진이나 찍히고 도하 신문에 대문짝만하게 깎은 머리를 내보인 춘원이 미웠다. 아예 가정을 버리고 중이 돼 버린다니까 일단 집에다 데려다는 놓았지만 그 춘원의 얼굴이 곱게 보일 리가 없었다.

밥은 찬모가 때마다 정성스럽게 차려주었지만 도무지 입맛이 돌지 않아 허영숙은 곡기를 거의 끊다시피 했다. 체중이 10킬로그램이나 줄었다. 문득 거문고 켜는 김두옥이 생각났다. 그녀의 집이 있는 광화문통으로 나가 이삼 일씩 누워 있다가 올 때가 많았다. 그녀가 들려준 거문고 산조를 들으며 눈물을 훔치고 그녀가 따리주는 술을 마시며 담배를 태우고 나면 속이 가라앉았다. 안타깝게 바라보던 두옥이 말했다.

"언니, 뱃속에 가진 죄 없는 아기를 생각하세요. 그렇게 속을 끓이시면 뱃속의 아기도 슬퍼하지 않겠어요? 이젠 그만 고정하세요. 형부도 얼마나 슬프고 애가 닳았으면 출가하실 생각까지 하셨겠어요."

허영숙은 하염없이 담배를 피워 물며 말했다.

"그이는 현실을 모르는 분이야. 자기만 도인이고 자기만 의로운 사람이지. 땅에 발을 붙이고 다니는 사람이 아니야. 아침에 멀쩡하게 양복을 입고 나가서 저녁에는 와이셔츠 바람으로 들어와. 내가 왜 웃옷이 없느냐고 물으면 찾아온 문인의 옷이 남루하여 벗어주었다는 거야. 길에서 거지를 만나면 동전을 줘도 될 텐데 꼭 10원짜리 지전을 주는 거야. 사흘 용돈이 한순간에 날아가. 아 슬프면, 괴로우면, 이 마누라를 붙잡고 얘기해야지. 아마 자신의 슬픔과 괴로움까지도 그 시 쓴다는 딸 같은 아이한테 원고랍시고 편지질을 했을 거야. 도대체 집에 밥이 끓는지 죽이 끓는지 …. 아이고, 내 팔자야."

춘원은 언덕바지를 올라가다가 발견한 그 감나무가 박힌 땅, 154평 짜리 그 밭뙈기를 마음에서 놓지를 못했다. 출판사에 얘기해서 원고료를 선불로 받아 기어이 계약했다. 계약 과정에서 상당한 돈을 거간꾼에게 떼이고 턱없이 비싼 값에 그 땅을 샀는데 젊은 건축가 정세권 씨가 나서서 싼값에 탄탄한 집을 지어주었다. 집을 지을 때 지반이 약해서 걱정했는데 느닷없이 언덕바지에서 튼튼한 돌들이 발견되어 그 돌로 축대도 쌓고 지반을 고르게 다질 수 있었다. 이광수는 이 모든 과정이 부처님의 가피라고 하면서 어린아이처럼 좋아했다. 집이 완성될 때쯤 물맛이 유난히 좋은 샘물까지 솟아나와 홍지동 그 집은 이광수의 새로운 안식처가 되었다.

1934년은 그렇게 7할의 슬픔과 3할의 보람으로 보냈는데 춘원이 집을 완성해갈 때쯤 양주 봉선사에 있던 운허 스님, 팔촌동생인 이학수가 무엇을 한 짐 지고 찾아왔다.

"운허 스님, 이게 무엇이오?"

"춘원 형님이 법화경을 조선말로 아름답게 번역해주신다고 해서 한문 법화경 한 질을 가져왔소이다. 아무쪼록 아름다운 조선말로 잘 풀이해서 조선의 신도들이 법화경을 운율에 맞게 욀 수 있도록 독송문(讀誦文)으로 지어주시오."

세 번째 도전

1935년의 신년 추위도 보통이 아니었다.

허영숙은 막바지 산통을 느끼며 병원 안방에 누워 산파로 근무하는 일본 여인 다카하시 마사(マサ)의 도움을 받고 있었다.

"정말 임박했어요. 조금만 참으세요."

허영숙은 이마에 맺힌 땀을 닦아달라고 하며 마사에게 말했다.

"참, 사람이라는 존재는 간사한 거야. 내가 가운을 입고 산모를 대할 때는 언제나 침착해라, 조금만 견디면 된다, 꼭 먼 산 바라보는 듯한 얘기를 했는데 막상 내 배가 아프고 내 새끼를 낳으려고 하니까 세상이 노랗구만. 마사, 지금 내가 담배를 피우면 안 되겠지?"

"그럼요, 금방 태어날 아기가 눈이 맵다고 하면 어쩌려고 그러세요. 조금만 참으세요."

그때 흰 두루마기를 입고 회색 중절모를 쓴 춘원이 들어섰다.

"산기가 극에 달한 것을 보니 곧 아기가 나올 듯한데 …. 여보 미안하오. 나는 오늘 총독부에 들어갈 일이 있소."

허영숙이 돌아누우며 말했다.

"총독부를 가시든 감옥소를 가시든 마음대로 하세요. 언제 당신이 제 허락 맡고 다니셨어요? 어서 나가세요."

춘원은 쑥스러운 표정을 지으며 나갈 준비를 했다. 대신 산파 마사를 바라보며 말했다.

"잘 부탁드립니다. 저 사람이 요즘 마음이 편치 않습니다."

춘원이 문을 열고 나갈 때 찬바람이 세차게 방안으로 들어왔다.

춘원은 총독부에서 열린 불교 관계자들의 회의에 참석했다. 그 회의에는 육군대장 출신으로 사이토 총독처럼 두 번째 조선총독이 된 우가키 가즈시게(宇垣一成)가 참석했다. 그는 열렬한 불교 신자였다. 그날의 주제는 '심전개발'(心田開發)이었다. 그러나 그 내용은 불교의 경전 중에서도 춘원이 좋아하는 '법화경'을 원용하여 조선과 일본이 내선일체(內鮮一體)가 되어야 한다는 완곡하고도 교묘한 논리였다.

그날 춘원이 재미있게 들은 내용은 총독부 촉탁이 되어 문화 전반에 걸친 검열을 담당하는 나카무라 겐타로가 제시한 논리였다. 키 작은 겐타로는 꼿꼿한 자세로 서서 조선의 선(禪) 사상과 일본의 실용주의 불교 논리를 평화롭게 연결하면 좋은 문화적 가교가 될 것이라는 논리를 폈다. 충청도에서 올라온 만공 스님은 시종일관 눈을 감고 있다 맨 마지막에 '불교는 세속화될 수 없다'는 명쾌한 논리를 펴고 총독이 자리에 앉아있는데도 훌훌 바랑을 짊어지고 회의장을 떠났다. 춘원도 오래 있을 수가 없어 총독이 고승들과 인사를 나누고 자리를 떠나자마자 곧장 병원으로 달려왔다.

산파 마사가 달려 나오며 밝은 소리로 말했다.

"선생님, 축하합니다. 예쁜 공주님이에요."

허영숙은 탈진을 수습하며 품에 안은 아기를 사랑스럽게 내려다보고 있었다. 춘원이 들어서자 들으라는 듯이 말했다.

"아이고 우리 아기. 큰오라버니 얼굴도 구경하지 못했고, 그 먼 금강산으로 달려갔다 오느라 애 많이 썼네. 속상한 이 어미가 그동안 독주도 많이 마시고 담배도 많이 피웠는데 …. 아이고, 얼굴도 해맑으셔라. 이 어미를 용서해주시는 것 같네요. 아이고 고마워요 공주님."

춘원도 무릎을 꿇고 공주님께 아뢰었다.

"우리 공주님, 이 아비도 문안드립니다. 제대로 머리도 못 깎으면서 공연히 소란만 피우고 금강산 골짜기까지 오게 해서 참으로 죄송하외다. 공주님, 이 아비의 경망함을 나무라지 말고 무럭무럭 자라주세요."

춘원이 손을 뻗어 아기를 안아보려 하자 허영숙이 말했다.

"손부터 씻고 오세요."

춘원은 서둘러 나가 손도 씻고 얼굴도 씻고 머리카락도 다듬은 후에 방으로 들어와 아기를 안았다. 허영숙이 물었다.

"아기 이름은 지어놓으셨겠죠?"

"이번에 태어난 우리 공주님이 우리의 마음 밭과 사위를 두루두루 화평하게 해주고 빛나게 해달라고 '정화'(廷華)라고 지었소."

그제야 허영숙도 마음이 풀린 듯 아기 머리를 쓸어주며 말했다.

"정화야, 건강하고 아름답게 자라다오."

새로 태어난 정화는 춘원과 허영숙이 바라고 기대했던 것처럼 세상에 기쁜 소식을 가지고 온 듯했다. 정화가 세상에 태어난 지 꼭 열흘이 되던 2월 10일에 참으로 기쁜 소식이 들려왔다. 그동안 사상범들이 주로 수용되던 대전형무소에서 모진 고통을 당하고 병마와 추위 속에 신음하던 도산 안창호 선생이 가출옥되었다. 춘원 내외는 곧장 달려갔다. 붓기가 채 빠지지 않은 허영숙은 도산 선생을 위해 연하고 정갈한 두부를 준비해갔다. 도산 선생은 해맑게 웃으며 그 두부를 먹었다. 옥중에서도 소식을 들었는지 내외에게 물었다.

"새로 태어난 아기는 잘 자랍니까?"

내외는 황송하다는 뜻으로 허리를 구부렸다.

얼마 후 한강가의 정자에서 인촌을 비롯한 많은 애국지사들이 도산 선생의 가출옥을 축하하는 모임을 가졌다. 그 자리에 청년장교 이응준이 아내 이정희와 함께 참석했다. 군복 대신 신사복 차림이었다. 도산 선생이 이응준 소좌를 걱정하며 말했다.

"이 소좌는 일본군 고급장교로 나 같은 사람을 만나러 오면 여러 가지로 불이익이 따를 수도 있을 텐데 ….''

이응준 소좌는 씩씩하게 대답했다.

"제가 독립투사 이갑 선생의 사위라는 것은 이미 군의 상부에서도 다 알고 있습니다. 저와 함께 육사를 나온 동기생 홍사익(洪思翊)은 벌써 훈장도 받고 저보다 한 계급 높은 중좌로 진급했습니다. 그리고 지금은 엘리트 장교들만 가는 관동군사령부의 참모로 근무하고 있습니다. 저는 천천히 진급하고 천천히 따라가겠습니다.''

도산 선생은 허허 웃으며 말했다.

"역시 이갑 선생의 사위답소.''

그해 여름에 또 좋은 소식이 들려왔다. 그동안 까맣게 잊고 지내던 구지 나오타로 교수로부터 한 통의 편지가 날아왔다. 총독부병원 원장으로 있을 때부터 허영숙을 각별히 챙겨주고 그녀가 도쿄 제국대학 의학부에서 공부하기 위해 갔을 때에도 든든한 후견인이 되어주었던 은사였다.

기쁜 소식을 전할까 하오. 이번에 내가 도쿄 제국대학 의학부에서 나와 도쿄 적십자병원, 세칭 닛세키병원(日赤病院)의 원장 겸 산부인과의 책임자가 되었소. 지난날에는 그대가 도쿄 제국대학 의학부에서 산부인과를 전공하고자 도일까지 했는데도 여러 가지 여건상 도와주지 못했소. 그러나 이번에는 사정이 다르오. 내가 바로 적십자병원의 원장 겸 산부인과 책임교수이기 때문에 그대를 도와줄 수 있을 것 같소. 현재 닥터 허의 가정 상황과 경성에서 개업한 병원의 형편이 어떤지 모르겠소만, 여건이 허락된다면 현해탄을 건너오시오. 이번에는 내가 그대를 내 조수로 쓸 수 있고 3년 이상 머물 수만 있다면 박사학위 과정도 함께 마칠 수 있을 것이오.

허영숙은 어린 정화를 꼭 껴안고 기쁨을 나누었다.
"정화야, 넌 기쁨의 천사인가 보다. 우리 일본 구경하게 생겼다. 정화야, 엄마와 함께 도쿄 구경 가자."
정화는 알아들었다는 듯 눈동자를 맞추어주었다. 그리고 햇살처럼 웃었다. 그때 복도에서 찬송가 소리가 들려왔다. 춘원이 오르간을 연주하며 흥얼흥얼 처음 들어보는 찬송가를 부르고 있었다.
"고요한 바다로 저 천국 향할 때/ 주 내게 순풍 주시니 참 감사합니다/ 큰 물결 일어나 내 쉬지 못하되/ 이 풍랑 인연하여서 더 빨리 갑니다/ 내 걱정 근심을 쉬 없게 하시고/ 내 주여 어둔 영혼을 곧 깨게 합소서/ 이세상 고락간 주 뜻을 본받고/ 내 몸이 의지 없을 때 큰 믿음 줍소서."

아기도 찬송 소리가 좋은지 방긋방긋 웃고 있었다. 허영숙이 큰 소리로 물었다.

"여보, 갑자기 무슨 찬송가예요? 처음 들어보는 찬송가인데?"

춘원이 큰 소리로 답해주었다.

"이번에 기독교계에서 《새찬송가》를 펴내며 나한테 가사를 의뢰했어요. 그래서 몇 곡 번역해서 보내주었지. 영어 찬송가하고 일본어 찬송가를 참고해서 우리 정서에 맞게 번안한 거지."

허영숙은 아기를 흔들어주며 청했다.

"여보, 또 다른 찬송가도 들려주세요."

춘원은 신이 나서 페달을 열심히 밟으며 찬송가를 불러주었다.

"저 높은 곳을 향하여 날마다 나아갑니다/ 내 뜻과 정성 모두어 날마다 기도합니다// 내 주여 내 맘 붙드사 그곳에 있게 하소서/ 그곳은 빛과 사랑이 언제나 넘치옵니다// 괴롬과 죄가 있는 곳 나 비록 여기 살아도/ 빛나고 높은 저 곳을 날마다 바라봅니다// 내 주여 내 맘 붙드사 그곳에 있게 하소서/ 그곳은 빛과 사랑이 언제나 넘치옵니다."

1935년 그해 춘원은 찬송가를 가다듬던 앤더슨(W. J. Anderson) 선교사, 평양의 힐(M. R. Hill) 부인 그리고 음악가 현제명(玄濟明)의 청을 받아들여 전영택, 이은상 등과 함께 《새찬송가》의 가사를 작사하는 데 힘을 보탰다. 1935년판 신편 찬송가 중 그가 정성 들여 가다듬은 곡은 다음과 같다.

〈온 천하 만물 우러러〉, 〈새 예루살렘 복된 집〉, 〈저 높고 푸른 하늘과〉, 〈주 안에 있는 나에게〉, 〈주님 찾아오셨네〉, 〈저 높은 곳을 향하여〉, 〈이 몸의 소망 무엔가〉, 〈이 세상 풍파 심하고〉, 〈내 기도하는 그 시간〉, 〈누가 주를 따라 섬기려는가〉, 〈하나님의 진리 등대〉, 〈물 건너 생명줄 던지어라〉, 〈주 예수 안에 동서나〉, 〈괴로운 인생길 가는 몸이〉 등.

그런데 막상 찬송가가 나와 교회에 보급되자 기독교계의 여기저기에서는 춘원에 대한 비판이 만만치 않았다.

'우리의 신성한 찬송가가 이교도의 손에 의해 번안이 되었다는 것은 우리 교계의 수치이다. 비록 세상에서는 널리 알려진 문사라 하더라도 그 입으로 술을 마시고 담배를 피우는 자가 어찌 거룩한 우리의 성가를 작사할 수 있다는 말인가. 더구나 그자는 근자에 불교에 경도되어 불경을 번역하는 자라고 한다. 우상을 숭배하며 불교와 같은 사이비 종교에 심취한 타락자에게 우리의 신성한 성가 작사를 의뢰했다는 것 자체가 크고도 큰 수치로다. 우리는 그자가 작사한 찬송가를 부를 수 없다.'

그러나 《새찬송가》가 나오자마자 '주 안에 있는 나에게', '저 높은 곳을 향하여', '이 몸의 소망 무엔가', '내 기도하는 그 시간', '괴로운 인생길 가는 몸이' 같은 찬송이 특히 사랑받아 교회마다 우렁차게 울려 퍼졌다. 그 즈음 당대의 흥행사 이철(李哲)이 '오케레코드사'를 통해 음반을 내놓았다. 유명 만담가 신불출(申不出: 1905~1976)이 애조 띤 단소 반주를 배경으로 춘원이 작사한 '낙화암'을 해설한 것이었다. 그 노래를 부른 가수는 서상석과 백화성이었다. 1935년 그해 젊은이들은 술자리에서 '낙화암'을 부르고, 성악가들도 대중들 앞에서 이 노래를 벨칸토 창법으로 불러주었다.

"사비수 나린 물에 석양이 비낄 제/ 버들꽃 날리는데 낙화암이란다/ 모르는 아해들은 피리만 불건만/ 맘 있는 나그네의 창자를 끊노라/ 낙화암 낙화암 왜 말이 없느냐// 칠백 년 내려오던 부여성 옛터에/ 봄 맞는 푸른 풀은 예같이 푸른데/ 구중의 옛날 궁궐 있던 터 어디며/ 만승의 귀한 몸 가신 곳 몰라라/ 낙화암 낙화암 왜 말이 없느냐."

그해 4월 춘원은 〈조선일보〉로 다시 돌아갔다. 직함은 편집고문이었다. 그는 그가 처음부터 만들어 게재했던 '일사일언'(一事一言) 란을 충실히 쓰기 시작했다. 독자들이 좋아했다.

5월에는 건강상태가 훨씬 좋아지자 이항녕(李恒寧) 같은 젊고 총명한 경성제대 학생들과 금강산 산행을 하고 돌아왔다. 그가 금강산에서 돌아와 행장을 풀고 있을 때 홍지동 산장 뜰 앞에 웬 청년 하나가 들어섰다. 옷은 남루하였고 허리가 굽었다. 얼핏 보니 꼽추였다. 구걸하러 온 게 아닌가 싶어 옷을 뒤져 지전을 찾는데 청년이 뜰에 엎드려 큰절을 올렸다.

"어디서 온 뉘시온지?"

청년은 고개를 숙인 채 더듬더듬하는 말투로 말했다.

"황해도에서 올라온 촌놈입니다. 저를 거두어주십시오, 춘원 선생님. 저는 중학교를 다닐 때부터 선생님을 흠모했습니다. 선생님께서 쓰신 글은 짧은 시가나 단문까지도 다 읽고 보관하고 있습니다. 선생님은 저의 사표이십니다. 잡지에 난 선생님의 사진을 제 방에 걸어놓고 아침저녁으로 문안드렸습니다. 3년 전 선생님께 저의 간곡한 뜻을 장문의 편지로 올린 일도 있습니다. 제가 철봉을 하다 떨어져서 이렇게

170

꼽추처럼 됐기 때문에 혹시 선생님께 누가 될지는 모르겠습니다만 저를 그냥 머슴으로만 받아주십시오. 먹이고 재워주신다면 저는 선생님을 평생 모시겠습니다. 선생님의 그림자를 밟으면서 선생님의 향기에 취해 평생을 마칠까 합니다. 거두어주십시오."

춘원은 시골 중학교의 재학생이 보낸 편지를 기억해낼 수가 있었다. '바로 그 소년이었구나 … .' 사실 춘원은 자신에게 보낸 수많은 편지와 격려의 글 중에서 문장이 뛰어난 서간들을 모아 《춘원 서간문범》이라는 책을 낸 일이 있었다. 그 책 속에 소년이 보낸 글을 윤색하여 싣기도 했다. 참으로 간절한 글이었다.

춘원은 그 초라한 청년을 바라보며 이상하게도 법화경에 나오는 부처님 제자들의 모습을 떠올렸다. 걷은 낡루를 걸쳤지만 머리와 가슴이 햇살처럼 빛나는 보살을 연상했다. 자신도 모르게 불쑥 말이 나왔다.

"글쎄, 여기서는 밥도 해먹기가 어려워 나는 저 마을에 있는 과수댁에 밥을 부탁하여 끼니마다 날라다 먹는 형편인데 … . 자네가 그런 번거로움을 이기고 나와 함께 있을 수 있다면 함께 있어 보세. 잠자리는 저기 머릿방이 있으니 거기서 해결하고 함께 고생해 보세."

1935년 여름부터 청년 박정호(朴定鎬)는 춘원의 식솔이 되었다. 그는 자고 나면 마당을 쓸고 마루를 닦았다. 끼니때가 되면 마을로 달려가 밥그릇과 국그릇을 날라 오는 일을 도맡았다. 홍지동 산장을 찾아오는 손님들은 그 허리 굽은 박정호에게 반말을 하며 머슴 대하듯 했다. 그러나 그는 늘 겸손하게 머리를 조아리며 손님들에게 깍듯이 대하였고 싱글벙글하며 춘원의 그림자를 따랐다.

춘원을 찾아오는 꽃 같은 처녀들, 예를 들어 연극하는 팔등신 미인

박노경은 들고 온 꽃이나 과자 봉지를 전하면서 박정호를 놀렸다.

"박 씨는 좋겠어. 늘 선생님과 함께 있고 밥도 함께 드시고 잠도 선생님 가까이에서 잘 수 있고 …. 아이, 질투 나. 난 박 씨가 부러워. 우리 사귀어 볼까?"

그러면 박정호는 얼굴을 사정없이 붉히면서 이렇게 말했다.

"놀리지 마세요. 저도 아가씨가 미인이며 유명한 연극인이라는 것쯤은 알고 있어요."

그해 8월 허영숙은 세 아이를 데리고 일본으로 떠났다. 그 여름에 춘원은 일본까지 가는 아내 허영숙을 위해 온양온천에 하루 나들이를 떠났다. 온천 앞에 있는 시원한 얼음집에서 팥빙수를 시켜 온 가족이 함께 먹었다. 다음 날 부산으로 가는 기차를 탔다. 허영숙이 갓 태어난 정화를 품에 안고 춘원은 정란을 품에 안고 기차 칸을 왔다 갔다 했다. 사람들은 춘원 내외를 알아보고 모두 눈인사를 보냈다. 춘원은 부산에서 관부연락선을 타는 가족들을 위해 분주히 움직였다.

병원에서 함께 일하던 산파 다카하시 마사도 허영숙을 따라나섰다. 남편이 소학교 선생이고 3남매를 둔 마사는 허영숙이 새로운 의학공부를 위해 닛세키병원으로 간다니까 자기도 공부를 더 하고 싶다고 구지 나오타로 박사에게 간청했다. 어린 아이들 때문에 유모 한 사람도 함께 했다. 그들은 시모노세키에서 하루를 쉰 후 사흘 만에 도쿄에 도착했다.

일행이 도쿄역에 도착했을 때 구지 박사 내외가 세단 두 대를 대절하여 기다렸다. 도쿄의 젊은이들은 모두 반소매 차림으로 거리를 힘차게 내닫고, 거리의 가로수는 푸르른 잎새를 마음껏 자랑했다. 매미들은 요란하게 울어댔다. 구지 박사는 맨 먼저 시부야구의 남동부 미야시로초〔宮代町: 지금의 히로〔廣尾〕〕로 허영숙과 마사를 데리고 갔다. 활엽수가 울창한 숲속에 붉은 벽돌로 웅장하게 지어진 병원을 가리키며 그가 자랑스럽게 말했다.

"닥터 허, 이곳이 바로 그대와 마사 씨가 앞으로 나하고 일하며 배울 닛세키 병원일세. 하루 입원하는 환자 수만 5백 명이 넘고 입원 환자도 3백 명이 넘지. 이곳에서 태어나는 신생아만 하루에 30명이 넘어. 충분히 임상 경험을 할 수 있고 새로운 의학 이론과 실기를 익힐 수 있을 거야. 마사 씨에게도 좋은 기회가 될 거야."

박사가 자랑스럽게 이야기할 때 은테 안경을 낀 그의 부인이 하얀 치열을 드러내며 웃었다. 영근이가 정란이를 데리고 은행나무가 서 있는 데까지 또르르 달려갔다 돌아왔다. 허영숙은 병원 입구에 그려진 적십자 마크를 바라보며 주먹을 쥐었다.

'이번에는 꼭 이루어내야지. 박사학위를 따야지.'

구지 나오타로 박사는 자상스럽게도 허영숙 일가를 자신의 집이 있는 도쿄만 근처 아자부〔麻布〕의 아담한 2층집으로 안내했다. 햇볕이 잘 드는 서양식 집이었다. 그 집 2층의 넓은 창밖으로는 후지 산이 아련하게 보였다. 방 하나를 허영숙과 영근이, 정화가 쓰고 나머지 방을 마사와 정란이, 그리고 유모가 쓰기로 했다. 그날 밤 아이들이 모두 잠든 후에 허영숙은 춘원에게 안착을 알리는 편지를 썼다.

도쿄만의 싱싱한 해풍이 불어오는 양지바른 2층이에요. 섬세하신 구지 나오타로 박사님의 배려 덕분입니다. 아이들은 행복한 얼굴로 잠들었습니다. 막내 정화만 고사리 같은 손으로 제 앞가슴을 더듬고 있군요. 사실 저는 박정호 군을 믿고 왔어요. 그 청년은 이상하게 보살님 같은 신뢰감을 주는 사람이에요. 그 청년에게 의지하세요. 밥맛이 없을 때는 두옥이를 부르세요. 그 아이 손끝이 신묘하니까요. 그리고 몸이 피곤하시거나 혼미하실 때에도 그 아이를 불러 거문고 산조를 청해 들으세요. 두옥이의 산조를 듣고 있으면 쌓인 시름과 마음의 매듭들이 신통하게도 풀린답니다.

너무 불경에만 매달리지 마시고 가끔 연극이나 음악회에도 가보세요. 그럴 때에는 박노경이가 제격일 거예요. 제가 자리 잡히면 김두옥이는 데려다가 이곳에서 일본어를 익히고 어느 예비학교에라도 입학시킬 예정이에요. 제가 근무할 병원은 보고 왔는데 미야시로초에 있어요. 병원 주변에 나무도 많고 경관도 훌륭합니다. 아무쪼록 때 거르지 마시고 글은 천천히 쓰세요. 저는 이곳에 마사 씨가 곁에 있어서 너무나 든든해요.

춘원이 얼마 후 답장을 보내왔다.

어린 아이들까지 데리고 현해탄을 건너는 당신의 열정을 높이 삽니다. 실은 나도 마사 씨가 동행해서 크게 마음이 놓였소. 당신을 어버이 같은 사랑으로 맞아주신 구지 나오타로 박사님께 내 안부도 전해 올리시오. 내년 초에는 아자부에서 우리 가족 모두가 후지 산을 바라봅시다.

무불옹의 죽음

　일본에서 웬만큼 자리를 잡은 허영숙은 같은 아자부에 위치하여 과히 멀지 않은 무불옹 댁을 방문했다. 춘원이 아버지처럼 모시는 어른이니 당연히 찾아뵈어야 했다. 73세가 되는 고령임에도 자식이 없어 부인과 함께 고적한 노년을 보내는 그는 허영숙에게도 시아버지 같은 존재였다. 인력거는 해안통을 따라 한참을 달리다가 경사가 진 언덕길을 힘겹게 올랐다. 일본식 목조 건물이 고만고만하게 들어서 있는 전통적인 주택가 끝쯤에 그 집의 문패가 걸려 있었다. 경성 회현동 대문에 붙어 있던 그 흰색 문패였다. '阿部充家'.

　초인종을 두 번이나 눌렀는데도 응답이 없었다. 그러다가 아주 조용히 문이 열리면서 백발의 노파가 나왔다. 무불옹의 부인이었다. 부인은 허영숙을 알아보지 못했다. 허영숙이 조선에서 온 이광수의 안사람이라고 소개하자 그녀는 말없이 영숙의 손을 잡고 집안으로 안내했다. 향내음이 집안에 가득했다. 다다미방 안채에 화롯불이 놓여 있었고 조선식 불상이 놓여 있는 단 아래에 이부자리가 펼쳐져 있었다. 부인이

175

무불옹의 귀에 대고 말했다.

"조선의 이 씨, 광수 작가의 안사람이 왔어요."

무불옹은 애써 몸을 일으키려다 다시 눕고 말았다. 그러고는 손을 뻗어 허영숙의 손을 잡아주었다. 그는 희미하게 웃으며 힘들여 말했다.

"어떻게 왔어. 이 먼 곳까지."

허영숙이 간략하게 설명했다.

"제가 지금 의학연수차 미야시로초 적십자병원에 와 있습니다."

"어허 그래?"

"어르신은 언제부터 이렇게 누워계셨어요?"

"갈 때가 됐지 뭐. 노환에다가 당뇨 합병증이 왔어. 다행이야, 광수 안사람을 만나다니 …."

허영숙이 손수건을 꺼내 눈물을 닦았다. 사이토 총독이 조선에 있을 때 10년이 훨씬 넘는 세월 동안 조선 사람들을 아끼고 조선의 문화를 챙겨주던 무불옹, 무명의 청년 이광수를 발탁하고 조선 근대문학의 문고리가 되는 《무정》을 쓰게 해주었던 무불옹, 독립선언서를 쓰고 옥에 갇혔던 최남선을 사이토 총독에게 간청하여 가출옥시켰던 그, 조선의 불교문화를 존중하며 조선의 고승들을 눈에 보이지 않게 모셨던 돈독한 불자, 관동대지진 때에는 무고하게 희생당하는 조선인들을 발 벗고 나서서 보호했던 의협심의 사나이, 춘원이 각혈하며 황해도 연등사에 숨어 있을 때 그 궁벽진 산사까지 찾아갔던 아버지 같은 그, 그가 지금 도쿄의 동쪽 변두리 도쿄만의 해풍을 맞으며 잔명을 헤아리고 있다.

일 점 혈육도 없이, 집에 기르는 애완견도 없이 흰 서리만 이고 있는 부인의 간호를 받으며 숨을 헐떡이고 있다. 방 구석구석에는 손이 가지 않아 엷은 안개처럼 먼지가 서려 있다. 형언하기 어려운 적막함과 함께 엷은 죽음의 그림자가 방안을 에워싸고 있다. 그도 한때는 금강산과 압록강 변을 누비며 나혜석 같은 조선의 여류들과도 어울렸건만 이제는 저승의 언저리를 눈으로 가늠하고 있다.

허영숙이 눈가를 훔치며 집을 나설 때 부인이 조용히 말했다.

"초상을 치러줄 인척도 없는데 … . 며칠 남지 않은 것 같아 황망스러워요, 이 늙은 사람이 … ."

"경성에 있는 그이에게 연락하겠습니다."

허영숙의 전보를 받은 춘원은 검은 양복 차림으로 서둘러 도쿄로 향했다. 아자부의 그 한미한 목조건물에 들어가 무불옹 머리맡에 무릎을 꿇었을 때, 백발의 부인이 남편의 귀에 대고 힘들여 말했다.

"조선에서 이 씨가 왔어요. 소설가 이 씨가 왔어요. 당신이 아들이라고 부르던 광수가 왔어요."

무불옹은 힘들여 눈을 떴다. 그리고 사력을 다해 손을 뻗었다. 이광수가 그의 손을 잡았다. 등나무 줄기같이 앙상한 손이었다.

"아버님, 제가 왔습니다. 광수가 왔습니다."

무불옹의 눈자위에 물기가 고였다. 그 한 줄기 물줄기는 주름살을 타고 흘러내렸다.

"잘 … 있어, 광수 … ."

그것이 끝이었다. 하필이면 1936년 정월 초하루였다. 그날 오후 허영숙이 마련한 조화(弔花)가 먼저 들어오고 이어서 도쿠토미 소호가 보낸 조화가 도착했다. 한때 조선의 문화를 전담했던 아베 미츠이에, 무불옹의 빈소를 지킨 조화는 그것이 전부였다.

장례식은 시바공원(芝公園) 조조지(增上寺)에서 치러졌다. 도쿠가와 집안과 관계가 있는 유명한 절이었다. 설을 쇠어 향년 74세의 생애가 된 그의 시신은 한줌의 재로 그 절에 모셔졌다. 도쿠토미 소호를 비롯한 일본 언론인들과 학자들이 달려와 고개를 숙였고, 경성에서도 〈경성일보〉와 〈매일신보〉의 간부들이 달려와 애곡(哀哭)했다. 조문객들이 뿔뿔이 흩어지고 난 뒤 도쿠토미 소호 옹이 이광수를 따로 불렀다.

"자네는 내 차에 함께 타고 가세."

도쿠토미 소호 옹의 까만 세단이 시내를 가로질러 어느 빌딩 입구에 섰다. 둘은 말없이 계단을 올라 거리가 환하게 보이는 응접실로 들어갔다. 소호 옹은 편안한 자세로 앉으며 춘원에게도 앉기를 권했다. 그러면서 파이프 담배를 피워 물었다.

"여기는 내가 세운 출판사 민유샤(民友社)로 쓰던 건물이야. 민유샤가 지난 33년에 문을 닫아 지금은 그냥 내 사랑방으로 쓰고 있어. 내가 속한 귀족원의 친구들이 찾아오면 여기서 차를 마시고 환담을 하지."

젊은 여인이 차를 내오자 그는 춘원에게 권하며 계속 담배를 태웠다. 춘원은 소리 안 나게 차를 마셨다.

"무불옹은 지나치게 조선을 사랑했지. 아, 관동대지진 때 말이야, 우리 신문사가 타고 있는데 부사장인 그 사람은 신문사 불을 끌 생각은 하지 않고 조선인들을 구한다고 달려 나가더란 말이야. 그래서 내가 그 사람을 잘랐어. 그게 제일 마음에 걸려."

그도 담배를 잠시 끄고 녹차를 마셨다.

"무불옹은 자네를 조선에 있는 아들이라고 했지. 꼭 아들처럼 자네를 아꼈어. 실은 나도 외로운 사람이야. 나에게는 외아들이 있었는데 해

178

군 중좌로 있다가 얼마 전에 전사했다네. 제일 가까웠던 무불옹이 갔으니까 이제는 자네가 내 아들 노릇을 하게. 일본에 오면 꼭 날 찾게. 끝으로 내가 자네에게 꼭 당부하고 싶은 말이 있네."

소호 옹이 힘주어 말했다.

"절대로 감옥에 갈 짓은 하지 말게. 조선의 아들이 감옥에 들어가면 일본의 아비도 힘들어지니까. 정치나 명예 같은 것은 일시적이지만 문명(文名)은 오래가는 것이라네. 우리는 천 년 전 당나라의 요란한 황제 이름은 몰라도 두보나 이백 같은 시인은 기억하지 않는가. 자네의 일생을 문장에 걸어보게. 자네는 문장으로 보국을 하게. 문장보국(文章報國)이라는 말을 잊지 말게."

그러다가 그는 건너편의 높은 건물을 가리키며 말했다.

"저 건물, 마주보이는 저 건물이 바로 내가 얼마 전까지 소유하던 〈국민신문〉 건물이 아닌가. 나는 저 〈국민신문〉이 나를 떠날 때, 그리고 내 외아들이 세상을 떠났을 때, 크게 울었네. 이제부터는 자네가 내 아들이 되어 나를 위로해주게."

이광수는 일어나 큰절을 했다. 그가 나올 때 도쿠토미 소호 옹이 액자 하나를 건네주었다.

"내가 부자 결연의 징표로 이것을 주는 것이니 소중히 간직하게."

그가 준 액자에는 이렇게 씌어 있었다.

'天生我才戈有用.'(하늘이 나의 재주를 내었으니, 그 재주, 즉 창은 반드시 쓰일 날이 있을 것이다)

아자부의 2층 방으로 돌아온 춘원은 허영숙에게 말했다. 마침 그 자리에는 조선에 나갔다가 춘원과 함께 돌아온 마사도 있었다.

"허 참, 인생사는 한 치 앞을 내다볼 수가 없어. 원래 내 계획은 섣달 그믐쯤에 와서 아이들하고 함께 조후시(調布市)에 있는 진다이지(深大 寺)에 가서 소바를 먹으려고 했지. 그곳 소바는 고구려 사람들이 이곳 에 와 전해준 내력이 있는 조선식 소바였으니까."

"저도 얘기를 들은 듯해요…. 일본 사람들은 섣달그믐에는 꼭 소바 를 먹지요. 메밀국수를 먹어야 국수가닥처럼 수명이 길어진다고 믿고 있으니까. 어쨌든 정초가 됐으니까 당신이 가져온 가래떡을 썰어서 떡 국이나 끓여 먹읍시다."

그날 허영숙이 끓인 떡국을 이광수도 맛있게 먹었고 영근이와 정란 이도 잘 먹었다. 허영숙이 잘게 잘라 준 떡국 조각을 아기 정화도 오물 오물 받아먹었다. 마사 씨도 조선 떡국이 맛있다며 한 그릇을 뚝딱 했 다. 떡국을 다 먹고 났을 때 춘원이 말했다.

"여보, 내가 이번에 큰일 하나를 매듭짓고 왔지."

허영숙이 눈을 동그랗게 떴다.

"당신이 없는 사이, 가회동 집을 팔고 그동안 내가 쓴 이런저런 책들 의 판권을 팔아서 총독부 가까이에 있는 효자정에 네모반듯한 땅을 마 련하였소."

춘원은 가슴을 펴며 말했다.

"그곳에 '허영숙 산원'을 지을 작정이오. 조선 최초의 여성전용 병원 이자 신식 산부인과 병원이오."

"정말이에요? 지번이 어떻게 되는데요?"

"효자정 175번지요. 총독부가 지척에 있으니까 일본 사람 조선 사람

누구나 올 수 있소. 이번에 땅을 고르는데 마사 씨가 앞장섰지. 내가 병원 자리 같은 걸 잘 볼 줄 아나. 마사 씨가 다리품을 팔았고 최종적으로 좋다고 해서 두말없이 결정했소."

그러고 보니 경성에 볼일이 있다며 조선을 다녀온 마사는 갈 때나 올 때나 그 일에 대해서는 허영숙에게 한 마디도 내색하지 않았다. 허영숙이 무릎을 꿇고 앉아 있는 마사를 바라보자 그제야 그녀는 고개를 숙이며 허영숙에게 실토했다.

"이광수 선생님께서 비밀로 해달라고 하셔서서 사모님께 말씀드리지 못했습니다. 죄송합니다."

허영숙은 일본 여자의 앙큼함에 놀랐다.

그해 5월 춘원은 한 번 더 도쿄의 식구들에게 찾아왔고, 그가 올 때 뜻밖에도 김두옥이 따라왔다.

"언니, 저도 따라왔어요. 놀라셨죠, 이 촌뜨기가 와서."

허영숙은 두옥을 안아주며 크게 반겼다.

"잘 왔어, 잘 왔어. 우리 두옥이도 이제는 공부해야지."

허영숙은 그다음 날부터 짬을 내서 두옥이를 데리고 YMCA를 찾아갔다. 마침 자리가 난 영어 초급반에 두옥이를 넣었다. 도쿄 지리에 어두운 두옥이를 위해 마사와 허영숙이 번갈아 그녀를 안내했다. 그러는 사이 이광수는 은사 요시다 겐지로(吉田絃二郎)와 작가 사토 하루오(佐藤春夫) 등을 만나며 세상을 떠난 아베 미츠이에가 잠들어 있는 조조지를 돌아보았다. 아들이 아버지의 산소를 돌보듯 그렇게 정성스럽게 참배했다. 그리고 도쿄의 유지들과 함께 아베의 동상을 세우는 일을 열심히 챙겼다.

그 무렵 이광수를 극진히 돌봐준 이는 유명한 문예잡지사 〈가이조사〉(改造社)의 사장 야마모토 사네히코(山本實彦)였다. 그는 이광수를 '조선의 기쿠치 간(菊池寬)'이라고 극찬하며 자기네 잡지에도 글을 달라고 깍듯하게 대했다. 이광수가 와세다 대학에서 모셨던 은사 요시다 겐지로 교수를 함께 대접하고, 일본의 신학자 출신이며 좌경문학에도 심취한 작가 후지모리 세이키치를 소개하기도 했다.

춘원의 부인 허영숙이 적십자병원에서 애쓰며 공부하고 있다는 사실을 알아내고 그는 조선 사람들이 좀처럼 구경하기 어려운 도쿄의 고쿠기칸(國技館)에 그녀를 데려가 일본식 씨름 스모를 구경시켜주기도 했다. 밤에는 긴자 거리의 명물이라는 하루(春)에서 일본의 환락가 모습을 보여주기도 했다. 거의 벗다시피 한 무희들이 나와 춤을 출 때 김두옥은 눈을 가리는 척하며 열심히 구경했다. 가부키좌(歌舞技座)에서 일본의 전통춤을 볼 때 역시 김두옥은 제일 신나는 모습을 보였다. 그녀가 말했다.

"어머, 일본 춤이나 노래들이 조선 것을 베낀 것 같아요. 우리 것하고 아주 비슷하잖아요."

허영숙은 달리 말했다.

"내가 보기에는 달라도 너무 다른데."

아무튼 그해 6월에는 춘원이 아들 영근이를 데리고 경성으로 돌아갈 준비를 하고 있었다.

"우리 영근이도 이제는 일곱 살이 됐으니 소학교에 들어가야지? 빨리 들어가는 아이들은 벌써 가방을 메고 소학교를 다니는데."

허영숙은 자신이 공부하는 것만 생각하고 거기에만 몰두하고 있다가 영근이가 취학 연령이 되었다는 것을 깜박하고 있었다.

"아이고 내 정신 좀 봐. 우리 영근이도 학교 가야지. 여보, 영근이를 데리고 가면 어느 소학교에 넣으려고 해요?"

이광수는 생각을 하고 온 듯 짧게 대답했다.

"종현성당의 부속학교로 있는 계성소학교에 넣으려고 해."

"찬성이에요. 그 학교, 분위기가 좋죠. 학부모들도 깬 사람들이고."

허영숙은 문득 이광수가 효자정에 사두었다는 병원 부지를 둘러보고 싶었다. 하지만 아직은 어린 정란이와 정화를 데리고 경성에까지 갈 수가 없어서 영근이만 춘원 편에 보내기로 했다. 이광수가 경성으로 돌아갈 때 두옥이는 역에까지 따라가며 눈물을 흘렸다.

"선생님께서 떠나시니까 공연히 두려워지네요. 곁에 언니가 이렇게 든든히 계신데도요."

허영숙이 두옥이를 바라보며 말했다.

"너 선생님을 사랑하고 있니?"

두옥이는 두 볼을 붉히며 완강하게 말했다.

"언니도 무슨 천벌 받을 말씀을. 그냥 하늘 같은 선생님께서 이 이역 땅에서 훌쩍 떠나시니까 서러워서 그런 거죠."

허영숙은 여유 있게 말했다.

"두옥아, 난 네가 선생님을 사랑한다고 해도 질투하지 않을 거야. 이상하게도 너는 내 혈육 같으니까. 처제가 형부를 사랑할 수도 있지 않겠니?"

춘원은 서둘러 개찰구를 빠져나가며 말했다.

"싱거운 사람들 같으니라고."

춘원이 경성에 돌아간 지 얼마 되지 않은 7월 말경 슬픈 편지를 보내
왔다. 의사 유상규가 39세의 아까운 나이로 세상을 떠난 것이다. 그는
자신이 근무하던 경성의학전문학교 부속병원에서 환자들을 돌보다가
단독(丹毒)에 감염되어 세상을 떠난 것이었다. 마흔도 못 된 그가 단독
으로 떠난 일은 어린 봉근이가 패혈증으로 떠난 것과 아주 흡사한 현상
이었다. 춘원이 보낸 편지는 눈물로 얼룩졌다.

상해 시절부터 나와 함께 홍사단에 가입하고 고국에 돌아와서는 내가
조직했던 동우회에 몸담아 조국과 민족을 사랑했던 동지가 갔소. 얼마
나 애통했던지 그의 장례식을 도산 안창호 선생이 주관하셨소. 조문객
들이 창경원에서부터 경성의전부속병원(지금의 삼청동)까지 이어졌소.
경찰들은 무슨 변고가 생긴 줄 알고 기마경찰대까지 내보냈소. 경성의
전에서 그를 가르쳤던 은사 오사와 마사루 교수는 조사를 읽으며 통곡
하였소. 나도 물론 조사를 읽으며 목 놓아 울었소. 그는 망우리에 묻혔
소. 나도 들어가 함께 묻히고 싶은 심정이었소.

허영숙은 춘원의 편지를 읽으며 내내 흐느꼈다. 한없이 착하고 환자
와 병원밖에 모르던 그가 하늘나라로 홀쩍 떠난 일은 봉근이 때의 그 아
픔을 다시 일깨우는 슬픔이었다. 왜 착하고 선한 사람이 세상을 일찍
떠나는지 그 이치를 정말 알 수 없었다.

8월 9일, 더위가 시작되는 때에 도쿄의 신문들은 일제히 호외를 뿌리

기 시작했다.

손 키테이! 대일본 마라톤 선수 베를린올림픽 대회에서 세계 신기록으로 우승! 난 쇼류! 마라톤 대회 3위! 우리 대일본제국 청년 두 명이 전 세계를 제패하다!

거리의 아이들은 일장기를 흔들면서 '손 키테이'를 외쳐대며 저희들도 마라톤 선수인 양 거리를 달렸다. 허영숙이 실습하고 병동에서 나올 때 구지 나오타로 박사가 환하게 웃으며 허영숙의 손을 잡았다.

"반도 청년 손 키테이와 난 쇼류가 우리 대일본제국을 빛나게 했네. 손 키테이 상은 반도의 최북단 신의주 출신 청년이리고 들었어. 아마 압록강을 따라 밤낮으로 달려 세계 최고가 된 모양이지? 닥터 허도 의학으로 달리고 달려 일본 최고가 돼 보라고."

그날 밤 춘원으로부터 전화가 걸려왔다.

"도쿄도 요란스럽지? 경성도 난리가 났어. 우리 손기정(孫基禎) 과 남승룡(南昇龍)이 해냈어."

"그 청년들은 중학생이에요, 전문학교 학생이에요?"

"손기정은 양정고보 학생이야. 집이 가난해서 노상 뛰어다니며 참외 장사도 하고 신문배달도 했다는구먼. 그리고 남승룡은 일찍이 양정고보를 나오고 지금은 도쿄 유학 중이야. 일본 국내대회에서는 사실상 손기정보다 기록이 좋았는데 그날 몸 컨디션이 안 좋았던 모양이야."

"어쨌든 우리 조선 청년들이 올림픽에 나가 1등과 3등을 했으니 얼마나 장한 일이에요? 이곳 도쿄도 엄청 시끄러운데요. 조선 사람인 내 어깨가 저절로 올라가는 기분이에요."

그날 밤에는 모두 잠도 자지 않고 집집마다 라디오를 켜 놓은 채 후속 소식을 듣고 있었다. 아나운서는 계속 흥분한 목소리로 떠들었다.

"원래는 아르헨티나의 사발라 선수가 우승 후보였습니다. 그러나 우리의 손 키테이가 비스마르크 언덕에서 그를 추월하며 결딴낸 것입니다. 우리 대일본제국의 승리입니다. 전 세계에 우리 대일본제국의 위대함을 알린 쾌거였습니다."

두옥이도 흥분했다.

"오늘 저녁에는 제가 한턱낼 거예요. 우리의 손기정 선수와 남승룡 선수를 축하해야죠. 손기정, 남승룡이라고 불러야지. 손 키테이와 난 쇼류가 뭐야? 자, 나가요! 긴자로 갑시다. 밤 새워 고기도 팔고 술도 파는 집이 있을 거예요."

허영숙은 잠든 아이들을 유모에게 맡겨 놓고 마사와 두옥이와 함께 긴자로 향했다. 긴자는 대낮처럼 불을 켜놓고 축제 분위기를 냈다. 모두 손 키테이를 외치며 술을 마셔댔다. 허영숙 일행은 데리야키(照燒)를 푸짐하게 시켜 놓고 오랜만에 따끈하게 데워진 정종을 마셨다. 신나는 밤이었다.

그런데 얼마 뒤 경성에서 요란한 소식이 전해졌다. 동아일보사에서 월계관을 쓰고 시상대에 오른 손기정의 모습을 실으며 손기정 선수의 가슴에 새겨진 일장기를 지우고 고개를 숙인 손기정의 사진을 내보냈다. 〈동아일보〉는 즉각 정간되었다. 그리고 경성의 〈조선중앙일보〉에서는 1936년 8월 11일 자에 두 젊은이를 기리는 심훈(沈熏)의 시를 실었다. 그는 바로 지난해 〈동아일보〉에 소설 《상록수》를 발표하여 문명

을 크게 얻은 작가였다. 춘원이 그 시를 스크랩하여 허영숙에게 보내주
었다.

그대들의 첩보(捷報)를 전하는 호외 뒷등에
붓을 달리는 이 손은 형용 못할 감격에 떨린다!
이역의 하늘 아래서 그대들의 심장 속에 용솟음치던 피가
2천 3백만의 한 사람인 내 혈관 속을 달리기 때문이다.

"이겼다"는 소리를 들어보지 못한 우리의 고막은
깊은 밤 전승의 방울소리에 터질 듯 찢어질 듯.
침울한 어둠 속에 짓눌렸던 고토(故土)의 하늘도
올림픽 거화(炬火)를 켜든 것처럼 화닥닥 밝으려 하는구나!

오늘 밤 그대들은 꿈속에서 조국의 전승을 전하고자
마라톤 험한 길을 달리다가 절명한 아테네의 병사를 만나 보리라.
그보다도 더 용감하였던 선조들의 정령(精靈)이 가호하였음에
두 용사 서로 껴안고 느껴 느껴 울었으리라.

오오, 나는 외치고 싶다! 마이크를 쥐어 잡고
전 세계의 인류를 향해서 외치고 싶다!
"인제도 인제도 너희들은 우리를 약한 족속이라고 부를 터이냐!"

허영숙은 심훈의 시를 읽으며 눈물을 흘렸다. 김두옥도 곁에서 울었

다. 그런데 그해 말, 춘원은 뜻밖의 소식을 전했다. 춘원이 여섯 살 때 세상에 태어나 하나밖에 남지 않은 혈육, 여동생 애경이 만주의 잉커우 (營口) 항구로 시집갔다 거기서 세상을 뜬 것이었다. 춘원의 전갈을 받고 허영숙이 "당신이 못 가시면 박정호 군을 꼭 보내세요. 부조금을 아끼지 말고 보내주세요"라고 답신을 보냈다.

벼 랑

1937년, 동경에 있는 허영숙은 밝아오는 새해를 기쁨으로 맞았다.

일본에 온 지도 3년째로 들어서고, 닛세키병원의 연구생활도 자리를 잡아갔다. 함께 연구하며 일하던 산파 마사는 경성으로 돌아갔고, 허영숙이 혼자서 열심히 아기들을 받고 진찰에 임했다. 도쿄의 젊은 산모들은 산달에 맞춰 닛세키병원의 산부인과에 미리미리 예약했다. 그런데 그 산모들은 한결같이 조선 출신 허영숙 의사를 찍어서 예약했다. 구지 나오타로 원장이 싱글벙글하며 말했다.

"허영숙 선생, 조선으로 돌아갈 생각은 아예 하지 말아야 할 것 같아. 지방에 있는 산모들까지 우리 닛세키병원의 허영숙 선생만을 찾고 있으니⋯. 이대로 가다가는 우리 닛세키병원이 일본 제일의 산부인과 병원으로 될 것 같아. 제국대학 병원보다 예약률이 높으니까 말이야."

구지 나오타로 원장은 틈이 나는 대로 허영숙의 2층집에 들렀고 정란이와 정화를 친손녀처럼 아껴주었다. 올 때마다 빈손으로 오지 않았다. 아이들이 좋아하는 장난감을 백화점에서 골라 사왔는데, 아이들이 제

189

일 좋아하는 장난감은 독일 인형이었다. 그 인형은 금발을 하고 긴 속눈썹을 가지고 있었는데 아이들이 잠을 재워준다고 자리에 눕히면 눈을 살며시 내리감았다. 그러다가 아이들이 깨우면 공주는 눈을 커다랗게 뜨며 파란 눈동자를 보여주었다. 아이들은 그 파란 눈동자를 보기 위해 공주를 시도 때도 없이 잠재우고 또 깨웠다.

또 아이들이 좋아하는 장난감은 작은 피아노였는데 그 장난감 피아노는 건반을 두드리면 진짜 멜로디가 나왔다. 그 멜로디는 '엘리제를 위하여', '소녀의 기도' 같은 고급스러운 것들이었다. 멜로디를 구분할 수 없을 것 같은 세 살짜리 정화는 이상하게도 그 피아노를 사랑하여 잘 때도 옆에 끼고 잤다. 그 피아노 역시 독일제였고 구지 나오타로 원장이 사다 준 것이었다.

일요일에는 두옥이가 조선에서 가져온 거문고를 들고 구지 나오타로 원장 댁에 찾아가 연주했다. 일본식 다다미방 바닥엔 그녀가 선물로 가져온 강화산 화문석이 깔려 있었다. 원장은 비스듬히 눕고 원장 부인은 차를 마시면서 두옥의 거문고 산조를 감상했다. 허영숙은 쓰키지 어시장에서 사온 싱싱한 생선들을 손질하여 스시를 만들고 사시미를 떴다. 원장 내외는 허영숙이 만들어주는 회와 초밥을 제일로 쳤다.

허영숙의 생선 요리를 먹고 난 원장은 눈을 가느다랗게 뜨고 말했다.

"허 선생이 유명한 의사와 박사가 되어 훌쩍 떠나고 나면 우리 내외는 어디 가서 이렇게 맛있는 스시와 사시미를 얻어먹을 수 있을까."

그러자 두옥이가 거문고를 세워두면서 말했다.

"원장님, 제가 있잖아요. 전 일본어 다 배우고 일본에서 대학 나오고 시집가려면 앞으로 십 년은 더 있어야 해요. 제가 음식을 얼마나 잘한다고요. 일본 된장도 원장님 입맛에 딱 맞게 끓여 드릴 거고요, 다음번에는 제가 복사시미를 한 번 대접해드릴게요."

원장 내외가 큰 소리로 외쳤다.

"복사시미까지?"

그해 봄에는 도쿄에서 가까운 막부시대의 고도 가마쿠라(鎌倉)로 나가 겐초지(建長寺)와 엔가쿠지(円覺寺) 같은 고찰을 감상했다. 장난감같이 귀엽게 생긴 전차가 민가와 학교 옆을 거의 부딪칠 듯 스치며 지나갈 때 관광객들은 모두 소리치며 '어머머! 부딪칠 것 같아!'라고 놀랐다. 원장 내외도 즐거워하고 정란이와 정화도 깔깔거리며 손뼉을 쳤다. 두옥이도 기뻐하고 어린아이처럼 즐거워했다. 참으로 이름답고 평화로운 봄날이었다. 사찰 근처의 매화, 수선, 모란, 싸리꽃 등이 향기를 마음껏 전해주었다. 그날은 두옥이가 준비한 도시락을 먹었는데 원장 내외는 또 한 번 행복해 하였고 허영숙도 포식했다. 사찰과 길에 서 있는 벚꽃들이 눈꽃처럼 내려왔다.

이런 봄날이 지나고 6월에 접어들었을 때 경성에서 날벼락 같은 소식이 들려왔다. 춘원의 동우회가 갑자기 문제가 되고 춘원을 비롯한 김윤경, 주요한, 박현환, 신윤국 같은 핵심 회원들이 종로서에 잡혀 들어갔다는 것이었다.

허영숙은 앞이 캄캄했다. 구지 나오타로 원장에게 달려가 사정을 애기했다. 애기를 듣고 난 원장은 난감한 표정으로 말했다.

"뭔가 당국이 오해했을 거야. 얼른 건너가 봐. 병원 터를 사 놓았다고 하니까 그 터도 보고. 춘원을 안심시켜야지. 연구는 당분간 미뤄두세. 허 선생을 믿고 예약해 놓은 산모들은 내가 당분간 봐줄 테니."

허영숙은 원장에게 두옥이를 당부했다.

"원장님, 두옥이를 맡아주십시오. 그 아이 입에 막 일본말이 붙기 시작하는데요, 딸처럼 댁에서 데리고 있으면서 가르쳐주시고 어여삐 여겨주십시오."

"두옥이 문제라면 걱정할 것 없네. 우리 집사람도 좋아하니까. 함께 요리도 하고 말동무도 하면서 딸처럼 데리고 있겠네. 아마 우리 집사람이 두옥이가 연주하는 그 조선 악기를 배울 생각도 할 거야."

이렇게 해서 두옥이는 원장 선생 댁에 보내고 허영숙은 서둘러 〈도쿄니치니치〉 신문사로 달려갔다. 도쿠토미 소호 옹은 파이프 담배를 피우며 허영숙을 맞았다.

"춘원에게 무슨 일이 생겼나?"

"그이가 경성 종로경찰서에 잡혀갔습니다. 15년 전에 상해에서 돌아와 사이토 총독을 만나보고 그분의 뜻을 받들어 동우회라는 청년단체를 이끌었는데요, 이번에 그이와 간부들이 모두 잡혀갔다고 합니다."

일본 정계의 상황을 누구보다도 정확히 꿰뚫고 있는 소호 옹이 눈을 감고 생각에 잠겼다. 한참 만에 눈을 뜬 그가 천천히 말했다.

"지금 우리 일본은 큰 전쟁 준비를 하고 있소. 머지않아 중국 본토로 진출할 거요. 그래서 지난 5월 27일에는 '국가총동원준비의 건'이라는 준전시체제의 예비법률이 공포되기도 했지. 조선의 형편도 옛날과는 많이 다를 거야. 사이토 마코토 총독 때만 해도 문화를 앞세우고 식민 정책을 완만하게 진행했는데, 지금 조선을 통치하는 우가키 가즈시게 총독은 성질이 급하고 자기 보신을 먼저 생각하는 사람이지. 무슨 모의를 하거나 반국가적 행동을 하지 않았다면 큰 문제는 없을 거요.”

허영숙은 안타까워 되물었다.

“정말 괜찮을까요?”

그가 탄식 비슷하게 말했다.

“내가 연초에 아베 미츠이에의 장례식을 치른 후 그에게 신신 당부를 했는데 … . 제발 감옥 갈 짓만은 하지 말라고. 허, 참 … .”

허영숙은 일어나면서 당부하는 말을 올렸다.

“제발 어르신께서 총독부 경무국에 선을 대서라도 그 사람이 다치지 않게 해주십시오.”

허영숙은 그 길로 정란, 정화를 끌어안고 현해탄을 건넜다.

허영숙은 홍지동 산장에 들러 춘원이 아끼던 샘터로 달려갔다. 바가지로 물을 퍼 올려 시원하게 마시고 나자 박정호가 다가왔다. 그 청년은 공연히 자기가 잘못해 일이 벌어진 것처럼 조심스럽게 말했다.

“형사들이 와서 선생님께서 그동안 1년이 넘도록 애써 번역하신 법화경 번역문을 모두 압수했습니다. 종로서에 가시면 꼭 그 원고를 돌려받아 오십시오.”

허영숙은 인왕산 뒷자락을 바라보며 한숨 쉬듯 말했다.

“지금 뭐 그런 원고가 문제인가. 일단 선생님께서 별일 없으셔야지.”

박정호도 어깨를 숙이며 말했다.

“물론입니다. 선생님께서 무탈하셔야죠.”

허영숙은 담배를 피워 물고 누군가를 기다렸다. 한참 만에 키 작은 사람이 땀을 닦으며 산장으로 들어섰다. 총독부 촉탁으로 있으면서 조선어로 된 인쇄물을 검열하는 나카무라 겐타로였다.

"사모님, 오랜만에 뵙겠습니다. 도쿄도 많이 변했지요?"

박정호는 겐타로에게도 시원한 샘물을 길어다주었다. 그도 사이다를 마시듯 아주 시원하게 들이켰다. 그가 입가를 훔치면서 말했다.

"사실 저도 이번에 왜 춘원 선생과 동우회 사람들이 체포되었는지를 모르겠습니다. 동우회라고 하면 조선의 젊은 식자들이 너도나도 들어오고 싶어 하는데‥‥. 더욱이 관에 등록이 되어 있어 만천하에 노출된 단체인데 왜 이 시점에서 문제 삼고 있는지 모르겠습니다."

"종로경찰서에 끌려갔다니까 급한 김에 미와 경부를 만나보려고 했는데, 그 사람 전근을 갔다고 하네요."

"그 사람은 지난해에 경시(警視)로 승진이 되어 지금은 함경도 경찰국에 근무하고 있습니다."

"그렇다면 겐타로 선생이 힘 좀 써주세요. 종로경찰서의 실무급 형사들을 연결해주세요."

허영숙은 일어나는 나카무라 겐타로에게 두툼한 봉투를 전해주었다. 겐타로는 사양하다가 슬그머니 집어넣었다.

"네, 어차피 그 사람들하고 만나서 얘기하자면 맨입으로는 되지 않을 일이니까‥‥."

상황은 급박하게 돌아갔다. 6월 16일 송태산장에서 오랜 옥고의 뒷수습을 하던 안창호 선생이 조만식 선생과 함께 체포되어 종로경찰서에 수감됐다. 또 얼마 뒤에는 평양에서 동우회의 책임을 맡은 김동인의 형 김동원도 평양에서 활동하던 동우회 회원 25명과 함께 종로경찰서에 잡혀 들어왔다.

일본 경찰들이 집요하게 추궁하는 내용은 황당한 것이었다. '동우회가 겉으로만 수양단체로 위장하고 속으로는 조선의 독립을 위해 실질적 독립운동을 해온 것이 아니냐'는 것이 그들의 수사 초점이었다. 하지만 잡혀온 사람들 모두 '우리는 말 그대로 수양동우회이며 민족의 자질을 높여 일본을 뒤따라갈 실력을 기르고자 했던 순수한 동기의 수양단체입니다'라고 대답했다.

종로경찰서의 지하실에서는 밤낮으로 일본 경찰의 고함과 잡혀온 사람들의 비명이 흘러나왔다. 사람의 팔을 꺾어 공중에 매다는 '학춤 추기'라는 고문과 얼굴에 수건을 씌우고 물을 들이붓는 물고문이 자행되었다. 옷을 완전히 벗겨 엉거주춤하게 서게 하고 걸상을 들게 한 후 몸의 자세가 흐트러지면 사정없이 몽둥이질을 해대는 고문도 계속되었다.

춘원은 종로경찰서에 들어가자마자 폐결핵이 재발하여 열이 40도가 넘었다. 젊은 일본 의사가 고개를 가로저었다. 그는 춘원의 폐 상태와 발열상태를 살펴본 후 형사에게 이렇게 말했다.

"이 사람은 물고문 한 번이면 폐에 물이 차서 깨어나지 못합니다. 물고문에도 부적격하고 매다는 고문을 했다가는 역시 기절하여 다시는 깨어나지 못할 것입니다."

춘원은 날마다 넓은 판자에 열에 들떠 누운 채 옆방에서 울려오는 동지들의 단말마(斷末魔)의 비명을 들어야 했다.

"아그그, 아닙니다. 절대로 아닙니다."

형사가 소리친다.

"말해 이놈아! 어서 말하고 지장 찍어! 말해!"

"아그그, 살려주세요."

불고기 익는 냄새가 식욕을 돋우었다. 종로경찰서 고등계 형사 사이가 시치로(齊賀七郞)와 조선인 형사 김의수(金義洙)는 소주를 곁들여고기를 날름날름 먹다가 허영숙이 걸렸던지 겸연쩍게 웃었다.

"고기가 좋습니다. 부인께서도 좀 드시죠."

"마음껏 드십시오. 저는 먹고 왔습니다. 야근하시느라 얼마나 수고가 많으세요."

사이카 시치로가 말했다.

"춘원 선생한테는 왜 그렇게 여기저기서 전화가 많이 오죠? 저희들이잘 대접해드리고 있는데 … ."

김의수가 말했다.

"저희들은 춘원 선생을 늘 누워 있게만 하고 있습니다. 그 양반은 열이 높더군요."

기다렸다는 듯 허영숙이 말했다.

"그이는 폐병이 심해서 폐도 한쪽을 떼어냈고 허리로 폐결핵증이 내려와 허리 수술까지 했습니다. 신장 하나도 없습니다. 그 사람은 건드리기만 해도 쓰러질 사람입니다."

사이카 시치로가 김의수를 바라보며 의미 있게 웃었다.

"우리 경찰서에도 전속의사가 있는데요, 그 젊은 의사도 그러더군요. 춘원 선생은 건드리기만 해도 쓰러질 거라고요. 우린 건드리지도못하고 있어요."

"제발 그분에게 신체적 위해는 가하지 마세요. 또 한 가지, 도산 선생도 정중히 모셔주세요. 그분은 불과 5년 전에 상해에서 잡혀 오셔서 모진 고통을 받고 대전형무소에서 옥살이까지 한 분이에요. 이제 겨우 고향에서 몸을 추스르고 계셨는데 다시 들어오신 거예요. 그 어른이 잘못되시면 조선 사람들은 마음에 큰 상처를 입을 겁니다. 정말로 내선일체를 원하신다면 그런 민족 지도자는 예우해야 하지 않겠어요?"

김의수는 연신 고기와 소주를 들이켜면서 고개를 주억거렸다.

"저도 조선 사람입니다. 도산 선생이 어떤 분이라는 것쯤은 알고 있습니다. 그런데 그분이 조선에까지 흥사단을 들여오시려고 춘원 선생을 꼬드겨서 동우회라는 위장단체를 만드셨더군요."

"동우회 모임은 주로 우리 집에서 했어요. 항상 형사들이 나와서 지켜봤잖아요. 우리 모임에선 흥사단의 흥 자도 나오지 않았어요. 제발 생사람 잡지 마세요."

그날 밤 그들이 고깃집을 나와 허영숙과 골목 끝에서 헤어질 때 허영숙은 재빨리 두툼한 봉투를 김의수의 주머니 속에 넣어주었다.

"아이, 이러시지 않아도 되는데 … ."

그 후, 도산 선생은 하루의 말미를 얻어 경성 나들이를 할 수 있었다. 까만 세단을 타고 윤치호 박사 집에 들어가 차 한잔을 대접 받았다. 그들은 수인사를 나누었다.

"도산, 몸은 어떠시오."

윤치호 박사가 눈치껏 묻자 안창호 선생은 담담하게 대답했다.

"뭐, 천명(天命)을 따라야지요. 죽게 되면 죽고, 살게 되면 살고."

윤치호 박사가 황황히 말했다.

"아닙니다, 아닙니다. 사신다는 의지를 가지셔야 합니다."

윤치호 박사의 집을 나온 도산 선생은 남산으로 올라가 조선의 왕도 한양을 내려다보았다. 신록으로 덮인 인왕산과 북악을 우러르고 용용하게 흐르는 한강을 처연하게 바라보았다. 그리고 그는 다시 종로경찰서 지하실로 들어갔다.

며칠 후, 형사부장 히라(日良)가 인심을 쓰듯 그 지하실 한 방에서 도산 선생과 춘원, 그리고 주요한과 김항주를 함께 만나도록 해주었다.

"두목급들이 모였으니 함께 의논들 해서 좋은 결론을 내주시오."

이어서 조선 형사 김의수가 탁자 위에 녹차 병과 컵 4개를 놓고 나갔다. 춘원과 주요한은 도산 선생을 바라보며 눈물만 흘렸다. 도산 선생은 아무 말이 없었다. 셋은 울먹이며 선생께 여쭈었다.

"선생님, 저희들은 어찌해야 합니까?"

도산 선생은 감은 눈을 떠서 세 사람을 바라보다가 조용히 말했다.

"각자의 양심대로 할 일이지 달리 무슨 방도가 있겠소."

그렇게 멀거니 서로 바라보고 있다가 도산 선생이 아픈 허리를 추스르며 겨우 일어나 힘들게 나가자 셋은 그 뒤에 대고 함께 허리를 구부려 인사를 올렸다.

모든 일의 윤곽은 시간이 흐름에 따라 서서히 드러났다.

그해 7월 7일 중국에 진출했던 일본군들은 북경 가까이에 있는 루거우차오(盧溝橋)에서 사건을 일으켰다. 일본군 부대에 누군가 몇 발의 총격을 가했다. 부대는 급히 인원을 점검했는데 병사 1명이 없었다. 일본군의 젊은 지휘관은 중국군의 소행으로 판단, 기다렸다는 듯이 진격 명령을 내렸다. 행방불명되었다는 일본군 병사는 얼마 뒤에 자대로 돌아왔고 중국군들은 연습이었다고 해명했지만 일본군들은 아랑곳하지 않았다. 그들은 북경을 향해 곧장 진격했다. 중일전쟁〔中日戰爭. 일본은 지나사변(支那事變)이라 부름〕의 시작이었다. 거대한 일본군이 중국 대륙으로 밀물처럼 쏟아져 들어갔다.

그때 이광수는 종로경찰서 유치장에 누워 신음하고 있었다. 유치장을 지키던 조선인 간수가 신문 호외를 슬그머니 그의 손에 쥐어주었다. '지나사변'이 일어났다는 커다란 활자가 눈에 들어왔다.

일본 당국은 조선반도와 일본 본토에서 공산주의자들을 제일 먼저 잡아들이고 그다음으로 민족주의자들을 소탕하기 시작했다. 동우회 사건은 바로 이런 맥락에서 조선의 민족주의자들의 씨를 말리기 위한 사전 정지작업이었다. 지난해 8월에 새로 부임한 육군대장 출신 미나미 지로(南次郎) 총독은 훈장이 달린 군복 정장을 입고 총독부 간부들에게 선언했다.

"지금은 전시체제이다. 모든 행정을 전쟁 수행하는 것처럼 엄격하게 진행하라."

허영숙은 그 어려운 전시체제 속에서도 총독부의 고관들을 만나고 경무총감을 수시로 만났다. 종로경찰서에서도 형사들이 아니라 서장을 곧장 찾아가 만나고 검사국의 검사를 만났다. 그때마다 그녀는 도성 밖 경기도에 숨겨두었던 땅을 팔아야 했다.

안창호 선생이 제일 먼저 종로경찰서를 빠져나와 검사국으로 송치되었다. 서대문형무소에 옮겨지는 것만도 큰 호강이었다. 민족의 지도자인 안창호 선생을 종로경찰서에서는 잡범 다루듯 했다. 그 더운 여름에 열 명이서 함께 기거하며 똥통 하나로 용변을 처리하는 누추한 방에 선생을 수감했다. 선생을 고문하였는지 안 하였는지는 아무도 알 수 없었다. 선생은 그저 심문실에 나갔다가 들어올 때는 언제나 업혀서 들어왔을 뿐이다.

사실상 선생은 가혹한 고문이 아니라도 이미 사경을 헤매고 있었다. 치아는 모두 상하여 흔들리고 절반은 빠져 없어졌다. 폐와 간이 상하여 복막염으로 발전했다. 피부염이 온몸을 덮었다. 얼굴은 황달로 절반이 누런색으로 변했다. 선생은 바로 앉기도 힘들었다. 하지만 선생은 언제나 눈을 감고 명상했다. 그리고 돌아누울 때 어쩔 수 없이 나는 비명 외에는 소리를 내지도 않았다.

허영숙은 진정서를 써서 요로에 제출하고 언제나 높은 사람들을 쫓아다니며 굽실거렸다. 삭풍(朔風)이 일고 눈발이 보이기 시작하는 그해 12월 18일, 이광수는 병보석을 받아 경성의전 병원에 입원했다. 남편을 병원으로 빼낸 허영숙은 남대문통에 있는 한약방 인화당으로 달려갔다. 안창호 선생이 서대문병감에 누워 있었다. 선생은 허영숙이 넣어준 보약을 마시면서 말했다.

"나는 어차피 죽을 몸인데 …. 이런 걸 마신다고 나을까."

첫눈이 내린 12월 24일 아침, 서대문형무소에서 허영숙에게 전화를 걸어왔다. 전화선 건너에서 낯선 사내 목소리가 울려왔다.

"나 서대문형무소 간수부장이오. 오늘 도산 선생의 병보석이 허가되었소. 속히 와서 데리고 가시오."

허영숙은 뛸 듯이 기뻤다. '아이고, 선생님도 나오시게 되셨구나.' 급히 택시를 불러 서대문형무소로 달려갔다. 형무소 뒷문이 열리면서 잡역부 등에 업힌 선생이 나오셨다. 온몸이 통통 부은 상태로 미동도 하지 못하면서 죽은 사람처럼 업혀 나왔다. 택시 뒤에 모시고 손을 잡았을 때 겨우 눈을 뜨며 말했다.

"고마워. 춘원도 아플 텐데 나한테까지 ….."

차는 경성제대병원의 이시이(岩井)내과 앞에 멈춰 섰다. 허영숙은 울면서 선생을 병실에 모셨다.

도산 선생의 서거

숯 같은 몸이오매 단장하다 고우리만/ 씻고 바르고 빨대 빈 옷 갈아입고/
설레는 마음을 안고 들락날락 하오라

불 밑에 그린 듯이 앉아 임을 기다릴 제/ 여름 짧은 밤이 천년만은 한지
이고/ 세 해를 재우쳐 우니 눈물 절로 흘러라

어지어 내일이어 그리도 어리던가/ 임 드실 문빗장 열을 줄을 잊었어라/
오셨던 자국 뵈옵고 몸을 부려 우노라

이 후란 다 말고서 단장도 마옵고서/ 문부터 여올 것이 활짝 열어놓을
것이/ 다시야 다 오신 님을 놓칠 줄이 있으랴

열어라 하실진댄 버선발로 여올 것을/ 한 말씀 없으시고 가신 님도 가신
님이/ 어느 제 다시 오시리 다 늙을까 하노라

1938년 정초, 경성의전 병원에 누워 있던 춘원은 홍지동 산장을 지키
던 박정호를 불렀다. 그리고 그에게 필기구를 준비시킨 후 콜록거리며
시를 구술하기 시작했다. 박정호는 구부정한 허리가 더 구부러져 보이

는 모습으로 열심히 받아썼다. 받아쓰기를 다한 후 수줍게 물었다.

"선생님, 시 제목은 뭐라고 붙일까요?"

춘원은 빙긋 웃으며 말했다.

"'기다림'이라고 붙여줘. 지금 우리 민족 전체가 무언가를 기다리고 있는 것 같지 않아?"

박정호는 고개를 끄덕이며 흐뭇하게 웃었다.

"선생님, 제목도 좋고 시도 좋습니다. 앞으로 계속 시를 쓰실 거죠?"

"그래. 당분간은 시를 쓰도록 하자. 하지만 내가 움직이기가 어려우니 자네가 받아써줘야겠네."

박정호는 감격한 어투로 말했다.

"선생님, 저는 오랫동안 꿈꿔왔습니다. 언젠가는 선생님께서 구술하신 것을 제가 받아쓸 날이 올 것임을 말입니다. 계속 불러주십시오."

이렇게 춘원은 자신을 옥죄어오는 육체적 고통과 정신적 압박을 이겨내기 위해 시작(詩作)을 시작했다. 허영숙은 춘원이 사놓은 효자정의 병원 터를 쫓아다니며 병원 지을 궁리를 시작했다. 몸뻬를 입은 채 땀을 흘리며 다니던 허영숙은 저녁이면 몸을 씻고 수수한 한복에 코트를 걸치고 춘원의 병실에 찾아왔다. 그러곤 하루 종일 춘원의 시를 받아쓰느라 고생한 박정호의 어깨를 쳐주고 그를 병원 밖으로 데리고 나가 따뜻한 국밥을 사주었다.

"나 대신 우리 정호 씨가 너무 고생을 해. 어여 많이 먹어."

"사모님도 드셔야죠."

박정호는 국밥을 먹으면서도 허영숙을 먼저 챙겼다. 허영숙은 대답 대신 그의 주머니에 용돈을 넣어주며 어머니처럼 말했다.

"사 먹고 싶은 게 있으면 바로 사 먹어. 배곯지 말고. 산장에 가서는 딴 일 하지 말고 다리 뻗고 푹 자. 그래야 내일 와서 선생님을 돕지."

박정호는 씩 ― 웃으며 착하게 말했다.

"저는 늘 좋아요. 선생님 시 받아쓰는 것도 좋고 산장에 들어가 산책하고 독서하는 것도 한없이 좋아요. 효자정에 병원을 지으실 모양인데 목수는 알아보셨어요?"

허영숙도 고마워 부드럽게 답했다.

"아이고 우리 정호 씨는 병원 짓는 일까지도 신경을 쓰고 있네. 지금은 땅 고르는 일을 하는데 … . 나는 그곳에다가 일본식 목조건물을 짓는 것은 싫고 … ."

허영숙은 눈을 가늘게 뜨면서 희망에 찬 어조로 말했다.

"음, 조선식 기와를 얹은 조선 건물로 지을 거야. 하지만 내부는 산모들이 편하게 양식으로 단장하고 산모들이 들을 수 있도록 음악이 흐르는 스피커도 달아 놓고, 복도에는 관세음보살 상이랑 성모상을 함께 모셔놓을 거야. 산모 중에는 부처님 믿는 사람도 있고 예수님 믿는 사람도 있을 테니까 말이야."

국밥을 다 먹고 난 정호는 웃으며 말했다.

"그렇게 말씀하실 때 사모님 모습은 꼭 소녀 같아요. 꿈 많은 소녀 말이에요."

"그럼, 나는 지금도 꿈꾸는 소녀야, 내 병원을 설계하고 있으니까. 항상 머릿속에 이런 모습 저런 모습을 그리면서 다니지. 선생님 아픈 생각, 도산 선생님 편찮으신 생각을 하면 너무 슬프니까."

박정호가 산장으로 돌아간 후에는 허영숙은 언제나 이광수의 곁에 앉아 그가 좋아하는 법화경을 나지막하게 암송해주었다. 허영숙은 법화경을 일본어로 완벽하게 암송하고 있었다. 만약 춘원이 법화경을 우리말로 완벽하게 번역하여 펴냈더라면 우리말로 암송했을 것이다. 그러나 그때 춘원이 땀 흘려 번역해 놓은 우리말 법화경 원고는 종로경찰서에 압수된 상태였다. 그 원고는 끝내 돌려받지 못했다.

어느 날 밤, 그날도 허영숙은 병원 터를 돌아보고 춘원에게 법화경을 암송해주고 있는데 뜻밖의 손님이 찾아왔다. 일본군 복장에 중좌(지금의 중령) 계급장을 단 군인과 이정희가 웃으며 들어왔다. 독립투사 이갑의 딸 이정희는 금방 알아보겠는데 그 늠름한 장교는 가늠하기가 어려웠다. 군인은 모자를 벗고 웃으며 이광수 쪽으로 다가왔다. 그세야 춘원은 그를 알아보고 몸을 일으켰다.

"아니 이게 누구요. 이갑 장군의 서랑(壻郎) 이응준 장교가 아니오? 나는 일본군인의 계급을 잘 몰라서…. 아무튼 굉장히 높은 분 같은데."

이정희가 나섰다.

"얼마 전에 중좌가 되셨어요. 조선 사람으로는 몇 명 되지 않는 고급 장교지요."

허영숙이 물었다.

"두 분 슬하에 자녀들도 많지요?"

이응준이 자리에 앉으며 말했다.

"군인 주제에 아이들이 좀 많습니다. 아들 셋에 딸 둘이지요. 군인은 이사 다닐 일이 많은데 아이들을 주렁주렁 낳았습니다."

"그런데 어떻게 두 분이 이렇게 호젓한 나들이를 하셨어요?"

"진즉에 춘원 선생을 찾아뵈었어야 하는데 …. 사실 저는 지금 이 병원의 주인이 되는 경성의전의 배속장교로 근무합니다. 경성약학전문학교의 배속장교도 겸하는데 …. 고급장교의 신분으로 형사가 지키는 병실을 방문하기가 어려웠습니다. 아마 지금 밖에 있는 형사가 오늘 제가 다녀간 사실도 헌병대로 보고할 것입니다."

춘원이 걱정스럽게 말했다.

"그런데 무엇 하러 오셨어요. 그냥 소식만 주시지."

이응준은 태연히 말했다.

"저는 지금 일본 군복을 입고 있습니다만 저의 장인어른이신 이갑 장군이나 제국대학병원에 입원하고 계신 도산 선생은 모두 애국자가 아니십니까. 물론 춘원 선생님도 그렇습니다만. 아무튼 저는 겉은 일본제국 군인이지만 속은 조선인입니다."

그때 이정희가 들고 온 과일 통조림을 허영숙에게 건네주었다. 허영숙은 겸양의 말을 건넸다.

"그냥 와주시는 것만도 고마운 일인데 이런 것까지 …."

그때 이정희가 뜻밖의 말을 했다.

"사실은 얼마 전부터 도산 선생님의 간호를 맡고 있어요. 아이들도 다 컸고, 무엇보다 도산 선생께서 친딸 같은 제가 제일 편하다고 하셔서요. 이분의 양해를 얻어 지금은 선생님의 병실에서 자고 그 어른의 심부름을 맡아 하고 있어요."

춘원이 말했다.

"하기야 돌아가신 추정 이갑 선생님하고 도산 선생님은 특별한 사이가 아닙니까. 제가 물린에 갔을 때인가요? 도산 선생께서 추정 선생 약값이라고 하면서 5백 달러나 전해주신 기억이 나는데. 제가 알기로 그 돈은 도산 선생과 사모님께서 파나마운하의 공사장에 가셔서 막일을 하여 한 푼 두 푼 모으신 돈이라고 했습니다."

이정희가 손수건으로 눈물을 찍어내며 말했다.

"그럼요 그럼요. 저는 죽을 때까지 도산 선생님의 그 은혜를 잊을 수 없을 거예요. 얼마 전에는 선생님께서 베개와 병원 요가 배긴다고 하시면서 괴로워하셨어요. 그래서 제가 아버지께서 연해주 니콜리스크에서 돌아가실 때까지 덮으시던 털 담요로 도산 선생님의 베개와 허리 밑에 까는 요를 만들어드렸어요. 그랬더니 선생님께서 '아 이제야 살겠구나' 하시면서 그날 밤부터는 잠을 편히 주무시더라고요."

그러면서 이정희는 허영숙 쪽을 바라보며 말했다.

"춘원 선생님의 뒷바라지를 하기도 힘드실 텐데 언니는 언제 짬을 내서 그런 보약을 지어 보내시고, 영양식까지 보내주셨어요? 언니가 보내주신 잣죽과 꿀차를 아주 맛있게 드시고요, 사실 다른 것은 거의 넘기시질 못하세요. 곡기를 끊으신 지도 한참이 되셨어요. 언니가 지어 보내신 보약 힘으로 겨우 견디시는 것 같아요. 의사들이 차트를 보면서 자기들끼리 말하는 걸 밖에서 들었어요. 아 글쎄 선생님의 병이 무려 7가지나 된대요. 심장병, 신장병, 위장병, 간경화, 늑막염, 관절염, 피부염까지요."

춘원 부부가 합창하듯 말했다.

"아이고 선생님께서 꼭 일어나셔야 할 텐데……."

이정희는 잠시 머뭇거리다가 어렵게 말을 했다.

"도산 선생님께서 병마와 싸우시는 것도 곁에서 보기가 어렵지만 월말만 되면 정말 아무에게도 말 못할 걱정거리가 병실을 덮쳐요."

"그게 뭔데?"

허영숙이 물었다. 이정희는 더듬거리는 말투로 말했다.

"아 글쎄, 다달이 병원비가 110원씩 나오는데 청구서가 나오면 선생님은 천장만 바라보고 계시지 …. 달리 알아볼 데나 있나요 뭐. 가족들은 다 미국에 계시고 고향에 계신 형님이라고 해야 어렵게 살고 …."

"아이고, 나는 월말만 되면 이이 병원비 맞춰대느라고 정신이 없었는데 그러고 보니 선생님 병원비를 대는 일을 잊고 있었네 …. 그래, 그동안은 어떻게 해결했는데?"

이정희가 어렵게 말을 이었다. 이응준은 곁에서 모자만 만지며 창밖을 보고 있었다.

"선생님 주변에 있는 이지송(李芝松) 씨가 내줬고, 인촌 선생이 쭉 보태주셨고, 〈조선일보〉 방응모 사장님이 5백 원씩 보내주시고, 화신 백화점 박흥식 사장님이 내주셨고, 정주 출신 금광 사장 최창학 선생이 보태주셨지. 오늘도 그분들 댁과 회사를 쭉 들러서 오는 길이에요."

춘원이 말했다.

"아이고, 군문에 계신 낭군님을 모시는 일도 어려우실 텐데 병원에서 자면서 선생님까지 모시니 얼마나 고생이 크십니까. 게다가 선생님의 병원비 대는 일까지."

허영숙이 일어나 핸드백을 들고 밖으로 나갔다. 그리고 얼마 후에 봉투 하나를 만들어 들어와 이정희에게 내밀었다. 이정희는 얼굴을 붉히며 말했다.

"나는 언니에게 폐를 끼치려고 말한 게 아니에요. 언니는 춘원 선생님도 계시잖아요. 여기 병원비도 만만치 않을 텐데. 그리고 언니는 그동안 도산 선생님의 옥바라지를 하셨고, 도산 선생께서 감옥을 나와 이곳에 모실 때까지도 고생하셨잖아요. 입원비도 언니가 다 대시고."

허영숙은 이정희의 입막음을 하면서 자리에서 일어났다. 이정희와 이응준 중좌도 자리에서 일어났다. 일어날 때 허영숙이 말했다.

"일어난 김에 나도 오늘은 선생님을 뵈어야겠어요."

춘원이 비스듬히 누워 말했다.

"그래요. 수고스럽겠지만 한 번 다녀오시오."

며칠 뒤에는 모윤숙이 김수임과 함께 춘원을 찾았다. 춘원은 반갑게 맞았다.

"그래, 신혼 재미가 어떻소? 안 박사도 편안하시고?"

모윤숙은 심드렁한 표정으로 어정쩡하게 말을 받았다.

"그냥 그래요. 안 박사는 어찌 계시는지 제가 잘 모르겠고요. 진즉에 선생님을 찾아뵙고 싶었지만 선생님께서는 무서운 종로경찰서가 아니면 서대문형무소에 계시기 때문에 찾아뵐 수가 없었어요."

이광수는 천장을 바라보며 말했다.

"징그러운 세월이야. 잠시도 나를 내버려두지 않더구먼. 이 글쟁이가 무슨 죄가 있다고."

김수임이 불쑥 끼어들었다.

"윤숙 언니는 지금 저와 함께 있어요."

"그게 무슨 소리야? 결혼한 지 이제 겨우 3년이 됐나?"

"저한테는 지난 3년이 30년이나 되는 것 같았어요. 지겨운 세월이었어요. 저는 학문하는 학자하고는 잘 맞지가 않는 것 같아요. 지금은 별거를 하지만 곧 이혼할 거예요."

"아 이거, 내가 중매를 잘못 섰나? 우리 영운이 행복하지 않다니 ···."

그때 김수임이 말했다.

"선생님, 우리 다른 얘기해요. 윤숙 언니가 작년에 시집을 냈거든요? 그 시집이 지금 조선에서 제일 잘 팔리고 있대요. 윤숙 언니는 이제 부자가 됐어요."

춘원의 얼굴이 밝아지며 기쁘게 말했다.

"아이고 축하해. 그래, 시집 이름이 어찌 되는데?"

김수임이 제 일처럼 말했다.

"《렌의 애가》라고요, 렌이라고 하는 지고지순한 영혼이 시몬이라는 구원의 상을 사모하는 내용이에요."

모윤숙이 가지고 온 시집을 꺼내서 조심스럽게 춘원에게 건넸다. 그 사이 김수임은 가지고 온 꽃다발을 풀어 춘원의 침대 머리맡을 장식했다. 춘원은 시집 앞부분을 읽다가 얼른 덮어두더니 모윤숙을 향해 이렇게 말했다.

"영운, 당분간 이 시집 얘기는 우리 집사람 앞에서 하지 말게. 그 사람 요즘 나하고 도산 선생님 때문에 너무 정신없어 하는데 ···."

그때 김수임이 또 끼어들었다.

"선생님, 잡지나 신문에서는 시몬이 선생님이고요, 렌은 언니라고, 그냥 여기저기에서 야단이에요."

"사실 요즘 나나 그 사람은 하루하루를 견디는 일이 너무 힘들어 신문도 잡지도 못 읽고 있어. 바빠서 다행이군. 그런 가십을 우리 집사람이 알았다면 또 얼굴을 붉혔을 거야. 그 사람 오기 전에 어서들 가."

두 사람이 떠날 준비를 하자 춘원이 말했다.

"영운이, 자네 원고료 받아서 형편이 괜찮으면 가다가 도산 선생님 병실에도 좀 들러줘. 지금 선생님께서는 묽은 죽밖에는 드실 수가 없다니 잣죽에다가 인삼 가루나 보약을 타서 영운이 직접 먹여드려."

모윤숙은 알았다면서 인사하고 나갔다. 그녀는 애써 눈물을 감췄다.

이정희가 도산 선생에게 모윤숙과 김수임을 소개했다.

"춘원 선생이 발굴하시고 키워주신 시인 모윤숙입니다. 지금 여학교 선생을 하고 있고요, 지난 33년에 《빛나는 지역》이라는 시집을 냈고, 지난해에는 《렌의 애가》라는 시집을 냈는데, 지금 그 시집이 조선에서 제일 많이 팔리고 있습니다. 옆에 있는 처자는 이화여전을 나온 모 시인 후배이고요."

모윤숙이 준비해 온 잣죽을 이정희가 떠먹였다. 모윤숙은 부끄러워 직접 수발해드릴 수 없었다. 도산 선생은 두어 번 죽을 넘기고는 힘들게 말했다.

"장하오. 우리 조선 여성이 그렇게 훌륭한 시를 쓰다니. 《빛나는 지역》은 내 일찍이 춘원으로부터 들은 바가 있소. 이렇게 찾아와주어 고맙소. 내 한 가지 청이 있소이다."

"말씀하십시오, 선생님. 무엇이든."

"내가 생각하기로 내 살 날이 과히 길지 않은 듯싶소. 혹 이다음 오실 기회가 있다면 오실 때 나하고 함께 읽을 수 있는 애국시 하나만 지어서 가져오시오. 함께 낭송해봅시다."

"제가 내일 오후까지 준비해서 다시 오겠습니다."

모윤숙은 급히 떠났다. 다음 날 모윤숙은 약속을 지켰다. 깨끗한 한지에 모필 붓글씨로 단정하게 쓴 '백두산'이라는 시였다. 선생은 백두산이라는 시제를 보시고는 몇 번인가 목이 메어 힘들게 뇌었다.

"백두산, 우리의 영산(靈山) 백두산이라고? 모윤숙 시인은 어찌 그리 내 마음을 꿰뚫었는고. 내 지금 힘이 없어 함께 낭송할 수 없으니 모시인이 읊어주시오."

모윤숙은 한지를 받쳐 들고 꼿꼿이 서서 읽어 내려갔다.

"배달 꽃 피어라/ 눈가루 한데 뭉쳐 구름을 헤쳐라/ 흰 마음 하나 되어 백의민족 이루신/ 그 높은 산봉(山峰)의 바람이시여!/ 어서 이 땅의 산과 강을 불러/ 슬기로운 그 귓속말/ 알아지게 하여지다.

겨레를 부르는 소리/ 뜨거운 그 숨결/ 불같은 그 항거의 손길/ 창과 검 없어도/ 우리 우리 마음의 언약/ 백의(白衣)의 띠를 감고/ 빼앗긴 땅을 찾아 나서리라/ 어인 사슬이며/ 어인 굴욕의 가시관인가/ 누가 풀어줄 이 아무도 없으리/ 우리 손으로 우리 힘으로."

모윤숙이 낭송을 끝내자 안창호 선생은 모로 누워 있었다. 선생의 눈가로 눈물이 흘렀다. 모윤숙도 울고 이정희도 울고 김수임도 울었다. 선생은 한참 만에 이렇게 말했다.

"정희야, 이 시를 잘 접어서 내 허리 밑에 깔아다오."

이정희와 모윤숙이 한지를 접어 선생의 허리 밑에 깔아드렸다. 선생은 그제야 바로 누워 천장을 마주하면서 만족스러운 얼굴을 했다.

3월 초의 늦은 눈이 경성에 내리고 있었다. 경성제대병원 뜰에 서 있는 마른 나무들과 길 위에도 하얗게 눈이 쌓이기 시작했다. 눈발을 바라보며 도산 선생은 이정희를 불렀다.

"정희야, 내가 말하는 것을 적어두렴."

이정희는 얼른 필기구를 준비했다.

"내가 죽거든 장례는 간소하게 하고 꼭 나를 내 제자 유상규 곁에 묻어다오. 유상규가 누구냐. 상해에서 나를 극진히도 따랐던 내 아들 같은 동지가 아니냐. 3년 전에 내 손으로 묻어준 경성의전 외과의사 유상규의 무덤 옆에 묻어다오. 꼭!"

눈물을 뚝뚝 흘리며 이정희는 받아썼다. 선생이 또 말했다.

"정희야, 춘원네 집에서 일하는 총각, 그 사람이 … ?"

"네, 박정호 말이에요?"

"그래. 그 박정호를 불러다오."

이정희는 때가 되었다고 생각했다. 서둘러 박정호를 부르고 선생의 고향집에도 알렸다. 형님 안치호 씨가 달려왔다. 가까운 장회근(張晦根) 씨, 이선행, 보성전문에 다니는 조카 김순원이 달려왔다. 이정희 대신 집에서 아이들을 돌보던 어머니 차숙경(車淑卿) 여사도 외손자 이창선과 함께 왔다. 병원 문 밖을 지키던 일본인 간수가 느닷없이 조선의 위대한 선생님께 드리고 싶었다고 하면서 그 시절에는 귀한 물건으로 여기던 가위를 싸가지고 선생의 침대 곁에 슬그머니 놓고 나갔다.

그때 눈발을 털며 낯선 내외가 들어섰다. 그 남자는 병실을 지키던 간수에게 신분증을 보여주었다. 그는 차렷 자세를 하고 통과시켰다. 여인이 들고 온 하얀 꽃에는 '三輪和三郎'(미와 와사부로)라는 리본이 달려 있었다. 그는 조선의 모든 독립지사들이 치를 떨었던 인물이었다. 독립지사들을 지옥의 문까지 끌고 가는 '염라대왕'이자 '독사'였다. 그의 부인은 그저 얌전해 보이는 일본 주부였다. 그런데 그 부인이 선생의 병실 문고리를 잡고 몸부림쳤다.

"여보, 제가 헌혈하겠어요. 안창호 선생님의 혈액형과 제 것이 같습니다. 어서 헌혈하게 해주세요."

형님 안치호 씨가 말렸다. 미와 경시도 자신의 부인을 말리며 도산 선생의 침상을 향해 절을 올린 후 황황히 돌아섰다. 그 두 사람은 쏟아지는 눈을 맞으며 어둠 속으로 사라졌다. 미와 경시 내외가 나간 후 누비옷을 입은 박정호가 들어왔다. 이정희가 선생의 귀에 대고 말했다.

"선생님, 박정호 씨가 왔어요. 춘원 댁에서 사람이 왔어요."

선생은 베개 밑을 가리켰다. 조그만 종이쪽지가 나왔다. 이정희가 그 종이쪽지를 박정호에게 건네주었다. 박정호는 그 쪽지를 안주머니에 소중하게 간직했다.

1938년 3월 10일 자정, 벽시계가 땡 소리를 칠 때 도산 선생은 숨을 거두었다.

일제는 장례식 참석 인원을 20명으로 제한했다. 평양에서 조만식, 오윤선, 김지산 등이 내려왔다. 동우회 회원 대부분은 그 시각에도 서대문형무소에 갇혀 있었다. 보석 중인 춘원은 흰 두루마기를 입고 허영숙과 함께 박정호를 앞에 태우고 망우리까지 갔다. 참석인원 제한 때문에 허영숙은 대절한 택시 안에 남아 있었다. 박정호가 춘원을 부축하고 묘지까지 올라갔다. 묘지는 유상규 유택의 머리 쪽에 자리 잡았다. 춘원은 자신이 지은 도산의 비문(碑文)을 읽는 것으로 조사를 대신했다.

"도산 안창호 선생은 단기 4211년 무인 10월 6일 대동강 하류 도롱섬에서 나시니, 고 휘 흥국(考諱興國) 비 황씨(妃黃氏)의 3남이요 문성 안유(安裕) 선생의 예(裔)라. 선세가 평양 남쪽 언암에서 유(儒)를 업(業)하더라. 3세에 입학하여 당년 삼권서를 떼다. 가민하나 사(師)를 수(隨)하여 학을 폐함이 없더니 17세 갑오년에 신학문을 구하여 상경, 미국인 원두의 숙(塾)에 입(入)하다. …"

춘원은 사력을 다하여 버티고 비문을 다 읽어 내려갔다. 성토를 하고 모두 묘를 밟고 예를 올린 뒤에 하산했다. 박정호가 축 늘어진 춘원을 업고 내려와 대기하던 택시에 실었을 때 그는 혼절했다. 허영숙이 들고 온 까만 가방을 열고 주사기를 꺼내어 응급조치를 했다.

장례식을 다 끝내고 병원으로 돌아와 정신을 차리고 난 춘원은 박정호가 전해준 도산 선생의 쪽지를 조심스럽게 펴보았다. 기기에는 단 한 줄의 글이 씌어 있었다. '요한복음 12장 24절.'

춘원은 머리맡에 있는 성서를 꺼내 그 복음서의 글귀를 찾아 읽었다.

내가 진실로 진실로 너희에게 이르노니 한 알의 밀이 땅에 떨어져 죽지 아니하면 한 알 그대로 있고 죽으면 많은 열매를 맺느니라.

전 향

1938년 7월 29일, 이광수는 8개월간의 지루한 병상생활을 끝내고 홍지동 산장으로 돌아왔다. 그는 돌아오자마자 서재에 일장기를 걸었다. 일장기 앞에 관세음보살상을 안치하고 향을 피웠다. 그는 느닷없이 동쪽을 향해 무릎 꿇고 절을 했다. 함께 따라온 허영숙도 이광수가 하는 대로 절을 올렸다. 문밖에서 박정호는 갑자기 돌변한 스승 춘원의 모습을 보며 이마에 돋아난 진땀을 닦았다. 그는 안절부절못했다. 그때 허영숙이 박정호에게 말했다.

"정호 씨, 뒤뜰 돌샘에서 나는 시원한 물 좀 떠와요. 바가지도 가져오고."

박정호는 아무 말 없이 동이에 물을 뜨고 바가지를 물 위에 띄워주었다. 춘원과 허영숙은 그 물을 시원하게 마시고 난 후 단정한 자세로 눈을 감고 법화경을 외기 시작했다. 한참을 그렇게 하고 나서 허영숙은 이광수에게 담배를 건네주며 함께 담배를 피웠다.

"여보, 너무 괴로워하지 마세요. 제가 시내를 다니다가 종현성당을 가보지만요, 그 신심 깊은 천주교 신자들도 미사가 끝나고 나면 남산 신궁으로 올라가 단체로 신사(神社) 참배를 합니다. 그래서 제가 알고 지내던 신부님께 물어봤습니다. '조선조 말 그렇게 많은 순교자를 내면서 그리스도 정신의 순수성을 지켜온 가톨릭이 왜 이번에는 고분고분하게 신사참배를 하는지요?'라고. "

"그랬더니 그 신부님이 뭐라고 답합디까?"

허영숙은 담배 연기를 내뿜으며 천천히 말했다.

"천주교 당국은 이번에 신사참배에 대해 이렇게 해석했다고 합니다. '일본 당국이 요구하는 신사참배는 종교행사가 아니라 국가행사이다.' 따라서 바티칸 당국도 허락했다는 것입니다. 과거 순교자를 많이 낸 조선 가톨릭에서는 더 이상 불필요한 희생을 내지 말고 일본 당국이 요구하는 국가행사에 호응하라고. "

이광수는 담배 연기가 목에 걸려 콜록거리면서도 부인과의 토론을 이어갔다.

"여보, 나도 이번에 도산 선생의 희생을 돌아보며 참으로 많은 생각을 했소. 선생님께서는 워낙 지조가 높고 심지가 굳으셔 끝까지 일본 당국에 굴복하지 않고 정직한 대답을 하셨소. '우리 동우회는 미국에서 시작한 흥사단과는 다릅니다. 우리 동우회는 순수한 청년 수양단체입니다'라는 일관된 진술을 하셨고, 일본 사람들이 요구하는 동우회가 흥사단의 변형단체이며 비밀 애국단체라는 진술을 거부했소. 그래서 선생님께서는 아무도 모르게 악형도 받았어요. 사실은 그 악형의 후유증으로 세상을 뜨신 것이오. "

"제가 아무리 눈치가 없어도 그런 내막을 모르겠어요? 그런데 보세요. 도산 안창호라는 조선 민족의 지주이자 가장 지조가 높은 독립지사라도 운명하시자 장례에 참석할 인원을 딱 20명으로 한정하고 사람의 발길이 닿지 않는 망우리 묘지에 묻히게 하잖아요. 그리고 일반인들은 묘지에 참배도 못하게 하고, 언론기관에서는 선생님의 업적이나 최근 활동에 대하여 일체 보도할 수 없도록 막고 있잖아요. 그렇게 하고 나니까 우리 조선 사람들이 도산 안창호 선생에 대해 추모할 수 있습니까? 그분의 정신을 계승할 수 있는 무슨 행사를 할 수 있습니까. 아마도 도산 안창호라는 이름은 저 망우리에 쓸쓸히 버려진 무덤처럼 우리 2천만 조선 민중의 뇌리에서 사라지게 될 겁니다.

민족의 지도자 안창호 선생도 민족의 제단에 목숨을 바친 결과가 이렇게 허무한데, 만약 춘원 이광수라는 문사 하나가 목숨을 던진다고 해 보세요. 모두 다 처음에는 '아 그 사람 우리 근대문학을 위해 애를 썼고, 2·8독립선언서도 썼고, 상하이에서 나름대로 노력하다가 이제는 동우회를 위해 목숨까지 버렸구나. 아 참 안됐다' 하겠지만, 아마도 도산 선생과 나란히 묻힌 의사 유상규 정도의 추모를 받는 것으로 그칠 거예요. 어쩌면 반대로 고소하게 생각하는 사람도 있을걸요? '그렇게 잘 난 체 하더니 한 줌의 흙으로 돌아갔군. 신문 소설을 모두 맡아 쓰고, 신문 사설을 마음대로 쓰고, 온갖 논설을 자기 뜻대로 쓰고, 조선 문화계의 무솔리니로 불리던 절대권력자, 문화권력자 한 사람이 갔군. 아이고 시원하다. 그 잘난 사람을 쫓아다니던 그 수많은 여류 문사들을 어찌할꼬.' 결국 그런 정도에서 그치고 말 거예요."

이광수가 물동이에서 물 한 바가지를 퍼서 들이켜고 나서 물었다.

"여보, 도산 선생께서 나에게 마지막 남기신 말씀은 어찌 해석해야 옳겠소. '한 알의 밀알이 썩어져야 많은 열매를 맺게 된다'는 그 선생님의 암시는 어찌 해석해야 옳단 말이오."

허영숙은 담배를 비벼 끄며 말했다.

"저는 선생님께서 '나도 이제 죽게 됐으니 너도 내 뒤를 따라 오너라, 너나 나나 한 알의 밀알이 되어 죽고 말자' 이렇게 단순하게 언질을 주신 것은 아니라고 생각합니다."

"그럼?"

"저는 확신해요. 당신이 확실하게 전향하고 그 사람들에게 항복함으로써 지금 옥에 갇혀 있는 40명 이상의 동우회 동지들을 살려내라는 뜻일 겁니다. 갖은 악행을 당하다 이미 옥에서 숨진 분들은 어쩔 수 없겠지만 지금 감옥에서 신음하는 동지들은 살려내야 하지 않겠어요?

저는 얼마 전에 홍난파(洪蘭坡) 씨의 부인 이대형 씨를 만났는데, 그분이 한없이 울면서 얘기하데요. … 아 글쎄, 종로경찰서에 남편의 내복을 깨끗이 빨아 넣어주고 나면 언제나 피로 얼룩진 내복이 나온다는 거예요. 글쎄 그 바이올린이나 켜고 아름다운 가곡을 작곡하는 '조선의 슈베르트'를 어떻게 때렸기에 그렇게 내복이 온통 피칠갑이었냐 이거예요. 그 부인이 피 묻은 내복을 저한테도 보여주는데 차마 볼 수가 없더라고요."

"그래서 어찌하였소."

"그날 밤 종로서 조선인 형사 김의수를 만나 술을 사주고 봉투를 주었죠. 그러면서 당부했어요. 제발 홍난파 씨를 때리지 말라고 …. 그분은 이다음에 우리 조선 음악을 위해 큰일을 할 분이니까 제발 몸 상하는 일이 없도록 봐 달라고요. 제 이마가 땅에 닿도록 조아렸습니다."

이광수는 하릴없이 계속 바가지로 물을 퍼서 마시다가, 또 담배를 태워 물었다. 그리고 아내 허영숙에게 말했다.

"여보, 당신은 요즘 여러 가지로 정신이 없겠지만 나를 위해 한 가지만 해주시오. 내 몸에 맞는 일본 옷 일습을 구해주시오. 제일 위에 입는 하오리(羽織: 일본식 두루마기)는 너무 검지 않은 회색 계열로 맞춰주고 안에 받쳐 입는 하카마(일본식 바지와 같은 스커트)는 가급적 밝은색으로 해주시오."

허영숙은 고개를 끄덕였다. 그때 평양에 살다가 경성으로 온 전처 소생 큰아들 진근이가 부인과 함께 아기를 안고 들어섰다. 진근이 내외는 아기를 내려놓고 이광수 부부에게 큰절을 올렸다.

"아버님, 이번에 큰 고생하셨습니다."

이광수가 담담히 말했다.

"네가 아들을 봤다는 얘기는 들었다만 그동안 경황이 없었구나."

며느리가 얼른 강보에 싸인 아들을 허영숙에게 건네주었다. 허영숙은 전처 백혜순의 아들 진근이 낳은 아들을 얼러주며 이렇게 말했다.

"아이고, 우리가 얼결에 할아버지 할머니가 되었군요. 아따 그놈 잘생겼다."

이광수가 물었다.

"그래 아이 이름은 어찌 지었느냐?"

"밝을 명에 착할 선, 명선(明善)이라고 지었습니다."

이번에는 이광수가 손자 명선이를 안아주며 말했다.

"내 나이 47세에 벌써 할아버지가 되었군. 아무튼 잘 키우거라. 너는 지금 다니는 금융조합에는 잘 나가고 있느냐."

"평양 숭인상업고등학교는 경성의 선린상업고등학교에 지지 않는 명문입니다. 모교의 이름을 위해 열심히 일하고 있습니다."

그 사이 허영숙은 핸드백에서 돈을 꺼내 며느리 손에 쥐어주었다.

"아기 우유 값이라도 하거라. 내가 정신이 없어 들여다보지도 못했구나."

그날 진근이 내외는 안방 중앙에 걸려 있는 일장기를 바라보며 흠칫 놀라는 눈치였다. 그들은 황황히 자리에서 일어나 언덕을 내려갔다.

며칠 후에는 짧은 팬티에 운동복을 걸쳐 입은 손기정 선수가 씩씩하게 춘원이 있는 홍지동 산장에 찾아왔다. 손기정 선수도 춘원의 방에 걸린 일장기를 보고는 흠칫 놀랐다.

"저는 저 일장기만 보면 몸서리가 쳐집니다. 저 일장기를 달고 베를린 언덕을 달리고 그 넓은 운동장에 들어와 결승 테이프를 끊었지 않습니까. 그런데 우리 〈동아일보〉가 용감하게 일장기를 지우고 보도해서 저까지 끌려가 조사받았습니다. 저도 동의했으니까 일장기를 기자들이 지운 것이 아니냐 하면서 다그치더군요. 저는 그런 일이 없다니까 내보내주기는 했습니다만⋯."

춘원은 얼른 말머리를 돌렸다.

"아무튼 자네도 수고해서 세계만방에 우리 조선 민족을 알려 주었는데 자네를 양정고보에서 코치해준 김교신(金敎臣)이라는 선생도 아주 훌륭한 분이야. 그분은 기독교를 제대로 믿는 분이지."

"네, 그분은 저도 정말 인격적으로 깊이 존경하는 분입니다. 술도 담배도 하지 않으시고 학교에 오시면 오로지 저희들을 가르치는 일에만 전념하셨습니다. 그리고 숙직실에서는 언제나 〈성서조선〉이라는 책을 만드느라고 밤잠을 줄이셨습니다. 그러면서도 틈나는 대로 자전거를 타시고 저를 따라오시면서 제 러닝타임을 재주셨습니다. 아주 세심하게 코치해주셔서 제가 그런 성적을 낼 수 있었습니다."

"김교신이나 함석헌 같은 젊은이들은 내가 도쿄 유학을 하고 난 후에 도쿄에 건너온 사람들인데 모두 우치무라 간조(內村鑑三)의 무교회주의 사상을 받아들인 사람들이지. 형식적으로 교회는 나가지 않지만 오히려 더 깊이 예수를 믿는 진짜 예수교 신자들이지. 그 열성 때문에 자네도 그렇게 세계를 놀라게 했을 거야. 자네도 교회를 나가나?"

"교회는 나가지 않습니다. 그렇지만 성서를 믿고 김교신 선생님이 발행하시는 〈성서조선〉을 열심히 탐독하고 있습니다."

그때 모윤숙과 김수임이 먹을 것을 사들고 찾아왔다. 모두 손기정을 신기한 듯 바라보며 춘원에게 드리려고 가져왔던 나마카시와 찹쌀떡, 그리고 센베를 펼쳐놓고 소풍 나온 듯 즐겁게 담소를 나누었다. 담소가 끝나자 손기정은 바람처럼 일어나 인왕산 쪽으로 힘차게 달려갔다.

며칠 뒤에는 김소운(金素雲)이 찾아왔다. 일장기 밑에 있는 향로에 향을 피우고 법화경을 외기 시작했다. 몇 구절이 막히자 뒤에서 앉아 있던 춘원이 김소운이 놓친 대목을 슬그머니 메워주었다. 김소운이 머리를 긁적이며 말했다.

"춘원 선생님, 선생님께서 우리말로 번역하신 법화경은 언제 나옵니까?"

춘원이 멋쩍게 웃으며 답했다.

"글쎄, 나도 모르겠소. 일본 형사들이 가져갔는데, 아 글쎄 누군가가 보니까 형사들이 측간을 갈 때마다 내 원고지를 들고 가더라는군. 아마도 훼손되었을 것이오."

김소운이 인왕산 뒷머리를 바라보며 탄식했다.

"아이고―, 무식한 놈들….."

그해 가을에는 평양에서 김동인이 찾아왔다. 그는 부잣집 아들답게 까만 세단을 대절해서 자하문 밖 홍지동 산장 밑에까지 타고 왔다. 그리고 운전수에게는 기다리라고 해놓고 춘원의 방에 와서 단도직입적으로 따지듯 말했다.

"춘원 형님, 옥중에 계신 우리 형님 김동원이 전하는 말이오. 춘원 선생은 이미 이승에서 누릴 영화는 다 누린 셈이오. 첫째, 수명으로 말한다면 그렇게 아프다고 골골하면서도 이미 47세가 되었소. 내일모레면 지천명이라고 하는 쉰이 되는 연치이니 살 만큼 산 게 아니겠소? 또 명예로 따지자면 춘원은 이미 조선의 나쓰메 소세키나 기쿠치 간(菊池寬) 정도의 문명을 얻었으니 더 이상 무슨 명예를 더 바라겠소. 그리고 재력으로 말하면 부인 허영숙 여사가 조선 최초의 여성 개업의이자 부잣집 딸이니 자녀들 가르칠 걱정은 전혀 할 필요가 없는 정도입니다. 그러니 우리 형 김동원의 판단으로는 춘원이 진심으로 애국자로 남고 싶다면 지금쯤 저 일장기를 찢어버리고 대들보에 목을 매기라도 하는 것이 옳지 않겠는가, 하는 생각이고요. 그렇지 못하시다면 아예 철저하게 춘원이라는 이름을 버리고 일본식으로 창씨개명하고 전향하여 나머지 동지들…, 지금 재판을 받으며 옥중에 있는 동우회 회원들을 구해내라고 하십디다. 구해내는 방법으로 우선 고바야시(小林) 예심판사에게 석방을 탄원하는 진정서를 제출해달라고 하십디다."

그때 산장 밑에서 기다리던 까만 택시가 경적을 울렸다. 시간이 됐으니 가자는 신호였다. 김동인은 황황히 일어나서 문을 나서고 춘원은 엉거주춤한 자세로 김동인을 배웅했다.

그 무렵 〈매일신보〉와 〈동아일보〉, 〈조선일보〉 등에는 '허영숙 산원'에 대한 대대적인 기사가 실리기 시작했다.

조선 최초의 일본 여자의학전문학교의 유학생으로 조선 최초의 여성개업의가 되고 지난 1920년 5월에 서대문정 1정목 9번지에 '영혜의원'을 개업하였던 허영숙 여사는 그로부터 5년 후인 1925년 영혜의원을 '한성의원'으로 개칭하여 남자 의사 김기영과 함께 개업하여 왔던바, 여사는 지난 3년간 일본 도쿄의 적십자병원에서 산부인과를 전공하고 이번에 귀국하여 효자정 175번지에 '허영숙 산원'을 개업하였더라.

신문들은 이어서 친절한 안내문까지도 경쟁적으로 게재했다.

이번에 개원하게 되는 허영숙 산원은 순 조선식 건물에 20여 개의 온돌방을 입원실로 꾸미고 관세음보살 석고상까지 세워 놓아 산모들의 순산을 기원하고 있다. 독방은 출산하고 퇴원할 때까지 30원이요, 여러 산모가 함께 있을 경우에는 하루에 3원에서 4원을 받는데 형편이 어려운 산모를 위해서는 실비를 받겠다고 하는바, 이미 수십 명의 산모들이 예약이 되어 수개월 동안은 입원이 어려울 것이라고 허영숙 원장이 말하고 있더라.

1938년 11월 3일은 일본 왕 메이지(明治)의 생일인 명치절이었다. 이날 이광수와 주요한을 비롯한 28명의 전 동우회 간부들은 이광수의 집에 모여 이른바 '사상전향의 모임'을 가졌다. 이광수가 직접 사회를 보았다. 종로서에서 동우회 회원들에게 갖은 고문을 자행하였던 악명 높은 고등계 형사 사이가 시치로와 조선인 형사 김의수 등도 참석하여 처음부터 끝까지 의식을 지켜보았다.

먼저 일본 황궁을 향해 절을 하는 '황거요배'(皇居遙拜)를 실시하고, 일본 국가 '기미가요'를 레코드 반주에 맞춰 합창했다. 그리고 모두 미리 준비한 전향서(轉向書)에 서명했다.

… 우리는 지나사변에서 일본제국의 국가적 이상이 서양의 제국주의 국가군(國家群)과는 매우 현격하다는 것을 인식했다. 일본은 팔굉일우(八紘一宇: '전 세계가 천황의 집'이라는 뜻)의 사상을 깊이 인식하고 우선은 아시아 여러 민족으로 하여금 구미 제국주의와 공산주의의 질곡에서 벗어나 동양 본래의 정신문화 위에 공존공영의 신세계를 건설하는 것이 일본제국의 국가적 이상으로서 목적이라는 것을 이해하였다. …

모두 서명을 마치자 준비한 세전(歲錢: 찬조금) 1백 엔씩을 모으고, 동우회에 남아 있는 회비도 보태 국방헌금 2천 엔을 모아 형사들에게 건넸다. 그날 허영숙도 상당한 액수의 헌금을 내놓았다. 그러고는 모두 택시에 분승하여 남산에 있는 신궁(神宮)으로 향했다. 11월의 날씨가 쌀쌀했다. 이광수는 기침을 하며 제일 앞에 서서 신궁으로 오르는 384개의 돌계단을 천천히 오르기 시작했다. 이광수의 이마에 땀이 돋

왔다. 땀인지 눈물인지 그는 계속 수건으로 이마와 눈을 닦으며 계단에
오르고 신사참배를 했다. 모두 만세삼창까지 하고 나서 천천히 남산을
내려왔다.

허영숙 산원

홍지동 산장에 봄꽃이 요란하게 피었다. 일본 사람들이 일부러 공들여 심은 벚꽃들이 자하문 일대에도 눈꽃처럼 피었다. 춘원이 마루에 서서 인왕산을 바라보며 그 산등성이에 한창 만발한 철쭉에 취해 있을 때 박정호가 조용히 다가왔다. 그날따라 박정호의 허리는 더욱 구부정해 보였다.

"저 … 선생님."

한없이 착한 박정호는 그 티 없는 눈망울로 춘원을 우러르다가 울듯이 말했다.

"선생님, 제가 아무래도 선생님 곁을 떠나야 할 것 같습니다."

너무나 갑작스러운 말에 춘원은 할 말을 잊었다. 잠시 후 조심스럽게 물었다.

"어데 갈 데는 있는가?"

박정호는 더듬더듬 대답했다.

"딱히 오라는 데는 없습니다만, 장춘에서 멀지 않은 공주령(公主領)

이라는 곳에 가면 우리 조선 사람들이 모여 새로 개간도 하고 야학도 열고, 아무튼 조선 사람들끼리 이상촌을 꾸리고 있는 데가 있다고 들었습니다. 특별히 매인 데가 없는 제가 어디인들 못 가겠습니까. 그런 광막한 곳에 가서 새로운 생활도 해보고 문학적 영감도 얻고 싶습니다."

춘원은 고개를 숙이고 한참 말이 없었다. 이윽고 물었다.

"혹시 내 곁에 있는 것이 불편해서 그런 것은 아닌가? 내가 하루아침에 서재에 일장기를 걸고 집에서도 일본 옷을 입고 이렇게 이상한 짓을 하고 있으니 나한테서 정나미가 떨어진 것은 아닌가?"

"참새가 어찌 대붕(大鵬)의 뜻을 알겠습니까. 저 같은 천학비재한 놈이 어찌 대(大) 선생님께서 결정하신 일에 대해 이런저런 해석을 할 수가 있겠습니까. 선생님 때문이 아니라 환경이 바뀔 것 같기 때문입니다."

"환경이 바뀌다니?"

"지금 사모님께서 여기에서 멀지 않은 효자정에 새로 병원을 여시지 않았습니까. 거기에는 방도 많고 살림집도 따로 붙어 있는 것으로 알고 있습니다. 어차피 이 산장도 파시려고 내놓으신 것으로 아는데 … , 이 산장이 팔리면 저도 효자정으로 따라가야 하는데 … ."

춘원은 마음에 짚이는 데가 있어 말했다.

"아 이 사람아, 그런 문제라면 무슨 문제가 되겠는가. 자네도 나하고 함께 가서 효자정에서 숙식하며 같이 살면 되지. 왜 그곳을 피하려고 하는가?"

"선생님, 저는 사람이 많은 곳이 싫습니다. 효자정에는 환자들도 많이 찾아오고 시내에서 가까우니까 귀한 손님들도 많이 오시지 않겠습니까. 그렇게 번거로운 곳에 저처럼 변변찮은 놈이 왔다 갔다 하는 것이 선생님께 결코 득이 되지 않을 것입니다. 선생님의 체면을 깎고 싶지 않습니다. 사실 그동안 저는 이 산장이 좋았습니다. 하루 종일 뻐꾸기 소리도 듣고 앞산에서 푸드덕거리며 꿩이 나는 모습도 볼 수 있고 저 뒤 뜰에는 사시장철 추운 때는 따뜻한 물이 솟고 더운 때는 시원한 물이 솟는 저 깊은 샘물도 있지 않습니까. 저 샘물도 못 마시고 사람들만 북적대는 효자정에서는 제가 견디기가 어려울 것 같습니다. 저는 만주처럼 광막하고 흙냄새 나는 곳이 좋습니다."

춘원은 박정호를 더 이상 잡을 수가 없었다. 허영숙이 소식을 듣고 커다란 륙색을 하나 준비해 와 거기에 추운 만주에서 견딜 수 있는 솜옷도 사 넣고 비상약도 챙겨 넣고 두꺼운 면양말도 여러 켤레 챙겼다. 그 착한 박정호가 언덕을 내려갈 때 두 내외는 한없이 울었다. 마치 혈육이 먼 길을 떠나는 것처럼 그렇게 서럽게 배웅했다.

박정호가 떠나자 춘원은 그 착한 청년이 차지했던 공간이 얼마나 컸던가 하는 것을 새삼스럽게 깨달았다. 그리고 그가 남기고 간 인간의 향기가 얼마나 짙은 것인가 하는 것도 새록새록 알게 되었다.

그렇게 춘원이 허전해할 때 오산학교에서 함께 교사 생활을 하고 춘원이 떠난 후에는 오산학교를 책임지던 다석(多夕) 류영모(柳永模) 선생이 뜻밖에도 산장을 찾아왔다.

"아이고 이게 얼마 만이에요? 다석 선생."

"그러게 말입니다. 우리가 만난 때가 1910년, 지금으로부터 30년 가까운 세월이 흘렀네요. 그 후 춘원은 조선 제일의 문사가 되었고 나는 오산에서 계속 엎드려 있다가 여기저기 다니며 한문책이나 읽었죠."

"제 몰골이 말이 아니지요? 일본식 하카마에 하오리를 걸쳐 입고 게다까지 신었으니 정말 꼴불견이지요? 제가 이렇게 됐습니다. 아침에 일어나면 동방요배를 하고 한낮이 되면 역시 동쪽을 향해 절한답니다."

다석은 눈을 지그시 감고 있다가 조용히 눈을 뜨며 말했다.

"이 조선반도에 왜풍(倭風)이 불고 일본 비가 내린 지도 어언 30년입니다. 30년 동안 내린 비와 바람을 완전히 피할 사람이 누가 있겠습니까. 오십보백보라는 말이 있듯이 다 거기서 거기지요. 옷에 빗물을 묻히지 않고 머리카락에 바람을 맞지 않은 사람이 어디 있겠습니까."

춘원은 허허롭게 받았다.

"저도 어지간히 버텨보려고 했습니다. 하지만 국제정세나 일본의 제국주의 기세가 하루 이틀 사이에 꺼질 것 같지는 않습니다. 저 사람들이 우리 조선반도에서 이름 석 자가 나 있거나 돈푼이라도 만지는 사람은 모두 가만히 두지 않으려 하니 어쩌겠습니까. 특히 우리 동우회는 지금 40여 명이 재판을 받고 있습니다. 여기에서 3년 이상의 형을 받는다면 꼭 밤중에 끌려 나가 고문 받지 않더라도 옥고(獄苦) 자체를 이겨낼 수 없을 것입니다. 모두 불혹의 나이 주변의 사람들인데…. 차가운 감옥 안에서 모두 옥사(獄死)할 것입니다."

그때 다석 류영모는 뜻밖에도 이런 말을 했다.

"내가 춘원의 모습을 보며 생각나는 성경구절이 있습니다. '한 알의 밀알이 썩지 않으면 어찌 열 배 백 배의 열매를 얻겠는가.' 춘원, 한 알의 밀알이 되어 땅에 묻힌다고 생각하세요."

춘원은 벌떡 일어나 다석의 손을 잡았다. 그리고 뒤꼍에서 떠온 샘물을 나눠 마셨다. 바람처럼 멀리서 풍류객처럼 찾아온 류영모가 어떻게 그 성경구절을 인용한단 말인가. 도산 선생이 건네주셨던 그 쪽지를 훔쳐보기라도 했단 말인가. 춘원은 류영모의 말을 들으면서 그동안 어깨에 짊어졌던 무거운 짐을 내려놓는 듯했다.

춘원은 홍지동 산장으로 찾아온 류영모와 밤새는 줄 모르고 긴 대화를 하다가 그와 함께 잠을 자고 밥을 먹기도 했다. 그리고 그가 일어서려고 하면 너무나 섭섭해서 아예 두루마기를 입고 그의 발걸음을 따라 류영모의 집까지 갔다. 그리고 류영모의 서재에서 또다시 긴 이야기를 시작했다. 그의 서재에는 한서가 많았기 때문에 자연스럽게 중국 고전에 대한 이야기를 많이 나누었다. 그중에서도 노자의 《도덕경》(道德經)을 사이에 놓고 노장사상을 깊이 상량했다. 두 사람은 마치 깊고 넓은 호수에 들어가 헤엄치듯 그렇게 중국의 방대한 고전에 빠져 행복한 헤엄치기를 했다.

춘원은 자신을 훌쩍 떠나간 박정호를 잊을 수가 있었다. 이런 춘원을 곁에서 보면서 허영숙도 마음을 놓았다.

허영숙 산원에는 환자들이 끊임없이 모여들었고, 배부른 산모들이 줄을 이었다. 허영숙은 자녀들을 돌볼 수 없었다. 하지만 소학교에 다니던 영근이는 자신의 할 일을 깔끔하게 처리할 나이가 되었고, 정란이와 정화도 앞가림을 할 수 있는 나이가 되었다. 허영숙은 병원 일에 전념할 수 있었다.

그 무렵 영화관 황금좌에서 이광수의 《무정》이 영화로 상영이 되었다. 감독은 박기채(朴基采)였는데 주인공으로는 당대의 주연급 여배우인 문예봉(文藝峰)과 한은진(韓銀珍)이 맡았다. 사람들은 신문을 통해 읽었던 《무정》이라는 소설이 영화로는 어떻게 표현되었는지를 알아보기 위해 황금좌로 밀물처럼 몰려왔다. 흥행은 대성공이었다.

그러나 영화를 본 김동인, 이무영, 백철 같은 작가와 평론가들은 영화가 소설을 망쳤다고 신문에 신랄한 비판을 실었다. 이광수 일가는 사람들의 눈을 피해 초저녁에 일찍 들어가 자리를 잡았고 영화가 끝난 뒤에는 맨 나중에 영화관을 나섰다. 사람들은 영화관을 나서며 모두 한마디씩 했다.

"뭐니 뭐니 해도 한은진의 눈물 연기가 일품이었고 문예봉의 미모가 이 영화를 살리더군. 아 참, 문예봉은 조선의 제일가는 미인이야."

허영숙도 영화를 보고 와서 춘원에게 말했다.

"여보, 한은진은 미모는 아니지만 연기력이 깊어서 사람들에게 깊은 인상을 주었고요, 연기력은 조금 떨어져도 미모가 출중한 문예봉이 아주 좋은 대조를 이루면서 이 영화를 빛내주었어요. 당신은 두 사람을 어떻게 봤어요?"

춘원은 그냥 담배를 피우며 빙글빙글 웃다 싱겁게 대답했다.

"문예봉은 예뻐서 좋았고, 한은진은 마음이 깊어서 좋았어."

영화를 보고 온 후에 허영숙이 춘원에게 심각한 얘기를 털어놓았다.

"여보, 당신이 그렇게 아끼고 머물러 있기를 좋아하는 홍지동 산장을 팝시다. 제가 이번에 무리했어요. 효자정은 당신도 아시다시피 경성 땅 중에서는 제일 비싼 곳이 아니에요? 그런데다가 순 조선식 기와집으로 짓다 보니 건축비가 너무나 엄청나게 들었고요. 은행 빚과 개인 빚까지도 상당히 냈는데 요즘 병원에서 버는 돈으로는 이자 갚기도 급급

홍지동 산장 샘터에서. 왼쪽에서 두 번째가 허영숙

해요. 그러니 홍지동 산장을 처분하십시다."

춘원이 힘없이 대답했다.

"낸들 그 사정을 어찌 모르겠소. 내가 이미 부동산 업자에게 산장을
내놨소. 요즘 둘러보고 가는 사람들이 있으니까 아마 적당한 임자가 나
타날 거요."

1939년 그해 들어 춘원은 소설 《사랑》의 상하권을 끝내고 불교에 관
한 여러 가지 참고서적을 독파한 후에 소설 《세조대왕》을 쓰기 시작했
다. 그 무렵에 마침 임자가 나타나 홍지산장은 거금 6천 원에 팔렸다.
춘원은 짐을 꾸리고 짐꾼을 사서 효자정 '허영숙 산원'으로 이사했다.
이사하는 날 춘원과 허영숙이 제일 오래 둘러보고 발걸음을 떼기 어려

왔던 곳은 바로 그곳, 사철 따뜻하고 차가운 물이 끊임없이 솟아나던 그 샘터였다. 춘원 내외는 그 샘터 가에 앉아 마지막으로 바가지로 물을 가득 퍼서 맛있게 마시고 정든 그곳을 떠났다.

　그해 가을, 정화가 홍역을 치르느라 열에 들떠 몹시 앓았다. 춘원과 허영숙은 온몸이 뜨겁고 가렵다고 몸부림치는 딸의 몸에 알코올을 발라 정성스럽게 닦아주며 법화경을 읽어주었다. 이상하게도 법화경을 읽어주면 아이는 수면제를 먹은 것처럼 보채는 일을 멈추고 스르르 눈을 감으며 잠에 빠졌다.

　며칠 후, 허영숙은 수술실에서 땀을 흘리고 있었다. 젊은 새댁인데, 그 몹쓸 화류병에 걸려 하체를 쓰지 못했다. 마스크를 하고 환부를 자세히 살피다가 허영숙은 밖으로 나와 담배를 피웠다. 환부에서 너무 역한 냄새가 나고 화농(化膿)이 심하여 손쓰기가 어려웠다. 마음을 가다듬고 다시 들어가 환부를 깨끗이 소독하고 메스(수술용 칼)를 들었다. 예민한 부위의 살을 도려내는데도 환자는 의식하지 못했다. 워낙 화농이 심하여 누런 고름만 찼기 때문에 어렵게 환부를 잘라냈다. 매독균은 정말 무서운 것이다. 뼈를 녹일 뿐만 아니라 혈관을 타고 올라가 뇌까지도 상하게 할 수 있다.

　허영숙이 조심스럽게 환부를 도려내고 메스를 내려놓으려고 할 때, 메스의 예민한 칼끝이 오른쪽 손끝을 건드렸다.

　'아유, 이거 괜찮을까?'

　허영숙은 서둘러 찔린 손끝을 알코올로 닦아냈다.

　'괜찮겠지, 바로 소독했으니까.'

효자동 허영숙 산원 현관 앞에서. 앞줄 가운데가 허영숙

　그날 저녁부터 열이 나기 시작했다. 그다음 날은 자리에서 일어날 수
없었다. 마음에 집히는 데가 있어 허영숙은 서둘렀다. 시내 복판에 있
는 백병원으로 달려갔다. 백인제 박사는 전후 상황을 듣더니 피부터 뽑
았다. 그리고 다음 날, 침통한 어조로 말했다.

　"시필리스(매독) 균이 침범했어요. 후유증이 심할 겁니다."

　결국 허영숙은 백병원에 입원해 그해 말까지 병원 신세를 졌다. 혈관
에 침투한 매독균은 일단 퇴치했는데, 백 박사가 얘기한 대로 후유증이
나타났다. 손을 움직일 수가 없었다. 의사가 손을 쓸 수 없다면 어찌 된
다는 말인가. 엉거주춤한 자세로 집에 돌아왔을 때 춘원은 놀라서 어쩔
줄 몰라 했다. 영근이는 말없이 어머니의 표정을 살폈고, 정란이와 정

화가 눈물을 보였다. 허영숙은 의사답게 침착하게 말했다.

"엄마 병신 되지 않아. 물리치료를 하면 나을 거야."

정란이가 울면서 말했다.

"물리치료가 뭔데?"

"응, 자꾸 손을 움직이고 온천 같은 곳에 가서 따뜻한 물에 어깨를 담그면 나을 거야. 걱정하지 마."

허영숙은 엄마에게서 떨어질 수 없는 다섯 살짜리 정화만을 데리고 온양온천으로 떠나기로 했다. 대절한 택시가 집 앞에 왔을 때 온 식구가 문 앞까지 따라 나왔다. 춘원이 근심스럽게 물었다.

"정화와 단둘이서 괜찮겠소?"

"곧 나을 거예요. 너무 염려하지 마세요."

"엄마, 나도 갈 거야!"

허영숙은 정란의 머리를 쓸어주며 말했다.

"넌 유치원에 가야지. 빨리 다녀오마."

1939년 말, 허영숙과 정화를 태운 까만 택시가 충남 온양온천 쪽을 향해 추위를 뚫고 달리기 시작했다.

그 무렵 조선에서 가장 화려하게 빛나는 사람은 무용하는 최승희였다. 그녀는 한 해 전인 1938년에 미국으로 건너가 2월 초에는 LA에 있는 '이벨'이라는 극장에서 공연했다. 하와이와 샌프란시스코에 있던 조선 이민자들이 고달픈 이민생활 속에서 어렵게 번 돈으로 표를 사고 그녀를 성원했다. 그뿐만 아니라 할리우드의 대스타 로버트 테일러나 게리 쿠퍼가 객석을 채우기까지 했다. 〈LA 타임즈〉가 대서특필했고, 놀랍게도 최승희를 '코리안 댄서'로 불렀다. 그리고 그녀는 뉴욕의 길드 극장에서 대성황리에 공연을 마치고, 1939년에는 유럽의 15개 지역을 돌며 공연했다. 브뤼셀에서는 제2회 국제무용대회 심사위원을 맡기까지 했다.

이런 최승희의 엄청난 성공에 대해 일본의 〈아사히신문〉과 〈요미우리신문〉도 요란하게 보도했고, 조선의 〈매일신보〉, 〈경성일보〉, 〈동아일보〉, 〈조선일보〉가 엄청난 지면을 내주었다.

집에서 신문을 보던 춘원은 아내 허영숙을 바라보며 맨발로 사뿐사뿐 방바닥을 지르밟았다. 허영숙이 웃으며 물었다.

"당신 지금 뭐하고 있는 거예요?"

"나 지금 최승희 춤을 추는 거요."

"아니, 맨발로 사뿐사뿐 걷기만 하면 최승희 춤이 되는 거요?"

"최승희는 조선에서 최초로 맨발로 춤을 춘 무용가가 아니오? 나도 지금 당신의 병을 낫게 해달라고 최승희 춤을 추는 거요."

내외는 함께 웃었다. 1939년, 춘원과 허영숙은 힘든 한 해를 보냈지만 무용가 최승희는 태평양과 대서양을 넘나들며 훨훨 춤을 추었다.

가야마 미쓰로(香山光郎)

1940년 2월 11일은 청명하고 추웠다.

춘원은 촘촘히 누빈 흰색 두루마기에 마고자까지 갖춰 입고 자색 구두와 자색 중절모를 갖추고 나들이 준비를 마쳤다. 부인 허영숙은 짙은 감색 두루마기를 입었고, 머리에는 추위를 막기 위해 수를 놓은 남바위를 썼다.

두 사람은 나란히 효자정 골목을 나와 전찻길 건너에 있는 종로구청으로 향했다. 총독부 건물 앞에는 커다란 현수막이 걸려 있었다.

'내선일체가 되는 첩경은 창씨개명(創氏改名)이다. 접수는 2월 11일부터.'

춘원은 성큼성큼 걷다가 종종걸음을 하는 아내를 기다리며 섰다. 사람들은 춘원 내외를 알아보는 듯 모두 수군거리며 힐끗힐끗 쳐다보았다. 허영숙이 숨찬 소리로 말했다.

"여보, 좀 천천히 걸어요. 제가 관절염 환자라는 걸 잊었어요?"

춘원은 면구스러운 듯 머리에 쓴 자색 중절모를 벗었다가 다시 썼다.

238

"미안하외다, 내가 깜빡했소."

허영숙이 다가오자 그제야 천천히 발걸음을 옮기기 시작했다. 구청의 입구에도 또 다른 현수막이 걸려 있었다.

'조국은 그대들의 창씨개명을 따뜻한 마음으로 기다리고 있습니다.'

구청 건물에 들어서자 콧수염을 기른 구청장이 달려 나왔다. 그리고 모두 들으라는 듯 큰 소리로 외쳤다.

"아이고, 춘원 선생님께서 웬일이십니까? 이렇게 창씨개명 접수 첫날에 와주시다뇨, 아이고, 사모님께서도!"

춘원 내외는 구청장의 안내를 받으며 호적계로 갔다. 계원은 벌떡 일어나 허리를 구부려 인사하고 공손히 말했다.

"선생님 내외께서 제 1번인 것 같습니다. 여기 구비서류가 있습니다. 창씨하신 성을 먼저 쓰시고 개명하신 존함을 쓰시면 됩니다."

계원은 잉크를 찍어 춘원에게 건네었다. 춘원은 의자에 앉아 침착하게 써내려가기 시작했다.

호주란에는 '香山光郎'이라고 썼다. 호적계원이 겸손하게 물었다.

"선생님, 독음이 어떻게 되는지요? '가야마 미쓰오'가 맞습니까? '가야마 미쓰로'가 맞습니까?"

춘원은 웃으며 부드럽게 말했다.

"어느 것이든 상관없다고 생각합니다. 부르고 싶은 대로 부르라고 하시오. 하지만 나는 '가야마 미쓰로'로 쓰겠소."

그러고 나서 춘원은 계속해서 써내려갔다. 아들 영근은 미츠아키(光昭), 큰딸 정란은 미쓰에(光惠), 막내딸 정화는 미쓰요(光世) …. 춘원이 여기까지 쓰고 일어나자 부인 허영숙이 춘원의 펜대를 받아 자신의 이름을 쓰기 시작했다.

'香山英子'

계원이 또 겸손하게 물었다.

"독음은 어찌 되는지요?"

허영숙은 짤막하게 말하고 일어났다.

"가야마 에이코예요."

다음 날 신문에는 이광수의 창씨개명에 관한 장황한 기사들이 일제히 실렸다.

창씨개명을 접수하기 시작한 첫날, 아마도 조선반도에서 제일 첫 번째로 춘원 이광수가 그 창씨개명의 첫 테이프를 끊었을 것이다. 그의 새로운 성과 이름은 바로 '香山光郞'이다. 기자들이 그 독음을 물었을 때 그는 '가야마 미쓰오'라고 읽어도 좋고, '가야마 미쓰로'라고 읽어도 좋다고 했다. 그의 성이 되는 '香山'은 조선의 명산인 묘향산에서 따온 것이라고도 하고, 신무천황폐하께서 '어즉위'(御卽位)하셨던 강원(橿原) 근처에 있던 산, 즉 향구산(香久山)에서 그 독음을 따왔다고 하기도 했다. 여하튼 이제 조선 제일의 문사, 춘원 이광수는 옛 이름이 되었고, 그의 새로운 이름은 '가야마 미쓰로', 즉 '香山光郞'이 되었다. 향기로운 산에서 빛을 발하며 힘차게 뛰어나오는 대일본 제국의 사나이로 태어나기를 바란다.

그날 밤, 춘원은 책상 앞에 앉아 편지를 쓰기 시작했다.

아버님, 오랜만에 상서를 올립니다.

어머님과 함께 가내 두루 평안하신지요? 소생은 내자와 아이들과 함께 무탈하게 지내고 있습니다. 그러나 얼마 전, 저는 팔굉일우의 하늘 아래에서 진정으로 내선일체의 길로 내닫는 첫발을 내디뎠습니다. 아시다시피 지금 반도에서는 내지인들과 똑같이 이름과 성을 바꾸는 창씨개명의 깃발이 올랐습니다. 그 깃발이 오른 첫날, 저는 내자와 함께 제가 살고 있는 경성의 종로구청에 가서 제일 먼저 창씨개명을 하고 돌아왔습니다. 소자의 성은 황공하옵게도 천왕폐하와 관련이 있는 향산에서 그 독음을 차용하여 향산(香山)이라 하였고, 이름은 내지(內地) 식으로, 광랑(光郎)으로 하였습니다. 저는 앞으로 영광스럽게 '香山光郎'이라 쓰고 '가야마 미쓰로'로 불리게 될 것입니다. 아버님께서도 서를 앞으로는 '가야마 미쓰로'로 친근하게 불러주십시오.

제 아들은 인근에 있는 수송소학교에 잘 다니고 있고, 두 딸은 유치원에 다니며 즐거운 나날을 보내고 있습니다. 제가 홍지동 산장에 있을 적에는 아들 미츠아키(光昭)가 숙제하겠다고 생물 표본을 만들 때에는 동네에 사는 꼬마들과 함께 나비도 잡고, 매미도 잡고 심지어는 뱀까지 잡아서 알코올에 담고 표본을 만들어 학교에 내도록 했습니다. 그리고 딸들이 찾아오면 함께 달을 바라보고 노래를 부르고 기쁜 나날을 보냈습니다. 그런데 이제는 도심지인 효자정에 이사 와서 완전히 도시인의 생활을 보내고 있습니다.

아버님도 알고 계실 것으로 사료됩니다만, 얼마 전에 저는 부끄럽게도 '모던 일본사'가 주관한 제1회 '조선예술상'을 수상하였습니다. 심사위원은 기쿠치 간과 가와바타 야스나리(川端康成) 등 12명이었습니다.

상금은 500원이었는데, 다음 책을 내는 종이를 확보하기 위하여 출판사에 넘겼습니다.

저는 앞으로 제 이마를 송곳으로 찌른다면 그곳에서 천황폐하의 혈맥을 잇는 피가 솟을 수 있도록 철저하게 대화혼(大和魂: 일본정신)으로 무장하겠습니다. 지금 재판에 계류 중인 동우회 사건이 무죄로 판결이 난다면 다시는 아버님께 심려를 끼칠 일들은 만들지 않겠습니다. 아무쪼록 심려를 놓으시길 바랍니다. 그럼 오늘, 소자는 영광스럽게도 창씨개명했다는 사실을 아버님께 보고 올리고, 집안에서도 저는 화복(和服)을 입고 있고 방 안에는 일장기를 걸어놓고 있다는 사실까지도 보고 올리겠습니다. 이만 줄이옵고, 아버님 내외 강녕하시기를 비옵니다.

소자, 香山光郎 올림.

그 편지는 도쿄에 있는 도쿠토미 소호에게 보내졌다. 얼마 후, 소호 옹은 인편으로 춘원에게 액자를 보내주었다. 그 액자에는 이렇게 씌어 있었다.

日鮮本是同根族 忘小我殉大義 欣快曷勝
일본과 조선은 본시 뿌리가 같은 민족이다, 소아를 잊고 대아를 위해 순국하면 반드시 승리할 것이다.

춘원은 몇 년 전, 소호 옹이 그와 부자의 인연을 맺으면서 정표로 주었던 액자, '天生我才戈有用'을 내려놓고 효자정 안방의 벽에다 새 액자를 걸었다.

그해 초여름 5월 28일에는 도쿠토미 소호의 시비가 경성에 세워졌다. 그는 총독부 뒷산, 인왕산 뒤에 있는 청운정 산자락(얼마 전까지 '백운장'이라고 불리던 곳)에 일본식 저택을 가지고 있었는데, 사람들은 그 집을 겸손하게 표현하여 '까치집'(鵲巢居: 작소거)이라고 불렀다. 일본 말로는 '세키스키'라고 하였는데, 그날 사람들은 세키스키 앞에 시비 하나를 세웠다. 비에는 도쿠토미 소호 자신이 쓴 시가 새겨져 있었다.

清風溪上白雲洞 洞裡幽蘆傍水斜
시냇물 위로 맑은 바람 일고 흰 구름 머무네 동네 조그마한 우두막을 비스듬히 흐르는 물가에 서면
老樹萬門門擁石 鵲巢高處是吾家
집집마다 늙은 나무 서 있고 그 집안은 돌을 안고 있네 높은 곳에 지은 까치집이 바로 내 집일세

정작 도쿠토미 소호는 78세의 고령 때문에 그날 나오지 못했다. 경성에 나와 있는 수많은 문화인들과 관리들이 참석했는데, 춘원은 도쿠토미 소호의 양자 자격으로 그 시비의 시를 내빈들 앞에서 낭송하고 해설까지 했다. 도쿠토미 소호는 본국에서 신문을 통하여 정황을 파악하고 춘원에게 고맙다는 장문의 편지를 보내왔다.

어쨌든 춘원이 창씨개명을 하고 나자 효자정에 있던 허영숙의 '허영숙 산원'도 일본식으로 이름이 바뀌었다. 사람들은 모두 허영숙 산원을 '가야마 산원'(香山産院)이라고 불렀다. 가야마 산원에 입원한 임산부

들은 대부분 젊은 조선인 부인들이었다. 총독부 촉탁으로 일하는 젊은 관리들의 부인, 종로나 본정통에서 장사하는 상인들의 부인 그리고 학교 교사로 근무하는 젊은 새댁들이 대부분이었다. 그 부인들은 아이들을 낳고 몸이 회복되기 시작하자 가까이에 있는 중국집 '보화루'에 전화를 해서 중국 음식들을 시켜먹었다. 의사인 허영숙은 복도를 지나면서 중국집에 연신 주문을 해대는 산모들의 활기찬 목소리를 들으며 빙긋이 웃었다. 허영숙과 눈이 마주친 산모들은 가볍게 목례했다.

그때쯤 효자동에서 여러 해 전부터 함께 산파생활을 했고 도쿄 적십자병원에서 연수까지 했던 산파 마사도 같이 근무했다. 그녀는 번개같이 아이 받기로 유명했다. 사람들은 산부인과에 대한 허영숙의 해박한 지식과 산파 마사의 노련한 솜씨를 깊이 신뢰하고 사랑했다.

1940년 여름은 뜨거웠다.

6월 14일에 독일의 나치스 군대가 파리에 무혈 입성했다. 독일군의 군화 소리에 놀라 프랑스군은 총 한 방 제대로 못 쏘고 맥없이 무너졌다. 경성의 신문들은 일제히 그 소식을 전했다. 일본은 중국 내지로 전진을 시작했다. 분위기가 으스스하게 변하고 사회는 전시체제로 급속히 변모했다. 경성 거리에는 국민복이 등장하고 이광수도 외출할 때는 국민복을 챙겨 입었다. 낮 12시가 되면, 경성 부청(시청) 꼭대기에 걸린 스피커에서 요란한 경고음이 울렸다. 길을 가던 사람들은 모두 멈추어 서고 동쪽을 향해 허리를 구부렸다. 이광수도 그 경고음에 맞춰 부동자세로 서서 동쪽을 향해 허리를 굽혔다.

그해 8월 10일에는 조선글로 발행되던 〈동아일보〉와 〈조선일보〉가

폐간되었다. 마지막 폐간호에 두 신문은 '당분간 신문 찍을 종이가 부족하여 어쩔 수 없이 폐간을 단행합니다'라고 완곡한 글을 실었지만 총독부에 의한 강제폐간이라는 것을 모두가 알고 있었다.

8월 21일에는 동우회사건 2심이 경성법원에서 열렸다. 1심에서 무죄를 받았던 동우회 41명이 전원 유죄가 되었다. 춘원은 5년이 선고되어 사색이 되어 집으로 돌아왔다. 그날 허영숙은 춘원에게 영양제를 놓아주며 어머니처럼 달랬다.

"여보, 너무 상심 마세요. 최종심이 남아 있잖아요. 그동안 더 충성하는 모습을 보이세요. 강연해 달라면 해주고 글을 써달라면 써주고 단체에 들어오라면 주저 말고 들어가세요. 지금 이 시점이 고비예요."

춘원은 아이처럼 몸을 떨며 말했다.

"지금 전시체제로 바뀌는데, 최종심이라고 나아지겠소? 나 같은 몸으로 옥에 들어가 5년을 견디려면 아무래도 목숨을 내놓아야 할 거요. 도산 선생님처럼 후유증을 이기지 못해 숨을 거두게 될 거요."

그날은 허영숙이 술상을 차려왔다. 둘은 맞담배질을 하면서 오붓한 시간을 보냈다.

"마음을 단단히 가지시고요, 이 고비를 잘 넘기세요. 당신에게는 왕자 같은 영근이와 공주 같은 정란이, 정화가 있잖아요."

춘원은 아기처럼 받았다.

"그렇지, 그렇지. 내게는 곰 같은 아들과 토끼 같은 딸들이 있지. 암, 암. 있고말고. 자, 오늘은 당신이 나를 위해 오르간 연주 좀 해주시오."

그날은 허영숙이 좀처럼 손대지 않던 오르간을 연주하며 찬송가까지 불러주었다. 잘 부르지 않던 찬송가였다.

괴로운 인생길 가는 몸이/ 평안히 쉴 곳이 아주 없네/ 걱정과 고생이 어디는 없으리/ 돌아갈 내 고향 하늘나라/ 광야에 찬바람 불더라도/ 앞으로 남은 길 멀지 않네/ 산 넘어 눈보라 재우쳐 불어도/ 돌아갈 내 고향 하늘나라.

춘원은 참으로 오랜만에 허영숙이 찬송가를 부르고 나자 그녀의 아호를 불러주었다.

"여보, 춘계(春溪), 고맙소. 내 호는 평범한 봄동산이지만 당신의 아호는 참으로 뜻이 깊소. 백화가 만발하면서도 물까지 흐르는 깊고 깊은 골짜기 춘계가 아니오?"

춘계 허영숙은 오르간에서 내려와 술잔을 내밀었다.

무죄선고

1941년 3월 7일에는 참으로 묘한 법이 공표되었다.

'조선사상범 예방구금령'이라는 법령이었다. 조선인으로서 수상한 말 또는 행동을 하거나 그럴 가능성만 보여도 미리미리 잡아 가둘 수 있다는 법이었다. 참으로 무시무시한 법령이었다. 그로부터 사흘 뒤 동우회사건을 담당한 일본인 검사, 나가사키 유조(長崎祐三)는 수양회에 관련된 조선인 피의자들을 경성 대화숙(大和塾: 사상범들을 교화시키는 모임)에 모이게 하고, 일주일 동안 사상훈련을 시켰다. 이광수는 그 모임에 나가 장덕수, 백남운, 이순택, 최익한 등과 함께 사상훈련을 받았다. 열심히 발표도 했다.

그해 8월 31일 유럽에서는 독일군이 러시아로 진격하여 스탈린그라드에 돌입했다. 세상이 참으로 수상하게 돌아갔다. 이광수는 일본 옷을 입고 일본말을 하면서 거리에 다닐 때는 열두 시 사이렌이 울리면 그 큰 거리의 복판에 서서 묵념을 올리고 동쪽을 향해 예를 올렸다. 철두철미한 친일파처럼 온순한 모습을 보였다. 그렇게 그해 여름이 지나갔다. 그해 10월 18일, 세종로 근처의 부민관에서 '조선임전보국단'이라는 어용단체가 발족되었다. 춘원은 일본 옷을 입고 그 모임에 참석하였고, 생활부장이라는 감투도 썼다.

마침내 그해 11월 17일이 되었다. 을씨년스럽고 음산한 날씨였다.

감옥에 있거나 병보석으로 각지의 병원에 누워 있거나 이광수처럼 임시로 석방된 모든 사람들이 덕수궁 옆에 있는 경성고등법원에 출두했다. 그 가족들도 조선 팔도에서 모두 모여들어 방청했다.

1937년 6월부터 검거가 시작되어 181명이 잡혔던 동우회사건이 최종심을 맞는 날이었다. 그동안 많은 사람들이 전향서를 쓰고 석방되었다. 최종적으로 42명이 재판에 회부되었는데 그중에서 안창호 선생이 1938년 3월에 사망하였기 때문에 그날 재판에는 41명이 회부되었다. 그들은 이미 1939년 12월에 경성지방법원에서 모두 무죄를 선고받았으나 무죄를 선고했던 일본인 판사는 면직되었고, 검사가 불복 공소하여 1940년 8월 경성복심법원에서 이광수 징역 5년, 김종덕 등 4명 징역 4년, 김동원 등 4명 징역 3년, 조병옥 징역 2년 6개월, 오봉빈 등 7명 징역 2년, 나머지는 징역 2년에 집행유예 3년을 각각 선고받았다. 4년 5개월간의 구금기간 동안 최윤세, 이기윤은 옥사하였고, 김성업은 고문으로 불구가 되었다.

엄혹하고 무서운 세월을 견뎌왔던 41명의 피고인들은 그날 재판정의 높은 대위에 앉은 판사 앞에 모두 일렬로 섰다. 팔도에서 모여든 가족들은 방청석에 앉아 눈물을 닦으며 숨을 죽였다. 판결 주문을 읽어 내려가던 판사는 이윽고 엄숙한 목소리로 판결했다.

248

"… 이상 동우회사건에 관련된 피고인 전원에게 무죄를 선고한다!"

순간, 방청석에서는 '만세' 소리가 울려 퍼지고 피고인들과 가족들은 눈길을 섞으며 모두 흐느꼈다. 변호인석에 앉아 있던 일본인 인권변호사인 후세 다쓰지(布施辰治), 스즈키 요시오(鈴木義男), 조선인 변호사 김병로, 허헌 등도 환호했다.

다음 날은 날씨도 맑았다.

재판에 관련된 대부분의 사람들이 효자정 가야마 산원에 모였다. 김병로 변호사는 말없이 웃었고, 이인 변호사는 함박웃음을 지었고, 허헌 변호사는 허허 웃었다. 조선 팔도에서 모여든 사건 관련자들과 축하객들이 가야마 산원 안팎에 가득 찼다. 아기를 안은 젊은 부인들도 환호성을 보냈다. 마당 한가운데서 안경을 낀 일본인 변호사 후세 다쓰지가 이광수의 팔을 잡고 말했다.

"춘원 선생은 자기희생의 표본입니다. 누가 뭐래도 나는 압니다. 자신 하나의 이름을 죽여서 모두를 살렸습니다. 변절자, 친일분자라는 누명을 무릅쓰고 40명을 구해냈습니다."

허헌도 큰 소리로 말했다.

"암, 암. 그렇죠. 춘원의 단심(丹心)이 어디로 가겠소. 일본 옷을 입고 게다를 신었다고 춘원이 가진 조선의 혼이 어디로 사라지겠소?"

이인과 김병로도 고개를 끄덕였다. 평양의 김동원도 이광수를 끌어안아주었다. 이때 김동원을 주로 변론했던 일본인 변호사인 스즈키가 큰 소리로 말했다.

"제가 알기로는 춘원 선생이야말로 순교자입니다. 조선이라는 나라와 조선 민족을 위해 자기 자신 하나를 기꺼이 던졌습니다. 마치 한 알의 밀알이 땅에 떨어져 수많은 곡식을 거두는 것처럼 그는 자신 하나를 희생해서 41명의 동우회 회원들을 살려냈습니다. 춘원 선생이야말로 순교자입니다."

그때 춘원이 일본인 변호사 스즈키의 손을 잡아 번쩍 들어 올렸다.

"변론하실 때마다 먼 도쿄에서 현해탄을 건너와 수고하신 스즈키 변호사님, 감사합니다. 우리 조선인들은 당신을 잊지 못할 것입니다."

춘원이 스즈키를 칭찬하자 김동원도 이광수를 주로 변론했던 후세 다쓰지 변호사를 언급했다.

"후세 선생님, 참으로 고생 많으셨습니다. 선생님은 그동안 우리 조선인들을 위해 참으로 많은 땀을 흘리셨습니다. 선생님은 제가 일찍이 도쿄에서 2·8독립선언서만 써놓고 상하이로 도망쳤을 때 도쿄에 남은 최팔용, 송계백 동지들을 변호했습니다. 그리고 일본 황궁의 니주바시에 폭탄을 던졌던 김지섭 의사를 변론했습니다. 또 그 후에는 조선의 아나키스트 박열과 일본인 아내 가네코 후미코까지 변론했습니다. 그뿐만 아니라 선생님은 그동안 동양척식주식회사에 땅을 빼앗긴 조선인 소작인들을 꾸준히 변호했습니다. 선생님은 우리 조선인들의 진정한 친구이십니다. 여러분, 우리 조선의 은인, 후세 다쓰지 변호사님을 위해 박수를 보내주십시오."

가야마 산원의 안팎에서 우렁찬 박수 소리가 울려 퍼졌다. 그때 모윤숙과 김수임이 커다란 꽃다발 서너 개를 들고 들어섰다. 두 여인은 그 꽃다발을 춘원과 변호사 스즈키와 후세 다쓰지에게 정중히 전했다.

그날 가야마 산원의 뜰에는 커다란 멍석이 깔렸다. 그리고 가까이에 있는 여러 냉면집에서 냉면이 배달되었고, 중국집에서도 중국 요리들을 보내왔다. 허영숙은 정신없이 집 안팎을 드나들었고, 산파 마사의 가족들도 달려왔다.

사람들이 냉면과 중국 음식을 다 먹고 술을 마시기 시작할 때 병실 복도에서 갑자기 오르간 소리가 울려 퍼졌다. 어느새 미색 한복으로 갈아입은 허영숙이 오르간을 연주하기 시작했다. 모두가 처음 듣는 노래였다. 사람들은 조용히 그 처음 듣는 음악 소리에 귀를 기울였다. 허영숙의 오르간 반주가 전반부를 끝냈을 때 아래위로 하얀 한복을 입은 배우 홍청자가 뜰 위에 나타났다. 그녀는 허영숙의 반주에 맞춰 낮고 고요하게 노래를 불렀다.

"울밑에 선 봉숭아야 네 모양이 처량하다/ 길고긴 날 여름철에 아름답게 꽃필 적에/ 어여쁘신 아가씨들 너를 반겨 놀았도다

어언간에 여름 가고 가을바람 솔솔 불어/ 아름다운 꽃송이를 모질게도 침노하니/ 낙화로다 늙어졌다 네 모양이 처량하다

북풍한설 찬바람에 네 형체가 없어져도/ 평화로운 꿈을 꾸는 너의 혼은 예 있으니/ 화창스런 봄바람에 환생키를 바라노라."

키 큰 배우 홍청자가 하얀 소복을 입고 처연하게 부른 그 노래는 이상하게도 모든 사람들의 마음을 울렸다. 구석에 앉아 있던 시인 모윤숙과 김수임이 제일 먼저 흐느꼈고, 그날 무죄를 받은 많은 사람들도 그 노래를 들으며 가족들과 함께 어깨를 들썩였다. 평양에서 온 김동원이 노래를 부른 홍청자에게 물었다.

"앙코르! 그런데 그 노래는 누가 작사하고 누가 작곡한 노래입니까? 또 노래 제목은 어떻게 됩니까?"

"이 노래는 우리 조선의 가정집, 어디에서나 피어나는 봉숭아를 제목으로 한 노래입니다. 이 노래의 가사를 지은 이는 홍난파 선생의 이웃에 사셨던 김형준 선생이고요, 이 곡을 작곡한 이는 바로 홍난파 선생입니다."

이광수가 나섰다.

"홍난파 선생은 우리 조선이 낳은 천재 바이올린 연주자입니다. 그리고 뛰어난 작곡가입니다. 미국에 유학하실 때 음악 공부만 열심히 하시지 않았고, 도산 안창호 선생과 함께 애국운동도 하셨습니다. 귀국하셔서는 우리와 함께 일찍이 수양동우회에 가입하셨고, 함께 동우회 운동을 하시다가 옥고를 겪기도 하였습니다."

이광수는 잠시 멈춘 후 천천히 말했다.

"그런데 안타깝게도 홍난파 선생은 소생과 같이 폐결핵을 얻어 오래 고생하시다가 지난 8월 말에 세상을 뜨셨습니다. 선생이 살아 계셨다면 오늘 이 기쁜 자리에 함께하셨을 것이고, 바이올린으로 오늘 연주를 빛내주셨을 텐데 안타깝게도 석 달 전에 천국으로 가셨습니다. 우리 함께 동지였던 난파 홍영후(洪永厚) 선생을 위해, 그리고 옥사하신 우리의 동지 최윤세, 이기윤 동지를 위해 잠시 묵념을 올립시다."

모두는 숙연하게 홍난파와 먼저 간 동우회 동지들을 애도했다.

가야마 산원의 기쁨이 끝나고 경성에 때 아닌 첫 눈발이 흩날리던 날, 세상을 진동하는 엄청난 사건이 터졌다. 1941년 12월 8일이었다.

신문의 호외들이 눈발처럼 거리에 흩날렸다.

'대동아 전쟁 발발. 천황폐하의 전투기들, 미제국주의의 해군 기지

진주만을 폭격하다. 미국 하와이를 공격하다.'

사람들은 놀란 짐승들처럼 모두 발걸음을 재촉하여 집으로 돌아갔다. 거리는 군복 입은 군인들로 가득 찼고, 군화 소리와 군용차 소리로 채워졌다. 올 것이 온 것이었다. 대일본제국과 미국이 전쟁상태로 돌입한 것이었다. 춘원과 허영숙도 숨을 죽였고, 가야마 산원도 긴장감에 휩싸였다. 평소에는 우렁차게 울어대던 아기들마저도 숨을 죽이는 듯했다. 경성 거리에 진짜 첫 눈이 내리던 그해 12월 28일, 산파 마사가 눈이 퉁퉁 부어 허영숙을 찾아왔다.

"아니 씩씩한 마사 선생이 웬일이오? 눈이 붓도록 울다니?"

마사는 허영숙을 붙들고 흐느꼈다.

"제 딸, 게이코가 기어이 세상을 떠났어요."

"아이고, 그 꽃 같은 처녀가 가다니…. 부처님도 무심하시지. 그 피지도 못한 꽃이…."

그때 마사는 커다란 보자기에 싸온 것을 내밀었다. 허영숙은 의아해하며 눈으로 물었다.

"그 아이가 살아생전 투병하면서 써온 일기예요. 그 애의 꿈은 이 글을 다듬어서 리 센세께 보여드리는 것이었는데…."

그때 춘원이 다가왔다.

"아니 마사 선생, 따님이 어떻게 됐다고요?"

"선생님, 그 아이의 마지막 소원은…. 이 글을 꼭 선생님께서 봐주시는 거였어요. 그리고 글이 괜찮으면 꼭 선생님의 추천사를 받아 이 글을 세상에 남기고 싶어 했어요."

"제가 꼭 이 글을 보겠습니다. 그리고 내 추천사를 달아 책으로 내보지요."

　　그러나 대동아 전쟁의 불길이 급속히 번지기 시작했다. 세상은 숨 가
쁘게 돌아갔다. 문학소녀 게이코의 글은 햇빛을 보지 못했다.

그치지 않는 비

　1942년이 되자 일본군은 전 세계를 집어삼킬 듯 사방 천지를 짓밟고 다녔다. 동남아 지역으로 진격하던 일본군은 대영제국이 지배하던 말레이시아와 싱가포르를 집어삼켰다. 당시 동남아시아 지역 일본군을 지휘하던 야마시타 도모유키(山下奉文) 장군은 싱가포르를 점령하며 그곳을 지휘하던 영국군 사령관 퍼시발 장군이 우물쭈물하자 '말라야의 호랑이'라는 별명답게 책상을 치며 호통쳤다.

　"항복할 거야? 말 거야? 예쓰까 노까?"

　퍼시발 장군은 고개를 숙이며 할 수 없이 '예쓰'라고 대답했다. 일본의 신문들은 이 대목을 대서특필했다. 그래서 말라야의 호랑이가 유행시킨 '예쓰까 노까'는 일본과 조선반도 그리고 만주에까지 퍼져 유행했다. 일본은 말레이시아산 찰고무로 팡팡 튀어 오르는 공을 만들어 알록달록하게 색칠해서 일본과 조선반도의 어린이들에게 나눠주었다. 그 알록달록한 공들은 온 거리를 누비며 일본의 위세를 과시했다. 경성의 효자정에 있던 허영숙 산원, 즉 가야마 산원에서도 정란과 정화가 그

공을 가지고 놀았다.

　어느 날인가 가야마 산원에 급한 산모를 데리고 왔던 조선인 의사가 허영숙에게 환자를 맡기고 나가려다가 자기가 데리고 온 그 조선인 여성 환자에게 미련이 있는 듯 말을 걸었다.

　"여기는 시설이 좋으니 안심하고 치료받으세요."

　조선인 산모는 산실을 돌아보며 아무래도 낯이 선 듯 무심히 말했다.

　"선생님, 가시기 전에 저한테 영양제나 한번 놔주시죠."

　젊은 의사는 머뭇거렸다.

　"글쎄요, 일단 이 병원에 입원했으니까 이 병원의 주치의인 가야마 선생이 치료하는 것이 원칙인데 ···."

　그러나 환자는 그동안 자기와 익숙했던 젊은 의사에게 또다시 청을 했다.

　"아이, 어때요. 전에 맞던 영양제나 꽂아주고 가세요."

　할 수 없이 은테 안경을 쓴 그 조선인 의사는 치료실 약장에 있는 링거 병을 꺼내고 영양제를 타서 그 산모에게 꽂아주었다. 그때 마침 허영숙이 들어왔다.

　"마쓰시다 선생, 지금 뭘 하고 계신 거예요?"

　젊은 의사는 마치 도둑질을 하다 들킨 사람처럼 당황했다.

　"마지막으로 영양제를 놓아달라고 해서 선생님의 약장을 뒤져 링거 주사를 놓아 주었습니다."

　허영숙은 미간을 찌푸리며 은테 안경에게 말했다.

　"당신 잠깐 나와 봐."

은테 안경은 뒷머리를 긁적이며 복도로 나갔다. 그가 복도로 나오자마자 허영숙은 은테 안경의 따귀를 사정없이 갈겼다. 젊은 의사의 얼굴에서 안경이 떨어져 나갔다. 허영숙은 불같은 목소리로 말했다.

"처신 똑바로 해. 당신이 급한 환자를 데려오는 것은 자유지만 내 병원 안에서 내 환자에게 손대는 것은 용서하지 못해. 더구나 내 허락도 없이 약장을 뒤져서 링거까지 놓다니!"

젊은 의사는 안경을 주워 쓰며 정신없이 말했다.

"죄송합니다. 제가 생각을 깊이 하지 못했습니다. 용서해주십시오."

진료실 안에 있던 조선인 산모는 어쩔 줄 몰라 했고, 다른 산모들도 모두 못 본 척했다. 젊은 의사는 황황히 도망갔다. 소문은 삽시간에 퍼졌다.

'가야마 센세가 젊은 남자 의사의 뺨을 갈겼다.'

허영숙은 그런 여자였다. 아무리 남자 의사라도 자신의 병원에서 자신의 허락 없이 자신의 환자에게 손을 대는 것은 용납하지 않는 매서운 의사였다.

그해 봄, 히비야 공회당에서 열린 신인 음악회에서 조선반도 출신 소프라노 김천애가 출전했다. 그녀는 무사시노 음악학교를 졸업하고 평북 선천군 보성여자학교 음악 교사를 하다가 더 좋은 연주자가 되기 위하여 도쿄 신인 음악회에 출전했다. 그녀는 소복처럼 위아래 하얀 한복을 차려입고 자신이 즐겨 부르던 '봉숭아'를 열창했다. 청중들과 심사위원들은 그녀의 불타는 듯한 목소리에 매료되어 특등상을 주었다. 그녀가 부르기 시작한 '봉숭아'는 삽시간에 도쿄의 한인들에게 울려 퍼졌고,

귀국 후에는 서울 부민관과 하세가와 공회당에서 '봉숭아' 열풍을 일으켰다. 평양의 키네마 극장에서도 그녀의 '봉숭아'는 평양 사람들을 매료시켰다.

그해 5월, 미나미 지로 총독이 물러나고 육군 대장 출신으로 일본 수상을 지낸 고이소 구니아키(小磯國昭)가 새 총독으로 부임했다. 이광수는 세상을 아랑곳하지 않고 그해 3월부터 〈매일신보〉에 연재하기 시작한 장편소설 《원효대사》에 몰입했다.

허영숙은 빙글빙글 웃으며 글을 쓰는 춘원에게 농을 던졌다.

"당신, 원효대사가 부럽죠?"

"왜?"

"아 그렇잖아요. 원효대사는 스님 노릇하면서 술도 마시고 천하를 주유하다가 급기야 미인 요석공주와 사랑에 빠지잖아요."

"허, 참. 사람도."

허영숙은 빙글빙글 웃으며 또 말했다.

"당신, 원효대사가 자신이라고 생각하면서 글 쓰는 것 아니에요?"

춘원은 속마음을 들킨 듯 얼굴을 붉히며 말했다.

"당신도 이제는 귀신이 다 됐소. 이 소설가의 속마음까지도 꿰고 있으니 말이오."

"아 서당 개 3년이면 풍월을 읊는다는데 내가 소설가 부인으로 산 지가 얼마입니까."

두 사람은 함께 웃었다.

그해 11월, 춘원은 도쿄와 오사카에서 개최될 제1회 대동아문학자

대회에 참석하기 위하여 유진오(兪鎭午), 박영희와 함께 일본에 건너갔다. 그때 장남 진근의 아내 그러니까 허영숙의 며느리는 산기를 느끼며 급히 가야마 산원에 찾아왔다. 허영숙은 자신의 며느리를 자신이 보기가 뭐해서 급히 산파 마사를 불러왔다. 마사는 능숙하게 아이를 받아냈다. 아주 예쁜 공주였다. 아기를 낳았다는 소식을 듣고 진근이도 달려왔다. 벌써 다섯 살이 된 손자 명선이는 빨간 얼굴로 꼼지락거리는 동생이 신기한 듯 손가락으로 아기를 살짝 눌러보았다. 아버지 진근이가 아들 명선에게 말했다.

"네 동생이다. 이름은 정자라고 지었다. 동생 정자를 아껴주거라."

허영숙은 손녀 정자를 한 번 안아주고 며느리를 치하했다.

"애야. 애 많이 썼다. 예쁜 공주다. 잘 키우거라."

산모는 사흘쯤 있다가 효자정을 떠났다. 며느리와 손녀가 떠날 때 허영숙은 아기 옷값을 하라며 봉투를 건넸다.

열흘 뒤 춘원이 돌아와 소식을 들었다.

"우리는 왜 이렇게 빨리 할아버지 할머니가 된 거야."

허영숙이 곱게 눈을 흘기며 말했다.

"당신이 정주 산속에서 너무 일찍 장가를 들었기 때문이죠. 가진 것도 없는 사람이 결혼만 덜커덕 해가지고 …."

춘원은 면구스러워 멋쩍게 웃었다.

그해 겨울, 진고개의 조촐한 요릿집에서 춘원은 오랜만에 만주에서 돌아온 육당 최남선과 만났다. 육당은 만주생활이 고달팠던지 얼굴이 까칠해져 있었다. 약주가 몇 순배 돌고 나자 그제야 몸이 풀린 듯 그는 서서히 말문을 열었다. 사실 육당은 술을 즐기지 않는 편이었다. 그러나 그날만은 춘원이 건네는 술을 마다하지 않았다.

춘원이 물었다.

"그래. 만주 신경의 건국대학교 생활은 어땠소?"

육당은 걸걸한 목소리로 받았다.

"신경(지금의 장춘)이라는 도시가 일본인에 의해 급조된 도시가 아니겠소. 온통 붉은 벽돌로 건물을 빡빡하게 짓고 대학은 내지의 제국대학을 본떠 그럴듯하게 지어놓았소. 왜 내지에서는 제국대학을 우등으로 나오면 천황께서 은시계를 하사하지 않소?"

"그렇다고 들었소."

"우리 만주 건국대학에서도 우등으로 졸업하면 만주 황제가 직접 참석하여 은시계를 하사하였소. 그만큼 학생들에게 신경 썼다는 얘기지요. 어쨌든 만주 건국대학의 가장 큰 매력은 그 대학을 나오면 백퍼센트 관리로 채용된다는 것이었소. 만주는 넓은 땅이니까 많은 인재가 필요했지요."

"그래. 거처는 어디로 정했고 식사 같은 것은 어찌 해결하였소?"

육당이 쑥스럽게 대답했다.

"처음에는 대학에서 숙식을 보장했고 식모까지도 보내주었소만 꼭 감시받는 것 같아 식모랑 찬모는 돌려보내고 내가 자취했소."

"아니 육당처럼 부잣집 자제가 어찌 자취생활을 했단 말이오."

육당은 취기가 오르는 듯 말수가 많아지며 실상을 털어놓았다.

"처음에는 내가 내 손으로 밥을 끓여먹으며 빨래까지 했는데 어느 날인가 여자 제자 하나가 찾아왔소. 함경도 출신인데, 허우대가 멀쑥하게 크고 함경도 여자치고는 음식 솜씨도 좋고 사근사근한 아이였소."

"허, 참. 그 삭막한 만주 도시에서 조선말을 쓰는 스승과 제자가 호젓하게 만나고 한집 살림을 하였다? 참 낭만적인 얘기군요. 겨울이면 주먹만 한 눈도 내렸을 텐데."

육당이 걸걸한 목소리로 웃으며 말했다.

"춘원, 바로 그 대목에서 내가 실족하고 말았소. 그 말수 적고 참한 함경도 아이를 범하고 말았소."

"천하의 육당도 고독 앞에는 별수가 없었군. 그래. 후사는 없었소?"

육당은 한참 뜸을 들이다 말했다.

"사내 아이 하나를 보았소. 결국 경성에서 달려온 내자한테 들켰고 그 사람은 결국 그 아이를 서자(庶子)로 받아주었소."

"역시 통이 큰 형수님다운 처사였군요. 암, 큰살림을 해 오신 형수님이시라면 당연히 그러셨을 겁니다."

춘원은 얼른 말머리를 돌렸다.

"요즘 나야 호가 난 친일파라서 벽초 홍명희 같은 지사는 얼씬도 하지 않는데 …. 육당과는 내왕이 있소?"

육당은 천천히 대답했다.

"몇 번 만난 일이 있지요. 벽초는 〈조선일보〉에 《임꺽정》을 쓰다가 그것도 접고 요즘은 경기도 양주군 노해면 창동으로 이주해서 은둔생활을 하고 있어요. 그 근처에 정인보도 함께 살고 있는데, 얼마 전에 사돈이 되었답니다."

"사돈이라뇨?"

"벽초의 차남 기무(起武) 군과 정인보의 차녀 경완(庚婉) 양이 얼마 전에 결혼했다고 합디다."

춘원이 쓸쓸하게 말했다.

"벽초와 위당(爲堂: 정인보의 호)이 사돈을 맺으면서 이 사람한테는
연락도 하지 않았습니다."

"나한테도 연락하지 않았어요. 그 사람들 눈에는 만주 괴뢰국의 국립
대학 건국대학교 교수를 한 나도 갈 데 없는 친일파로 보였을 거요."

그날 밤, 춘원은 대취하여 택시를 타고 집에 들어갔고 허영숙은 간호
부와 함께 춘원을 부축하여 안방에 뉘였다. 다음 날 아침, 춘원으로부
터 이런저런 얘기를 듣고 난 허영숙은 단호한 어조로 말했다.

"그분들에게는 그분들 나름대로 사는 방식이 있겠고요, 우리에게는
우리대로 사는 방식이 있잖아요. 상심하지 마세요, 여보. 지난 30년이
넘도록 내린 일본 하늘의 비가 오늘내일 그친다면 우리가 비난받을 수
밖에 없겠지만 이 일본 하늘이 내리는 비가 앞으로 얼마나 더 길게 내릴
지 그 누가 알겠어요."

춘원은 허영숙이 건네준 꿀물을 받아 마셨다.

사릉에 숨다

　사람들은 그 대학을 그냥 메이다이(明大)라고 불렀다. 사립대학교 중에서는 명문에 속하는 대학이었다. 베를린 올림픽에서 이름을 날린 손기정이 나온 대학이다. 대학 본부에 우뚝 솟은 돔이 모두를 압도했다. 그날 메이지 대학(明治大學) 강당에 모인 조선 학생들은 천여 명이나 되었다. 젊은 눈동자들이 강당 안을 환하게 밝혀주었다. 젊은 가슴들이 내뿜는 뜨거운 열기가 11월의 한기를 후끈후끈하게 달구었다. 강당 앞에는 이렇게 쓰인 플래카드가 펄럭였다.

　'반도학도 격려강연회, 주최 조선장학회'

　먼저 최남선이 올라갔다. 검은 두루마기를 입고 그렁그렁한 목소리로 입을 열었다. 학생들은 수군댔다.

　"육당 선생은 만주 건국대학에서 교편을 잡았다고 하던데?"

　"아무튼 조선 최고의 사학자니까 일단 얘기를 들어보자고."

　최남선의 논리는 다소 거시적인 것이었다.

　"지금 세계의 지배구조는 새롭게 개편되고 있습니다. 유럽에서는 독일의 게르만 민족과 이탈리아의 민족주의가 결탁하여 이제까지 전 세계를 지배했던 앵글로색슨을 뒤엎고 있습니다. 즉, 대영제국이라 부르는 구질서를 뒤엎고 있습니다. 뒤늦게 미국이라는 신생 아메리카의 세력이 나서고 있지만 아직은 그 힘이 보잘것없습니다. 아시아에서는 대일본제국이 5족을 아우르며 새 질서를 구축하고 있습니다. 대일본제국, 조선반도, 만주, 몽고, 지나(중국)를 아울러 다섯 민족이 화합을 다져가고 있습니다. 이런 거대한 지구상의 재편 대열에서 우리 조선이 낙오된다면 우리 민족은 영원히 열등민족으로 남을 것입니다.

지난 10월 20일 대일본육군성에서는 다행스럽게도 조선 학생의 징병유예제도를 폐지하고 학병제를 실시했습니다. 이번 기회에 우리 조선 학생들도 앞장서서 나가야할 것입니다. … 저 드넓은 만주로 몽고로 그리고 지나 대륙으로 달려 나갑시다. 이미 동남아시아는 대일본제국의 손 안에 들어왔습니다. … "

깎은 머리에 국민복을 입고 둥근 안경을 쓴 이광수가 단 위로 올라갔다. 학생들은 웅성댔다.

"조선 최고의 문사 춘원 이광수도 별수 없네. 우리를 끌어내려 앞장서서 달려왔네."

"춘원이라고 별수 있겠나. 일본이 뒤에서 총부리를 겨누고 있으니 꼭 두각시처럼 나왔겠지."

춘원 이광수는 학생들의 정서에 호소하면서도 비교적 논리를 갖추는 연설을 펼쳤다. 아주 솔직하게 표현하는 대목도 있었다.

"여러분이 만약 학병을 나가지 않는다면 어디로 가겠습니까? 춥고 추운 시베리아로 달려가 눈 속에 숨겠습니까? 저 삭막한 만주 벌판으로

264

달려가 콩밭에 숨겠습니까? 시베리아에는 러시아의 적군(赤軍)들이 기다리고 있고, 만주 벌판에는 일본의 최정예부대 관동군이 주둔하고 있습니다. 저 더운 남양 군도에 숨겠습니까? 그 남양 군도도 이미 대일본제국 해군과 육군이 점령하고 있습니다. 여러분들이 몸을 피한다면 고향에 계신 부모님들만 괴로울 것입니다. 구장과 반장 그리고 주재소의 순사들과 헌병들 몸살에 견딜 수 없을 것입니다. 이왕 나갈 바에는 먼저 나가는 것이 편할 것입니다. 매도 먼저 맞는 것이 낫다는 말이 있지 않습니까? 어차피 당할 일이라면 자진해서 나가고 먼저 나가는 것이 유리할 것입니다. 징용이나 징병도 자진해서 가면 대우가 훨씬 나을 것입니다. 만약 대일본제국이 이 전쟁에서 승리한다면 여러분들의 상은 클 것입니다.

그리고 무엇보다도 징용과 징병을 통해 우리 조선인들도 기술을 배우고 총 쏘는 법이라도 배워서 민족의 실력을 키워야 할 것입니다. 여러분들이 자진해서 나간다면 내선(일본 내지와 조선)의 차별도 누그러뜨릴 수 있을 것입니다. 만약 이 전쟁에서 대일본제국이 이긴다면 우리 민족은 일본과 대등한 평등권을 얻어낼 수 있을 것입니다."

이광수의 연설이 끝나고 나자 박수가 터졌다. 그날 명치대학의 강당에서 학병을 권유하는 춘원과 육당의 연설이 끝나고 연사로 참여했던 이른바 조선의 명사들이 간다(神田)에 있는 여관에 들어왔을 때 학생들은 그곳까지 따라와 토론을 청했다. 여관에서는 비교적 자유로운 분위기에서 솔직한 얘기를 나눌 수 있었다. 최남선도 그 특유의 탁성으로 훨씬 자유롭게 말했다.

"이봐, 지금 내뺀다고 학병을 피할 수 있겠어? 고향에 계신 부모님들

애간장만 태우지 말고 장부답게 손들고 나가."

이광수도 거들었다.

"여러분들이 나가서 총 잡는 법, 총 쏘는 법이라도 배워 와야 우리 조선 민족도 싸울 수 있는 힘을 기르지. 임진왜란 때처럼 조총 앞에서 화살을 들고 나갔다가 백전백패해야 옳겠어? 이제는 우리도 실력을 길러야 해. 그리고 무엇보다도 지금 우리는 일본인들과 비슷한 지위를 확보해야 돼. 전쟁에 나가서 함께 총을 들고 싸운다면 일본인 친구들과 피를 나눈 전우가 되지 않겠나. 전우를 괄시하는 국가나 민족은 없다네."

1943년 11월 8일부터 25일까지 춘원과 육당 일행은 도쿄와 교토 일대를 돌며 조선인 학생들을 상대로 학병에 나가라는 권유 연설을 했다. 그런데 묘하게도 연설이 끝나고 여관에 찾아온 학생들과 열띤 토론을 하고 헤어질 때 육당이나 춘원과 대학생들은 눈물을 닦아야만 했다. 왜 눈물을 흘리며 가슴으로 울어야 했던가는 굳이 설명할 필요도 없었다. 그들의 혈관에는 조선인의 피가 흐르고 있기 때문이었다.

그해 겨울, 서울로 돌아온 춘원과 육당은 약속이나 한 듯 몸살을 한 달 이상 앓았다. 육당은 종로 거리의 이름난 한약방에서 한약을 지어 달여 먹었고, 춘원은 허영숙이 놓아 주는 영양제와 해열제로 폐병의 재발을 막았다. 허영숙은 중학교 시험에 떨어져 평양 가까이에 있는 강서중학교에 들어간 영근이를 서울로 전학 시킬 준비를 하느라 여념이 없었다.

해가 바뀌어 1944년이 되자 연초부터 일본은 총동원령을 내렸다.

가정이 있고 사십이 넘은 사람도 마구잡이로 동원하여 일본의 탄광,

군수공장, 심지어는 멀고 먼 남태평양으로 연결되는 남양군도에 이르기까지 군수품을 지어 나르는 징용꾼을 모으기 시작했다. 아니 강제로 끌어가기 시작했다. 몸뻬를 입은 허영숙이 심상치 않은 모습으로 들어섰다. 그리고 이광수에게 말했다.

"여보, 당신도 경성 바닥에서 기웃거릴 생각 말아요. 어디든 사람들 눈에 잘 띄지 않는 시골로 피하세요."

춘원이 하릴없이 웃으며 말했다.

"오십이 넘은 나를 어디 쓸데 있다고 잡아가겠나. 나는 당신 곁에 있고 싶어."

허영숙은 어림없다는 표정으로 말했다.

"지금 일본 사람들 눈에 보이는 것이 있어요? 아무나 쓸모 있다고 생각되면 마구잡이로 잡아가잖아요. 내게 생각이 있으니까 당신도 단단히 준비하고 있으세요."

그 길로 허영숙은 트럭 한 대를 구해서 퇴계원 쪽으로 달려갔다. 광릉 가까이에 봉선사가 있고, 봉선사에는 춘원의 팔촌 동생인 운허 스님이 주지로 있었다. 속명이 이학수인 그 스님은 출가하기 전에 결혼했던 부인과 자녀들을 퇴계원에 두고 있었다. 속가에 있는 운허 스님의 부인에게도 부탁했고, 운허 스님에게도 춘원 문제를 상의했다. 결국 그렇게 하여 허영숙은 경기도 양주군 진건면 사릉리 뚝방 밑에 있는 허름한 농가 하나를 사들이고 논마지기도 마련했다.

돌과 잡초가 아주 많은 잡목 속의 농가였다. 그러나 터를 둘러본 운허 스님이 말했다.

"형수님, 여기가 명당입니다. 물도 있고, 멀리 산도 보입니다. 예로부터 명당은 비산비야(非山非野) 엄택곡부(奄宅曲阜) 라고 했습니다."

"그 뜻이 어떤 것인지요?"

"산도 아니고, 들도 아니고 굽어진 언덕에 가려서 잘 보이지 않는 땅이라는 뜻이죠. 이곳으로 정합시다."

허영숙은 판단이 빠르고 행동도 빠른 사람이었다. 잘 걷지 못하는 춘원을 트럭 앞자리에 태우고, 중학생이 된 영근이와 아직은 어린 정란이와 정화를 트럭 뒤에 태우고 사릉리로 달려갔다. 이사하는 날, 운허 스님이 젊은 스님들을 데리고 와 집 주변에 있는 잡초들을 치워주고, 집 앞을 가로막는 큰 돌들을 골라주었다. 동네에서 아주머니 하나를 구해서 춘원과 아이들을 위해 밥을 해줄 수 있도록 기본을 갖추고 허영숙은 털털거리는 그 트럭을 타고 효자정으로 돌아갔다.

허영숙은 동작 빠르게 춘원과 아이들을 경기도 양주군의 농가에 소개(疏開: 피난) 시키고 자신은 효자정으로 돌아와 일했다. 전쟁 중에도 젊은 부인들은 아기를 낳아야 했고, 산후조리를 해야 했던 아픈 산모들은 산부인과에 입원해야 했다. 허영숙은 여전히 바빴고, 구슬땀을 흘리면서 돈을 모았다. 이광수는 광릉 근처의 그 농가 사릉에서도 늘 미열에 시달리면서 영양 보충을 해야 했고, 잠복한 폐결핵 균과 싸워야 했다. 그래서 허영숙은 주말이 되면 새벽 첫차를 타고 퇴계원으로 갔고, 거기서부터 양손에 짐을 잔뜩 들고 20리 길을 걸었다.

허영숙이 땀을 흘리며 뚝방길을 바삐 걸어가면 안개 속에서 어느 결에 나타났는지 박정호가 마중 나왔다. 허영숙은 만주에 갔던 박정호를 부르기 위해 미리 사람을 보냈던 것이다. 그녀가 짐을 풀면 그날은 잔

첫날이 되었다. 육류가 부족했던 그 시절, 일본 군인들이 먹는 소고기 간즈메(통조림)도 따고 두부를 구해서 푸짐한 찌개를 끓였다. 산모들이 구해 온 돼지고기도 삶아서 온 식구가 둘러앉아 허기를 채웠다.

사릉에서 지내면서 춘원은 1944년 11월 12일부터 14일까지 개최되는 중국 난징의 '대동아문학자대회'에 김팔봉(金八峰)과 함께 다녀왔다. 그곳에서 춘원은 이상한 분위기를 느꼈다. 문인 일행을 맞이한 일본군 참모장은 뜻밖에도 자신들이 고전하고 있다는 사실을 고백했다.

"이 대륙은 망망대해와 같습니다. 우리 일본군 병영 밖에만 나서면 수없는 중국인들을 만나고 중국 공산당 팔로군이 중국 인민들과 함께 우리를 에워쌉니다. 그래서 우리는 절해고도와 같은 이 병영만을 고수하고 있습니다. 참으로 싸움이 만만치 않습니다."

때마침 무역 관계로 상하이에 와 있던 주요한과 만났는데, 주요한 역시 춘원에게 의미 있는 얘기를 전했다.

"형님, 이 전쟁은 끝나가고 있습니다. 영국이 전열을 가다듬고, 이탈리아는 항복했고 지난 6월 6일에는 미국과 영국의 주력부대가 프랑스의 노르망디에 상륙했습니다. 지금 독일은 패전 중입니다. 일본도 태평양 일대에서 패전을 거듭합니다. 이 전쟁은 이미 기울었습니다."

이광수는 서둘러 돌아왔고, 정말 농부가 되어 사릉에서 오로지 농사짓는 일에만 전념했다. 마을 사람들과 잘 어울리면서 농주를 마시고 담배가 없을 때는 호박잎을 말아서 담배 대신 피웠다.

그때의 상황을 춘원의 막내딸 이정화는 그 후, 그녀가 이화여고에 다니면서 썼던 《그리운 아버님 춘원》이라는 책에서 다음과 같이 소상하게 그리고 있다.

어머니는 가끔 우리가 먹을 반찬과 돈을 가지고 내려왔다가 아침 새벽 차로 올라가셨다. 아버지가 감옥으로 붙잡혀 다니고 무죄가 되고 친일 강연을 하러 다니는 동안에 어머니는 병원을 해서 우리를 벌어 먹였다. 일제 끝말에는 아버지의 저작물이 전부 압수되어 하나도 나오지 못했다. 지방으로 강연 다닐 때도 어머니한테 돈을 타서 가셨다고 한다.

사릉에 온 우리 삼 남매는 날마다 아버지와 함께 같은 방에서 잤다. 우리 생활은 한없이 행복했다. 내가 시골에서 산 것은 이때가 처음이었지만 대단히 좋아했다. 아침에 일어나면 새가 뒤꼍 소나무에서 운다. 나는 언니와 방을 치운 후 곧 개울로 세수수건을 들고 나간다. 풀밭에는 이슬이 촉촉이 맺혔고 아침 선선한 공기는 아직도 차다. 아마 4월경인가 싶다. 세수하고 나란히 아버지와 밥을 먹는다.

흔히 도시 사람들은 자연 속에 폭 안길 수 있는 시골에 가서 살고 싶어 한다. 우리도 그랬던 것이다. 밤에는 촛불이나 석유등 아니면 카바이드 불을 켠다. 어머니는 우리들을 위하여 무거운 카바이드를 한 상자 들고 내려오셨다. 그러나 나는 종일 공부라고는 아니했다. 시골에서는 좀 캄캄한 것도 시골 맛이 나서 좋았다. 아버지는 우리 셋을 데리고 옛날이야기를 해주셨다. 허생전 이야기, 이율곡 선생 이야기도 아버지한테서 이때 들었다.

사릉으로 내려간 것이 내가 열한 살 때다. 이때까지는 아버지와의 접촉이 이렇게 가깝지 못했기 때문에, 또 내가 나이가 어렸기 때문에 말하자면 아버지의 가치를 알아볼 수가 없었다. 그러나 사릉으로 내려가서 아버지를 꼬박 모시고 지내는 동안에 아버지한테서 종교적 이야기, 철학적 이야기, 역사적 이야기, 이러한 것을 많이 듣고 배우고 하는 동안에 나는 아버지가 어머니보다도 나은 사람이요, 이 세상에서 누구보다도 생각이 많고 위대한 사람이라는 것을 알기 시작했다. 그래서 어머니가 말씀하는 것을 아버지에게 다시 물어보면 같은 말이라도 더 좋은 뜻이 나올 것 같았다.

이러는 동안에 겨울이 왔다. 사릉은 말할 수 없이 추웠다. 밖에는 얼음이 꽁꽁 얼고 우리는 방에서만 지내게 되었다. 이때 식모 한 분이 우리 네 식구의 밥을 지어주었는데 우리는 그이를 아주머니라고 불렀다. 우리들은 추워서 아침에도 늦게 일어나고 아주머니가 떠다주는 따뜻한 물로만 세수를 했다. 그러나 아버지는 날마다 식전 새벽에 일찍이 일어나서 밖으로 나가셨다. 그 추운 겨울에도 기침을 하면서 우물로 나가 세수를 하신다. 나는 이것도 아버지의 한 가지 수양이라고 생각했다.

저녁때면 많은 시골 동무들이 우리 집으로 놀러 온다. 아버지는 이 아이들이 오는 것을 대단히 좋아하고 아버지도 함께 끼어서 노래도 부르고 윷놀이도 하셨다.

해 방

1945년 해방이 되던 해, 춘원 이광수는 여전히 사릉에서 농사를 짓고 있었다. 서울 하늘에는 B-29 미군 폭격기가 하늘 높이 떠다녔기 때문에 학교에 다니던 삼 남매도 사릉에서 피난살이를 했다. 그때의 풍경을 이정화의 《그리운 아버님 춘원》은 이렇게 전하고 있다.

1945년 우리나라가 해방되던 해 정월 초하룻날이었다.

어머니는 역시 서울에 계시고 우리 네 식구만 사릉에서 설을 지냈다. 설날이라야 전시 일본이 거의 망하여 갈 때이니 우리나라도 생활난이 극도에 달하였던 때이다. 우리들은 설날이라고 해서 설빔도 만들지 못하고 그 전해에 입었던 분홍 저고리와 감색 뉴똥 치마(벨벳 치마)를 언니와 함께 갈아입었다.

나는 설날이 오는 것이 너무 기뻐서 잠이 아니 올 정도였다. 해도 뜨기 전에 일찍 일어나서 세수를 하고 분을 바르고 옷을 갈아입고 앉아 있었다. 아버지는 물론 일어나셔서 어머니가 해 내려보내신 새 옷을 갈아입으시고 오빠도 새 양복을 입었다.

이윽고 동쪽에서 해가 떠오른다. 산을 넘어 푸른 소나무들을 헤치고 새빨간 빛을 발하며 올라온다. 정월 초하룻날 첫 해가 뜰 때 우리 네 식구의 마음은 새롭고 신선하고 맑고 고요했다. 우리 네 식구는 해 뜨는 것을 바라보며 합장하고 아침 첫 기도를 올렸다.

설날이라고 해야 먹을 것은 별로 없고 동넷집에서 가져온 흰 떡으로 떡국을 끓이고 식모 아주머니가 감주라고 해서 식혜 비슷한 것을 담갔다. 아버지는 우리들에게 그 감주를 한 잔씩 따라 주시고, 이것을 먹고 금년 한 해 동안 죄를 짓지 말고 앓지 말자고 하셨다. 나는 이 자리에 어머니가 없는 것이 섭섭했다.

그때는 내가 열한 살이 되는 해다. 어머니를 떠나서 살 나이가 아니지만 어머니는 서울에서 병원을 경영하여 우리들을 먹여 살리지 않으면 아니 되었고, 우리 식구들은 날마다 어머니 오시기를 기다렸고 오시면 반드시 우리들의 먹을 것과 편안히 살아갈 기구를 륙색에 짊어지고 오셨다. 설날이 지나자마자 나는 편도선염이란 병으로 고열을 내며 앓았다. 어머니는 이 소리를 듣고 곧 내려오셔서 내 병을 고쳐놓고 또 서울로 가셨다. 나는 엄마더러 가지 말고 나하고 같이 있자고 울고 매달렸으나 아침 새벽차로 가버리셨다.

우리 삼 남매는 논두렁으로 스케이트를 타러 다녔다. 동넷집 아이들은 썰매를 타러 나온다. 동넷집 아이들은 우리가 서울서 왔다 하여 위해 주었다. 우리는 동넷집 아이들의 썰매도 얻어 타고 동넷집 아이들은 우리가 신고 지치는 스케이트 구두를 보고 이상하고 재미있어 했다. 우리들은 눈이 오는 날도 논두렁으로 나온다. 넓은 벌판 나뭇가지 사이에 우리 삼 남매만이 남아서 발로 눈을 헤치며 돌아다녔다.

나는 그때가 얼마나 재미있었던지 말할 수 없다. 흰 눈 세상이 내 세상인 듯 놀았다. 발을 눈에 폭폭 적시면서 집으로 돌아온다. 후끈후끈한 안방에는 동넷집 사람들 혹은 서울에서 오신 손님과 아버지가 앉아 재미있게 이야기하고 계실 때도 있었다. 아버지를 찾아오는 이 동네 손님은 모두 농사하는 분이다. 짚신을 신고 곰방대를 물고 찾아오시는 손님들이다. 내 생각으로는 아버지가 어떻게 저런 사람들과 친구가 될까 하고 이상하게 생각할 사람도 찾아온다. 그러나 아버지는 그 사람들을 다 반가워하셨다. 옛날 역사 이야기, 전쟁 이야기, 우리가 어떻게 살아가야 하나 하는 이야기들을 수없이 하셨다.

저녁이 되면 으레 이 사람들이 모여든다. 어떤 때는 방이 좁아서 앉을 자리가 없으면 우리들은 쫓겨나서 추운 방으로 간다.

1945년 첫날은 당시 열한 살짜리 소녀 이정화에게 서정적이며 목가적으로 보였다. 그러나 그해는 전 세계의 운명을 바꿔 놓은 해였다. 8월 6일, 일본의 히로시마에 원자폭탄이 떨어졌다. 8월 9일에는 나가사키에 또다시 원자폭탄이 투하되었다. 인류 역사상 지구상의 인간들이 최초로 경험한 핵폭탄이라는 불빛과 폭풍과 강렬한 열의 재앙이었다. 삽시간에 수만 명의 인명이 희생되었고, 수십만 명이 열에 감전되어 부상을 입었다. 미국이라는 나라를 우습게 보고 진주만을 폭격했던 일본 군부와 일왕은 8월 15일에 무릎을 꿇었다.

1945년 8월 15일의 모습을 이정화 소녀는 이렇게 적고 있다.

우리 삼 남매와 아버지는 사랑 집에서 8·15 해방을 맞이했다. 8월 15일 오후라고 생각된다. 냇가로 자갈을 실으러 왔던 일본 병정이 갑자기 자동차랑 징용당한 일꾼이랑을 다 내버리고 도망쳤다. 이상도 하다 하고 있었는데 조금 있다가 봉선사 운허 스님이 오셔서 일본이 항복했다는 방송이 오늘 12시에 있었다고 한다.

그때 나는 열한 살이었다. 아버지는 우리들을 모아 놓으시고 '동해물과 백두산' 애국가를 가르쳐 주셨다. 동네 사람들이 모두 우리 집으로 찾아온다. '이게 정말이냐'고 한다. 국민학교 선생님들은 금후에 어떻게 해야 좋으냐고 방침을 물으러 우리 집으로 찾아오셨다. 이 시골에 계신 분들은 아버지가 장차 친일파로 몰리게 될 것은 생각지 못하고 큰 지도자 대우를 했다.

저녁에 우리 집에는 막걸리 통이 들어오고 동네 분들이 모여 축배를 올리고 애국가를 부르고 하셨다. 나는 일본이 전쟁에 져서 조선에서 쫓겨나고 B-29는 다시 아니 오고 아버지를 잡아가고 책을 압수하고 강연을 하라고 시골로 보내고 하는 일들이 다 없어진다는 것은 물론 잘 알았고, 우리는 이제부터 잘 되리라, 아버지는 이제부터 고생 아니 하고 편하시리라, 조선말로 마음대로 글도 쓰시리라. 그러니 좋다, 기쁘다 이렇게 믿고 뛰고 좋아했다.

우리들은 곧 서울로 올라가려고 준비하고 있는데 어머니에게서 기별이 왔다. 아직 서울로 오지 말고 여기서 기별이 있을 때까지 기다리라는 것이다.

효자정에 있던 허영숙은 정신없이 바빴다.

병원에 입원했던 산모들은 대부분이 일본 사람들과 함께 일하던 조선 간부들의 부인들이었기 때문에 모두 갓난아기를 안고 어찌할 바를 몰라 했다. 날만 새면 웃고, 명랑하게 가야마 산원에 들러 일을 보던 산파 마사도 어찌할 바를 모르고 허영숙에게 매달렸다.

"선생님, 이제 저희들은 어찌하면 좋습니까? 지금 만주에서는 수십만 명의 일본인들이 기차를 타고 내려오고 있습니다. 우리 집 주변에서도 벌써 우리 집을 내놓으라며 조선 사람들이 몰려오고 있습니다. 하루, 하루가 두렵습니다."

허영숙은 침착하게 말했다.

"마사, 우선 짐부터 챙기세요. 일본까지 가지고 갈 짐을 간단하게 추려서 남편과 두 아들이 지고 갈 수 있도록 짐을 꾸리세요."

마사는 울면서 매달렸다.

"저녁에 들어가서 잠을 자기가 무서워요. 몽둥이를 든 조선 사람들이 몰려올 것 같아 발을 뻗고 잘 수가 없어요. 게다가 우리 아들 간야는 폐결핵으로 죽은 제 누나를 닮아서 그런지 이미 폐결핵이 시작된 것 같아요. 계속 기침하고 각혈까지 한답니다."

"그럼 짐을 모두 챙겨서 우리 집으로 들어오세요. 지금 세상이 흉흉하니까 일본에 건너갈 안전한 기차라든지 배편이 구해질 때까지 우리 병원에 들어와 함께 지냅시다."

마사는 뛸 듯이 기뻐했다. 그날 저녁, 마사네 가족 네 식구가 모두 '허영숙 산원'에 들어왔다. 병원에는 오도 가도 못하는 산모들도 있었다. 만주에 출병 나간 장교들의 부인들이 어린 아기를 안고, 어찌할 바를 몰라 그냥 머물렀다. 허영숙은 산모들의 방을 돌아다니며 그녀들을 안심시켰다.

"모두 동요하지 말고 아기들을 잘 돌보세요. 산모가 놀라면 아기들도 설사를 합니다. 어머니 젖이 제대로 나오지 않으니까 아기들도 탈이 납니다. 절대로 동요하지 말고 안정을 취하세요. 그리고 앞으로는 우리 산원을 '가야마 산원'이라고 부르지 마세요. 대신 '허영숙 산원'이라고 조선말로 부르세요."

산모들은 모두 고개를 끄덕이며 아기를 꼭 끌어안았다. 서울 근교에 있는 남편들은 재빨리 부인을 찾아와 고맙다는 인사와 함께 퇴원을 서둘렀다. 서울 거리에는 만주로부터 들어오는 수많은 일본인 피난민들이 본국으로 들어가기 위해 등에 짐을 지고 거리에서 노숙했다. 먼 길을 오느라 병이 든 아기들이 여기저기 울부짖었다. 허영숙과 마사는 우유통과 응급 키트를 들고 거리에 나가서 아기들을 돌보기도 했다.

8월이 다 가고 있을 즈음 벌써 거리에서는 친일파를 처단해야 된다는 구호가 나오기 시작했다. 허영숙 산원 앞에 누군가 글을 써 붙였다.

'친일파 이광수, 가야마 미쓰로는 나와서 처단을 받으라.'

그날 밤, 허영숙은 병원 일을 마사에게 맡기고 몸뻬 차림에 흰 운동화를 신고 퇴계원 쪽으로 향했다. 기차도 움직이지 않고 손님을 태워주는 차도 없기 때문에 40리가 넘는 사릉까지 꼬박 걸어서 달려갔다. 이광수와 자녀들은 모두 깊은 잠에 빠져 있었다. 땀에 흠뻑 젖은 허영숙이 들어서자 모두 놀라 일어났다. 윗목에 준비해 놓은 자리끼를 벌컥벌컥 정신없이 마셨다. 허영숙이 말했다.

"여보, 이러고 있을 때가 아니에요. 우리 산원 정문에 누군가가 벽보를 붙여 놨습니다. 친일파 이광수는 나와서 처단을 받으라고 써 놨어

해방 직후, 춘원(오른쪽에서 두 번째)과 허영숙(가운데),
두 딸 정란(맨 왼쪽)과 정화.

요. 너무 놀라서 단숨에 달려온 거예요. 어디로 피신하든지 아니면 내
가 주먹깨나 쓰는 경호원을 구하든지 해야 할 것 같아요. 피신하지 않
으려면 경호원과 함께 있으세요."

이광수는 단호했다.

"해방된 조국에서 다시 어디로 간단 말이오. 내가 정말 친일파였다면
종로 거리에 끌려 나가 능지처참을 당해도 그리하겠소."

허영숙은 다시 물을 마시며 간청했다.

"제발 몸을 좀 피하세요. 당신은 어쩌면 그렇게 세상 물정을 모르세
요!"

허영숙은 다음 날 새벽, 서울로 떠났다.

그해 겨울이 되었다.

그때까지 일본으로 돌아가는 기차 편이나 배편을 얻지 못한 마사 일
가는 효자동의 허영숙 산원에 난민처럼 들어와 살고 있었다. 중학교 졸

278

업반인 큰아들 간야는 기침을 심하게 했다. 허영숙은 폐결핵을 앓는 간야를 위해 방 하나를 따로 내주었다. 그리고 자신이 알고 있는 내과 지식을 총동원하여 간야를 위하여 약을 짓고 치료했다. 서리가 하얗게 내린 날, 마사의 가족이 떠날 준비를 했다.

허영숙이 마사에게 물었다.

"어디에서 출발할 거예요?"

"용산역에 지붕 없는 열차가 들어온답니다."

그날, 허영숙이 앞장을 서고 마사 일가는 등에 짐을 지고 조심스럽게 움직였다. 거리에서 사람들이 본국으로 돌아가는 일본인들을 해칠 수도 있기 때문에 허영숙은 팔에 적십자 마크처럼 십자가가 그려진 완장을 차고 길을 인도했다. 용산역에는 지붕이 없는 낡은 열차가 만주에서부터 일본 피난민을 싣고 지친 듯 들어왔다. 마사의 일가가 간신히 열차 위에 올랐다. 하늘에서는 금방 눈발이라도 내릴 것 같았다.

의사 허영숙은 마사의 손을 잡아주고 계속 기침하는 간야에게 약봉지를 건네주었다. 그리고 "그럼 조심들 해서 가요. 우리가 살아서 다시볼 수 있을지 …"라고 말하며 뒤돌아섰다.

마사는 흐느끼며 겨우 말했다.

"가야마 센세, 안녕히 … ."

돌베개

춘원은 일제 말엽, 사릉에 내려와 농사를 짓기 시작할 때부터 박정호와 함께 개울에 나가 큼지막한 돌을 주워다가 베고 자기 시작했다. 말수가 적은 박정호가 머뭇거리면서 말했다.

"선생님, 돌을 베고 주무시면 안 좋다고 들었습니다. 여름 한낮에 잠깐 돌을 베고 자다가도 얼굴이 마비되는 일이 있다고 합니다."

춘원은 싱긋 웃으며 받았다.

"괜찮아. 이렇게 돌 위에 수건 한 장만 얹어놓고 자면 되지 않겠어? 아주 시원하고 잠도 잘 오는데 뭐."

그러면서 춘원은 찬송가를 흥얼거렸다.

"내 고생하는 것/ 옛 야곱이 돌베개 베고 잠 같습니다/ 꿈에도 소원이 늘 찬송하면서/ 주께 더 나가기 원합니다."

춘원이 사릉 땅에서 농사를 짓고 있을 때쯤, 춘원과 함께 일제 말엽에 학병 권유를 하고 다녔던 육당 최남선은 정릉에 있는 그의 고택에 들어가 춘원과 비슷하게 은둔생활을 했다. 장서가 자그마치 15만 권이나 되는 그 광대한 서재 속에서 그는 역사에 관한 저술에 전념했다.

이런 춘원과 육당의 은둔과는 대조적으로 일제 말엽에는 쭉 죽은 듯이 경기도 양주군 노해면 창동에 숨었던 벽초 홍명희는 해방과 함께 전혀 다른 모습으로 세상에 나왔다. 그는 단아한 한복에 옥으로 된 파이프를 물고 서울 복판에 나타났다. 사람들이 구름처럼 그의 곁에 모여들었는데, 주로 경향주의 문학, 즉 카프계열에 속하는 문학인들이 모여들었고, 세계의 언어라 하는 에스페란토를 전공했던 사람들이 그의 곁을 지켰다. 그는 해방되던 해, 1945년 말에 조선 문학가동맹 중앙집행위원장에 선임되었고, 에스페란토 조선학회 위원장직도 맡았다.

그뿐만 아니라 조소(朝蘇) 문화협회 위원장직에도 추대되었다. 사람들은 수군거렸다.

"홍명희는 아무래도 좌측 사람이 아니야?"

"홍명희가 그렇게 색깔을 나타낼 사람이 아닌데?"

"아무튼 벽초는 《임꺽정》을 쓴 사람이니까 지주 편은 아닐 거야. 한민당(한국민주당) 측 사람은 아니란 거지."

아무튼 그는 1946년부터 서울신문사 고문직도 사임하고 중간파 정당인 민주독립당을 창당한다고 부지런히 돌아다녔다. 그는 춘원이나 육당을 찾는 일은 없었다. 해방이 되자 광릉에 있는 봉선사에서 분연히 몸을 일으켜 일찍이 만주 시절부터 독립운동을 했던 운허 스님도 정당을 만들겠다고 서울 나들이를 자주 했다. 그러나 그는 봉선사로 돌아와 이렇게 말했다.

"아이고, 나 같은 사람은 참선이나 해야지. 무슨 정치를 하겠나. 아 서울에 나가 보니 자고 일어나면 생기는 것이 정당이요, 발간되는 것이

신문이라. 도무지 정신을 차릴 수가 없더만. 난 중노릇이나 하겠소."

이렇게 해서 운허 스님은 1946년 4월에 자신이 주지로 있는 봉선사에 중학교를 세우고 학생들을 모으기 시작했다. 그때쯤 춘원은 우시장에 나가 농우(農牛) 한 마리를 사왔다. 뿔이 유난히 크고 갈퀴처럼 휘어진 그 소를 사람들은 '자바뿔소'라고 불렀다. 춘원은 그 위풍당당한 자바뿔 소를 앞세우고 박정호와 함께 논과 밭으로 다니며 신나게 농사에 전념 했다.

그때쯤 아내 허영숙이 사릉으로 내려왔다.

"병원 일이 바쁠 텐데 왜 또 왔소?"

춘원이 물으니 허영숙은 대답도 없이 물만 마셨다. 그리고 다짜고짜 이렇게 말했다.

"여보, 당신 도장 좀 내주세요."

"아니 도장은 왜?"

춘원은 별생각 없이 장롱에서 도장을 꺼내주었다. 그러자 허영숙이 생각난 듯 말했다.

"여보, 정말 그 돌베개 좀 치우세요. 혈압 높은 당신이 돌베개를 베고 자면 어떻게 되는지 아세요? 안면마비증이 온다고요!"

춘원은 돌베개를 어루만지며 여전히 태연한 모습이었다.

그날 밤, 허영숙은 춘원에게 내밀한 이야기를 털어놓았다.

"여보, 지금 서울에서는 야단이에요. 앞으로 친일파를 처단하기 위 한 법이 마련되고요, 친일파들을 다 잡아들인대요."

"아 잡아들이려면 잡아들이라고 해. 옥중에서 죽게 생긴 동우회 회원들을 풀어준 것이 죄라면 달게 받지. 암, 달게 받아야지."

허영숙은 자리끼를 들이켜며 속삭이듯 말했다.

"그냥 당신을 잡아만 간다면 손을 써서 꺼낼 수도 있겠지만 문제는 재산에 관련된 거예요."

"재산이라니?"

허영숙은 춘원에게 다가가며 말했다.

"친일파로 분류된 인사들은 가진 재산도 다 몰수된대요. 효자동에 있는 병원하고 양주에 있는 농토하고 내가 시집올 때 가지고 온 옛집하고요, 당신이 지금 거처하시는 이 농가도 다 뺏기게 될 거예요."

"아 빼앗아 가려면 가라고 하시오. 우리가 이 세상에 태어날 때부터 재물을 가지고 태어났소? 부처님 앞으로 갈 때에는 다 적수공권(赤手空拳)으로 가는 것이 아니겠소?"

허영숙은 애가 타서 말을 빨리 했다.

"아이고, 양반아. 어쩌면 당신은 세상 물정을 그리도 모르세요? 병원과 집과 땅과 모든 걸 잃고 나면, 당신과 나는 어디에 거처할 것이며 우리 아이들은 어떻게 공부할 것이며 우리 모두의 운명은 어찌 되겠어요? 하루아침에 거리에 나앉게 되는 거예요."

그제야 춘원은 먼 곳으로 나들이를 나갔다가 돌아온 사람처럼 하릴없이 말했다.

"그럼 어찌 해야 되겠소?"

허영숙은 머뭇거리다가 결심한 듯 말했다.

"내일 저는 백붕제 변호사와 함께 종로구청 호적계에 가서 볼일을 좀 볼 거예요."

춘원이 물었다.

"구청 호적계에는 왜?"

"가서 할 일이 있어요."

허영숙은 어린 아이를 달래듯이 애타는 말로 말했다.

"내 도장과 당신 도장을 가지고 가서 만들 서류가 있어요. 백붕제 변호사도 함께 가주신다고 했어요."

"무슨 일을 꾸미려고 그래."

허영숙이 다급하게 말했다.

"당신은 그냥 굿이나 보고 떡이나 드세요."

이광수는 아무 말 없이 벽만 쳐다보고 있었다.

다음 날 오후, 허영숙과 백붕제 변호사는 종로구청에 나갔다.

가급적 사람들 눈에 띄지 않도록 뒷길로 해서 종로구청 호적계로 들어섰다. 그곳은 지난 1940년 춘원 내외가 제일 먼저 찾아가 창씨개명을 하고 그 일본식 이름을 호적 란에 올렸던 바로 그 장소였다. 얄궂고 묘한 인생사의 반복이었다. 호적계 직원은 기계적으로 두 사람이 써내는 서류를 받고 확인한 다음에 필요한 곳에 도장을 꽉꽉 누른 다음, 표정 없이 말했다.

"이혼 수속은 끝이 났습니다."

1946년 5월 21일의 일이었다. 허영숙이 종로구청을 다녀온 지 얼마 되지 않아 신문에는 다음과 같은 기사가 실렸다.

춘원 이광수와 부인 허영숙 이혼 결행!

종로구청 호적계에 나와 손수 수속을 마친 허영숙 여사는 일방적인 병간호에 너무 오랜 시간을 소모하였고, 춘원 이광수 씨의 생활력 부족으로 인하여 일방적인 경제지출을 담당해왔던바, 부부생활을 원만히 유지할 수가 없음을 이유로 하여 양인이 합의 하에 이혼하게 되었다고 말했다. 서류는 완벽하여 담당 변호사가 법원의 허가를 얻었고, 따라서 춘원 이광수 씨와 여의사 허영숙 씨의 이혼은 성사되었다.

이런 격랑 속에서 춘원은 묵묵히 농사를 짓고 잠복해 있는 폐결핵과 높은 혈압과도 날마다 싸워야 했다. 그러다가 그해 겨울, 기어이 일을 당했다. 그때까지 늘 베고 자던 돌베개가 문제였다. 갑자기 얼굴에 마비가 생겨 입이 옆으로 돌아있다. 일그러진 얼굴이 거울 속에서 흉하게 이광수를 지켜보고 있었다. 몸에 열까지 올라 이광수는 옷을 겹겹이 껴입고 효자동으로 떠났다. 차도 없어서 걷다가 쉬다가 박정호의 부축을 받으며 40리가 넘는 효자동 집을 향했다. 아버지의 일그러진 모습을 바라보며 정란이와 정화가 울음을 터뜨렸다. 말없는 아들 영근이도 방문을 잠그고 흐느꼈다. 허영숙은 의사답게 냉정한 모습을 보였다.

"그러게, 제가 뭐라고 했어요. 그 놈의 돌베개를 베지 말아야 된다고 했잖아요. 혈압도 높은 양반이 차가운 돌베개를 베니까 안면마비가 왔죠. 제가 한의사라면 당장 침을 놓고 탕약을 달이겠지만 저는 제 방식대로 치료를 하겠어요. 지금부터는 제 말대로 하세요. 절대로 움직이지 말고 누워 계세요."

허영숙은 영양제에 안정제를 섞어 주사를 놓은 뒤에 혈압 내리는 약을 건넸다. 춘원은 일그러진 얼굴로 약을 받아 마시고 학생처럼 얌전하게 주사도 맞았다. 닷새가 지난 뒤부터 안면근육이 풀리기 시작했다. 정란이와 정화가 번갈아 아버지의 얼굴에 따뜻한 물수건을 올려주었다. 정화가 아버지의 얼굴을 정성스럽게 비벼 주었다.

"정화야, 고맙구나."

정화는 울면서 말했다.

"전 멋쟁이 우리 아빠가 삐뚤어지는 것은 싫어요. 아버지, 빨리 쾌차하셔야 해요."

춘원은 눈을 감은 채 억지로 웃어 보이며 말했다.

"그럼, 그럼. 곧 나을 거야. 우리 정화가 정성을 쏟아주니 곧 나을 거야."

열흘째가 되는 날, 정말 거짓말처럼 춘원의 얼굴이 돌아왔다. 거울을 보고 있던 춘원이 큰 소리로 불렀다.

"정란아, 정화야!"

방으로 들어온 두 딸은 아버지의 얼굴을 양쪽에서 잡아 보며 환호성을 올렸다.

"됐어요, 아버지. 멋진 아버지의 얼굴이 다시 돌아왔어요."

가운을 입은 허영숙은 조용히 들어와 야무지게 다짐했다.

"이번에 아주 좋은 경험하신 거예요. 절대로 무리하지 마시고요. 그놈의 돌베개는 멀리멀리 버리세요."

한 달쯤 효자동에서 머물던 춘원은 다시 떠날 수밖에 없었다. 시도 때도 없이 사람들이 물결처럼 몰려왔기 때문이다. 사람들은 춘원의 얼굴이 보기 흉할 정도로 일그러졌다가 제자리로 돌아온 줄도 모르고 술병을 들고 찾아오기까지 했다. 허영숙이 말했다.

"사릉으로 돌아가세요. 그곳에서 농사일만 보시고요. 절대로 사람들은 만나지 마세요. 과로하시면 다시 도집니다. 그리고 그 돌베개는 치우시고요."

운허 스님이 찾아왔다.

"스님, 어서 오세요. 이 사람은 이제 농부가 다 됐습니다. 농사짓는 일이 아주 재미가 있네요."

"형님, 농사도 좋지만 나라도 찾았는데, 자라나는 청소년들에게 교육을 시켜야죠. 제가 얼마 전에 봉선사 구내에 중학교 하나를 세웠습니다. 광동중학교라고 ……."

"아이고, 그러셨어요? 스님께서 학교까지 세우셨어요? 학생들은 몇 명이나 됩니까?"

"이제 막 모집하는 중이니 앞으로 더 늘어날 겁니다. 지금은 한 백여 명 됩니다."

"아이고, 그래도 많네요."

"그래서 말입니다만, 춘원 형님께서 저희 중학교에 오셔서 학생들을 가르쳐주세요. 아 옛날에 오산에서 그 엄청난 인재들을 가르치셨잖아요. 중학교를 갓 졸업한 열아홉 살 나이에 말이에요."

"참 그때는 아무것도 모르고 세상에서 내가 제일 많이 알고 있는 줄 알았어요."

"지금 우리 학생들은 무엇보다도 우리 조선말, 즉 우리 국어를 모릅니다. 그러니 춘원 형님께서 먼저 조선글부터 가르쳐주시고 그리고 영어도 가르쳐주세요. 지금 서울 거리에는 미군들이 거리를 메우고 있지 않습니까? 앞으로 사회생활을 하려면 영어를 알아야 되겠더군요."

"학생들을 가르치는 일이라면 얼마든지 좋지요. 가겠습니다."

그렇게 해서 박정호는 지게에 춘원의 책과 생활용품을 싣고 봉선사로 떠났다. 춘원은 광동중학교에 가서 우선 교가부터 지어주고 학생들에게 그 교가를 함께 부르도록 했다. 그리고 한글과 영어를 가르쳤다.

꿈의 피아노

1947년 연초가 되자 흥사단 쪽에서 사람이 찾아왔다. 먼 사릉까지 무릅쓰고 찾아온 것이었다.

"무슨 연고로?"

"조국이 해방되었고, 나라를 되찾았는데 … . 이젠 순국하신 도산 선생님에 대한 추모의 글을 써야하지 않겠습니까?"

그 말이야말로 불감청고소원(不敢請固所願)이었다.

"물론이지요. 너무나도 당연한 말씀입니다."

"그래서 말입니다만 도산 선생님에 관한 한 선생님보다 더 자세히 알고 있는 문사가 어디에 있겠습니다. 그 어르신의 전기를 써주십시오."

"그러고 싶습니다. 그러나 저는 지금 세상 사람들이 친일했다고 비웃고 있는 사람입니다. 이런 사람이 도산 선생님에 대한 글을 쓸 수 있겠습니까?"

"세상 사람들의 말에 귀를 기울이지 마시고 오로지 도산 선생님의 높은 뜻만을 생각하시면서 잘 써주십시오."

1947년 정초부터 춘원은 사릉에서 도산 안창호 전기를 쓰는 일에 몰두했다. 3월이 되자 서울에서 연극하는 사람들이 춘원이 쓴 《이차돈(異次頓)의 사(死)》를 가지고 연극한다고 연락했다. 춘원은 잠시 짬을 내서 그 연극을 보고 돌아와 계속 《도산 안창호》 쓰기에 매달렸다. 그때 청운국민학교에 다니던 막내딸 정화가 맹장염에 걸렸다. 춘원은 정신없이 정화가 입원한 병원으로 달려가 딸의 손을 잡았다. 정화는 경황 중에도 이렇게 말했다.

"먼 곳에서 어떻게 여기까지 오셨어요? 전 괜찮아요. 아버지."

춘원은 막내지만 언제나 의젓한 정화의 손을 꼭 잡아주며 말했다.

"수술만 받으면 되는 거니까 걱정하지 마라. 백 원장님은 우리나라에서 제일 유명하신 외과 선생님이시란다."

정화는 의젓하게 말했다.

"아버지, 전 걱정하지 않아요."

정화는 거뜬하게 수술을 받고 얼마 후 퇴원했다. 그리고 언니 정란이 다니는 이화여자중학교에 빨리 들어가고 싶다면서 월반을 하여 입학시험을 치르겠다고 말했다. 춘원은 걱정이 되어 물었다.

"수술 받은 지도 얼마 되지 않고 1년을 앞당겨서 입학을 하겠다니 괜찮겠니?"

정화는 눈을 깜빡이며 자신 있게 말했다.

"걱정 없어요, 아버지. 해낼 수 있어요."

막내딸 정화가 기특하게도 청운국민학교를 다 졸업하지도 않고 5학년에 언니 정란이 다니는 이화여자중학교에 시험을 쳤는데, 수술 후유증을 딛고 거뜬하게 합격했다. 춘원은 부처님에게 감사했다.

얼마 후 경교장에서 사람이 찾아왔다. 백범 김구 선생의 비서인 선우진(鮮于鎭)이었다. 그는 솔직하게 말했다.

"백범 선생님께서 귀국하신 후에 춘원 선생의 안부를 물으신 일이 있습니다. 제가 아는 대로 잘 계신다고 하니 선생님께서는 노한 표정을 하셨습니다. '이광수가 아직 죽지 않고 살아 있단 말이야?' 하지만 요즘은 상황이 좀 바뀌었습니다."

"어떻게요?"

"과거를 모두 잊고 민족의 미래만을 생각하기로 하신 것 같습니다. 그래서 선생님께서는 젊었을 적부터 써두셨던 비망록을 정리하고자 하십니다. 제목은 《백범일지》로 정하셨습니다. 아무래도 춘원 선생님께서 손을 봐주셔야겠습니다."

춘원은 침착하게 물었다.

"제가 손보는 것을 백범 선생님께서 허락하셨습니까?"

선우진 비서는 고개를 끄덕이며 말했다.

"'글이야 춘원을 당할 자가 있나? 그 사람에게 맡겨'라고 말씀하셨습니다."

"그러면 번거롭게 앞으로는 여기 사릉까지 오지 마시고 제가 효자동에 나가 있을 테니 서로 연락합시다. 원고가 되는 대로 우리 아들 영근이를 통해 보내거나 선우 선생이 오시기도 해서 일을 빨리 끝냅시다."

그렇게 해서 김구 선생의 《백범일지》도 쓰기 시작했다. 원래 백범 선생이 어려운 한문체로 써놓은 것을 춘원이 쉬운 우리말로 고치고 윤문(潤文)하는 일이었다.

이 무렵이 춘원에게는 행복한 시간이었다. 오래전부터 쓰고 싶어 했던 《도산 안창호》를 완성했고 백범이 부탁한 《백범일지》도 끝냈다. 장편 《꿈》, 《돌베개》, 《나》, 《스무 살 고개》 같은 책들이 연이어 베스트셀러가 되었다. 또 전에 써두었던 《원효대사》도 잘 팔려 경제적으로 큰 도움이 되었다.

가족들도 무사했다. 아들 영근은 중학교에서 그림을 잘 그려 특별상을 받고 정란은 이화에서 월반을 하여 한 학년을 껑충 올라갔다. 어린 정화는 이화에서도 우등상을 받았다. 아내 허영숙은 일제시대 때 얻었던 매독 후유증에서 벗어나 잘 올라가지 않던 팔이 웬만큼 올라간다고 미소를 짓기까지 했다. 참으로 평온하고 화평한 기운이 효자동 허영숙 산원을 감싸주었다.

춘원도 사릉에서 농사를 지으며 웬만한 잔병을 잘 다스려 그때쯤에는 서재에 꼿꼿이 앉아 몇 시간씩 집필을 할 수가 있었다. 그때 써냈던 소설 《꿈》이 또 한 번 장안의 종이 값을 들었다 놓았다. 허영숙은 춘원이 갖다 준 원고료를 아껴 아들과 딸들이 오래전부터 노래를 부르던 피아노를 사주었다. 일제 야마하였다. 피아노가 들어오던 날, 큰딸 정란이가 말했다.

"아버지, 이 피아노는 아버지의 소설 《꿈》이 이루어 준 기적이에요."

춘원은 허허 웃으며 받았다.

"너희들이 좋아하니 이 아버지도 좋구나."

정란이가 말했다.

"아버지, 이 피아노를 꿈호라고 불러요. 이 피아노는 우리 모두의 꿈이에요."

허영숙도 거들었다.

"꿈호라고? 허기야 소설 《꿈》이 우리 아들, 딸들의 오랜 꿈을 이루어 주었으니까 꿈호라고 부르자."

이때부터 효자동 허영숙 산원에서는 피아노 소리가 울려 퍼지기 시작했다. 바이엘이니 체르니니 하는 피아노 연습곡을 삼 남매가 번갈아 치기 시작했는데 어려서부터 오르간을 연주했던 아들 영근이 제일 잘 쳤고, 정란과 정화도 일취월장했다. 소녀들은 바이엘을 치는가 싶더니 어느새 체르니 50번까지 거뜬히 떼었다. 그때는 국내에서 발행되는 피아노 연습곡 교본이 없어 일제시대에 허영숙이 쓰던 일본 출판사 발행 연습교본을 피아노에 올려놓고 열심히 쳤다. 나중에 영근이는 중앙중학교를 졸업할 때 피아노 독주회까지 할 수 있었다.

정란과 정화는 두 살 차이밖에 나지 않았다. 해방되던 해에 이화에 입학한 언니 정란이는 다니다가 월반했다. 정화는 한술 더 떠서 초등학교 5학년에서 곧장 이화여중에 입학하였고 다니다가 또 월반을 하여 동급생들보다 2년이나 앞서서 학교를 다녔다. 동급생들보다 나이가 어렸기 때문에 어려움도 있었다.

정란과 정화가 함께 등하교할 때마다 모든 사람들이 주목했다.

"쌍둥이 같기도 하고 자매 같기도 하고…. 어쩌면 저렇게 갓 뽑아 놓은 무처럼 싱싱하고 아름다울까."

누군가 아는 체를 하기도 했다.

"춘원 이광수의 딸들이래."

바로 이 말 때문에 자매는 조심스러웠다. 학교에 가서도 허튼 짓을 할 수가 없었다. 효자동 집 가까이에 있는 진명여중 친구들이 자주 집에 들렀다. 정화와 동네에서 유난히 친하게 지내는 친구들이 찾아오면 춘원은 글 쓰는 것을 멈추고 소녀들을 위해 오르간을 쳐주기도 했다. 춘원은 오르간으로 찬송가를 능숙하게 연주했다.

"새벽부터 우리 사랑함으로써 저녁까지 씨를 뿌려 봅시다/ 열매 차차 익어 곡식 거둘 때에 기쁨으로 단을 거두리로다/ 거두리로다 거두리로다 기쁨으로 단을 거두리로다…."

춘원은 페달을 열심히 밟고 고개까지 끄덕이며 함께 찬송가를 불렀다. 1947년 효자동 춘원의 집에는 모처럼 평화와 기쁨이 찾아왔다.

바깥세상은 흉흉했다. 좌우세력이 충돌하면서 거물급 정치지도자들이 테러를 당하기 시작했다.

7월 19일 서울 혜화동 로터리를 차를 타고 돌던 여운형(呂運亨)이 괴한들로부터 총탄 세례를 받고 운명했다. 참으로 언변 좋고 인물 좋고 판단이 온건하여 신언서판(身言書判)이 갖추어졌다고 일제시대 때부터 주목을 받았던 인물이었다. 사람들은 목을 잔뜩 움츠리고 세상이 어떻게 변할 것인지 수심에 차서 지켜보고 있었다.

그해 12월 2일에는 서울 동대문구 제기동 자택에서 머물던 장덕수(張德秀)가 역시 괴한들의 총탄을 받고 절명했다. 장덕수 역시 헌헌장부로 인물이 뛰어나고 학식이 높고 배짱이 좋았던 정치인이었다. 그 아까운 정치인도 정치 테러로 희생이 되고 말았다.

격동의 세월

연초의 추위가 매서웠다.

꽁꽁 얼어붙은 허영숙 산원의 문을 누군가가 두드렸다. 서산댁이 나가 용건을 물었다. 우체부가 달려와 전보 한 장을 건네주고 사라졌다. 서산댁이 서재의 문을 조심스럽게 두드린 후 그 전보를 춘원에게 전했다. 전보를 보낸 사람은 뜻밖에도 그동안 소식이 뜸했던 모윤숙이었다.

'선생님, 중요한 내용이오니 내일 정오에 저희 집에서 뵙도록 해요. 외국 손님과 점심을 하시며 유익한 대화 나누시길 바랍니다.'

모윤숙의 집은 남산으로 올라가는 회현동 입구에 있었다. 큰길가에 있는 국제호텔 뒷골목으로 들어가서 조금만 걸어가면 찾을 수 있는 커다란 집이었다. 일본식 적산가옥인데, 2층이어서 많은 손님들을 접대할 수도 있었다.

다음 날, 춘원이 아래층 다다미방으로 올라설 때 부엌 쪽에서는 구수한 전골 냄새가 후각을 자극했다. 응접실에서 만난 그 외국인은 피부색깔이 가무잡잡한 인도계의 외교관이었다. 모윤숙은 화사한 한복을 입고 있었다. 과묵해 보이는 그 인도 외교관이 건네주는 명함에는 이런 내용이 씌어 있었다.

철학박사 겸 문학박사, K. P. S Menon
주 중국 인도대사 겸 UNTCOK 부대표

춘원이 UNTCOK가 무어냐고 묻자 모윤숙이 얼른 대답했다.
"지난 1월 8일에 도착한 'UN한국임시위원단'이에요. … 우리나라의 합법성을 인정해줄 유엔의 기구죠."
두 사람은 수인사를 나누고 인도와 한국에 대한 이런저런 얘기를 나누기 시작했다. 춘원은 무엇보다도 일제시대에 도쿄에서 보았던 타고르에 대한 이야기를 시작했는데, 메논이라는 외교관은 타고르의 시에 대해서도 깊은 내용을 얘기하기 시작했다. 영국의 명문대학을 나온 사람답게 신중하고 박식했다.
모윤숙이 준비한 조촐한 점심상으로 오찬을 끝낸 두 사람은 모윤숙이 내놓은 백지 위에 메모를 해가며 필담을 계속했다. 이광수는 백지 위에 영어로 즉흥시를 쓰기 시작했다. 제목은 'To India'라고 했다.

아시아의 깊은 골짜기/ 안개와 어둠의 신음이/ 당신의 귀에 들려/ 찾아 오신 님, 인도의 나그네/ 바다를 건너 이 하늘 아래에 계시니/ 멀고 높은 명상의 땅/ 인도를 보노라, 아픔을 참고 견뎌온/ 우리 친구 인도를 보노라.

메논은 싱긋 웃으며 메모지 위에 빠른 속도로 답시를 적었다.

To Korea, 인도양 건너 아득한 동방에 위치한/ 흰 옷 입은 은자의 나라/ 오랜 질곡의 세월을 보낸 후/ 서쪽에서 달려온 인디아의 친구에 미소 보내다/ 서러움과 인고의 세월은 끝났다/ 함께 동방을 밝히며 솟아오르는 태양을 바라보자/ 흰 무명옷을 좋아하며 평화를 사랑하는 아시아의 두 민족.

그날 춘원과 메논 대표는 환담하고 헤어졌다. 그 후 시중에서는 모윤숙이 이승만(李承晚)의 밀명을 받고 메논 씨에게 '논개작전'을 폈다는 소문이 분분했다. 효자동으로 찾아온 모윤숙을 보고 춘원이 빙긋 웃으며 말했다.

"소문이 너무 요란해. 영운이 메논 씨를 뇌쇄(惱殺) 시키려고 논개작전을 편다는 염문이 파다해."

"선생님, 전 지금 싱글이에요. 남편도 없고 저 혼자 살고 있는 자유의 몸이라고요. 내 몸 가지고 내가 외국신사를 만나는데, 그게 흠이 되나요? 조국을 위해 제 로비 활동이 도움이 된다면 전 기꺼이 논개가 되겠어요. 남강보다도 더 깊은 물에 그 사람과 함께 빠질 자신이 있어요."

춘원은 더 할 말을 잃고 어정쩡한 말을 건네었다.

"영운은 유명한 시인에다가 우리나라를 대표하는 여류 지성인 아닌가. 몸가짐을 각별히 조심하도록."

1948년 그해는 산모가 어려운 산고를 치르듯 한반도가 몸부림을 치

는 해였다. 이승만이 38선 이남에 단독정부를 세우겠다고 서두르자 제
주도에서는 이에 반대하는 운동이 일어나며 4·3사건이라는 비극이 일
어났다. 섬은 불길에 싸였다.

그해 4월에는 평양에서 남북연석회의가 열렸다. 평양정권이 남쪽에
있는 정치인들에게 '일단 평양에 와서 허심탄회하게 서로 가슴을 터놓
고 얘기를 해보자'는 그럴듯한 구호를 내걸자 남측에서는 무려 400명이
넘는 정치인들과 지식인들이 38선을 넘었다. 그때는 38선이 느슨해서
남북을 오가는 데 큰 문제는 없었다. 특히 평양 측에서 초청했기 때문
에 남쪽에서 그 많은 사람들이 갈 수 있었다.

김구나 김규식 같은 명망 있는 인물들도 평양으로 향했는데, 그 속에
는 민주독립당을 이끌고 떠난 홍명희도 있었다. 홍명희는 회의가 끝나
고 김일성의 권유에 따라 평양에 남기로 했다. 그때 평양에 남은 사람
으로는 민족변호사로 이름을 날리던 허헌, 정치인 백남운 그리고 유명
한 국어학자 이극로도 있었다.

이들은 평양의 모란봉극장에서 펼쳐지는 화려한 최승희의 축하공연
을 관람하고, 일찌감치 월북하여 맹렬히 활동하는 최승희에게 감동했
다. 조선 제일의 무용가 최승희는 남편 안막을 따라 1946년 7월에 평양
으로 들어가 북조선을 위한 문화활동에 발 벗고 나선 형편이었다. 남에
서 올라간 정치지도자들이나 문화인들은 최승희의 춤을 보면서 슬그머
니 평양에 남는 사람들이 많아졌다.

그 무렵에 최남선의 여동생이자 허영숙과 경성여고보를 함께 졸업했
던 최설경이 찾아왔다. 언제나 명랑하고 깔끔했던 부잣집 따님 최설경
이 의외로 피곤하고 피폐한 모습으로 허영숙의 병원에 나타났다.

"웬일이야? 천하제일의 멋쟁이 최설경이 이렇게 수수한 차림으로 우리 병원을 찾다니."

최설경은 피곤한 기색으로 힘없이 말했다.

"난 요즘 너무 피곤하고 힘들어. 허영숙 의사에게 영양주사라도 맞을까 해서 찾아왔어."

"어쨌든 잘 왔어. 그래, 그동안 어떻게 지냈는지 얘기를 좀 해봐. 해방이 되기 전까지는 신랑 박석윤 씨가 만주 제국의 고관도 지내고 저기어디 유럽에도 외교관으로 나갔다는 소식을 들었는데……."

"응, 폴란드 총영사로 바르샤바에 나가 있기도 했지, 상하이에도 오래 있었고."

"그래, 그 잘생기고 운동 살하고 외국어 잘하던 신랑께서는 지금 무얼 하고 계시는가?"

최설경은 길게 한숨 쉬며 담배를 청했다.

"아니, 천하의 최설경이 담배도 하시나? 옛날에는 성악과에 다닌다고 입에도 안 댔잖아. 또 동경 여자고등사범에도 다니지 않았나? 그래서 선생님이라고 하면서 우리한테 늘 모범을 보였잖아."

담배를 피워 문 최설경은 사연을 풀어놓았다.

"해방이 되고 나서 사실 난 그이에게 서울에 있으면서 큰일을 해보라고 격려했지. 그런데 제국대학을 나온 사람답게 자신은 이상을 찾아 가야 되겠다고 하면서 기어이 38선을 넘어 북으로 가더라고."

"아니, 박석윤 씨가 평양으로 갔단 말이야?"

"그래, 그이는 아주 이상주의자였어. 만석꾼의 아들로서 만인이 평등하게 사는 프롤레타리아의 천국 북조선으로 가겠다는 거야."

"그래서?"

"뭐 처음에는 김일성과 자주 만나고 외무성의 일을 맡아서 한다고 좋아하더니 …. 결국 일제시대 만주국에 있으면서 일본에 협조했다고 지금은 평양의 감옥에 들어가 있어."

"뭐? 감옥에?"

"일본에 협조한 스파이 혐의라나 뭐라나. 아이고, 내 팔자. 나는 요즘 38선을 넘어 다니며 평양감옥에까지 달려가 그 양반 옥바라지하느라 정신이 없어. 아이고, 허리야, 아이고, 어깨야."

허영숙은 그날, 최설경에게 영양제를 탄 링거를 맞게 하고 병원에서 하루 저녁을 쉬도록 했다. 두 사람은 밤늦게 손을 꼭 맞잡고 신세를 한탄했다.

"아이고, 남자들은 왜 처자식은 생각하지 않고 이상이니 유토피아니 하며 그렇게 철부지 같은 짓을 할까. … 아이고, 옥바라지라고 하면 나도 신물이 나. 난 춘원 때문에 종로경찰서 유치장이다, 서대문형무소다 얼마나 쫓아다녔다고 …."

최설경을 보내놓고 허영숙은 춘원에게 얘기했다. 허영숙의 얘기를 들은 춘원이 장탄식을 했다.

"아이고, 그 사람도 참으로 순진하다고 해야 할지, 어리석다고 해야 할지. 공산주의가 어떤 것이라고 평양으로 찾아가나 …."

그해 8월 15일에 대한민국 정부가 수립되었다. 그러나 세상은 여전히 어수선했다. 홍명희의 가족이 38선을 넘어 평양으로 갔다는 소식이 서울 장안에 퍼졌다. 장남과 차남 그리고 딸린 가족 20여 명이 몽땅 평양으로 갔는데, 북쪽으로부터 아주 융숭한 대접을 받는다고 평양을 자주 다녀오는 장사꾼이나 거간꾼들이 전했다. 그때는 평양에 다녀오는 사람들도 많았고, 위험한 38선을 넘어 함경도까지 가서 명태나 카바이드를 사가지고 와 서울 남대문 시장에 파는 사람들도 있었다.

허영숙은 병원 일에만 매달렸다. 38선을 넘어 오느라 조산(早産)하고 그 후유증으로 병원 문턱을 겨우 넘어오는 북한 출신 산모들이 많았다. 심지어는 38선을 지키는 경비병들에게 잡혀 몹쓸 짓을 당하고 하체가 찢겨 허영숙 산원에 들어와 외과수술을 받는 부인들도 많았다. 허영숙은 수술비가 없다고 눈물을 흘리는 이들에게는 수술비를 받지 않았다. 치료비 대신 내놓는 옷가지나 패물은 낯선 땅에서 정착하려면 돈이 있어야 한다고 하면서 돌려주었다. 오히려 갈 곳이 없다고 눈물짓는 부인들에게는 얼마간의 여비를 슬며시 전해주기까지 했다.

사실 허영숙은 1939년 말에 매독 환자를 치료하다가 병을 얻어 오른쪽 팔을 어깨 위로 들지 못했다. 그런 신체적 어려움 때문에 성질도 급해지고 화도 자주 내게 되었다. 그래서 환자들에게 넉넉하게 대해주고 너그럽게 해줄 마음의 여유가 없었다.

그러나 오랫동안 춘원과 살면서 자신도 모르게 보살이 되고 약사여래(藥師如來)가 되었다. 춘원은 늘 길에서 갈 곳이 없는 사람을 만나면 자신의 주머니에 들어 있는 돈을 송두리째 내주고 돌아올 차비가 없어 늘 먼 길을 걸어서 돌아왔다. 집에 걸인이 찾아오면 무슨 돈이든 챙겨서 주어야 직성이 풀리는 사람이었다. 그리고 집에 어려운 환자가 찾아오면 아내 몰래 자신이 오랫동안 입원했던 경성의전 병원에 환자를 보내고 치료비를 자신의 원고료로 갚아주었다.

허영숙은 그런 춘원을 늘 나무라면서도 결국 닮게 되었다. 그녀는 허영숙 산원에 찾아오는 환자들에게 최선을 다해 치료를 해주고 치료비는 결코 채근하지 않았다.

그해 12월 10일 원효로에 있는 시립자제원(지금의 용산경찰서 자리)에서 허영숙에게 연락이 왔다.

"저…. 여기는 행려병자나 갈 곳 없는 노인들을 돌보는 곳인데요, 오늘 새벽 운명한 나혜석 씨가 유서를 남겼습니다."

"뭐예요? 나혜석 씨가 세상을 떠나요?"

"오늘 새벽에 운명했습니다. 다른 내용은 아니고 허영숙 선생님에게 이승에서 신세를 지고 간다는 간단한 내용을 남겼습니다."

허영숙은 정신없이 코트를 챙겨 입고 달려갔다. 어수선하고 불기마저 없는 쓸쓸한 양로원이었다. 허영숙이 얼굴을 덮은 흰 천을 치우자 머리가 하얗게 센 나혜석의 얼굴이 나타났다. 조선의 신여성 중에서 제일 먼저 도쿄에 건너가 서양미술을 전공했고, 조선 천지가 좁다고 만주로 갔다가 세계일주를 하고, 조선의 신여성을 대표했던 그 나혜석이 조그마한 소녀 같은 몸집으로 싸늘하게 식어 있었다. 향년 53세.

그 집안에서는 아무도 찾아오지 않았다. 허영숙이 보증을 서고 사람을 사서 뒤처리를 했다. 참으로 허무하고 안타까운 나혜석의 최후였다. 그렇게도 뜨겁게 불꽃처럼 살던 여성이 코끝의 호흡을 거두고 저승으로 떠났다.

불기소처분

우리 집에는 또 불행이 왔다. 아버지는 유명한 친일 협력자가 아니냐. 어떤 사람은 우리를 가리켜 제1급에 속한디 하고, 어떤 사람은 우리 집을 다 몰수하고 우리들을 거지로 만들어 놓는다고 한다. 국회에서는 이 법률을 속속 진행시켜 반민재판소 검사국이 생기고 재판장 검사 등의 부서가 작정되고, '반민특위'라는 기관도 생겼다. 그리고 나서는 날마다 사람들을 잡아갔다. 각 신문을 비롯한 언론기관에서는 그 사람들을 욕하는 기사로 지면을 채웠다.

아버지가 잡혀가신 것은 정월이다. 육혈포를 찬 세 사람이 트럭을 가지고 와서 데려갔다. 일제시대에 아버지가 잡혀 다니실 때는 우리들의 나이가 어린 관계도 있었겠지마는 무슨 맹수에게 물려 잡혀가는 것 같은 공포에 떨었다. 그러나 이번에는 그토록 무서운 공포에 떨지는 아니했다. 아버지가 반민특위에 잡혀가신 것은 우리도 다 커서 판단하고 이해할 수가 있고, 또 대한민국이 우리 아버지를 죽이지 아니하리라는 막연한 믿음이 있었다.

303

아버지를 데려다가 따져보고 물어보면 아버지의 진정과 정성이 다 나타나리라. 그렇게 믿어졌다. 그날로 여러 언론기관은 붓을 같이하여 아버지의 잡혀감을 조롱하고 비웃었다. 우리는 이러한 신문 잡지를 보고 도리어 분개했다. 한 나라의 입장으로는 민족정기를 위하여 아버지를 잡아갔을는지 모르나 붓을 들어 아버지를 욕하는 사람들은 일제시대에 무엇을 했던 애국자였던가.

자나 깨나 우리 아버지처럼 민족의 장래를 위하여 생각해 본 일이 있었던가. 4년 동안 돌베개를 베고 자신을 반성하고 마음을 닦은 일이 있는가, 나는 지금도 이것을 묻고 싶다.

해방된 조국의 청청한 하늘 아래에서 아버지 춘원이 죄수가 되어 잡혀가는 모습을 보며 10대의 딸 이정화가 꼼꼼히 적어 놓은 글이다.

'너희들 중에 죄 없는 자가 돌을 들어 쳐라'라고 했던 성서의 말씀을 군이 꺼낼 필요도 없다. 아버지를 막아서는 딸의 입장만을 두둔할 일도 아니다. 그냥 그 후의 일이 어떻게 전개되었는가를 이정화의 기록을 보며 생각해보기로 하자.

아버지가 잡혀가신 것은 정월 12일이었다. 따뜻한 방안에서도 기침으로 밤에 잠을 잘 못 주무셨다. 그런데 불기 없는 감방에서 두터운 이불도 없이 지내실 것을 생각하면 가슴이 아팠다. 가슴이 아팠다는 말은 흔히 쓰는 말이지만 진정 당해본 사람이 아니고는 어떤 것이 가슴이 아픈 것인지 모를 것이다. 나는 가슴이 아프다는 것을 이때에 처음으로 느꼈다.

아버지는 서대문감옥에서 남대문 1가에 있는 반민특위로 문초를 받으시러 날마다 가셨다. 용수를 쓰고 수갑을 차고 트럭으로 날마다 왔다 갔다 하셨다. 어머니는 이 모양이라도 보시려고 반민특위 문간에 서 계시다가 울고 돌아오셨다.

아버지는 감옥에서 병이 중하셔서 문초를 받으러 오실 수가 없게 되었다. 어머니가 날마다 가서 지켜보아도 다른 사람들은 다 들어가도 아버지는 아니 오시더라고 또 우셨다. 오빠는 아버지가 잡혀가신 후 말도 잘 아니하고 침울해졌다가 때때로 흥분하며 고함치곤 했다. 아버지가 병환이 중해서 심문을 못 받으신다는 말을 들은 오빠는 고통의 절정에 달하였던지 자기 방으로 들어가서 사람을 못 들어오게 하고 나오지도 아니했다.

이날 저녁이다. 오빠 방에서 이상한 소리를 들은 어머니는 문을 억지로 열고 오빠 방으로 들어가서, "영근아, 이게 웬일이냐!" 고함쳤다.

우리는 놀라서 오빠 방으로 뛰어 들어가니 오빠는 책상을 향하여 펜을 들고 앉았고, 책상 위의 유리 접시에는 붉은 피가 담겨 있었다. 오빠가 새끼손가락을 입으로 물어뜯어서 받은 피였다.

우리는 덜덜 떨었다. 오빠는 다들 나가라고, 자기가 부를 때까지 누구 한 사람 들어오면 큰일 난다고 해서 어머니랑 다 나오고 말았다. 세 식구가 벌벌 떨고 부르기만 기다리는데 한 30분 지나서 오빠가 빙그레 웃고 우리 방으로 들어왔다. 손에는 혈서로 쓴 편지 한 장을 들고 있었다. 새끼손가락에서는 아직도 피가 흐른다. 어머니는 혈서를 볼 생각도 아니 하시고 오빠 손을 소독하여 약을 바르고 싸맸다. 오빠가 싫다고 하는 것을 페니실린 주사를 놓으셨다. 우리는 그 혈서를 읽었다.

혈서

제 아비 이광수를 보석해주옵소서. 제가 대신 갇히겠나이다. 제 아비 이광
수는 폐병 3기, 신장결핵, 척추결핵, 늑골결핵 등으로 사선에서 방황했던
것은 세상이 다 주지하는 사실입니다. 이제 병중에서 잡혀갔나이다. 이 아
비를 보석해주시옵소서. 건강한 이 자식이 대신 갇히게 해주시옵소서. 위
원장 선생님께 엎드려 애원하옵나이다.

　　　　　반민특위 위원장 선생님께 2월 중앙중학교 6년생, 이영근 올림.

나는 그때 그 혈서에서 받은 충격이 너무 컸고 그 문구를 지금까지 잊을
수가 없다. 오빠는 그날 밤에 자면서 헛소리로 아버지를 찾고 열이 났다
고 한다. 그 이튿날 오빠는 그 혈서를 가지고 아침 일찍 반민특위로 갔
다. 오빠가 혈서를 가지고 아버지를 담당해서 조사를 하는 조사부장을
보고, "저는 이광수 아들입니다. 제가 쓴 편지 한 장을 가지고 왔으니
받아주시겠습니까?"라고 물었다.
조사부장은 얼굴이 아주 인자해 보이는 노인이었다. 그는 "무슨 편지를
써 가지고 왔나? 받아주지"라고 대답했다.
오빠는 붕대 처맨 손은 양복 호주머니에 감추고 한 손으로 내놓았다. 조
사부장은 그 편지를 그 자리에서 받아 보고 놀라는 듯이 얼굴을 들어 오
빠를 쳐다보며 호주머니에 감춘 손을 보자고 했다.
그 노인의 눈에는 눈물이 핑 돌았다. 그러고는 곧, "거기 기다리고 있으
면 위원장도 만나 보게 해주고 너의 아버지도 만나게 해주마"라고 인자
한 어조로 말했다.
기다리고 있으려니까 그 조사부장이 다시 와서 오빠를 데리고 어느 방

으로 갔는데 그곳에 간수와 함께 아버지가 계셨다.

《그리운 아버님 춘원》 중에서

이렇게 상황이 급박하게 돌아갈 때 오히려 허영숙은 침착하고 당차게 움직였다. 일제 때부터 감옥을 들락거리던 이광수를 뒷바라지했던 충분한 노하우가 있었기 때문에 허영숙은 민첩하게 움직였다.

먼저 정계에서 가장 영향력이 있을 법한 사람을 수소문했다. 그 사람은 오기열(吳基烈)이었다. 전북 진안군 출신으로, 3·1운동 때에는 만세운동을 주동했다가 옥고를 치르기도 했고 해방을 맞아서는 제헌 국회의원이 되어 국회 내의 반민특위 조사위원으로 활동하는 제헌의원이었다. 그의 부인도 부인병으로 허영숙 산원을 찾아오는 사람이었기 때문에 잘 알고 지냈다.

허영숙이 오기열 의원에게 매달렸다.

"우리 그이를 살려주세요. 의원님도 잘 아시잖아요. 그분이 맹목적인 친일분자가 아니었다는 것을 말이에요."

"물론이죠. 춘원이 왜 일제 말엽에 훼절을 하고 그들에게 굽혔겠습니까? 40명이 넘는 동우회 멤버들이 중형을 받느냐 마느냐 하는 기로에 있었지 않습니까? 그 동우회를 만들었던 장본인으로 어찌 책임감을 느끼지 않았겠습니까? 저도 춘원의 《흙》을 읽었고, 《이순신》과 《원효대사》 소설도 다 읽었습니다. 너무 염려하지 마십시오."

제헌의원이었던 오기열은 춘원을 아끼고 존경하는 인물이었다. 그는 반민특위 위원들을 찾아다니면서 춘원을 너무 몰아세우지 않도록 힘을 써주었다. 허영숙은 또 이광수가 추운 감방 안에서 견디기 힘들어 하는 것을 잘 알고 있었다. 잠복했던 결핵이 발열상태로 재발하는 것을 눈에 보듯이 알고 있었다. 그래서 마포형무소를 전담하며 친일 혐의자들을 돌보던 의사 김성진(金晟鎭)을 찾았다. 그는 경성대학(지금의 서울대) 의학부 외과 과장을 겸하고 있었다.

허영숙이 김성진을 붙잡고 물었다.

"우리 그이 상태가 어떻습니까?"

성격이 활달하고 서글서글한 김성진이 대답했다.

"너무 걱정하지 마세요. 제가 매일 춘원 선생을 체크하고 있습니다. 아직 발열이 심하지 않아서 걱정 안 하셔도 될 것 같고요, 기침도 아주 잦은 편은 아닙니다. 다만 혈압이 높아서 제가 조치하고 있습니다."

얼마 후, 김성진은 반민특위 위원장이 춘원의 상태가 어떠냐고 묻자 담당 의사로서 성실하게 대답했다.

"제가 진찰한 결과, 춘원은 혈압이 240이나 됩니다. 조금 더 방치하면 위험해질 수 있습니다. 특히 밤에 기침이 심해서 옆방에 있는 사람들이 잠을 잘 수 없을 정도입니다. 병보석으로 내보내주는 것이 좋을 것 같습니다."

결국 이광수는 체포된 지 20여 일 만인 1949년 3월 4일 병보석으로 출감했다. 허영숙이 마포형무소까지 택시를 대절해서 데려왔다. 그 후 4월 7일에는 최남선도 고혈압 증세가 심해서 병보석으로 나왔고, 4월 21일에는 고령의 최린도 병보석으로 감옥 문을 나섰다.

사실 그때 대한민국의 형편은 일제시대에 친일했던 사람들을 준엄하게 다스릴 만한 여건이 되지 않았다. 거리와 직장, 사회와 정치판에까지 좌우의 이념 문제가 시급해졌고, 제주도에서 시작된 4·3사건과 여순(麗順) 반란사건이 완전히 소멸되지 않았다. 간첩 혐의자들이 국회에까지 스며들어 있다는 염려 때문에 당국은 좌익분자들을 소탕하는 일에 전력을 다하고 있었다. 그래서 결국 반민특위 문제는 흐지부지해졌고, 친일 인사들을 골라내는 일도 잦아들고 말았다.

그 시절, 경무대를 자주 찾던 모윤숙도 기회가 닿는 대로 이승만 대통령에게 말했다.

"할아버지, 춘원 이광수는 맹목적으로 친일한 사람이 아니에요. 함께 애국운동을 했던 동우회 멤버들을 살려내기 위해 희생양이 된 거라고요. 아시겠어요?!"

이승만 대통령은 모윤숙의 애교에 고개를 끄덕이며 말했다.

"그랬을 거야. 내가 그 사람의 글을 읽지는 못했지만 들리는 소문만으로도 그 사람은 훌륭한 문학가라는 것을 알 수 있었어."

1949년 9월 5일 이광수는 친일문제에 관한 한 검찰의 '불기소처분'으로 일단 자유로워질 수 있었다. 집으로 돌아온 이광수는 이 모든 일이 다 부처님의 덕이라고 하면서 날마다 불경을 읽고 참선을 했다. 아침 5시에 일어나서 향을 피우고 염주를 돌리며 단아한 자세로 참선을 했다. 춘원의 집에는 다시 평화가 찾아왔고, 허영숙은 병원 일에 전념했다.

돌아오지 않는 회갑

1950년 춘원은 〈태양신문〉에 장편 《서울》을 연재하기 시작했다. 출판사들이 앞다퉈 찾아와 춘원에게 좋은 인세를 제시했다. 춘원은 다달이 일정하게 인세를 주는 출판사를 골라 계약하고 안정된 조건으로 글을 쓰기 시작했다. 허영숙의 병원도 환자들과 산모로 발 디딜 틈이 없었다. 친일파라는 딱지도 떨어지고 더 이상 춘원을 괴롭힐 일이 없어 보였다. 춘원의 건강도 날마다 좋아졌다.

2월 초하루가 되었다. 그날은 춘원이 회갑을 앞둔 59세 생일이었다. 그 전해까지만 해도 사릉이나 봉선사에서 가족들과 떨어져 지냈던 춘원이 효자동으로 돌아와 이제는 온 식구가 한 지붕 밑에서 춘원의 생일을 맞았다. 춘원의 13살 된 손자 명선이와 8살이 된 손녀 정자가 장남 진근의 손에 이끌려 제일 먼저 춘원에게 큰절을 올렸다. 춘원 내외는 한복 차림으로 손자 손녀에게 절을 받았다. 그다음으로는 아들 영근과 분홍색과 노란색 한복을 입은 정란과 정화의 큰절을 받았다.

봉선사에서 이학수 스님이 찾아와 생일을 축하했다. 그날은 정말 행복한 날이었다. 허영숙 쪽 친척들 그러니까 허영숙의 시집간 언니들과 조카들도 찾아오고 문단에서 가까운 손님들도 찾아왔다. 그날 행복이 절정에 이르자 춘원은 부인 허영숙에게 지나가는 말처럼 흘렸다.

"여보, 언젠가 용하다는 관상쟁이가 내 관상을 본 일이 있는데 …. 그 친구 내 관상을 한참이나 보더니 이런 말을 했어 …."

"무슨 말인데요?"

춘원은 잠시 머뭇거리다가 말했다.

"아, 글쎄 내가 쉰여덟부터 육십 사이에 큰 불행을 당한대."

부인 허영숙이 돌아앉으며 말했다.

"당신도 하필 오늘같이 경사스러운 날에 무슨 말을 하는 거예요? 아 그런 뜨내기 관상쟁이가 한 말을 왜 오늘처럼 즐거운 날에 떠올리신 거예요? 난 그런 말 믿지 않아요."

춘원은 멋쩍은 듯 말했다.

"글쎄 말이오. 나도 그런 말을 꼭 믿는 건 아닌데 오늘처럼 행복이 절정에 이르니 불현듯 떠오르네. 내 입이 방정인가?"

노란 금박 물린 치마를 입은 정화가 아버지의 무릎에 손을 얹으며 말했다.

"아빠도 참 …. 오늘처럼 기쁜 날에는 기쁜 일만 생각하세요."

춘원도 정화의 손을 잡으며 말했다.

"그래, 오늘은 행복만을 생각하자꾸나."

그날 밤에는 춘원의 가장 가까운 친구 박근영 검사, 백인제 박사, 백 봉제 변호사 같은 이들이 동부인하여 찾아왔다. 모두 흥에 겨워 술을 마시며 음식을 들었다. 허영숙은 그날만은 춘원이 술을 들어도 제지하지 않았다. 흥겨운 날, 춘원이 회갑을 앞둔 정말 좋은 날이었으니까.
정란은 문학소녀답게 '아버지의 생신'이라는 시를 써서 낭송했다. 큰딸
의 시를 듣고 춘원은 흥에 겨워 말했다.

"정란아, 너의 시재(詩才)가 뛰어나구나. 너는 문과로 가거라."

"그럴 거예요. 아빠, 전 불문학을 전공할 거예요."

"그래? 그럼 내년엔 내가 우리 정란이가 읊는 상송을 듣겠네?"

정란은 기쁜 목소리로 말했다.

"그래요. 내년엔 제가 아빠에게 상송을 읊어드릴 거예요."

그런데 그날 밤, 손님들이 돌아가고 난 뒤 춘원은 갑자기 각혈을 시
작했다. 허영숙이 하얗게 질린 얼굴로 응급조치를 했다. 다행히 피가
멎었다. 허영숙은 허공을 쳐다보며 말했다.

"아이고, 박복하신 양반. 자신의 일생에서 제일 기뻤다는 날을 하루
도 못 넘기고 피를 한 바가지나 쏟아 내다니. 아이고, 부처님. 이이 좀
살려주세요."

그해 5월이 지나면서 월반을 하여 18세밖에 되지 않은 정란이 서울대
문리대 불문과에 당당히 합격했다. 그 전해에 영근이는 수재들만 모인
다는 서울대 문리대 물리학과에 거뜬히 합격하여 2학년으로 진급했다.
정화도 언니가 서울대에 합격한 것을 보며 새벽부터 일어나 공부하기
시작했다.

6월 25일이 되었다. 그날은 일요일이었다.

전쟁이 터졌다고 사람들이 동분서주했다. 춘원은 갑자기 열이 나며

체온이 39도까지 올라갔다. 허영숙이 근심스러운 얼굴로 춘원에게 물었다.

"여보, 전쟁이 났대요. 몸이 또 이렇게 나빠지니 어떻게 해요?"

춘원은 태평스럽게 그냥 웃기만 했다.

"내 몸이야 어제오늘 그러는 거요. 평생 그래 왔는데 좀 이따가 낫겠지. 전쟁은 별거 아닐 거요. 북한군들이 남침했다고 하지만 서울까지야 오겠소? 대한민국이 그렇게 허약하겠소?"

다급해진 허영숙이 백붕제 변호사에게 전화를 걸었다. 백 변호사도 편하게 전화를 받았다.

"설마 서울 장안에 공산당이 들어오겠어요? 춘원 선생의 병 관리나 잘 하세요."

6월 26일, 월요일이 되었다. 정란은 입학식이 있다고 하면서 기쁜 얼굴로 서울대로 달려가고 영근이도 평상시처럼 단정하게 교복을 입고 집을 나섰다. 정화도 이화여고에 가서 오전 수업을 하고 황황히 돌아왔다. 허영숙은 주말에 입금하지 못한 돈을 챙겨들고 은행으로 달려갔다. 그리고 입금을 시켰다. 그런데 사람들은 모두 줄을 서서 돈을 찾느라 정신이 없었다. 군인들을 실은 트럭이 청량리와 미아리 쪽으로 달렸다. 허영숙은 27일이 되어서야 은행에 맡긴 돈을 겨우 찾을 수가 있었다.

사람들은 모두 피란을 떠나느라 정신이 없었다. 춘원은 몸을 좀 옮겨보려고 해도 현기증 때문에 도무지 움직일 수가 없었다. 영근이가 춘원을 업고 떠나는 연습을 해봤지만 뜻대로 되지 않았다.

28일. 한강다리는 끊겼고, 중앙청 앞에 인민군 탱크가 열을 지어 서 있었다. 탱크 머리에는 시뻘건 깃발이 펄럭였다. 서울 시청 앞에는 어느새 스탈린의 초상과 김일성의 초상이 나란히 걸렸다. 거리에는 온통 붉은 깃발 일색이었다. 허영숙은 이광수의 허리에 돈 6만 원을 전대에 넣어 채워주며 나가보자고 서둘렀다. 그러나 춘원은 마당을 두어 번 돌고 자리에 주저앉았다. 기침이 너무 심해 움직일 수 없었다.

젊은이들은 의용군으로 잡아간다고 야단이었다. 대학 2학년생이 된 영근이는 길거리에만 나가면 영락없이 잡혀갈 판이었다.

7월 3일이 되어 영근이는 보따리 하나를 챙겨들고 집을 나섰다. 허영숙은 집을 나서는 외아들을 바라보며 흐느끼기 시작했다.

"어떻게 해서든지 목숨만 보존하여라. 며칠 안 갈 것이다. 연합군이 들고 나섰으니 설마 대한민국이 아주 망하기야 하겠니. 목숨만 보존하거라."

영근이는 골목 끝으로 뛰어 달아났다.

얼마 후 팔에 붉은 완장을 찬 사람들이 효자동 집으로 들어섰다. 온 집안에 붉은 딱지를 붙이고 집 앞에는 보초가 섰다. 바로 다음 날, 인민위원회에서 사람들이 나와 춘원을 끌고 갔다. 기침을 해대며 걷지도 못하는 춘원을 채근하여 파출소로 끌고 갔다. 몇 시간이 지나 춘원은 겨우 돌아왔다. 허영숙은 춘원을 어디로든지 보내야겠다고 서둘러 보았다. 그러나 춘원은 걸을 수 없었다.

붉은 완장을 찬 사람들이 춘원에게 '자수서'를 쓰라고 다그쳤다. 춘원은 자포자기하는 몸짓으로 말했다.

"내가 지금 내 몸 하나도 건사를 못하는데, 자수서를 쓰겠소? 써도 끌려갈 것이고, 안 써도 끌려갈 것을."

7월 12일.

함경도 말을 쓰는 젊은 인민군 장교가 작은 승용차를 몰고 찾아왔다.

"자수서는 썼음둥?"

"못 썼습니다."

"거저 지금이라도 쓸수다. 20분 드릴 테니 날래 쓸수다."

춘원은 쓰지 않았다. 승용차의 발동소리가 들렸다. 젊은 장교가 재촉했다.

"자, 그럼 갑세다."

허영숙이 장교 무릎을 잡고 빌었다.

"이분은 환자예요. 중환자입니다. 제발 살려주세요."

함경도 사나이는 무정하게 말했다.

"당신들은 문화인이 아닙네까? 문화인이 왜 비겁하게 떱네까? 저리 비킵수다."

그는 여름 남방셔츠 차림의 춘원을 군용 승용차에 밀어 넣었다. 정화가 따라가며 소리쳤다.

"아버지 —! 옷이라도 입고 가셔야죠!"

정화가 방에 들어가 회색 양복을 챙겨 나왔을 때 군용 승용차는 골목을 빠져나가고 있었다. 허영숙은 혼절했다.

춘원을 태운 차는 을지로 네 거리에 있는 정치보위부(소공동 롯데호텔 자리)로 달려갔다. 보위부 사람들은 춘원의 건강상태가 정상이 아니라는 것을 눈치채고, 서대문 적십자병원으로 보냈다.

나중에 알려진바 그는 서대문 적십자병원에서 7월 14일까지 누운 채 심문을 받고, 그 얇은 여름옷을 입은 채 미아리고개를 넘었고, 평양까지 걸어서 갔다고 한다. 국회의원을 지내다가 6·25때 납북되었던 계광순 씨는 평양감옥에서 7월 18일에 춘원을 만났다고 한다. 거기에서도 춘원은 기침이 너무 심해 독방으로 옮겨 갔다고 했다.

이런 것도 모르고 그때 마포에서 숨어 지내던 막내딸 정화는 9월 15일 서대문형무소에 춘원이 있다는 소리를 듣고, 내의 한 벌과 아버지 춘원에게 마지막으로 입혀 보내려고 했던 회색 양복 한 벌 그리고 비타민 한 병을 차입했다. 간수들은 마치 서대문형무소에 춘원이 있는 것처럼 시침을 뚝 떼고 그것들을 받아 챙겼다.

"놓고 가세요. 우리가 틀림없이 이광수 씨에게 전하겠어요."

어쨌든 산 사람은 살아야 했다. 밖으로 도망갔던 영근은 피골이 상접하여 효자동 집으로 돌아왔고, 허영숙은 그 아들을 지하실 장작더미 속에 숨겨 두었다. 그리고 공산당원들이 계속 집을 접수하고 옴짝달싹 못하게 되자 그들이 자리를 비운 틈을 타서 이웃집 담을 넘어 마포에 있는 허영숙의 후배 의사 상신병원 정신영 원장 댁으로 모두 도망쳤다. 거기에서 일가는 보호를 받고 1950년 9월 28일 국군과 유엔군이 서울에 돌아왔을 때 만세를 부르며 살아날 수 있었다.

춘원의 일가는 붉은 깃발 밑에서 지옥과 같은 3개월을 보내고 살아남았다. 그러나 정작 그들이 가장 의지하고 사랑했던 가장(家長), 조선의 근대문학을 만들고 세웠던 춘원은 북으로 끌려간 채였다.

그때 모윤숙의 형편도 춘원 일가에 못지않았다. 서울이 함락되는 순간까지 그녀는 지프차를 타고 다니며 선무(宣撫) 방송을 하고 국군들을 격려하는 시를 읊었는데, 그녀도 서울이 함락되자 하나밖에 없는 딸을

316

친지 집에 맡겨두고 경기도 광주 지역에 숨었다. 그리고 숨어 있던 농가도 안전하지 못하자 산속을 헤매다가 9월 28일을 맞았다.

모윤숙은 북상하는 국군을 따라 군복을 입고 다시 선무방송을 하며 평양으로 갔다. 그리고 춘원 이광수가 납북된 사실을 알았기 때문에 제일 먼저 평양감옥을 뒤졌다. 그러나 그곳에는 춘원의 그림자도 찾을 수가 없었다.

그때 춘원 일가는 조흥은행에 취직했던 첫째 딸 정란이 마련한 트럭을 타고 부산으로 향했다. 눈발 속에 춘원 가족들은 부산 서구의 부용동에 자리를 잡았다.

아메리카로

전쟁은 사람을 미치게 만든다. 사람뿐 아니라 들판을 거니는 짐승들마저 화약 냄새 때문에 미치고 만다. 인민군이 서울에 들어와서 제일 많이 볼 수 있었던 것이 인민재판이라는 것이었다. 어디에 사람이 모이면 붉은 깃발이 보이고, '옳소, 옳소'하는 소리 몇 번이 들리면 사람이 맞아 죽었다.

적치하에서 과거에 프로문학(경향주의 문학: 공산계열의 문학)을 하다가 전향했던 김기진(金基鎭) 작가는 김팔봉이라고도 불렸는데, 을지로에서 인쇄소를 하다가 데리고 있던 인쇄공이 고발하는 바람에 당시의 국회의사당(현 서울시 의회 자리) 앞에서 인민재판을 받고 돌과 몽둥이로 맞아 의식을 잃었다. 그는 자동차에 끈으로 묶여 동대문 운동장까지 끌려가고 종로 어디쯤에서 버려졌다. 사람들이 보니까 머리가 다 깨져 뒷골이 보였다고 한다. 그러나 그는 구사일생으로 살아나 6·25 후에까지 천행으로 살아남았다.

시인 모윤숙은 국군들을 돕고 이승만 정부를 지지한 일 때문에 6·25

때는 경기도 광주 농가에 가서 식모살이를 하다가 국군이 들어올 때 한 양대 근처에서 국군에 의해 구조되었다. 시인 노천명(盧天命)은 피란 가지 못하고 서울에 남아서 인민군들에게 협력했다는 혐의를 받고 6·25 후에는 조사를 받으며 형무소에도 들어갔다. 그 무렵에 시인 정지용 (鄭芝溶)도 북으로 끌려갔다.

이처럼 전쟁 통에 글 쓰는 사람들도 끌려가거나 잡혀가거나 도망가거나 하며 파란곡절을 겪었다. 그런 가운데에서도 아마 가장 비참하게 세상을 떠난 이는 김동인일 것이다. 6·25가 일어나기 전부터 동맥경화증으로 몸을 제대로 움직이지도 못하던 그는 적치하에서 그럭저럭 견뎠는데, 1·4후퇴 때에는 한강까지 나가 쪽배를 구했다. 도저히 움직일 수 없게 된 그를 식구들이 집에다 데려다놓았다. 그는 아무도 없는 집에서 1·4후퇴가 막 시작된 텅 빈 서울의 거리에 남아 밥도 못 먹고 추위 속에서 떨다가 비참하게 얼어 죽었다. 춘원은 북으로 끌려가서 북한 땅에서 병사하였는데, 평생 동안 춘원과 함께 문학을 했던 김동인은 아무도 없는 빈 서울 거리에서 홀로 얼어 죽었다. 전쟁은 그처럼 비참한 것이다. 미친 세월이다.

허영숙은 부산으로 내려와서도 병원 문을 열었다. 사람들은 전쟁 통에도 아이를 낳게 마련이다. 열심히 아이를 받으면서 돈을 벌었다. 어느 날, 광복동 거리에서 만난 모윤숙은 깜짝 놀라며 허영숙의 손을 잡았다. 그리고 다방에 들어가 자신이 북한에 다녀온 이야기를 황황히 전해주었다.

"사모님, 저는 국군이 북진할 때 평양까지 갔었어요. 평양에 가자마자 평양감옥에 달려갔죠. 혹시나 춘원 선생님이 계신가 하구요."

허영숙은 담담히 말했다.

"자네가 나보다 낫군. 나는 자식들 곁을 떠나지 못해 그분의 소식도 풍편으로 앉아서 듣기만 했는데, 자네는 직접 평양감옥에 가봤으니 말이야."

모윤숙은 눈물을 보이며 말했다.

"미군이 북진할 때 북한군은 평양감옥에 있던 사람들을 북쪽으로 끌고 갔대요. 선생님도 강계 쪽으로 끌려갔다는 얘기만 들었어요."

그때 모윤숙의 얘기를 들으면서 이상하게도 허영숙은 오랫동안 품어왔던 모윤숙에 대한 노여움이 풀리는 것을 느꼈다. '렌의 애가'라는 일방적인 사랑의 세레나데를 써서 온 천하에 '이광수는 이 모윤숙의 애인이다. 영원한 정신적 사랑의 표상이다'라고 광고했던 그 발칙한 젊은 여인이 슬그머니 용서가 되었다.

'그래, 너는 나보다 낫구나. 평양감옥까지 달려가 그의 체온이라도 느끼고 왔으니.'

아무튼 그때부터는 허영숙의 가슴에서 모윤숙이라는 가시 하나가 빠져 나갔다. 그리고 새로운 결심이 생겨났다.

'그래, 나는 이제부터 이광수의 아들딸을 위해 남은 생을 보내야 한다.'

부산에 천막 대학도 생겨나고 천막 여학교도 생겨났다. 그래서 정란이는 천막으로 가교사를 만든 서울대를 부산에서 다녔고, 정화는 언덕바지에 세워진 이화여고 천막 교실을 다녔다. 그러면서 아이들은 시간이 나는 대로 아르바이트를 했다. 미군 부대에 나가 타이프도 쳐주고 번역도 해주면서 학비를 벌었다.

1952년 정월에 생각지 않은 일이 생겼다.

미국 뉴욕에서 세계 고등학생 토론대회가 열린다는 소문이 떠돌았다. 그리고 피란지에서 전국에 있는 학생들에게 통보했다.

'영어 잘하는 학생은 다 모여라!'

정화는 영어로 원고를 써서 응시했다. 정말 보내줄까? 저 먼 아메리카 뉴욕에서 열리는 영어 토론대회라고 하는데…. 그러나 어쨌든 최종적으로 모인 36명의 고등학생들이 실력을 겨루었다. 대부분이 남학생이었다. 정화는 제일 나이가 어린 17세였다. 네 차례의 경연 끝에 최종 한 명을 선발하는데, 덜커덕 이정화가 합격했다. 장원 급제였다.

부산의 수영 비행장에서 군용기를 타고 뉴욕으로 날아갔다. 비행기가 잡초 우거진 비행장의 활주로를 박차고 꽁지를 들자 이화여고 신봉교 교장이 허영숙에게 말했다.

"정말로 따님이 샛별 같지 않습니까? 과연 춘원 이광수의 딸입니다."

1952년 이른 봄, 뉴욕의 아스토리아 호텔에서 전 세계의 고등학생들이 모이고 영어토론대회가 열렸다. 대개는 스무 살이 넘어 보이는 남자들이었고, 어떤 학생은 서른 살이 넘어 보이기도 했다. 어쨌든 한국에서 간 17세의 이정화가 단 위에 섰을 때 세계에서 모인 모든 학생들이 호기심 어린 눈초리로 바라보았다. 사회자가 말했다.

"지금 전쟁이 한창인 코리아에서 온 이정화 양입니다."

이정화는 아름다운 한복을 입고, '하나의 세계'라는 제목으로 열변을

토했다. 모두 박수를 보내고 심사위원들과 성인 참관자들이 환호했다. 그리고 그들은 놀라워했다.

'어쩌면 저렇게 침착하고 아름다울까. 전쟁하는 나라에서 온 나이 어린 소녀가.'

대회가 끝나고 나서부터 이정화의 인기는 더욱 뜨거워졌다. 미국의 각 대학에서 한국에서 온 그 소녀를 초청했다. 교회에서도 초청했고 미국의 국회의원들도 그녀의 연설을 듣기를 원했다. 그녀는 전쟁의 포화가 계속되는 조국 코리아를 잠시 떠나 그 어떤 한국의 외교관도 하지 못한 '한국의 소리'를 미국에 전파할 수 있었다.

한국의 신문들과 라디오 방송도 이광수의 딸 이정화가 미국을 누비며 빛나는 외교를 하고 돌아왔다는 찬사를 아끼지 않았다. 그때부터 피란지 부산의 고관들과 교육 관계자들이 허영숙에게 달려왔다.

"따님 참 잘 두셨소. 과연 이광수의 딸이오. 그 딸들을 이 포성이 울리는 전쟁터에 두어서는 안 되오. 안전한 미국 땅으로 보내시오. 보내서 공부시키시오."

"저는 지금 그럴 형편이 못 돼요. 사느라고 정신이 없어서."

"아니, 우리가 돕겠소. 문교부 장관이 보내주지 않는다면 내가 보내주겠소."

정란과 정화 두 자매는 1952년 9월 부산항에 정박했던 미국 화물선에 오르게 되었다.

그 무렵 허영숙은 교회 근처에서 옛날 효자동 집에 자주 들르던 피아노 조율사를 만났다. 그 낯익은 피아노 조율사는 피란지 부산에서 허영숙을 만나자 반색하며 낭보를 전했다.

"사모님, 댁에 두고 오셨던 '꿈호'를 기억하세요?"

"꿈호라뇨? 우리 집에 있던 피아노 별명이 꿈호인데."

"바로 그거예요, 아 글쎄, 광복동에 있는 어떤 사람이 그 꿈호를 훔쳐 왔는지 누구에게서 받았는지 아무튼 가지고 있더라고요."

"그 피아노에 '꿈호'라고 쓰여 있는 것도 아니고 내가 어찌 내 집 피아 노라고 단언할 수 있겠어요."

"아이고, 사모님, 제가 있잖아요. 제가요! 대한민국에서 제일 유명 한 조율사인 이 사람이 있지 않습니까?"

아무튼 부산 광복동까지 이 사람 저 사람 손을 거쳐 전시에 장물로 굴 러들어 온 꿈호는 허영숙의 손으로 되돌아오게 되었다. 피아노를 가지 고 있던 사람이 장물이란 것을 알고 선선히 내주었기 때문이었다. 정란 과 정화가 'S. S 마다케이티'라는 미국 화물선에 오를 때에는 그 꿈호가 두 소녀의 노잣돈이 되어주었다.

1952년 9월, 파도 위를 스치는 해풍이 가을바람으로 서서히 바뀌고 있었다. 정란과 정화 두 자매가 부산항에서 'S. S 마다케이티'에 올랐 다. 오빠 영근은 국방부 차관실에서 군복무를 하고 있었기 때문에 동생 자매가 먼 미국 유학길에 오르는데도 와볼 수가 없었다. 대신 어머니 허영숙이 하얀 저고리에 자주색 치마를 받쳐 입고 장도에 오르는 두 딸 을 배웅하기 위하여 배에 올랐다. 성인도 되지 못한 두 딸을 아득한 태 평양 너머로 보내야 하는 어머니의 마음은 몹시 심란했다.

"그래. 가거라. 공부에도 다 때가 있잖니. 이 어미도 정화 나이에 일 본 유학길에 올랐지. 가서 마음껏 배우고 큰 인물이 되거라. 이곳에서 있었던 일들은 다 잊어버려라."

허영숙은 핸드백에서 담배를 꺼냈다. 피란지에서 쉽게 구할 수 있던 양담배 팔말이었다. 첫아들 봉근이를 잃고 피우기 시작한 담배가 남편을 북에 빼앗기고 나서는 더 늘었다. 그녀는 연기를 깊이 빨아들여 선창 밖으로 멀리멀리 뿜어냈다. 지는 해가 파도 위에서 붉은 색으로 부서졌다. 바닷바람이 건들 선창을 두드렸다.

"너희들을 보내고 나면 이 어미는 삭막한 피란지에서 누굴 의지하고 살꼬."

정란과 정화가 어머니의 팔을 하나씩 끼고 함께 바다를 내다보고 있었다.

"어머니, 저희들만 생각하면서 눈물짓지 마세요. 저희들은 젊으니까 미국 땅에 금방 동화되고 열심히 공부할 수 있을 거예요."

정란이 언니답게 위로를 하자 정화도 어머니의 손등을 쓸며 결연히 말했다.

"열심히 공부할게요. 편지도 자주 쓰겠어요. 어머니, 저희들 때문에 걱정하지 마세요."

모녀는 끌어안았다. 해가 지자 허영숙은 일어났다. 선실 안의 재떨이에 담배꽁초가 쌓여 있었다.

"내려가마. 잘 가거라."

눈물을 감추며 허영숙은 황황히 배에서 내렸다. 두 딸은 목 놓아 울었다.

이듬해 영근이도 무사히 군복무를 마치고 미국 유학길에 올랐다. 아들이 떠날 때에도 허영숙은 해가 질 때까지 외아들의 선실에 앉아 담배를 피웠다. 영근은 존스 홉킨스 대학에서 물리학을, 정란은 브린 모어 대학에서 영문학을, 정화는 펜실베이니아 대학에서 화학을 전공했다.

그해 7월, 휴전선에서 정전 협정이 조인되었다. 200여만의 사상자를 낸 전쟁으로 한반도는 폐허가 되었다.

춘원 없는 세상에서

전쟁이 끝나가던 1953년, 부산 시내에서 뜻밖에도 전영택 목사를 만나게 되었다.

"사모님, 오랜만입니다. 저는 요즘 교회 관계 일을 보느라 일본에 오락가락하고 있습니다. 도쿄를 두어 번 다녀왔습니다."

"이제는 작가라기보다는 목사님이라고 불러야겠네요. 목사님 티가 나세요. 그래, 도쿄는 어떻던가요?"

"그 사람들은 살 판 났죠. 뭐. 한국전쟁 때문에 일본은 호황기를 맞고 있으니까요."

전영택은 뜸을 들이다가 뜻밖의 말을 했다.

"저는 교회 일 때문에 도쿄 한국 YMCA를 들렀었죠. 그곳은 우리가 유학할 때도 자주 들렀던 곳 아닙니까?"

허영숙도 감회 어린 투로 대답했다.

"그럼요, 목사님이나 우리 그이나 자주 들렀던 곳이죠."

"그런데 말이죠, 제가 그곳에서 김명순을 봤지 뭡니까."

"아니, 누구요? 김명순이요? 그 옛날 이응준 소위를 못 잊어 스미다 강에 투신하였던 그 김명순 말이에요? 그 사람은 우리 조선 신여성 중에서 최초로 소설을 쓴 사람이 아닙니까."

"그렇죠. 사모님. 김명순은 우리나라 최초의 여류 소설가죠. 그 김명순이 말입니다. YMCA 뒤뜰에서 돼지우리인지 개집인지도 분간이 가지 않는 허름한 판잣집을 만들어놓고 드나들더라고요. 제가 다가가서 분명히 물어봤습니다. '당신, 김명순 씨 아니오?' 그러니까 저를 힐끔 쳐다보는데요, 눈동자가 완전히 돌아갔더라고요. 흰 머리칼과 주름 속에 분명히 김명순의 얼굴이 숨겨져 있었습니다. YMCA 관계자들에게 물었더니 그 옛날의 김명순이 맞다고 합디다. 온정신이 아니었어요."

허영숙은 눈물을 닦았다.

"아이고, 세상에. 그 노래 잘 부르고 글 잘 쓰고 한때는 영화배우로도 날렸던 천하의 김명순이 미치다니 …. 그래도 조선 학생들이 모이던 YMCA는 잊지를 못해 그 뒤뜰에서 서성였단 말이죠."

"제가 지난해인 51년에도 도쿄 YMCA에 들렀는데요, 그때는 그 김명순이 보이지 않더라고요. YMCA 사람들에게 물었더니 김명순이 결국은 아오야마에 있는 도쿄시립뇌병원에 입원했다가 그해 4월경에 세상을 떠났답니다."

허영숙은 계속 눈물을 닦으며 전영택에게 말했다.

"한때는 시대를 앞서가던 우리 신여성들이 어쩌면 그렇게 비참한 말로를 당한단 말입니까. 우리나라 최초의 여류 화가였던 나혜석은 서울에서 행려병자가 돼서 지난 1948년, 53세로 세상을 떠나고, 김명순 역시 그렇게 떠나니 우리 신여성들의 말로가 왜 이렇습니까. 저는 춘원을 잃고, 이렇게 거리를 헤매고, 김일엽 하나가 예산 수덕사에서 도를 닦고 있네요."

"그래도 사모님께서는 세 자녀를 미국에 보냈지 않았습니까. 요즘 같은 난리 통에 자식을 보전해 미국 같은 선진국에 유학 보낸 가정은 춘원의 집밖에는 없을 것입니다. 적어도 우리 문단에서는 말입니다. 다 사모님의 피나는 노력 덕분이 아니겠습니까?"

허영숙은 그날, 전영택 목사 앞에서 하염없이 눈물을 닦았다.

전쟁도 끝났다.

미국 간 자녀들은 자리를 잡고 있었다. 자신들의 공부를 위해 혼신의 힘을 쏟고들 있었다. 허영숙은 효자동으로 돌아와 여기저기 무너진 집을 새로 손보고 병원 일을 다시 시작해보려고 생각했다. 그러나 여자 나이 환갑을 바라보며 의사 노릇한다는 것이 여간 어렵지가 않았다.

그때 이화여고에서 연락이 왔다. 춘원과도 교분이 깊었던 이화여고 신봉조 교장이 만나자고 했다. 이화여고를 찾아가니 참으로 만감이 교차했다. 전란을 겪고 나서도 소녀들은 교정을 가득 메운 채 배움에 열중하고 있었다. 교정에는 단풍이 들기 시작했다.

"자녀분들은 모두 태평양을 건너 아메리카 대륙에 둥지를 틀었는데 어머니 혼자서 어떻게 병원을 개업하고 그 큰일을 해나가시겠습니까?"

"글쎄 말입니다. 여자 나이 환갑을 앞두고 폐허가 된 병원을 일으켜서 새롭게 일을 시작하려니 앞이 캄캄합니다."

신봉조 교장이 환히 웃으며 말을 꺼냈다.

"이 이화동산은 두 따님이 5년씩 다니던 추억의 터전입니다. 이 추억의 이화동산에서 당분간 안식을 취하시는 것이 어떻겠습니까."

"안식이라뇨?"

"당분간 자식 같은 우리 이화 학생들을 돌보시면서 숨을 고르신 후에 다음 일을 생각해 보시죠."

허영숙은 당황해서 말했다.

"제가 의사 노릇만 해왔지 교단에 서 본 경험도 없는데 이 이화동산에 서 제가 할 일이 있겠습니까?"

"현재 우리 이화에는 학생들을 전담할 교의(校醫)가 없는 형편입니다. 전쟁을 끝내고 막 돌아와 학생들은 영양부족에 시달리고, 각종 질병에 걸린 상태입니다. 아침에 조회하고 나면 운동장에 픽픽 쓰러지는 학생들이 한둘이 아닙니다. 평소에는 위생교육을 시키시고, 간호부 출신 한 분과 양호실을 맡아주시죠. 여사님의 보수는 재단 측에 얘기해서 결례가 되지 않도록 책정하겠습니다."

허영숙은 1953년 말부터 1년이 넘는 기간 동안 이화여고의 전담 교의가 되었다. 하루 종일 학생들의 웃음소리, 교정 뜰의 꽃이 피는 소리, 채플 시간에 찬송가 부르는 소리를 듣고 있으니까 허영숙의 마음은 한결 가벼워졌다.

이화에서 1년을 조금 넘기고 난 허영숙은 새로운 생각을 하게 된다. 그리고 깨달았다. 자신이 30년 동안 춘원 이광수의 부인으로 살아왔으며 그의 후광과 광채가 얼마나 대단한 것이었는가 하는 것을 그녀는 미처 몰랐다. 이광수라는 태양이 사라지고 나자 허영숙은 비로소 자신이 춘원이라는 그 태양만을 향해 마구 돌진했던 이카로스가 아니었던가 하는 점을 새삼스럽게 깨달았다.

자신은 추락한 한 마리의 새나 다름이 없었다. 아니 밀랍으로 된 날개를 달고, 춘원이라는 태양을 향해 끝없이 날기만 했던 눈 먼 천사였는지도 모를 일이었다. 그녀는 춘원이라는 태양을 향해 마구 달리다 외로운 바닷가에 떨어져 끝내 바위섬이 된 이카로스였다.

1955년 10월 초, 흥사단에서 연락이 왔다. 망우리에 있는 도산 안창호 선생의 묘소에 새로운 묘비가 세워진다고 하며 관련행사가 있으니 나와 달라는 것이었다. 허영숙은 퍼뜩 짚이는 데가 있었다. 1938년 도산 선생이 운명했을 때 일제는 장례식에 참석하는 인원까지 제한했다. 장례식은커녕 묘소 앞에 제대로 된 묘비 하나 세울 수가 없었다. 그때 유족들은 나무를 깎아 안창호 선생의 묘소라는 것만 알아볼 수 있도록 했다. 일제가 패망할 때쯤엔 유족들이 자연석 하나를 구해 그 돌 위에 간단한 몇 자를 적었다. 그 내용을 허영숙도 기억하고 있었다.

'도산 안창호지묘, 사망일 3월 9일, 제주(祭主) 안치호'

아픈 몸을 안고 성묘를 다녀온 춘원은 나중을 위하여 제대로 된 비문을 쓰기 시작했다. 특히 해방이 되고 나서 《도산 안창호》를 펴낸 후엔 더욱 정성을 들였다. 비문을 완성하였지만 반민특위사건으로 끌려 다니고 아픈 몸을 치료하느라 더 이상은 신경을 쓸 수가 없었다. 그래서 글씨를 잘 쓰는 원곡(原谷) 김기승(金基昇) 선생을 찾아가 비문 글씨를 받아는 놨는데 곧이어 한국전쟁이 터졌다. 그리고 춘원은 납북되고 말았다. 이런 경황 속에서 허영숙은 이 비문만은 꼭 가지고 있어야겠다는 생각으로 효자동 지하실 속에 그 비문을 숨겨두고 있었다. 흥사단은 얼마 전 그 비문을 얻어 간 일이 있었다.

망우리 일대에 낙엽이 들기 시작하던 10월 15일 허영숙은 도산 안창호 선생의 묘역을 찾아갔다. 아침부터 사람들이 웅성거리고 커다란 비석 위에는 흰 천이 씌워져 있었다. 얼마 후 의식이 시작되고 묘비 제막식이 있었는데 그 식을 주관한 이는 대통령 출마설이 파다한 신익희 선생이었다. 상해 시절부터 도산 선생과 친분이 두터웠던 신익희 선생이 만감 어린 회고를 한 후 몇 사람이 나서서 묘비를 가리고 있던 흰 천을 끌어내렸다. 그러자 위용이 당당한 검은 오석이 나타났다. 사회자가 비문에 얽힌 내용을 요약했다.

"오늘 제막되는 도산 안창호 선생의 묘비는 지금 이 자리에 계시지 않은 춘원 이광수 선생이 썼고 글씨는 원곡 김기승 선생이 맡았으며 전각은 소전(素筌) 손재형(孫在馨) 선생이 담당해 주셨습니다. 세 분에 대한 감사장을 전해 드리겠습니다."

허영숙은 춘원을 대신해 앞으로 나아갔다. 키 크고 덩치가 좋은 신익희 국회의장이 감사장을 전해 주었다. 허영숙은 윤이 나는 오석 위에서 꿈틀거리는 춘원의 글을 볼 수 있었다. 눈물이 자꾸 흘러내려 감당하기가 어려웠다. 사람들의 박수 소리에 허리를 굽히고 급히 빠져나왔다. 망우리를 내려오며 그녀는 소리쳤다.

"여보, 지금 어디 계세요? 살아 계신 거예요? 영영 돌아가신 거예요? 오늘 당신이 쓰신 도산 선생의 비문이 아름다운 오석 위에 아로새겨졌어요. 그런데 당신은 지금 어디 있는 거예요? 당신이 세상을 떠났다면 당신 묘비 위에는 누가 글을 써준단 말이에요? 아 … 보고 싶은 당신!"

그녀는 1956년 효자동의 집 앞에 '광영사'(光英社)라는 간판을 내걸었다. 이광수라는 이름에서 광(光) 자를 따고, 허영숙이라는 이름에서 영(英) 자를 얻어 광영사라는 출판사를 시작했다. 방대한 이광수의 저서를 모으고 제대로 된 이광수 전집을 펴내고 싶었다. 그러나 그 일은 망망대해(茫茫大海)에서 심해어(深海魚)를 잡아 올리는 일만큼이나 어려웠다.

이광수의 작품을 웬만큼 연구한 문사들을 잡고 물어보았다.

"춘원 이광수가 쓴 글이 도대체 얼마나 될까요?"

"글쎄요. 장편은 수십 편, 단편도 수십 편, 시가는 더 많고⋯. 아아, 잘 모르겠습니다."

그래서 출판을 전문으로 하는 이들을 찾아다녔다.

"춘원 이광수의 작품 전집을 내려면 어찌 해야 합니까?"

"글쎄요, 도서관도 뒤져야 되고, 서점 창고도 뒤져봐야 할 것이고, 옛날 신문과 잡지들도 들춰봐야 할 것이고⋯."

허영숙은 허둥대며 닥치는 대로 찾고, 닥치는 대로 긁어모았다. 일은 잘 되지 않고, 빚만 쌓여갔다. 미국에 있는 자녀들에게 부칠 돈마저 없었다. 결단을 내렸다. 춘원과 아이들과 온갖 추억이 서려 있는 효자동 집을 처분했다. 그리고 옛날 춘원과 함께 잠시 살았던 숭삼동 쪽으로 이사했다.

그녀는 결국 혼자서는 도저히 이광수 전집을 내기가 어렵다는 것을 알게 되었다. 편집진이 완전히 갖추어진 삼중당(三中堂) 출판사에서 6년에 걸쳐 《이광수 전집》 20권을 펴냈다.

삼중당 출판사가 확인한 바에 의하면 이광수의 방대한 글은 장편이 37편이었고, 단편이 28편, 그리고 문학비평이 50여 편, 논설문이 30여편이었다. 그 외에 일본말로 쓰인 글들은 정확히 확인할 길이 없었다. 번역해서 펴낼 길도 없었다.

1962년 4월, 《이광수 전집》 20권의 첫 권이 나오게 되자 허영숙은 춘원을 그리며 다음과 같은 글을 남겼다.

나는 당신과 30여 년을 살았고 그 반 이상을 병구완만 하고 지냈습니다만 나는 당신에게 좋은 아내는 아니었습니다. 당신의 인격의 가치를 깊이 깨닫고 높이 받들고 묵묵히 복종하는 아내는 아니었습니다.

당신을 떠나보내고 10년 동안 깊이 반성해 본 후에야 당신의 가치를 이제야 겨우 알았사오며, 내가 교만하고 잘난 체한 것이 이렇게 뼈아프게 후회되나이다. 이제 다시 만나면 그런 죄를 범하지 아니하겠다고 맹세합니다. 이제 당신을 만나기만 한다면 내 무덤에 '이광수의 착한 아내'라고 쓰기에 넉넉하리만치 섬기오리다. 그러나 당신을 어디 가 만나오리까. 만날 길이 없나이다.

세상에 잃어버린 남편을 생각하지 아니하는 여인이 어디 있겠습니까마는 나는 당신을 생각하는 것이 남편에 대한 사모의 정보다 내 죄를 사과하고자 하는 정이 더 간절합니다. 그러나 당신을 어디 가 만나오리까.

나는 아이들을 다 미국에 보낸 뒤부터 당신이 써 남긴 글을 모으는 일을 했습니다. 개인이 가지고 있는 것도 골라내고, 잡지에 있는 것도 베껴내고, 신문에 있는 것도 베껴내기도 해서 《춘원선집》 24권을 광영사라는 출판사의 이름으로 발간도 하였습니다. 그러나 당신이 남긴 글은 너무나 많아서 내 혼자의 힘으로는 불가능하였습니다.

연전에 당신하고도 친분이 두터우시던 삼중당 출판사의 서재수(徐載壽) 선생의 도움으로 원고 수집도 완료되어 《이광수 전집》 20권도 나오게 되었습니다. 매달 한 권씩 나오기로 되어 있는 그 첫 권을 손에 들고 나는 다시 한 번 눈물지었습니다. 당신에게 못다 한 아내로서의 의무를 다소나마 덜은 것 같아 마음이 후련하기도 합니다만, 당신은 전집이 나온 것도 모르고 어디 먼 곳에 계실 것이라고 생각되어 마구 쏟아지는 눈물을 금할 길이 없나이다.

영근이도 정란이도 정화도 이젠 제법 어른이 다 되었습니다. 이제 나에게 남은 것은 전집 20권의 간행 완성입니다. 매달 한 권씩이면 2년 내에 끝날 것입니다. 그리하여 이승에서든 저승에서든 당신을 떳떳이 대할 날을 고대하며 붓을 놓습니다.

그 무렵, 예산 수덕사의 견성암에서 수십 년간 도 닦는 일에만 정진하던 김일엽이 책을 냈다. 아마도 이광수의 전집이 나오는 것을 보면서 오랫동안 준비했던 자신의 책을 펴낸 듯싶었다. 《청춘을 불사르고》라는 수필집이었는데, 《이광수 전집》과 함께 베스트셀러가 되었다.

삼중당 출판사의 연락으로 김일엽과 소식이 닿은 허영숙은 조계사 근처에 있는 찻집에서 그녀를 만났다.

춘원이 납북되고 전쟁이 끝났던 1954년 무렵에 너무나 답답했던 허영숙이 시외버스를 타고 예산 수덕사까지 찾아간 일이 있었다. 김일엽은 허영숙을 절 앞에 있는 여관에 안내했다. 저녁 늦게까지 마주 앉아 쌓인 이야기를 풀었다. 나혜석이 어처구니없이 행려병자가 되어 서울 용산에 있는 행려병자 처리기관에서 숨을 거둔 이야기를 하며 두 사람은 함께 눈물을 뿌렸다. 그뿐만 아니라 조선 최초의 여류 소설가 김명순이 도쿄의 YMCA 뒷마당에서 정신병자가 되어 헤매다가 도쿄의 뇌병원에서 죽었다는 사실까지도 전영택 목사가 전해준 대로 김일엽에게 전해주었다.

"참 아까운 사람들이었어."

"나혜석은 인정도 많고 가슴도 한없이 뜨거웠던 사람인데, 세월을 너무 앞서서 달렸던 것이 덫이 되었을 거야. 열정이 세월을 앞서갔던 것이지."

그때 김일엽은 뜻밖의 이야기를 했다.

"나한테 속가에서 낳은 아들 하나가 있었잖아."

"그랬었던가?"

"그 아이가 나를 보고 싶어 가끔 찾아왔는데 그때 나혜석도 이 여관에 묵고 있었지. 내 아들도 이 여관에 묵으면서 나혜석이 이 어미의 친한 친구라는 것을 안 후, 두 사람은 이 여관에서 모자(母子)처럼 지냈어. 나혜석 말로는 밤에 잘 때 내 아들이 자신의 젖꼭지를 만지더라고 하며 허허 웃었어."

"얼마나 어머니가 그리웠으면 그랬겠노."

"어쨌든 김명순도 너무나 아까운 천재야. 노래를 잘 불러 한때는 성악가가 되려고 했고, 우리 춘원 선생과 육당 최남선 선생이 〈청춘〉이라는 잡지를 하며 최초로 소설공모를 했을 때 여류 소설가로 당당히 입선했던 천재였지 …. 아 그뿐이야, 영화배우가 되어 은막(銀幕)에서도 얼마나 날렸어. 그러던 사람이 타국 땅에서 미쳐서 죽다니 …. 그게 말이나 돼?"

아무튼 1962년 그 무렵, 둘은 조계사 근처에서 만나 다시 한 번 아득한 그 옛날의 기억들을 주고받았다. 그리고 춘원 이야기로 돌아갔다. 끝없는 이야기를 하다가 김일엽이 불쑥 고백처럼 말했다.

"사실은 … . 내가 머리를 깎고 중이 된 것은 세상의 남성들이 다 원망스러워 보이고 또 백성욱 박사의 경우는 내가 차인 셈이 되었지만 … . 또 한 사람 나를 버린 사람이 있었지."

"그게 누구야?"

"춘원 이광수였어."

두 사람은 한참을 마주보다가 허허 웃고 일어섰다. 허영숙도 한 마디 했다.

"사실은 나도 당신에게 숨긴 일이 있어."

"뭔데?"

"그이가 북으로 끌려가고 아이들이 모두 미국으로 떠난 후 예산 수덕사에 있었던 당신을 만나고 오면서 에라, 나도 머리 깎고 중이나 될까 생각했지. 그래서 내가 아는 스님들에게 다리를 놓아달라고 해서 해인사(海印寺)에 들어가 석 달인가 비구니 되는 훈련을 받은 일이 있었지."

"그런데?"

"하지만 북으로 끌려간 그이가 너무나 보고 싶고, 태평양을 건너간 아이들이 너무나 눈에 아른거려 산속에 있지를 못하겠더라고. 그래서 석 달을 못 채우고 나왔지."

두 사람은 손을 잡고 허허 웃었다.

미국에 있는 자녀들은 다 잘되었다.

정란이는 자신이 다니던 명문 브린 모어에서 착하고 아름다운 오빠의 신붓감을 찾아냈다. 4·19 때 대법원장 대리를 했던 배정현 대법관의 딸 배옥경을 오빠의 배필로 소개해 두 사람은 뉴욕에서 결혼식을 올렸다. 그때 어머니 허영숙은 춘원의 책을 만드는 일에 골몰하였기 때문에 갈 수가 없어 정란과 정화가 참석해 조촐하게 식을 치렀다.

그 후, 정란도 서울 낙원동에서 일제시대 때부터 이름이 났던 김승현 내과댁의 아들과 연이 닿아 결혼했다. 그 집 형제들이 모두 유명한 변호사이거나 예술인이었다. 세계적으로 이름을 떨친 바이올린 연주자 김영욱이 남편 김형식 박사의 막냇동생이었다. 정란의 남편 김형식 박사는 코넬 의대를 나온 훌륭한 의사였다.

정란은 대학에 다닐 때에는 영문학을 전공하며 자신이 한국에서 겪었던 자전적 사건을 소재로 하여 〈에다의 슬픔〉이라는 단편을 내고, 교내 소설 공모에서 1등을 하여 주목을 받았다. 계속 문학을 전공하여 춘원을 잇는 문사가 될 수도 있었는데 재주가 승(勝) 해서였는지 그녀는 변호사 자격증까지 따서 활동 영역을 넓혀 더 많은 사회 활동에 몰두했다. 여기에서 잠깐, 이정란의 단편 〈에다의 슬픔〉을 요약하면 다음과 같다.

주인공 에다는 꿈 많은 소녀이다. 인정도 많고 낭만적이다. 봄철이면 발코니에 나와 평화로운 오후를 즐기고 안방에서 어머니가 치는 모차르트의 피아노곡을 감상한다. 하지만 에다는 담장 밖에 사는 사람들의 삶에는 별 관심이 없다. 그러면서 에다는 언제나 황홀한 행복감에 젖는다. 그때 어머니는 문득 이런 말을 전한다.

"얘야, 세상에는 기쁨만 있는 게 아니란다. 젊은 너희들에게는 슬픔의 파도가 넘쳐올 수도 있지."

그러나 에다는 흔들의자에 앉아 어머니의 말을 깊이 새기지 않는다. 그런데 전쟁이 터졌다. 포성이 울리고 울부짖는 피란민들과 함께 먼 부산으로 피란 간다. 부산에서 에다는 유엔군 부대에 나가 간호원 보조로 취업한다. 전선에서 실려 오는 수많은 부상자들을 치료하며 그들의 고통스러운 신음소리를 듣는다.

그때 어느 노인이 숨을 헐떡이며 에다에게 간청한다.

"우리 집은 범일동 164번지예요. 내 아내와 딸이 거기에 살고 있소. 소식 좀 전해주시오."

에다는 쪽지를 들고 범일동으로 달려갔지만 노인의 집도 찾지 못하고 부대로 다시 돌아온다. 노인은 이미 숨져 있었다. 에다는 그만 털썩 주저앉아 비통하게 울기 시작한다. 하지만 간호원은 쌀쌀맞게 말한다.

"울지 말고 네 맡은 일이나 해! 슬퍼할 겨를이 어디 있어."

에다는 더욱 슬퍼진다. 야단맞은 것이 슬픈 게 아니고 그 불쌍한 고통에 신음하는 노인과 어린이들과 병자들에 대한 무관심에 더욱 절망한다. 그 한반도의 끝, 부산에서 에다는 절망과 슬픔 속에 깊이 잠긴다.

어머니 허영숙이 가장 놀란 것은 착하고 심지가 굳은 막내딸 정화의 경우였다. 정화는 대학에서 화학을 전공하고 대학원에 가기 전에 소식을 전해왔다.

"어머니, 저는 대학을 졸업했으니까 어머니 곁에서 여생을 보내겠어요. 어머니 혼자 계시는 것이 너무나 가슴 아픕니다. 한국에 돌아가 결혼해서 어머니를 모시겠어요."

그러나 허영숙이 마음을 굳게 먹었다. 그리고 장문의 편지를 썼다.

정화야, 고맙다. 홀로 있는 이 어미를 생각해주니 한없이 고맙구나. 그러나 공부에도 다 때가 있단다. 한번 시작한 공부, 끝을 봐야지. 이 어미도 일본에서 여자 의전을 졸업하고 고국에 돌아와 의사로서 최선을 다했단만 때때로 의학박사에 대한 염원을 떨치지 못했단다. 그래서 일본에 두 번씩이나 건너가 공부를 계속하려고 애썼지만 한번 때를 놓치고 나니까 그 일이 뜻대로 되지 않았단다. 나는 조선 최초의 여성 개업의라는 자부심을 가지고 있지만 여성 최초의 의학박사 학위를 받았다는 기록만은 세울 수가 없었단다. 부디 이 어미 걱정하지 말고 하던 공부를 마저 하거라. 공부에도 때가 있단다.

정화는 펜실베이니아 대학을 졸업하고 피츠버그 의과대학 생화학과에 입학했다. 같은 실험실에서 함께 연구하던 인도 출신의 과학자 라자 아이엔거(Raja Iyenger) 박사를 만나 결혼했다. 그는 인도의 카스트 중에서 지성과 품위를 가장 높이 평가받는 브라만(Brahman) 출신으로, 굉장히 자상하고 가정적이며 온화한 성품을 가진 훌륭한 인격자였다.

존스 홉킨스 대학에서 물리학을 전공한 장남 이영근 박사와 두 자매는 각자의 분야에서 훌륭한 학문적 업적을 쌓았고, 바른 삶을 살았다. 사람들은 모두 세 자녀를 보면서 '이광수와 허영숙의 아들딸답다'는 말들을 했다.

거문고 세월

창(窓) 내고쟈 창을 내고쟈/ 이내 가슴에 창 내고쟈/ 고모장지 세살장지 들장지 열장지/ 암돌져귀 수돌져귀 배목걸새/ 크나큰 장도리로 둑닥 박아/ 이 내 가슴에 창 내고쟈/ 잇다감 하 답답할 제면/ 여다져 볼가 하노라.

"난 말이야. 이상하게도 이 작자 미상의 '창 내고쟈 창 내고쟈' 하는 이 시조가 그렇게 좋아. 이 시조를 한 바탕 읊고 나면 속이 뻥 뚫리는 것 같아."

허영숙이 함께 소리를 배우는 죽사(竹史) 여사를 둘러보며 말했다.

"저도 그래요, 사모님. 이 내 가슴에 창 내보자 …. 얼마나 멋진 표현이에요. 그나저나 사모님께서는, 아 미국에 가셨으면 그 잘난 아들도 있고 딸들도 있는데 해주는 밥 먹으면서 여행이나 다니면서 그냥 계시지 무엇하러 다시 오셨어요."

"아이, 이 사람아, 죽사 자네도 아들이랑 딸이 다 미국에 있다면서 왜

미국으로 떠나기 직전의 허영숙

그런 소리를 해. 몰라서 하는 소리야?"

"아, 저도 알죠. 아 미국 가면 볼거리가 좀 많나요? 나이아가라 폭포
도 있고, 그랜드캐니언, 할리우드 유니버설 스튜디오, 금문교, 요세미
티 공원도 있고…. 하지만 그런 구경도 하루 이틀이고, 일이 년이죠.
그 광막한 땅에 밤만 되면 씽씽 차 달리는 소리만 들리고. 낮이 되면 모
두 다 뿔뿔이 차 몰고 나가버리고 노인네 혼자서 무엇 하고 지내요. 잘
오셨어요. 잘 오셨어. 아들이 박사면 무얼 할 것이며 딸이 교수면 무얼
할 겁니까? 아, 미국 손자들하고 말이 통해야 말을 하고 말을 해야 깊은
정이 가죠."

"우리 아들딸들은 다 착해. 그래서 나보고 가지 말라고 해. 우리 인도
사위도 너무나 착해. 내가 떠난다니까 눈물부터 흘리더라고. 참으로 정
이 많은 사위야. 그리고 그 집 손자들이 너무나 귀여워. 정도 많고….

하지만 나는 할 일이 있어."

"그게 뭔데요?"

"우리 춘원 선생이 만년에 글을 쓰시던 사릉 집이 아직도 남아 있고, 봉선사에는 아저씨 운허 스님도 계신데, 그 어른이 절 입구에 터를 내줄 테니 춘원 기념비를 세우자고 하시잖아."

"그래요. 하실 일 있으면 하셔야죠. 저하고 매일 나와서 이렇게 시조 배우고 거문고 병창하시니까 너무 좋으시죠?"

"그래, 그래. 사람은 죽을 때까지 할 일을 해야 돼."

점잖은 성경린(成慶麟) 선생이 거문고를 가다듬은 후, 시범 연주를 해보였다. 모두 황홀하게 바라보다가 따라 하기 시작했다. 그날 오후에는 신쾌동 선생의 거문고 병창곡 새타령을 배웠다.

산천은 험준하고 수목은 총잡헌디/ 만학의 눈 쌓이고 천봉의 바람이 칠 화초목실이 바이없어/ 앵무원학이 끊쳤는디 새가 어이 울랴마는/ 적벽 화전의 죽은 군사 원조라는 새가 되어/ 조 승상을 원망허야 지지거려 우 더니라/ 나무나무 가지 되어 끝끝터리 앉어 울음 울 제/ 도탄에 싸인 병 사 고향 이별이 몇 해련고/ 귀촉도 불여귀라 슬피 우는 저 뒤견새.

허영숙과 죽사 여사는 성균관대 근처에 있는 국립국악원에서 매일 행복한 시간을 보냈다. 그들은 그 시간을 '거문고 세월'이라고 이름 지었다. 미국을 오가며 시간이 날 때마다 시조를 읊고, 거문고를 연주하니 더없이 행복했다. 허영숙은 아예 거문고를 두 벌이나 사서 한 벌은 학원에 두고, 한 벌은 집에 두어 연주 속에 파묻혔다.

어느 날, 허영숙이 죽사 여사를 불렀다.

"죽사, 우리 내일은 영화 한 편 볼까?"

"무슨 영화인데요?"

"우리 그이 영화야."

"우리 그이라뇨?"

"어제 집으로 전화가 왔는데 말이야, 최인현이라는 감독이 북으로 잡혀가신 춘원 선생을 모델로 해서 그분의 일대기를 영화로 만들었다고 하네."

"어머, 그럼 사모님도 나오시겠네요?"

"물론이지."

죽사 여사는 소녀처럼 손뼉을 치며 깡충깡충 뛰기까지 했다.

"아 그렇다면 우리 거문고 함께 배우는 식구들 모두 함께 가요. 그리고 우리 스승님들도 모시고 가구요."

"아, 괜히 번거롭지 않을까?"

"아니, 번거롭다뇨. 세상에 이런 경사가 어디 있어요. 그러나 저러나 사모님 역을 누가 맡았다고 해요?"

"감독 말로는, 젊은 허영숙은 남정임이 맡았고, 나이 든 허영숙은 조미령이 맡았대."

"어머 어머, 우리 은막의 최고 주연인 조미령과 최고로 잘나가는 남정임이 나온다 이거죠?"

이렇게 해서 1969년 4월, 서울의 동아극장에서 허영숙과 국립국악원 식구들이 모두 모여 영화 〈춘원 이광수〉를 보게 되었다. 허영숙이 보기에는 일본 유학시절의 자신을 그려낸 남정임은 그 연기나 모습이 자신과 흡사하게 느껴졌는데, 조미령은 성에 차지 않았다. 우선 덩치가 자신보다 작았고, 성격도 자신처럼 활달하지 못했기 때문에 자신과 닮지 않았다고 느꼈다. 젊은 춘원을 맡은 이순재는 마스크와 분위기는 춘원과 닮았는데, 키가 작았기 때문에 안타까웠다.

영화의 라스트신에서 춘원이 납북되는 인사들과 함께 미아리고개를 넘는데 허영숙 자신이 정란과 정화를 데리고 달려가 매달리며 울고불고 하는 장면은 사실과 맞지 않았다. 제발 그렇게 울고불고 매달리더라도 마지막으로 춘원을 한 번이라도 더 보았더라면 얼마나 좋았을까. 사실 춘원은 집 앞에 왔던 작은 트럭에 실려 사라졌을 뿐 그 이후에는 단 한 번도 본 일이 없었잖은가.

영화를 보는 내내 허영숙은 울었고, 죽사 여사는 흐느끼는 허영숙을 달래느라 정신이 없었다.

영화가 다 끝나고 나자 소리와 시조를 가르치던 이주환(李珠煥) 선생이 허영숙을 달랬다.

"허영숙 여사님, 그렇게 기막힌 사연이 있으신 줄 몰랐습니다. 그동안 그 슬픔과 곡절을 어찌 이기셨습니까?"

거문고를 가르치는 성경린 선생도 한 마디 했다.

"그런 슬픔을 녹여내느라 연주하시는 거문고 소리도 그렇게 깊으셨군요."

한번은 허영숙이 세운상가 아파트에 살 때 밑에 있는 상가에서 불이 나서 하마터면 큰일이 날 뻔했다. 매운 연기가 밑에서 올라와 콜록거리며 정신이 없을 때 느닷없이 헬리콥터가 동원되어 가까스로 살아난 일도 있었다. 죽사 여사가 미음을 쒀 달려오고 이주환 선생이 달려와 위로했다.

삼중당에서 《이광수 전집》을 낼 때 편집장으로 성실하게 원고를 봐
주던 노양환 선생이 혈육처럼 수발을 들어주었다. 노양환의 어머니 김
경자 여사도 살갑게 대해주었다. 김경자 여사는 허영숙보다 열 살은 아
래였지만 배화소학교 교사를 지냈던 신여성이었다. 허영숙 여사를 끔
찍이도 위해주었다. 그녀는 슬그머니 허영숙에게 물었다.

"아직도 불교에 심취해 계세요?"

"아니에요. 나는 춘원 선생이 불경을 읽으면서 워낙 깊이 심취하셨기
때문에 곁에서 그냥 곁눈질만 했을 뿐이에요. 아직도 일본말로 외는 법
화경 같은 것은 기억에 남아 있지만 절에 가고 그러지는 않아요."

"그러시다면 가톨릭으로 나가보시면 어떻겠어요?"

"천주교 말이에요?"

"네. 개신교는 너무 시끄럽고요, 천주교가 조용하면서도 깊이가 있
습니다."

"그런 데 나가려 해도 동무해줄 사람이 있어야죠."

김경자 여사가 반색하며 받았다.

"선생님, 제가 모시고 다니겠습니다."

허영숙은 김경자 여사를 따라 성당을 나가기 시작했다.

김경자 여사를 대모(代母)로 하여 '마리아'라는 세례명으로 영세도
받았다. 그때부터 허영숙은 염주 대신 묵주를 들고 기도를 시작했다.

70세가 되어서는 미국에 있는 자식들이 보고 싶어 또 훌쩍 태평양을
넘었다. 그때는 아주 편안하게 동부에 있는 아들 영근과 딸 정화를 오

랫동안 만나고 샌프란시스코에 있는 정란을 찾았다. 하지만 정란의 집에는 어려운 사돈 내외가 있어 오래 머물 수 없었다. 그래서 마음 편한 정화 집에서 인도 피가 섞인 손자들과 재미있는 시간을 보냈는데, 그 손자들이 각별한 정을 보여주었다. 밤 시간에는 정화와 옛 이야기를 끝없이 나누었다.

"나는 최근에야 너희 아버지 춘원이 내 곁에 왔다 간 부처님이라는 것을 알았단다."

"그게 무슨 말이에요?"

"아버지가 생전에 돈 세는 것 보았니? 언제나 주머니에서 손에 잡히는 대로 걸인에게 나눠주고 집에 찾아오는 문인들에게도 내주었지."

"그건 그래요. 아버지는 생전에 누구에게 화를 내거나 섭섭한 말을 하신 일도 없으시잖아요."

허영숙은 회한에 찬 어조로 말했다.

"나는 6·25가 나기 전에 너희들이 커가니까 부지불식간에 늘 혼수 걱정을 했단다. 좋은 그릇이 보이면 사서 숨겨두고, 좋은 옷감이 있으면 너희들 시집갈 때 주려고 장롱 속에 차곡차곡 쌓아두었단다. 그런 모습을 보며 너희 아버지가 뭐라고 했는 줄 아니?"

"뭐라고 하셨는데요?"

"아버지는 늘 그랬지. '그거 다 부질없는 짓이야. 시집갈 때 되면 다 생길 건데, 뭘 그렇게 미리부터 챙겨 쌓나. 어쩌면 그런 것 다 필요 없을지 몰라….' 그런데 얼마 있다가 전쟁이 터졌잖니. 내가 애써 모은 진귀한 그릇들과 비단 천들을 한 가지도 못 꺼내고 모두 다 공산당에게 빼앗기거나 도둑맞았잖니. 사실 난 바보야. 환자들이나 친지들이 나한테 신세졌다고 좋은 옷을 맞춰주거나 옷감을 사주면 난 그것이 아까워서 언제나 장롱에 재워두었지 입어본 일이 없었단다. 그것들도 다 전쟁 때 사라지고 없더라. 언제나 빈손으로 살았던 너희들 아버지에게 선견지명(先見之明)이 있었던 거야."

"아버지는 불쌍한 사람들을 그냥 보내지를 못했잖아요."

"글쎄 말이야. 내가 제일 속 썩인 게 뭔 줄 아니? 아버지는 집에 찾아온 걸인들이나 문인 중에서 병든 사람들은 꼭 나 몰래 경성의전 병원에 몰래 입원시키고 당신이 뒤치다꺼리를 한 거야. 내가 드린 용돈도 원고료를 받은 것도 언제나 그 사람들의 병원비로 쓰였으니까."

"그런데 어머니는 아버지를 그렇게 몰아세우셨어요?"

"사람이 너무 물러터지니까 그렇지. 한번은 말이다. 식모 아주머니가 내 비단 옷을 훔쳐가지고 지하실에다가 숨겨두었지 뭐냐. 자기가 집에 갈 때 슬쩍 가져가려고. 그런데 아버지가 무심코 지하실에 들렀다가 그 옷 뭉치를 보신 거야. 물론 식모 아주머니가 그랬다는 것도 알았고."

"그래서 어떻게 하셨는데요?"

"그래서 어떻게 했는 줄 알아? 글쎄, 식모 아주머니를 불러서 이렇게 말했대. '아주머니, 아주머니에게는 비단 옷이 어울리지 않아요. 내가 옥양목을 따로 끊어다 드리겠어요.' 이렇게 말하고, 포목점에 가서 옥양목을 끊어다가 그 아주머니에게 드렸지 뭐냐."

"여하튼 어머니는 아버지를 너무 몰아세우셨어요."

"아휴, 거기에는 나름대로 이유가 있었지. 너도 기억에 있을 거다. 네가 대여섯 살 적에, 그때가 1939년이었지. 내가 매독 환자를 수술하다가 수술용 칼로 내 손을 베었지. 그때 매독균이 들어온 거야. 오른

팔, 왼팔이 모두 마비되었어. 백병원에 가서 두 달 동안이나 입원하고 치료했지만 왼손은 풀렸는데 오른손이 영 올라가지를 않는 거야. 그래서 그때 널 데리고 온양온천에 치료여행을 떠났지."

"어렴풋이 생각이 나요, 어머니."

"온양온천에 가서 뜨듯한 물로 치료했는데도 오른손은 영 어깨 위로 올라가지 않는 거야. 의사가 손을 마음대로 못 쓰니 치료가 제대로 되겠니. 그때부터 내 성질이 급해지고, 신경질적으로 변한 거지."

"그래서 아버지에게도 그렇게 거칠게 대하셨군요?"

"이래서는 안 되지 안 되지 하면서도 언제나 태평한 네 아버지에게 대들고 함부로 했지. 내가 그 전에는 머리도 내 손으로 감아올리고 집에서 '고데'를 했는데, 그게 영 안 되는 거라 그래서 그냥 내 머리를 단발머리로 잘라버렸어."

"그래서 어머니 젊었을 적 사진에 단발머리 사진이 있었군요?"

"어느 날 밤엔가 내가 밤길을 걷는데 아이들이 내 뒤를 따라오며 이렇게 외치더라. '저기, 최승희 간다! 최승희 간다!' 난 획 돌아서며 말했지. '난 최승희가 아니야!'"

"아이들이 왜 '최승희'라고 했을까요?"

"그때 그 유명한 무용가 최승희가 언제나 단발머리를 하고 무대에 올랐었지. 그래서 젊은 여성들은 최승희를 흉내 내서 단발하고 다니는 여자들이 많았어."

"어머니, 아버지에게 살갑게 대하지 못한 것이 후회되세요?"

"암, 후회되지. 그이가 가고 없으니까 더욱 후회가 돼. 그리고 제일 후회되는 일이 무언 줄 아니?"

"뭔데요?"

"아버지가 마지막으로 효자동 집을 나설 때 옷을 좀 두툼하게 입혀서 보내드렸어야 하는 거야. 감옥에서는 여름에도 춥다고 하는데 그이를 그냥 여름 남방셔츠만 걸치게 하고 떠나보낸 거야. 그이가 떠나실 때 양복이라도 달라고 하셨는데 황망 중에 그 인민군에게 매달리느라고 양복을 못 드린 것이 뼈에 맺히도록 후회스러워."

"아 그분이 누구였더라?"

"신중기라는 분이었지. 그분이 평양에서 탈출했는데, 같은 방에 계셨다고 하더라. 아버지와 함께 수갑을 차고 있었는데 글쎄 10월이 넘은 그때 아버지는 갈가리 찢겨져서 살이 나오는 셔츠를 입고 계셨대. 그 셔츠 하나로 그 추운 감방에서 밤을 지낼 때 기침하느라 또 잠을 한숨도 못 주무시더래. 나는 이제껏 살면서 어떤 사람을 찍어서 미워한 일은 없었지만 공산당만은 용서할 수가 없어. 그렇게 추워하는 병자인 네 아버지에게 옷 한 벌을 입히지 않았다니 말이야. 천하에 몹쓸 사람들. 난 그 사람들을 용서할 수 없어."

허영숙과 정화는 끝내 울음을 터뜨리고 말았다.

1973년, 허영숙은 한국으로 돌아오면서 마침 도쿄 지사장으로 나가 있던 삼중당 출판사의 노양환 선생 집을 찾았다. 노양환의 집은 도쿄에서 요코하마 쪽으로 세 정거장 떨어진 오모리(大森)에 있었다. 좁은 다다미방에서 끼어 잔 다음날 노양환에게 차를 몰고 도쿄로 가자고 했다.

"어디로 가시게요?"

"우시고메로 갑시다. 여의전이 있던 곳으로."

노양환은 열심히 차를 몰았다.

"여기부터가 우시고메예요."

사방을 찬찬히 돌아보던 허영숙이 말했다.

"그래, 저쪽쯤에 우리 기숙사가 있었고. 그렇지, 여전 정문이 저쪽에 있었다고."

"우시고메에는 옛날 집이 많이 있네요."

"여기는 터가 좋은가 봐요, 관동대지진 때에도 동경 시내에서 여기가 제일 피해가 없었대요."

"사모님, 옛날 생각 많이 나세요?"

"열여덟 소녀가 겁도 없이 이 우시고메라는 동네를 찾아왔던 때가 엊그제 같은데 벌써 내가 팔순을 바라보게 되었어요. 그래도 산천은 많이 의구하네요···. 인걸은 다 사라진 것 같은데."

허영숙은 우시고메를 다 둘러보고, 차를 돌리라고 했다.

"그럼 이제부터는 내가 그이를 만났던 와세다(早稻田)로 가봅시다."

"춘원 선생님의 하숙집 명계관을 찾아보시게요?"

"그럼, 우리 그이가 있던 곳이니까. 그땐 와세다 정문 앞에 커다란 고서점이 있었는데···."

노양환이 와세다 쪽으로 차를 몰자 허영숙은 열심히 주위를 둘러보며 그 고서점을 찾는 듯했다. 그러나 와세다 대학 정문 앞에는 고서점이 사라지고 신식 커피점이 들어서 있었다. 허영숙은 명계관도 끝내 찾지 못했다. 그쪽은 신도시가 되어 있었다. 허영숙은 퍽이나 섭섭한 표정을 지었다.

"저 언덕 위에서 그이가 와세다 대학 교복을 입고 금방이라도 내려올 것 같애 … ."

노양환이 슬쩍 놀렸다.

"사모님께서 그런 말씀을 하실 때는 꼭 볼이 붉은 소녀 같으세요."

허영숙은 볼을 만지며 쓸쓸하게 말했다.

"아이고, 세월도 많이 갔지만 학교 주변이 너무 변했네."

노양환은 차를 그냥 돌리기가 섭섭하여 차를 주차장에 세우고 허영숙과 가까운 찻집으로 들어갔다. 2층에 있는 찻집이었다.

"그 시절에도 이 찻집이 있었나요?"

"없었지. 그때 무슨 이런 찻집이 있었겠어."

허영숙은 고즈넉한 표정으로 커피 한 잔을 마시며 뚝뚝 떨어지는 플라타너스 잎을 바라보고 있었다. 노양환은 허영숙을 혼자서 서울까지 보내드리기가 그래서, 그해는 허영숙 선생을 모시고 서울까지 와서 서울에 있는 자신의 집에서 며칠 보내시도록 했다.

한 이태가 지난 1975년, 허영숙은 미국의 아들딸 집을 고루 돌아보고 서둘러 서울로 또 돌아왔다. 필라델피아에 있는 정화가 퍼뜩 마음에 짚이는 데가 있는 듯 말했다.

"어머니, 이번에는 푹 쉬셨다가 해가 바뀌면 떠나세요. 뭘 그렇게 서둘러 떠나시려고 그러세요."

허영숙이 고집을 피웠다.

"아니야, 아니야. 서둘러야 해. 운허 스님이 네 아버지 비석을 세워야 한다고 하셨으니 서둘러야지."

그렇게 해서 서둘러 출발했던 허영숙은 긴 여행에서 얻은 여독과 평

말년의 허영숙

생의 지병인 당뇨가 겹쳐 청계천에 있는 박병래 병원에 입원하고 말았다. 박병래 박사는 정주 출신으로, 춘원 생전에도 신세를 많이 졌던 명의였다.

"여사님, 쉬셔야 됩니다. 무조건 푹 쉬셔야 합니다. 저희 병원에서 며칠 쉬십시오."

그러나 차도가 없었다. 열이 오르면서 정신이 혼미해지는 증세를 보였다. 박병래 박사는 서둘러 허영숙 여사를 백병원으로 보냈다.

백병원에 들어가 팔을 움직일 수 있을 때 허영숙은 간호사에게 편지지를 갖다 달라고 부탁했다. 침대 머리에 엎드려 필라델피아에 있는 막내딸 정화에게 편지를 쓰기 시작했다.

두 번 전화 반갑고 고맙기 그지없다. 어머니를 생각해 주는 네 마음, 깊이 느끼고 눈물겨워 한다. 아이들 다 잘 있다니 더욱 반갑다. 나는 그동안 비행기 멀미로 괴로이 지내다가 요사이는 많이 나아서 산보도 다닌다.

정화야! 보고 싶다. 너에게 펜을 드니 눈물이 쏟아진다. 미국으로 언제 돌아갈지? 아직 마음을 정하지 못하고 있다. 너는 어머니를 너무 기다리지 말기를 바란다. 아버지 비, 기념관 일은 아직 추진 못하고 있다. 그것은 내 건강이 시원치 아니하고 돈도 모자라고, 시국이 평온치가 못하고, 이러한 원인 때문이다. 그동안에 길 선생 집에 한 달 가까이 있다가 다시 노양환 선생 댁으로 갈까 한다. 여기는 교통은 좋으나 공기가 나쁘고 공장지대라 시끄럽고 해서 다시 신촌으로 돌아가려 한다. 나 편안히 있으니 내 걱정 말고 너의 식구 다 편안하기를 하느님께 기도한다. 정화야! 아니타, 아룬, 타라 들에게 헬로우를 전해 다오. 모두 보고 싶다. 잘 있거라. 정화야! 전화는 돈 많이 드니 편지로 하여라. 라자에게 문안한다.

6월 8일 어머니

편지를 받은 정화는 얼마 후 이상한 꿈을 꾸었다. 자신이 자려고 누워 있는데 어머니가 방문을 열고 살며시 들어오더니 포근하고 따뜻한 이불을 목까지 정성스럽게 덮어 주는 꿈이었다.

볼티모어에 있는 영근 오빠로부터 전화가 왔다.

"아무래도 한국에 들어가 봐야겠다. 어머니가 혼수상태래. 너희들도 일을 수습하고 서둘러 서울로 오거라."

서울로 달려간 아들 영근의 손을 잡고 허영숙 여사는 아기처럼 편안한 잠에 빠졌다.

와세다의 언덕을 그이가 내려오고 있었다. 환하게 웃으며 사각모자를 단정히 쓰고 앞 단추 다섯 개를 가지런히 여민 채 천천히 걸어오고 있었다. 하루에 여섯 번씩 울리는 와세다 대학의 차임벨이 그이의 뒤에서 은은히 울려왔다. 그이는 말했다.

"내가 좋은 데로 데려다 줄까?"

허영숙이 대답했다.

"좋아요. 선생님이 가시는 데라면 어디든 좋아요."

그이가 말했다.

"아타미로 갈까? 경성으로 갈까? 북경으로 갈까? 상하이로 갈까?"

"어디든 좋아요. 하지만 전 선생님과 처음 여행을 떠났던 그곳에 가보고 싶어요."

"우리 둘이 처음 여행 갔던 곳이라면 …. 하늘재가 서 있다는 아마기 (天城) 고원 말이오?"

"그럼요, 그곳에는 베고니아 꽃이 만발했었죠. 저는 꽃 중에서 베고니아 꽃이 제일 좋아요. 베고니아 꽃밭에서 선생님과 저는 처음 사랑을 주고받았죠."

"그랬었지. 우리는 처음 베고니아 꽃밭에서 포옹했었지."

두 사람은 손을 잡았다. 두 사람 앞에 아름답고 화려한 베고니아 꽃밭이 놓여 있었다.

두 사람이 그 꽃길로 막 떠날 때 의사가 아들 영근에게 말했다.

354

"운명하셨습니다."

1975년 9월 7일 오후였다. 큰딸 정란과 막내 정화가 어머니의 손을 잡고 오열했다. 아들 영근이 어머니의 눈을 감겨 드렸다.

영결 미사는 9월 9일 명동 천주교 성당에서 거행되었다. 조가(弔歌) 대신 누군가가 일찍이 춘원이 아내 허영숙을 위해 썼던 '아내여!'라는 시를 읊었다. 그 시가 낭송되는 동안 모두가 흐느꼈다.

아내여!
귀여운 아내여!
귀엽고도 불쌍한 아내여!

힘없는 내 여윈 팔에
매달려 좋아하는 불쌍한 아내여!

바늘 잡은 손에도
단장하는 거울에도
작은 가슴이 노염으로 뒤집힐 때에도
두 눈에 야속하다는 눈물이 고일 때에도
내 생각에 매달리는 아내여!

무엇을 주랴
아 불쌍한 네게 무엇을 주랴

황금도, 노적도, 귀인의 영화도
못가진 궁(窮)인이라, 무엇을 주랴
아 근심에 여윈 이 가슴을 받으라.

춘계(春溪) 마리아 허영숙은 경기도 양주군 별내면 샘내의 천주교 묘지에 안장되었다. 그의 묘비에는 춘원이 쓴 시, '앞길'이 새겨졌다.

앞길 바라보면 혹시 누가 오시는가
오실 이 없건만도 기다리는 내일러니
이제는 하고한 날에 기다릴 이 없어라.

(끝)

춘계 허 마리아 영숙 여사 약전

    허영숙 여사께서는 구한말 1897년 8월 18일(음) 양천 허씨 문중 종
(鐘)씨댁 4녀로서 서울에서 출생하시와, 어려서부터 남달리 타고난 재
기와 총명으로 장안에 손꼽히시며, 진명소학교, 경기여자중학교를 거
쳐, 당시의 신여성계에서는 처음으로 일본에 유학하여 동경여의전에
입학하시니, 여사의 꽃다운 나이 열여덟, 1914년의 일입니다.

    대한제국의 국운은 이미 쇠하고, 일제의 손에 나라가 넘어간 지 수삼
년, 이 땅에 신문학의 찬란한 꽃으로 개화한 춘원의 《무정》이 발표되
던 이듬해(1918년), 문장보국의 웅지를 펼친 병약한 청년 문사와 재기
발랄한 미모의 여의학도가 이국땅에서 사랑으로 만나는 것도 우연한 인
연만은 아닐 것입니다.

    춘원과 허 여사!

    이 두 분은 오늘을 사는 각 계층의 많은 사람들에게 갖가지 고뇌와 사
랑을 투영한 분입니다.

    춘원의 갖가지 수많은 명작의 안팎에 부침하며, 여사는 투병 일생을
겪으신 문호의 뛰어난 주치의로서, 혹은 한 가정의 훌륭하고 엄격한 어
머니로서, 또는 장안의 명의 허영숙 산원의 여의사로서 세상에 널리 알
려진 것은 다시 말할 나위도 없거니와, 한마디로 여사 80년의 생애는

곧 개화기로부터 오늘에 이르는 한국 신여성사 바로 그것입니다.

신학문이 이 땅에 도입되자, 긴 댕기머리를 끊고 여성이 처음으로 단발을 시작한 것도 여사의 무렵이며, 쇄국의 풍토에서 일찍이 해외에 유학하여 한국의 여의사 개업의 제1호로서, 혹은 귀국하시와 당시 민족 언론의 선봉이던 〈동아일보〉의 여성기자(학예부장)로서 활약하심도 우리 언론사상 처음이며, 반백 년 민족적 수난의 와중에서 갖은 기복과 희로애락을 겪으심도 여사보다 더할 분은 없겠습니다.

우리 모두가 다 아는 바와 같이 1950년 6·25동란으로 부군이 납북당하신 이후로는 여사 단신 가정을 이끄시며, 삼남매 자녀를 모두 뛰어나게 훈도하시는 데에, 오직 있는 정성을 다하셨습니다.

한편, 춘원의 산재한 작품을 모으시는 일에도 열성을 다하시와, 삼중당으로 하여금 《이광수 전집》의 완간을 보게 이끄셨습니다.

지금 장남 영근(榮根) 씨는 원자물리학 박사로서 존스 홉킨스 대학의 교직에 있으며, 장녀 정란(廷蘭) 씨는 영문학자로서, 차녀 정화(廷華) 씨 또한 생화학자로서 삼 남매 박사분이 모두 해외에서 그 명성을 빛내고 있습니다.

여사의 슬하에는 손자 준희(駿熙) 군을 비롯 열 명의 친손, 외손을 두셨습니다.

이렇듯 자녀들이 해외에서 유학하는 20여 성상, 여사는 단신으로 그 외로움을 이기시는 중에 손에 익히신 국악의 경지가 거문고요, 읊으시는 시조의 가락은 여류의 일가를 이루시고, 만년에 도미하시던 1970년 1월에는, 천주교에 입교하셨고, 지난 5월에 귀국하셔서는 필생의 염원이던 부군 춘원기념사업의 일환으로, 춘원기념비(주요한 글·김기승 글씨)를 착수케 하시더니 그 제막을 앞둔 즈음에, 당신 스스로는 할 일을 다하신 듯, 팔십의 천수를 누리시고 자녀들이 지켜보는 중에 웃는 듯 조용히 하느님 나라로 떠나셨습니다.

고국에 오시기 한 달 전에, 허 여사께서는 이런 일문을 주셨습니다.

"아무래도 나는 서울에 가야 하오. 그 푸른 하늘, 맑은 물가는 내 정든 곳이요, 가야만 할 내 고국이오."

영령이시여! 당신이 그리시던 고국의 품에 이제는 편안히 쉬옵소서.

전 삼중당 편집국장, 도서출판 우신사 대표
노양환

허영숙 연보

- **1897년(1세)**

8월 18일(음) 종로에서 드팀전(포목상)을 크게 하는 양천 허(許) 씨, 허종(許鐘)의 넷째 딸로 태어나다. 생가는 서울 다방골(지금의 새문안 근처).

- **1905년(9세)**

아버지 허종 씨가 타계하다.

(어떤 기록에는 어머니가 돌아가셨다고 되어 있으나 정황상 아버지가 돌아가신 것이 맞을 것 같음)

- **1907년(11세)**

2월, 진명여학교에 입학하다.

(이때의 주소는 경성 서부 적선방 당피동 1통 11호로 되어 있음)

- **1910년(14세)**

9월, 나혜석, 김명순 등이 수원과 평양에서 전학하여 진명여학교에 합류하다. 후에 이응준 장군의 부인이 된 이정희 등과 함께 학교를 다니다.

- 1911년 (15세)

4월, 진명여학교 중등과를 수석 졸업(재학생 15명) 하다. 경성여자고등보통학교(현 경기여고)에 입학하다.

- 1914년 (18세)

최남선의 여동생 최설경, 조선 최초의 여기자가 된 이각경 등과 경성여고보를 3회로 졸업하다. 같은 해, 나혜석의 오빠 나경석의 도움으로 김명순 등과 함께 도쿄로 건너가다. 조선 최초의 도쿄 여자의학전문학교 입학생이 되다. (경성여고보 시절의 주소는 경성 서부 당피동 1통 12번지로 되어 있음)

- 1917년 (21세)

이해에 춘원 이광수가 〈매일신보〉에 장편 《무정》을 연재하여 조선의 근대문학을 열다. 얼마 후, 김명순이 잡지 〈청춘〉을 통하여 조선 최초의 여류 소설가로 등단하다.

도쿄의 유학생 모임에서 춘원 이광수와 최초로 만나다.

- 1918년 (22세)

7월 25일 도쿄 여자의학전문학교를 졸업하다. 이광수의 전송을 받으며 홀로 귀국하다.

10월, 조선 총독부 의사 검정시험에 조선 여성으로서는 최초로 합격하다.

도쿄에서 귀국한 이광수가 결혼을 독촉하다. 어머니의 반대로 고민에 빠졌던 허영숙, 이광수와 함께 중국 북경으로 사랑의 도피를 감행하다. 함께 달콤한 시간을 보내다 돌연 이광수만 서울을 경유하여 도쿄로 가다. 허영숙 혼자 서울로 돌아오다.

• 1919년(23세)

총독부 의원에서 1년간의 임상수련과 함경도 함흥지방에서 임상실습을 하다. 이 사이 춘원 이광수는 도쿄에서 2·8 독립선언서를 작성하여 유학생들이 낭독하게 하고, 본국에도 전하게 하다. 춘원 자신은 상해로 건너가 본격적으로 독립운동에 매진하게 되다.

• 1920년(24세)

5월 1일, 서대문정 1정목 9번지 자택에 '영혜의원'이라는 간판을 걸고, 조선 최초의 여성 개업의가 되다. 신문을 통해 상해에 있는 이광수도 이 사실을 알게 되다.

7월, 이각경은 〈매일신보〉에 조선 최초의 부인기자로 입사하다.

• 1921년(25세)

북경 의료시찰을 떠났던 허영숙, 춘원을 만나기 위해 단신으로 상해로 찾아가다. 임시정부가 그녀를 의심하고 경계하다. 그해 3월, 황황히 상하이에서 돌아오다. 이광수가 번민 끝에 그녀의 뒤를 따라 경성으로 돌아오다.

7월 4일, 당주동 허영숙의 집에서 두 사람 정식으로 결혼식을 올리다. 금강산으로 신혼여행을 다녀오다.

• 1922년(26세)

이광수가 수양동우회를 결성하여 청년운동에 매진하다.

3월 2일, 도쿄 제국대학 의학 연구과에 편입하고자 도일하다. 식민지 출신에 여의전밖에 나오지 못했다는 이유로 입학이 좌절되어 귀국하다.

- 1923년(27세)

〈동아일보〉에 여의사 신분으로 가정 문제와 위생 문제에 대하여 글을 쓰기
시작하다. 춘원도 상하이에서 돌아온 후, 처음으로 〈동아일보〉에 논설과
소설을 쓰며 객원 논설위원이 되다.

7월, 춘원 이광수가 금강산 방문하다. 오랫동안 소식을 몰랐던 팔촌 동
생 이학수(운허 스님)를 만나다.

9월, 관동대지진이 일어 많은 조선인들이 살상되다.

이해, 평양기생 출신 강명화와 대구 부호의 아들 장병천의 정사 사건이
조선 천지를 흔들다.

- 1924년(28세)

춘원 내외, 최은희를 추천하여 조선일보사 최초의 여기자로 입사시키다.

이해 여름, 춘원과 함께 소설가 방인근 내외의 초청으로 함경남도 안변
군에 있는 석왕사로 피서를 떠나다. 방인근으로부터 춘계(春溪)라는 아호
를 얻게 되다.

- 1925년(29세)

춘원, 결핵으로 인하여 '척추 카리에스'를 얻다. 정주 출신 명의 백인제 박
사에게 대수술을 받아 100일간 투병하다.

5월, 개성 출신 의사 김기영과 합동으로 '한성의원'이라는 이름으로 새
병원을 개업하다. 을축년 대홍수가 일어 김기영과 광나루에 나가 방역 활동
에 전념하다.

이해 말에 투병하는 춘원 대신 동아일보사에 나가다. 조선 최초로 신문
사 여성 '학예부장'이라는 중책을 맡게 되다.

이해에 〈조선일보〉 최은희 기자와 만주 취재를 가다. 춘원이 전해준 독

립자금을 독립지사에게 전달하다. 그 과정에서 만주 안동현 부영사 부인으로 있던 나혜석의 도움을 받다.

• 1926년(30세)
〈매일신보〉가 김명순을 여기자로 발탁하다.

　이해에 나혜석은 선전에 출품하여 특선을 하다.

　8월 4일, 당대의 소프라노 윤심덕이 애인 김우진과 현해탄에 몸을 던져 엄청난 사회적 물의를 일으키다.

• 1927년(31세)
숭삼동 127번지로 이사하다. 5월 30일, 결혼 후 만 6년 만에 첫아들 봉근을 낳다.

　춘원, 몸이 좋지 않아 황해도 안악군 연등사에서 정양하다. 산후 6개월이 된 봉근을 업고 11월 29일, 연등사 학소암으로 찾아가다.

　이해 말, 〈동아일보〉 학예부장을 사임하다.

• 1928년(32세)
아들 봉근이 이질을 앓아 정신없이 매달리다. 춘원, 〈동아일보〉에 《단종애사》를 연재하여 판매 부수를 크게 올리다.

• 1929년(33세)
3월 22일, 춘원, 고향 정주로부터 경성 서대문정 1정목 9번지로 호적을 옮기다.

　9월 26일, 둘째 아들 영근이 태어나다.

　춘원, 〈동아일보〉 편집국장으로 부임하다.

광주학생사건 일어나다.

• 1930년 (34세)
춘원, 5월 19일, 충무공 이순신 유적순례의 길을 떠나다. 돌아와 〈동아일보〉에 '충무공 유적순례'를 발표하다.
첫아들 봉근이와 갓 태어난 영근이를 돌보느라 주로 집에서 소일하다.
나혜석은 파리 여행에서 최린과의 불륜으로 스캔들에 휘말리다. 결국 남편 김우영과 이혼하다.

• 1931년 (35세)
봉근이 장티푸스로 크게 앓아 허영숙과 이광수는 십년감수하다.
이광수는 6월 26일부터 장편 《이순신》을 〈동아일보〉에 연재 시작하다.
9월, 만주사변이 일어나다.

• 1932년 (36세)
이화전문의 음악교수 안기영이 제자 김현순과 하얼빈으로 사랑의 도피여행을 떠나다.
이광수, 소설 《흙》을 〈동아일보〉에 연재하다.
윤봉길 의사, 상하이 홍커우 공원에서 의거하다.
도산 안창호 선생, 윤봉길 의사 의거와 연루되어 경성으로 압송되다.
허영숙, 서대문형무소로 도산 선생 면회를 다니다.
시인 모윤숙이 춘원을 만나고 교유를 시작하다.
춘원, 함남 지역의 부전고원에 가서 모윤숙을 만나다. 그녀에게 '영운'이라는 호를 지어주다.

● 1933년(37세)

8월 말, 춘원은 주요한과 함께 〈동아일보〉를 떠나 〈조선일보〉로 옮기다.
부사장직을 맡다.

9월 24일, 장녀 정란 태어나다.

춘원, 장편《유정》을 〈조선일보〉에 연재하다.

모윤숙, 시집《빛나는 지역》펴내다.

의료선교사 로제타 홀이 귀국하며 허영숙을 만나고 후진 양성을 부탁하다.

● 1934년(38세)

첫아들 봉근(8세)을 패혈증으로 잃다. 춘원, 아픔을 이기지 못해 조선일보
사를 사직하다. 금강산으로 들어가 삭발하다. 모윤숙이 어머니와 금강산으
로 가서 춘원을 만나다.

5월 31일, 둘째 영근을 앞세워 황황히 금강산 장안사로 들어가다. 춘원
을 설득하여 함께 하산하다.

7월, 모윤숙과 철학박사 안호상이 독일 영사관에서 결혼식을 올리다.

춘원, 자하문 밖 소림사에 자리 잡고 청담 스님과 교분을 쌓다. 홍지동
언덕에 산장을 짓기 시작하다.

● 1935년(39세)

1월 13일, 차녀 정화 태어나다.

문학소년 박정호가 춘원의 문하생으로 들어오다.

8월, 삼 남매, 그리고 산파 마사와 함께 도쿄로 떠나다. 적십자병원(닛
세키병원)에서 연수하다.

- 1936년(40세)

1월 1일, 친조선 인사 아베 미츠이에(무불옹)가 타계하다. 춘원과 허영숙이 문상하다.

춘원, 가회동 소재 대지와 책의 판권 등을 처분하여 효자동 175번지에 '허영숙 산원'을 지을 대지를 마련하다.

의사 유상규 씨가 39세의 나이로 타계하다.

8월 9일, 손기정 베를린올림픽에서 마라톤 월계관 쓰다.

- 1937년(41세)

6월 7일, 춘원, 수양동우회사건으로 종로서에 유치되다.

허영숙 동경에서 급거 귀국하다.

6월 28일, 도산 안창호도 송태 별장에서 검거되어 종로서로 압송되다.

7월 7일, 중·일 전쟁이 발발하다.

8월, 춘원이 쓴 법화경 한글 번역본이 압수되다. 서대문형무소에 도산 선생과 함께 수감되다.

12월 18일, 춘원, 경성의전 병원에 입원하다.

12월 24일, 도산 선생, 서대문병원에서 경성제대병원으로 옮겨지다. 허영숙이 수발하다.

- 1938년(42세)

효자동에 병원 짓는 일에 매달리다. 춘원은 병상에 누워 시를 구술하다.

이응준 장교의 부인 이정희가 도산 선생의 병상을 지키며 극진히 모시다.

3월 10일 자정, 도산 안창호 선생 서거하다. 허영숙은 춘원과 망우리 묘지 도산 선생 장례식에 참석하다.

춘원이 전처 백혜순 사이에서 낳은 첫아들 진근이가 아들 명선을 얻다.

허영숙, 효자동에 '허영숙 산원'을 개업하고 병원을 옮기다.

이광수 전향하다. 동우회 회원들도 모두 전향하는 의식을 가지다.

● 1939년(43세)

문하생 박정호, 만주로 떠나다.

홍지동 산장을 팔다. 이광수, 효자동 '허영숙 산원'으로 옮기다.

황금좌에서 영화 〈무정〉(감독 박기채) 상영되다.

정화가 홍역을 치르다.

허영숙, 매독 환자를 수술하다 매독균에 감염되다. 백병원에 입원하고 두 달 동안 치료받다. 완치가 되지 않아 그해 말, 막내 정화를 데리고 온양 온천으로 물리 치료차 떠나다.

이해 무용가 최승희의 미국 공연 내용이 세상을 떠들썩하게 하다.

● 1940년(44세)

춘원, '가야마 미쓰로'(香山光郎)로, 허영숙 '가야마 에이코'(香山英子)로 창씨개명하다.

〈동아일보〉, 〈조선일보〉 폐간되다.

춘원의 가족, 산파 마사 가족과 교유하다.

● 1941년(45세)

동우회사건에 연루되었던 이광수와 41명의 동지들 모두 최종심에서 무죄 판결을 받다. 효자동의 가야마 산원에서 냉면으로 축하연을 열다.

산파 마사의 딸 게이코, 폐결핵 투병하다 19세로 요절하다.

12월 8일, 일본의 하와이 진주만 기습으로 태평양 전쟁 발발하다.

- 1942년(46세)

춘원, 3월 1일부터 10월 31일까지 장편 《원효대사》를 〈매일신보〉에 연재하다.

　진근이가 딸 정자를 얻다.

- 1943년(47세)

10월 20일부터 일본 육군성 한국 학생의 징병유예를 폐지하고 학병제 실시하다.

　11월 8일부터 춘원, 육당과 함께 도쿄 메이지 대학에 건너가 조선인 유학생들을 모으고 학병 지원을 권하는 강연을 하다.

- 1944년(48세)

경기도 양주군 진건면 사릉리 520번지에 땅을 사고, 춘원을 소개(피난) 시키다. 때마침 만주에서 돌아온 문하생 박정호가 춘원을 도와 농사를 짓기 시작하다.

　효자동 병원에 남아 산모들을 돌보며 꿋꿋하게 집과 병원을 지키다.

　아들 영근과 딸 정란, 정화도 생전 처음 시골생활을 하면서 아버지와 전원생활을 즐기다. 춘원은 이때 돌을 주워 늘 베개로 삼으며 명상의 생활을 즐기다.

- 1945년(49세)

효자동에서 산파 마사와 열심히 아이들을 받으며 병원을 지키다.

　8월 15일, 춘원과 아이들, 경기도 사릉에서 해방을 맞다. 세상이 흉흉하여 경기도 사릉에 한동안 더 머무르다.

　마사의 가족을 자신의 병원으로 들이다. 그해 연말, 귀국하는 마사의 가족을 용산역까지 데려다주고 이별하다.

- 1946년(50세)

그동안 은거했던 벽초 홍명희가 서울로 들어와 정당을 만들고 많은 문인들과 접촉하며 활발히 활동하다.

5월 21일, 이혼 합의서를 종로구청에 제출하다.

돌베개 베고 자던 춘원, 병을 얻다. 허영숙이 급히 손을 써 낫게 하다.

춘원, 운허 스님이 세운 광동중학교에서 국어와 영어를 가르치며 은둔생활을 하다.

- 1947년(51세)

춘원, 흥사단의 청으로 《도산 안창호》 전기를 쓰다. 《백범일지》를 윤색하다.

소설 《꿈》의 인세로 피아노를 사다. 영근, 정란, 정화가 그 피아노를 '꿈호'라고 부르다.

7월 19일, 여운형 피살되다.

- 1948년(52세)

춘원, 모윤숙의 소개로 UN한국위원단장인 인도 출신 메논 박사를 만나다.

홍명희 등 북한을 추종하던 많은 정치인들과 예술인들이 월북하다.

최설경이 38선을 넘나들며 북에 억류된 남편 박석윤의 옥바라지를 하다.

8월 15일, 대한민국 정부 수립되다.

허영숙, 38선을 넘어오다 다친 여성들을 정성껏 치료하다.

12월 10일, 조선 최초의 여성 화가 나혜석이 원효로 시립 자제원에서 향년 53세로 운명하다.

- 1949년(53세)

2월 7일, 춘원, 최남선과 함께 반민특위에 체포되어 마포형무소에 수감되다. 아들 영근, 혈서를 써서 아버지의 무고함을 탄원하다. 허영숙, 백방으로 노력하며 병고에 시달리는 춘원을 살려내기 위해 노력하다.

3월 4일 춘원, 고혈압으로 병보석이 되어 출감하다.

9월 5일 춘원, 불기소 처분되다.

- 1950년(54세)

2월 1일, 회갑을 앞둔 춘원을 위해 가족들이 춘원의 59세 생일을 성대하게 차리다.

6월 22일 춘원, 고혈압과 폐렴으로 다시 병석에 눕다.

6월 25일, 한국전쟁 발발하다.

7월 5일, 효자동 집이 공산군에 의해 차압되다.

7월 12일 춘원, 공산군에게 납북되다.

7월 16일, 춘원, 평양감옥에서 납북된 국회의원 계광순을 만나다.

9월 28일, 서울 수복되다. 허영숙은 마포의 한 병원에서 삼 남매와 함께 국군을 맞다.

10월 25일, 춘원, 지병인 폐결핵으로 세상을 뜨다.

- 1952년(56세)

허영숙 일가, 부산에서 피란 생활하다.

1월, 정화가 세계 고등학생 토론 대회의 한국 대표로 선발되어 미국으로 건너가 국위를 선양하다.

9월, 정란과 정화, 미국 화물선을 타고 유학길에 오르다.

• 1953년(57세)

전영택 목사로부터 김명순이 1951년 4월에 타계했다는 소식을 듣다.

군복무 마친 영근이 미국 유학의 길을 떠나다.

• 1954년(58세)

이화여고 교의에 취임하다. 1년 동안 이화의 학생들과 지내다.

• 1955년(59세)

10월 15일, 망우리에 도산 안창호 선생의 묘비가 세워지다. 비문은 춘원 이광수가 납북되기 전에 써놓은 것. 허영숙이 신익희 선생으로부터 감사장을 받다. 춘원이 납북된 지 어느덧 5년, 춘원의 글을 보며 허영숙 하염없이 울다.

• 1956년(60세)

출판사 광영사를 허영숙 산원에 세우다. 그 후 출판사 삼중당과 협력하여 《이광수 전집》을 펴내는 일에 몰두하다.

• 1962년(66세)

삼중당에서 《이광수 전집》이 발간되어 배포되다. 수덕사에 있던 김일엽이 자신의 수필집 《청춘을 불사르고》를 펴내다.

허영숙과 김일엽, 서울에서 만나다.

• 1963년(67세)

이해 말, 난생 처음 자녀들을 만나러 미국으로 떠나다.

(이때의 주소는 서울 명륜동 1-90-8번지. 1965년부터 1967년까지는 서울시

마포구 동교동 178-18번지였음. 1968년에는 서울시 종로 3가 55번지 현대아
파트에 거주하였는데 이곳에서 화재를 만나 놀람. 이후 1969년 서울 마포구
동교동 178-18번지로 이사하여 거주함)

● 1969년(73세)
영화 〈춘원 이광수〉(최인현 감독)를 국립국악원 친지들과 함께 관람하며
한없이 울다.

● 1970년(74세)
1월, 천주교에 입교하다.

● 1973년(77세)
노양환 씨와 함께 우시고메 의전과 와세다 대학을 둘러보고 감회에 젖다.

● 1975년(79세)
영구 귀국하여 춘원의 비를 세우는 일에 몰두하다.
　9월 7일, 과로와 노환이 겹쳐 영면하다.
　경기도 양주군 별내면 샘내 천주교 묘지에 안장되다.